ASSASSIN'S
CREED®
FORSAKEN

Oliver Bowden

ASSASSIN'S
C R E E D®
FORSAKEN

Traducción del inglés de Noemí Risco

Ⓐ Editorial El Ateneo

la esfera ⊕ de los libros

Bowden, Oliver
    Assassin's Creed : forsaken . - 1a ed. - Ciudad Autónoma de Buenos Aires. :
El Ateneo, 2014.
    352 p. ; 23x15 cm.

    Traducido por: Noemí Risco
    ISBN 978-950-02-0783-6

    1. Narrativa Inglesa. 2. Novela. I. Risco, Noemí, trad. II. Título.
    CDD 823

Assassin's Creed. Forsaken
Título original: *Assassin's Creed. Forsaken*
Edición original: Penguin Group Ltd., London, 2012
© Oliver Bowden, 2012
© Ubisoft Entertainment, 2012
© De la traducción: Noemí Risco, 2013
© La Esfera de los Libros, S. L., 2013

Derechos exclusivos de edición en castellano para América latina, el Caribe y
EE. UU.
Obra editada en colaboración con La Esfera de los Libros - España
© Grupo ILHSA S. A. para su sello Editorial El Ateneo, 2014
Patagones 2463 - (C1282ACA) Buenos Aires - Argentina
Tel: (54 11) 4943 8200 - Fax: (54 11) 4308 4199
E-mail: editorial@elateneo.com

1ª edición en España: julio de 2013
1ª edición en Argentina: abril de 2014

ISBN 978-950-02-0783-6

Impreso en EL ATENEO GRUPO IMPRESOR S. A.,
Comandante Spurr 631, Avellaneda,
provincia de Buenos Aires,
en abril de 2014.

Queda hecho el depósito que establece la ley 11.723.
Libro de edición argentina.

Prólogo

Nunca le conocí. No de verdad. Creía que sí, pero cuando leí su diario me di cuenta de que no le conocía en absoluto. Y ahora es demasiado tarde. Demasiado tarde para decirle que le había juzgado mal. Demasiado tarde para decirle que lo siento.

PRIMERA PARTE

Extractos del diario de Haytham E. Kenway

6 de diciembre de 1735

i

Hace dos días cumplí diez años y debería haberlo celebrado en mi hogar de la plaza Queen Anne, pero mi cumpleaños ha pasado desapercibido; no hay fiestas, solo funerales, y nuestra casa calcinada parece un diente ennegrecido y podrido entre las altas mansiones de ladrillos blancos de la plaza Queen Anne.

De momento, nos hemos alojado en una de las propiedades de mi padre en Bloomsbury. Es una casa bonita y, aunque la familia está deshecha y nuestras vidas, destrozadas, al menos debemos dar gracias por tenerla. Aquí nos quedaremos, consternados, a la espera —como fantasmas atribulados—, hasta que se decida nuestro futuro.

El fuego consumió mis diarios, por lo que empezar a escribir esto es como comenzar de nuevo. En ese caso, probablemente debería dar a conocer mi nombre, Haytham, un nombre árabe para un muchacho inglés cuyo hogar es Londres, y quien desde el nacimiento hasta hace dos días vivió una vida idílica, protegido de lo peor que existía en cualquier otra parte de la ciudad. Desde la plaza Queen Anne veíamos la niebla y el humo que flotaba sobre el río, y como al resto, nos molestaba el hedor, que tan solo puedo describir como «caballo mojado», pero no teníamos que cruzar los fétidos residuos de las curtidurías, las carnicerías y los traseros de animales y personas. Las rancias corrientes de vertidos que aceleraban el paso de enfermedades: disentería, cólera, polio...

—Abríguese, señorito Haytham, o se resfriará.

Cuando paseábamos por los campos hacia Hampstead, mis niñeras solían apartarme de los pobres desafortunados aquejados de tos y me tapaban los ojos para que no viera a niños con deformidades. Lo que más les asustaba era la enfermedad. Supongo que porque no se puede razonar con ella; no se puede sobornar ni alzarse en armas contra la enfermedad, y no respeta ni la riqueza ni el prestigio. Es un enemigo implacable.

Y por supuesto ataca sin previo aviso. Así que todas las noches comprobaban que no tuviera signos de sarampión o varicela y después informaban de mi buena salud a mi madre, que venía a darme un beso de buenas noches. Ya veis que era uno de los afortunados, con una madre que me daba un beso de buenas noches y un padre que lo hacía también, que me querían; y una hermanastra, Jenny, que me habló de los ricos y los pobres, que me hizo ser consciente de la suerte que tenía y me instó siempre a pensar en los demás; contrataron a tutores y niñeras para que me cuidaran y educaran, para que me convirtiera en un hombre de buenos principios, valioso para el mundo. Uno de los afortunados. No como los niños que debían trabajar en los campos, las fábricas y, arriba, en las chimeneas.

Aunque a veces me preguntaba si tendrían amigos aquellos otros niños. Entonces, a pesar de que sabía que mi vida era más cómoda que la suya, les envidiaba por eso: sus amigos. Yo no tenía ninguno, ni tampoco hermanos o hermanas de mi edad, y respecto a buscármelos, bueno, era tímido. Además, había otro problema: algo que había salido a la luz cuando solo tenía cinco años.

Sucedió una tarde. Las mansiones de la plaza Queen Anne se habían construido juntas, de modo que a menudo veíamos a nuestros vecinos, ya fuera en la misma plaza o en sus jardines traseros. A un lado de nuestra casa vivía una familia que tenía cuatro hijas, dos de ellas de mi edad. Pasaban lo que parecían horas brincando o jugando a la gallinita ciega en su jardín y yo las oía mientras daba clase bajo la atenta mirada de mi tutor, el viejo señor Fayling, que tenía unas cejas canosas y pobladas, y la costumbre de hurgarse la nariz y quedarse examinando después lo que fuera que hubiese extraído de sus orificios nasales, para luego comérselo a escondidas.

Aquella tarde en particular, el viejo señor Fayling abandonó la habitación y yo esperé hasta que sus pasos se alejaran para levantarme de mis cuentas, ir hacia la ventana y mirar al jardín de la mansión vecina.

Dawson era el apellido de la familia. El señor Dawson era miembro del Parlamento, eso decía mi padre, apenas ocultando su ceño fruncido. Tenían un jardín de altos muros y, a pesar de los árboles, arbustos y follaje en plena floración, algunas partes eran visibles desde la estancia donde daba clase, así que veía jugar a las niñas Dawson. En aquella ocasión, para variar, se trataba de la rayuela, y habían colocado unos mazos en el suelo como pista improvisada, aunque no parecía que se lo tomaran muy en serio; seguramente las dos mayores intentaban enseñar a las dos más pequeñas las sutilezas del juego. Vislumbré un borrón de coletas, color rosa y vestidos arrugados; se llamaban y reían, y de vez en cuando oía una voz adulta, probablemente la de una niñera, fuera de mi vista tras el manto bajo unos árboles.

Dejé un momento mis cuentas desatendidas sobre la mesa mientras observaba cómo jugaban hasta que, de repente, casi como si pudiera percibir que la estuvieran contemplando, una de las más pequeñas, un año menor que yo tal vez, alzó la mirada, me vio en la ventana y ambos nos quedamos mirándonos fijamente.

Tragué saliva y después, no muy convencido, levanté una mano para saludar. Para mi sorpresa, la niña me contestó con una sonrisa. A continuación llamó a sus hermanas, que se reunieron a su alrededor, y las cuatro, entusiasmadas, estiraron el cuello y se taparon los ojos del sol para mirar hacia mi ventana, donde yo estaba expuesto como en un museo, salvo que aquel objeto de exposición se movía y se sonrojaba ligeramente por la vergüenza, pero aun así sentía el suave y cálido resplandor de algo que podría haber sido amistad.

Pero se evaporó en el instante en que apareció su niñera bajo el abrigo de los árboles, miró enfadada hacia mi ventana con una expresión que no dejaba ninguna duda de lo que pensaba sobre mí —que era un mirón o algo peor— y enseguida quitó de mi vista a las cuatro niñas.

Aquella mirada que me había lanzado la niñera ya la había visto antes y la volvería a ver en la plaza o en los campos a nuestras espaldas. ¿Recordáis cómo mis niñeras me apartaban de los andrajosos desafortunados? Otras mantenían a sus niños alejados de mí. La verdad es que nunca me pregunté por qué. No me lo pregunté porque… No sé, porque no había razón para preguntárselo, supongo; era tan solo algo que ocurría y no conocía otra cosa.

ii

A los seis años, Edith me entregó un fardo de ropa planchada y un par de zapatos con hebilla de plata. Salí de detrás del biombo con mis zapatos nuevos de hebillas relucientes, un chaleco y una chaqueta. Edith llamó a una de las sirvientas y esta dijo que era la viva imagen de mi padre, y desde luego esa era la idea.

Más tarde, mis padres vinieron a verme, y habría jurado que a padre se le empañaron un poco los ojos, mientras que madre no disimuló en absoluto y simplemente rompió a llorar allí mismo para seguir en el cuarto de los niños, sacudiendo la mano hasta que Edith le pasó un pañuelo.

Allí de pie, me sentí un adulto sabio, a pesar de que volvía a sentir calor en las mejillas. De pronto me descubrí preguntándome si las niñas Dawson me habrían considerado elegante con mi nuevo traje, hecho un caballero. Pensaba en ellas a menudo. A veces las alcanzaba a ver por la ventana, corriendo por su jardín o guiadas hacia carruajes delante de las mansiones. Creí ver a una de ellas echando una mirada furtiva hacia mi ventana, pero si me vio, esta vez no hubo sonrisas ni saludos, tan solo una sombra de aquella misma expresión que me había dedicado su niñera, como si le hubiera transmitido su desaprobación hacia mí, como si se tratara de conocimiento arcano.

Los Dawson estaban a un lado, esas esquivas y saltarinas Dawson con coleta, mientras que al otro se hallaban los Barrett. Eran una familia de ocho hijos, chicos y chicas, aunque de nuevo casi nunca los veía; como con las Dawson, mi relación con ellos se limitaba a verles entrar en carruajes o distinguirles a lo lejos en los campos. Un día, poco después de mi octavo cumpleaños, me hallaba en el jardín, paseando por el perímetro al tiempo que arrastraba un palo por el alto muro de ladrillos rojos a medio desmoronar. De vez en cuando me detenía a darle la vuelta a las piedras con un palo para inspeccionar los insectos que correteaban por debajo —cochinillas, milpiés, gusanos que se retorcían como si estiraran sus largos cuerpos—, y me topé con la entrada que llevaba a un pasillo entre nuestra casa y la de los Barrett.

La pesada puerta estaba cerrada con un enorme candado de metal oxidado que parecía no haberse abierto en años y me quedé mirándolo un rato, sopesando el cerrojo en la palma de la mano, cuando oí un susurro, la voz apremiante de un chico.

—Oye, tú. ¿Es cierto lo que dicen de tu padre?

Provenía del otro lado de la puerta, aunque tardé un momento en ubicarla, unos instantes en los que me quedé horrorizado, petrificado de miedo. A continuación, el corazón estuvo a punto de salírseme del pecho cuando miré por un agujero en la puerta y vi un ojo que me observaba sin pestañear. De nuevo esa pregunta:

—Vamos, me llamarán dentro de poco. ¿Es verdad lo que dicen de tu padre?

Más calmado, me incliné para colocar el ojo a la altura del agujero de la puerta.

—¿Quién eres? —pregunté.

—Soy yo, Tom, el que vive aquí al lado.

Sabía que Tom era el hijo más pequeño, tenía mi edad. Había oído cómo le llamaban.

—¿Y tú quién eres? —quiso saber él—. Me refiero a cómo te llamas.

—Haytham —respondí, y me pregunté si Tom era mi nuevo amigo. Tenía un ojo amistoso, al menos.

—¡Qué nombre más raro!

—Es árabe. Significa «águila joven».

—Bueno, tiene sentido.

—¿Qué quieres decir con «tiene sentido»?

—Ah, no sé. Pero lo tiene de algún modo. Y solo estás tú, ¿no?

—Tengo una hermana —repliqué—. Y también vivo con madre y padre.

—Es una familia bastante pequeña.

Asentí.

—Oye, ¿es verdad o no? —insistió—. ¿Tu padre es lo que dicen que es? Y ni se te ocurra mentir. Te veo los ojos, ¿sabes? Seré capaz de distinguir si estás mintiendo descaradamente.

—No mentiré, pero no sé qué es lo que dicen que es, ni siquiera quién lo dice.

Todo aquello me resultaba extraño y no demasiado agradable. Por ahí existía una idea de lo que se consideraba «normal» y nosotros, la familia Kenway, no estábamos incluidos.

Puede que el dueño del ojo percibiera algo en mi tono de voz, porque se apresuró a añadir:

—Lo siento… Siento si he dicho algo fuera de lugar. Tan solo me interesaba, eso es todo. Verás, hay un rumor y sería muy emocionante si fuera cierto…

—¿Qué rumor?

—Te parecerá una tontería.

Le eché valentía y me acerqué al agujero para mirarle, ojo a ojo, mientras le decía:

—¿A qué te refieres? ¿Qué dice la gente sobre mi padre?

Pestañeó.

—Dicen que era un…

De repente hubo un ruido detrás de él y oí una voz masculina que le llamaba:

—¡Thomas!

El susto le hizo retirarse hacia atrás.

—¡Oh, qué fastidio! —susurró enseguida—. Tengo que irme, me llaman. Espero verte por aquí.

Al decir aquello, se fue y yo me quedé allí, preguntándome a qué se refería. ¿Cuál sería ese rumor? ¿Qué decía la gente sobre nuestra pequeña familia?

En aquel instante recordé que debía darme prisa. Era casi mediodía, la hora del entrenamiento con armas.

7 de diciembre de 1735

i

Me siento invisible, como si estuviera atrapado en un limbo entre el pasado y el futuro. A mi alrededor los adultos mantienen tensas conversaciones. Tienen los rostros demacrados y las señoras lloran. A pesar de que las chimeneas se mantienen encendidas, por supuesto, la casa parece siempre fría; está vacía salvo por nosotros y los bienes que rescatamos de la mansión incendiada. Fuera, la nieve ha comenzado a caer, mientras que dentro la pena congela hasta los huesos.

Puesto que no tengo muchas más cosas que hacer sino escribir en mi diario, esperaba ponerme al día con la historia de lo que he hecho en mi vida hasta ahora, pero por lo visto tengo más que contar de lo que pensaba en un principio, y desde luego, he tenido que ocuparme de otros asuntos importantes. Los funerales. Hoy ha sido el de Edith.

—¿Está seguro, señorito Haytham? —había preguntado antes Betty, con la frente arrugada por la preocupación, y los ojos cansados. Durante años, desde que tenía memoria, había sido la ayudante de Edith. Estaba tan afligida como yo.

—Sí —respondí, vestido como nunca con aquel traje y, para aquel día, con corbata negra.

Edith estaba sola en el mundo, así que los empleados y los Kenway supervivientes se habían reunido para una comida sencilla a base de jamón, cerveza y tarta. Cuando terminó, los hombres de la funeraria, que ya estaban bastante borrachos, cargaron su cuerpo en la carroza fúnebre para llevarla a la capilla. Detrás, nos sentamos en los carruajes de duelo. Tan solo necesitamos dos. Al acabar, me retiré a mi habitación para continuar con mi historia…

ii

Un par de días después de hablarle al ojo de Tom Barrett, todavía continuaba dándole vueltas a lo que había dicho. Así que una mañana, cuando Jenny y yo estábamos solos en la sala de dibujo, decidí preguntarle sobre aquel asunto.

Jenny. Yo tenía casi ocho años y ella, veintiuno, y teníamos tanto en común como yo con el hombre que repartía el carbón. Menos, probablemente, si lo pensaba bien, porque al hombre que repartía el carbón y a mí nos gustaba reír, mientras que rara vez había visto a Jenny sonreír y ya no digamos reírse.

Tenía el pelo negro y brillante, y los ojos oscuros y… bueno, «somnolientos», diría yo, aunque había oído describirlos como «inquietantes», y al menos un admirador fue tan lejos como para decir que tenía una «mirada humeante», fuera lo que fuese que quisiese decir eso. Las miradas de Jenny eran un tema de conversación muy popular. Era muy hermosa o eso solía decirme la gente.

Aunque no es lo que opinaban de mí. Ella era Jenny, la que se había negado tantas veces a jugar conmigo que al final había desistido de pedírselo; a la que siempre imaginaba sentada en una silla de respaldo alto y la cabeza inclinada sobre su costura o bordado, fuera lo que fuese que hiciera con la aguja y el hilo. Y frunciendo el entrecejo. A mí me parecía que aquella mirada humeante que sus admiradores decían que poseía era en realidad una expresión de mal humor.

La cuestión era que, a pesar de que no éramos más que huéspedes en la vida del otro, como barcos que navegan por el mismo puerto pequeño y pasan cerca, pero sin rozarse, teníamos el mismo padre. Y Jenny, al ser trece años mayor, sabía más sobre él que yo. Aunque se hubiera pasado años diciendo que era demasiado tonto o demasiado joven para comprender —y una vez incluso que era demasiado bajo para entender, fuera lo que fuese lo que quisiera decir eso—, solía intentar mantener una conversación con ella. No sé por qué, puesto que, como he mencionado antes, siempre resultaba que yo no entendía nada. Para fastidiarla tal vez. Pero en aquella ocasión en particular, un par de días después de mi conversación con el ojo de Tom, la curiosidad por averiguar lo que Tom había querido decir era demasiado fuerte. Así que le pregunté:

—¿Qué dice la gente de nosotros?

Suspiró de manera teatral y alzó la vista de sus labores.

—¿A qué te refieres, mocoso? —preguntó.

—Pues eso, ¿qué dice la gente de nosotros?

—¿Estás hablando de chismes?

—Si quieres llamarlo así…

—¿Y a ti qué te importan los chismes? ¿No eres demasiado…?

—Me importan —la interrumpí antes de que sacara el tema de que era demasiado joven, demasiado tonto o demasiado bajo.

—¿A ti? ¿Por qué?

—Alguien dijo algo, eso es todo.

Dejó sus labores, las puso junto al cojín de la silla que tenía al lado de la pierna y frunció los labios.

—¿Quién? ¿Quién ha hablado contigo y qué ha dicho?

—Un chico en la puerta del jardín. Dijo que nuestra familia era rara y que padre era un…

—¿Qué?

—No llegué a averiguarlo.

Sonrió y recogió sus labores.

—Y eso te ha hecho pensar, ¿no?

—Bueno, ¿no estarías tú también dándole vueltas?

—Yo ya sé todo lo que me hace falta saber —contestó con altanería—, y te digo una cosa, yo no creería nada de lo que digan sobre nosotros los vecinos.

—Bueno, pues cuéntamelo entonces —dije—. ¿Qué hizo nuestro padre antes de que yo naciera?

Jenny a veces sonreía. Sonreía cuando jugaba con ventaja, cuando podía ejercer un poco de poder sobre alguien, sobre todo si ese alguien era yo.

—Ya lo sabrás —respondió.

—¿Cuándo?

—Cuando llegue el momento apropiado. Al fin y al cabo, eres su heredero.

Hubo una larga pausa.

—¿A qué te refieres con «su heredero»? —pregunté—. ¿Qué diferencia hay entre tú y yo?

Ella suspiró.

—Bueno, de momento, no hay mucha, aunque tú recibes entrenamiento con armas y yo no.

—¿Tú no?

Pero pensándolo bien, ya lo sabía y supongo que en algún momento me habría preguntado por qué yo manejaba la espada y ella hacía costura.

—No, Haytham, yo no me entreno con armas. Ningún niño recibe entrenamiento con armas, Haytham, al menos no en Bloomsbury y quizá tampoco en todo Londres. Nadie excepto tú. ¿No te lo han dicho?

—¿El qué?

—Que no digas nada.

—Sí, pero…

—Bueno, ¿alguna vez te has preguntado por qué, por qué se supone que no debes decir nada?

Quizá sí. Quizás en el fondo lo sabía todo. No dije nada.

—Pronto averiguarás lo que te tienen reservado —dijo—. Nuestras vidas están planeadas, no te preocupes por eso.

—Bueno, y ¿qué te depara a ti el futuro?

Resopló con sorna.

—Qué me espera no es la pregunta adecuada sino quién. Eso sería más acertado.

Había un rastro de algo en su voz que no entendí del todo hasta mucho más tarde, y la miré, sabiendo que era mejor no seguir preguntándole y arriesgarme a sentir la punzada de aquella aguja. Pero cuando dejé el libro que había estado leyendo y abandoné la sala de dibujo, lo hice consciente de que aunque no hubiera averiguado casi nada sobre mi padre o mi familia, había aprendido una cosa de Jenny: por qué nunca sonreía, por qué siempre se mostraba tan hostil conmigo.

Era porque conocía el futuro. Conocía el futuro y sabía que me favorecía por ninguna otra razón salvo porque había nacido hombre.

Podría haberlo sentido por ella. Podría haberme dado lástima si no hubiera sido tan amarga.

No obstante, con la información que ahora poseía, el entrenamiento con armas al día siguiente tuvo una emoción especial. Así que nadie más recibía entrenamiento con armas. De repente tuve la sensación de estar probando la fruta prohibida, y el hecho de que mi padre fuera mi tutor solo la hacía más suculenta. Si Jenny tenía razón y había una vocación ante la que debía responder, como otros muchachos a los que se les preparaba para el sacerdocio, para que fueran herreros, carniceros o carpinteros, pues bien. Me parecía bien. No había nadie en el mundo al que admirase más que a mi padre. La idea de que estuviera pasándome sus conocimientos era reconfortante y emocionante a la vez.

Y, claro, había espadas de por medio. ¿Qué más podía pedir un muchacho? Al echar la vista atrás, sé que a partir de aquel día me convertí en un alumno más dispuesto y entusiasta. Todos los días, ya fuera mediodía o después de la cena, dependiendo de la agenda de mi padre, nos reuníamos en lo que llamábamos la sala de entrenamiento, pero en realidad era el cuarto de juegos. Y fue allí donde mi destreza con la espada comenzó a mejorar.

No he entrenado desde el ataque. No he tenido ánimos para volver a tomar la espada, pero sé que cuando lo haga me imaginaré aquella habitación, con sus oscuras paredes de roble, las librerías y la mesa de billar que se había apartado a un lado para hacer espacio. Y dentro, mi padre, con los ojos brillantes, la mirada dura, pero amable, siempre sonriendo, siempre animándome: bloquea, esquiva, juego de piernas, equilibrio, conciencia, anticipación. Aquellas palabras las repetía como un mantra; a veces no decía nada más durante toda una lección, tan solo daba las órdenes, asentía cuando lo hacía bien o negaba con la cabeza cuando me equivocaba, de vez en cuando se detenía para apartarse el pelo de la cara y se ponía detrás de mí para colocarme los brazos y las piernas en la posición adecuada.

Para mí aquello es, o era, el entrenamiento con armas: la librería, la mesa de billar, el mantra de mi padre y el sonido de…

La madera.

Sí, de la madera.

Para mi disgusto, usábamos espadas de madera en el entrenamiento. El acero vendría más adelante, decía cada vez que me quejaba.

iii

La mañana de mi cumpleaños, Edith estuvo especialmente amable conmigo y mi madre se aseguró de que me dieran mi desayuno favorito: sardinas con mostaza y pan fresco con mermelada de cereza, elaborada con la fruta de los árboles de nuestro jardín. Vi a Jenny mirándome con aire despectivo mientras engullía la comida, pero no le di importancia. Desde nuestra conversación en la sala de dibujo, fuera cual fuese el poder que tenía sobre mí, que ya era escaso, de algún modo se había hecho menos perceptible. Antes me habría parecido ridícula, quizás algo tonta y afectada por el desayuno que había recibido en mi cumpleaños. Pero aquel día no. Al volver la vista atrás, me pregunto si el día que cumplí ocho años fue el día que empecé a convertirme en un hombre.

Así que no, no me importó ver los labios torcidos de Jenny o los gruñidos de cerdo que emitía a escondidas. Yo solo tenía ojos para mi madre y mi padre, que solo tenían ojos para mí. Por su lenguaje corporal, ese pequeño código parental que había captado con el paso de los años, supe que iba a haber algo más, que los placeres de mi cumpleaños estaban listos para continuar. Y así fue. Para cuando terminé de comer, mi padre había anunciado que aquella noche iría a White's Chocolate House en la calle Chesterfield, donde se hacía chocolate caliente de los bloques sólidos de cacao que importaban de España.

Más tarde, aquel mismo día, Edith y Betty estuvieron mimándome y me vistieron con mi traje más elegante. Luego los cuatro subimos a un carruaje, aparcado fuera, junto al bordillo, desde el que miré disimuladamente hacia las ventanas de nuestros vecinos y me pregunté si los rostros de las niñas Dawson estarían pegados al cristal, o los de Tom y sus hermanos. Esperaba que así fuera.

Esperaba que pudieran verme en aquel momento. Que nos vieran y pensaran: «Ahí va la familia Kenway, van a salir de noche, como una familia normal».

iv

La zona alrededor de la calle Chesterfield estaba concurrida. Conseguimos acercarnos a la puerta de White's y, cuando llegamos, nos ayudaron a cruzar enseguida la vía atestada de gente, para entrar en la tienda.

Aun así, durante aquel corto paseo entre el carruaje y el refugio de la casa del chocolate miré a izquierda y derecha para ver un poco de la crueldad de Londres: el cuerpo de un perro yacía en una alcantarilla, un indeseable vomitaba contra una verja, vendedoras de flores, mendigos, borrachos, unos pilluelos salpicando en un charco de barro que parecía hervir sobre la calle.

En el interior nos recibió un denso aroma a humo, cerveza, perfume y, por supuesto, chocolate, así como el alboroto de un piano y unas voces altas. Todos estaban gritando y se apoyaban sobre las mesas de juego. Los hombres bebían de unas enormes jarras de cerveza; las mujeres, también. Vi a alguien con chocolate caliente y tarta. Por lo visto, todos se encontraban en un estado de gran entusiasmo.

Miré a mi padre, que se había parado en seco, y noté su incomodidad. Por un momento me preocupó que se diera la vuelta y se marchara, antes de que un caballero llamara mi atención al levantar un bastón. Era más joven que padre, con una sonrisa fácil y un brillo que era visible incluso desde el otro lado de la sala, y nos hacía señas con el bastón. Mi padre le reconoció y le saludó agradecido, y comenzó a caminar por el local, metiéndose entre las mesas, pasando por encima de perros e incluso de uno o dos niños, que revolvían a los pies de los parranderos, supuestamente esperando que algo cayera de las mesas de juego: trozos de tarta o tal vez monedas.

Llegamos a donde se hallaba el caballero del bastón. A diferencia de mi padre, que llevaba el pelo desgreñado, apenas recogido hacia atrás con un lazo, él lucía una peluca empolvada blanca, con la parte de atrás protegida por una bolsa de seda negra, y una levita de un color rojo vivo e intenso. Con un gesto de la cabeza, saludó a mi padre y luego concentró su atención en mí e hizo una reverencia exagerada.

—Buenas noches, señorito Haytham, creo que está recibiendo muchas felicitaciones. Recuérdeme su edad, señor. Por su comportamiento, veo que es un niño de gran madurez. ¿Once? ¿Doce, tal vez?

Al decir aquellas palabras, miró por encima de mi hombro con una brillante sonrisa y mis padres se rieron, agradecidos.

—Tengo ocho, señor —contesté, y me hinché, orgulloso, mientras mi padre terminaba las presentaciones.

El caballero era Reginald Birch, uno de los principales agentes inmobiliarios, que afirmó estar encantado de conocerme y luego saludó a mi madre con una larga reverencia, besándole el dorso de la mano.

A continuación centró su atención en Jenny y la tomó de la mano, inclinó la cabeza y llevó los labios hasta ella. Sabía lo suficiente para darme cuenta de que la estaba cortejando y enseguida miré a mi padre, esperando que interviniera.

Pero vi que él y madre parecían entusiasmados, aunque la expresión de Jenny era imperturbable y permaneció así mientras nos llevaban a una sala interior privada de la casa del chocolate, donde nos sentamos, Jenny al lado del señor Birch, al tiempo que los empleados del White's comenzaban a trabajar a nuestro alrededor.

Podría haberme quedado allí toda la noche, hartándome de chocolate caliente y tarta, de los que dejaron en la mesa una cantidad abundante. Tanto mi padre como el señor Birch parecían disfrutar de la cerveza. Así que al final fue mi madre la que insistió en marcharnos —antes de que cualquiera de nosotros se pusiera enfermo— y salimos a la calle, que estaba incluso más concurrida ahora de noche que al atardecer.

Durante un momento me hallé desorientado por el ruido y el hedor. Jenny arrugó la nariz y vi cómo le cruzaba el rostro a mi madre un destello de preocupación. Por instinto, padre se acercó más a todos nosotros, como si intentase protegernos del griterío.

Una mano sucia apareció delante de mi cara y alcé la vista para ver a un mendigo que en silencio pedía dinero, con unos ojos grandes, suplicantes, de un blanco resplandeciente en contraste con la mugre del rostro y del pelo; una vendedora de flores pasó a toda prisa junto a mi padre para tratar de llegar a Jenny y lanzó un «eh» de indignación cuando el señor Birch utilizó su bastón para bloquearle el paso. Yo mismo me sentía zarandeado y vi a dos pillos con las palmas extendidas hacia nosotros para intentar tocarnos.

Entonces, cuando un hombre salió de entre la muchedumbre, con la ropa sucia y andrajosa, enseñando los dientes y las manos extendidas para robar el collar de mi madre, ella lanzó un grito.

Y un instante después descubrí por qué el bastón de mi padre hacía aquel ruido curioso, puesto que para proteger a su esposa, sacó el cuchillo que escondía en su interior. En un abrir y cerrar de ojos, salvó la distancia que le separaba de ella, pero antes de vaciar la funda, cambió de opinión, tal vez al ver que el ladrón iba desarmado, y lo volvió a colocar en su sitio de un golpe para convertirlo de nuevo en bastón y, con el mismo movimiento, lo hizo girar para apartar la mano del rufián.

El ladrón lanzó un grito de dolor y sorpresa, y retrocedió en dirección al señor Birch, que lo lanzó hacia la calle, se abalanzó sobre él y colocó las rodillas sobre el pecho del hombre y un puñal en su garganta. Contuve la respiración.

Vi cómo mi madre abría mucho los ojos por encima del hombro de mi padre.

—¡Reginald! —exclamó padre—. ¡Basta!

—Ha intentado robarte, Edward —respondió el señor Birch, sin darse la vuelta.

El ladrón lloriqueó. Los tendones en las manos del señor Birch sobresalían y los nudillos estaban blancos sobre el mango del puñal.

—No, Reginald, esa no es manera de obrar —dijo mi padre con calma.

Tenía abrazada a mi madre, quien había hundido la cara en su pecho y gimoteaba quedamente. Jenny estaba cerca de ellos, a un lado; y yo, al otro. A nuestro alrededor se había reunido una multitud; los mismos vagabundos y mendigos que nos habían estado molestando ahora mantenían una distancia respetuosa. Una distancia respetuosa por el miedo.

—Lo digo en serio, Reginald —insistió mi padre—. Retira el puñal, déjale marchar.

—No me hagas quedar como un tonto, Edward —dijo Birch—, no delante de todos, por favor. Ambos sabemos que este hombre merece pagarlo, si no con su vida, entonces quizá con un dedo o dos.

Contuve la respiración.

—¡No! —ordenó mi padre—. No habrá derramamiento de sangre, Reginald. Cualquier relación que hubiera entre nosotros terminará si no haces lo que te digo en este mismo momento.

Se hizo el silencio. Oí farfullar al ladrón, que no dejaba de repetir: «Por favor, señor, por favor, señor, por favor, señor…». Tenía los brazos inmovilizados a los costados y, mientras yacía atrapado, pataleaba y agitaba las piernas en vano sobre los adoquines llenos de suciedad.

Hasta que, por fin, el señor Birch pareció tomar una decisión y retiró el puñal, dejándole al ladrón un pequeño corte sangrante. Se incorporó y le lanzó una patada al rufián, quien no necesitó nada más para incorporarse apresuradamente y salir de la calle Chesterfield, agradecido por escapar con vida.

Nuestro cochero había reaccionado y ahora estaba junto a la puerta, apremiándonos para que entrásemos en la seguridad del carruaje.

Mi padre y el señor Birch se quedaron mirándose el uno al otro, las miradas fijas. Al pasar mi madre junto a mí, vi arder la mirada del señor Birch. Advertí que padre le miraba de la misma forma y le ofreció la mano al tiempo que decía:

—Gracias, Reginald. De parte de todos nosotros, gracias por la rapidez de reflejos.

Noté la mano de mi madre en la parte baja de mi espalda mientras trataba de empujarme hacia el carruaje, pero estiré el cuello para ver a mi padre con la mano extendida hacia el señor Birch, que le lanzó una mirada asesina y se negó a aceptarla.

Después, justo cuando entraba a empujones en el carruaje, vi al señor Birch alargar la mano y alcanzar la de padre. Su mala cara se suavizó hasta convertirse en una sonrisa. Una sonrisa tímida, con cierta vergüenza, como si de pronto se hubiera acordado de quién era. Estrecharon sus manos y mi padre le otorgó al señor Birch el breve gesto de cabeza que yo conocía tan bien. Significaba que todo se había solucionado. Significaba que no se debía hablar más del asunto.

v

Por fin regresamos a casa, a la plaza Queen Anne, donde cerramos la puerta y nos olvidamos del olor a humo, estiércol y caballo, y yo le dije a madre y padre lo mucho que había disfrutado de aquella noche, se lo agradecí efusivamente y les aseguré que el alboroto en la calle no había echado a perder mi cumpleaños. En privado, me parecía que había sido la mejor parte.

Pero resultó que la noche no había terminado aún, porque, cuando iba a subir las escaleras, mi padre me hizo señas para que le siguiera y me llevó a la sala de juegos, donde encendió una lámpara de queroseno.

—Así que entonces te lo has pasado bien esta noche, Haytham —dijo.

—Me lo he pasado muy bien, señor —contesté.

—¿Cuál ha sido tu impresión del señor Birch?

—Me gusta mucho, señor.

Padre soltó una carcajada.

—Reginald es un hombre que le da mucha importancia al aspecto, a los modales, a la etiqueta y el orden. No es que se rija por la etiqueta y el protocolo como insignia solo cuando le conviene. Es un hombre de honor.

—Sí, señor —afirmé, pero debí de sonar tan dudoso como me sentía porque me miró con dureza.

—Ah —dijo—, ¿estás pensando en lo que pasó al salir de la chocolatería?

—Sí, señor.

—Y ¿por qué?

Señaló una de las estanterías. Al parecer quería que me acercase a la luz y a sus ojos para poder examinarme bien el rostro. La luz de la lámpara jugueteaba por sus rasgos y el pelo oscuro le brillaba. Sus ojos siempre eran amables, pero también podían ser intensos, como en aquel momento. Distinguí una de sus cicatrices, que parecía brillar más bajo la luz.

—Bueno, fue muy emocionante, señor —respondí y enseguida añadí—: Aunque lo que más me preocupaba era madre. Qué rápido fue al salvarla... Nunca había visto a nadie moverse a esa velocidad.

Se rio.

—El amor provoca esas cosas en un hombre. Lo descubrirás por ti mismo algún día. Pero ¿qué hay del señor Birch? ¿De su reacción? ¿Qué te pareció, Haytham?

—¿Señor?

—Birch parecía estar a punto de administrar un severo castigo a aquel sinvergüenza, Haytham. ¿Crees que se lo merecía?

Reflexioné antes de contestar. Por la expresión del rostro de mi padre, intensa y atenta, supe que mi respuesta era importante.

Y en la emoción de aquel momento supongo que pensé que el ladrón se merecía una reacción severa. Aunque breve, hubo un instante en el que una ira primaria deseó que le hicieran daño por atacar a mi madre. Ahora, en cambio, bajo el suave resplandor de la lámpara, con padre mirándome amablemente, me sentí de otro modo.

—Responde sinceramente, Haytham —me animó mi padre, como si leyera mis pensamientos—. Reginald tiene un sentido de la justicia muy marcado, o de lo que él describe como justicia. Es algo... bíblico. Pero ¿qué opinas tú?

—Al principio sentí ganas de... venganza, señor. Pero se me pasaron enseguida y me alegré de ver que al hombre le concedían clemencia —dije.

Mi padre sonrió y asintió, y después se volvió súbitamente hacia las librerías, donde con un movimiento de muñeca activó un dispositivo que movió unos cuantos libros para revelar un compartimento secreto. Se me paró el corazón cuando sacó algo de allí: una caja, que me entregó y, con un gesto de cabeza, me pidió que la abriera.

—Un regalo de cumpleaños, Haytham —dijo.

Me arrodillé, dejé la caja sobre el suelo y la abrí para revelar un cinturón de cuero que retiré enseguida porque sabía que debajo habría una espada; no una espada de madera para jugar, sino una de reluciente acero, con un mango ornamentado. La saqué de la caja y la sostuve en las manos. Era una espada corta y, aunque vergonzosamente sentí una punzada de decepción por ello, supe de inmediato que se trataba de una hermosa espada corta, y era mi espada corta. En aquel instante, decidí que nunca se apartaría de mí y ya estaba recogiendo el cinturón, cuando mi padre me detuvo.

—No, Haytham —dijo—, se queda aquí y no la sacarás ni utilizarás sin mi permiso. ¿Está claro?

Me había quitado la espada para devolverla a su caja y colocó el cinturón encima, antes de cerrarla.

—Pronto comenzarás el entrenamiento con esta espada —continuó—. Te queda mucho por aprender, Haytham, no solo acerca del acero que han sujetado tus manos, sino también del acero en tu corazón.

—Sí, padre —contesté, intentando no parecer tan confundido y decepcionado como me sentía.

Observé cómo se daba la vuelta y colocaba la caja en el compartimento secreto, y si estaba tratando de asegurarse de que no viera qué libro abría el compartimento, bueno, no lo consiguió. Era la Biblia del rey Jaime.

8 de diciembre de 1735

i

Hoy ha habido dos funerales más, de los dos soldados que habían destinado a los jardines. Por lo que sé, el ayudante de mi padre, el señor Digweed, asistió al servicio por el capitán, cuyo nombre nunca conocí, pero no estuvo nadie de nuestra casa en el funeral del segundo. Hay muchas pérdidas y luto a nuestro alrededor en estos momentos, es como si ya no quedara espacio para más, aunque suene insensible.

ii

Después de mi octavo cumpleaños, el señor Birch se convirtió en una visita regular a casa y, cuando no paseaba con Jenny por los jardines, o la llevaba a la ciudad en su carruaje, o se sentaba en la sala de dibujo a beber té y jerez, amenizando a las mujeres con historias de su vida en el ejército, se reunía con mi padre. Estaba claro para todos nosotros que pretendía casarse con Jenny y que aquella unión tenía la bendición de padre, pero se rumoreaba que el señor Birch había pedido posponer las nupcias; que quería ser lo más próspero posible para que Jenny tuviera el marido que se merecía, y que tenía echado el ojo a una mansión en Southwark para que viviera del modo al que ella estaba acostumbrada.

Madre y padre estaban entusiasmados con la idea, por supuesto, aunque a Jenny no le hacía tanta gracia. De vez en cuando la veía con los ojos enrojecidos y había desarrollado el hábito de salir volando de las habitaciones, ya fuera sumida en un berrinche o tapándose la boca con la mano, conteniendo las lágrimas. Más de una vez oí a padre decir: «Cambiará de opinión», y en una ocasión me miró de soslayo y puso los ojos en blanco.

Así como ella parecía marchitarse bajo el peso de su futuro, yo florecía ante la expectativa del mío. El amor que sentía por mi padre amenazaba constantemente con envolverme en su abrumadora magnitud; no le quería simplemente, sino que le idolatraba. A veces era como si los dos compartiéramos información que era secreta para el resto del mundo. Por ejemplo, a menudo me preguntaba qué me enseñaban mis tutores, escuchaba atentamente, y luego decía: «¿Por qué?». Siempre que me preguntaba algo, ya fuera sobre religión, ética o moralidad, sabía si le daba la respuesta de memoria o si lo repetía como un loro, y decía: «Bueno, me acabas de decir lo que opina el viejo señor Fayling» o «Ya sabemos lo que pensaba un escritor de hace siglos, pero ¿qué dice aquí, Haytham?» y me ponía una mano en el pecho.

Ahora me doy cuenta de lo que hacía. El viejo señor Fayling me enseñaba hechos y absolutos, y padre me pedía que los cuestionara. Los conocimientos que me transmitía el viejo señor Fayling, ¿de dónde salían? ¿Quién empuñaba la pluma y por qué debía confiar yo en aquel hombre?

Padre solía decir: «Para verlo diferente, antes debemos pensar diferente», y puede que suene estúpido y os riais, o tal vez al echar la vista atrás dentro de unos años, yo mismo me ría; pero a veces parecía que de verdad sentía cómo se expandía mi cerebro para mirar el mundo igual que mi padre. Por lo visto, tenía una manera de ver el mundo distinta a la de cualquiera, una manera de ver el mundo que ponía en entredicho la misma idea de «verdad».

Desde luego, yo ponía en duda lo que me enseñaba el viejo señor Fayling. Un día le cuestioné durante las Escrituras y me gané un golpe en los nudillos con su bastón, junto con la promesa de que informaría a mi padre, lo que finalmente hizo. Más tarde, padre me llevó a su estudio y, tras cerrar la puerta, sonrió abiertamente y se dio unos golpecitos en el lateral de la nariz.

—Muchas veces es mejor guardarte tus pensamientos, Haytham. Esconderte a plena vista.

Y eso fue lo que hice. Me descubrí observando a las personas a mi alrededor, intentando mirar en su interior como si de alguna manera fuese capaz de adivinar cómo veían el mundo, si como el viejo señor Fayling o como mi padre.

Al escribir esto ahora, por supuesto, me doy cuenta de que se me estaban subiendo demasiado los humos; me sentía mucho mayor de lo que era, lo que resultaría tan poco atractivo ahora, a los diez, como habría sido a los ocho, y luego a los nueve. Probablemente era insoportablemente altanero. Probablemente me creía el hombrecito de la casa. Cuando cumplí los nueve años, padre me regaló un arco con flechas, con el que practicaba en el jardín, y esperaba que las niñas Dawson o los chicos de los Barrett pudieran verme desde las ventanas.

Había pasado más de un año desde que había hablado con Tom en la puerta, pero a veces merodeaba por allí por si acaso nos volvíamos a encontrar. Padre era muy comunicativo respecto a todos los temas salvo los de su propio pasado. Nunca hablaba de su vida antes de llegar a Londres, ni de la madre de Jenny, así que albergaba la esperanza de que fuese esclarecedora cualquier información que me ofreciera Tom. Y aparte de eso, por supuesto, quería un amigo. No un pariente ni una niñera, un tutor o mentor; de esos ya tenía muchos. Tan solo quería un amigo. Y esperaba que fuera Tom.

Pero ya no lo será.

Le entierran mañana.

9 de diciembre de 1735

i

El señor Digweed vino a visitarme esta mañana. Llamó a la puerta, esperó mi respuesta y luego tuvo que agachar la cabeza para entrar, porque el señor Digweed, además de tener poco pelo, unos ojos ligeramente saltones y párpados venosos, es alto y delgado, y las puertas de nuestra residencia de emergencia son más bajas que las de casa. La manera de moverse encorvado por el lugar añadía a su aire de turbación la sensación de que se hallaba como pez fuera del agua. Había sido el ayudante de mi padre desde mi nacimiento, al menos desde que los Kenway se habían instalado en Londres, y como todos nosotros, quizás incluso más que el resto de nosotros, pertenecía a la plaza Queen Anne. Lo que agudizaba su dolor era la culpa. Se sentía culpable porque la noche del ataque estaba fuera, ocupado en asuntos familiares en Herefordshire; nuestro cochero y él regresaron la mañana después del ataque.

—Espero que pueda perdonarme de corazón, señorito Haytham —me dijo unos días después, con la cara pálida y demacrada.

—Claro, Digweed —contesté, sin saber qué añadir a continuación; nunca me había sentido cómodo dirigiéndome a él por su apellido, no sonaba bien en mi boca. Así que me limité a decir—: Gracias.

Aquella mañana su rostro cadavérico portaba la misma expresión solemne y supe que fuera cual fuese la noticia, era mala.

—Señorito Haytham —dijo delante de mí.

—¿Sí..., Digweed?

—Lo siento muchísimo, señorito Haytham, pero hemos recibido un mensaje de la plaza Queen Anne, de los Barrett. Desean aclararnos que nadie de la casa Kenway será bien recibido en el funeral del joven señorito Thomas. Piden respetuosamente que no haya ningún tipo de contacto.

—Gracias, Digweed —respondí y observé cómo hacía una breve reverencia, afligido, para luego agachar la cabeza y evitar, al marcharse, la viga baja de la puerta.

Me quedé allí un rato, con la vista fija en el espacio que él había ocupado, hasta que Betty regresó para quitarme el traje de funeral y vestirme con el de diario.

ii

Una tarde de hace semanas, estaba bajo las escaleras, jugando en el corto pasillo que llevaba a la sala de los criados, hacia la puerta de barrotes en el cuarto de la vajilla. Era en esa habitación donde se almacenaban los objetos de valor familiares: la plata que solo veía la luz del día en raras ocasiones en las que madre y padre tenían invitados; las reliquias de familia, las joyas de mi madre y algunos libros de mi padre que él consideraba de gran valor, libros irreemplazables. Siempre llevaba encima la llave del cuarto de la vajilla, colgada del cinturón, y solo le había visto confiársela al señor Digweed, aunque durante cortos periodos de tiempo.

Me gustaba jugar en el pasillo de al lado porque apenas lo transitaban, lo que significaba que no vendrían a molestarme las niñeras, siempre diciéndome que me levantara del suelo sucio antes de hacerme un agujero en los pantalones; ni otra persona bienintencionada del servicio, que me obligaría cortésmente a responder preguntas sobre mi educación o mis amigos inexistentes. Ni siquiera aparecerían madre o padre, diciéndome que me levantara del suelo sucio antes de hacerme un agujero en los pantalones y obligándome luego a responder preguntas sobre mi educación o mis amigos inexistentes. En el peor de los casos, vendría Jenny, que se burlaría de cualquier juego al que estuviera jugando y, si fueran soldaditos, haría un malintencionado esfuerzo por darle una patada a cualquier hombre de plomo.

No, el pasillo entre la sala de los criados y el cuarto de la vajilla era uno de los pocos sitios en la plaza Queen Anne donde, siendo realista, podía confiar en evitar cualquiera de esas cosas. Aquel pasillo era donde iba cuando quería que no me molestaran.

Excepto en aquella ocasión. Justo cuando estaba a punto de organizar a mis tropas, apareció un rostro nuevo que no era otro que el del señor Birch. Llevaba un farol conmigo, que había dejado sobre el suelo de piedra, y el fuego de la vela titiló por la bocanada de aire al abrirse la puerta del corredor. Desde mi posición en el suelo, vi el dobladillo de su levita y la punta de su bastón, y mientras subía la mirada para ver cómo me estaba observando, me pregunté si él también tendría guardada una espada en su bastón, si sonaría como la de mi padre.

—Señorito Haytham, esperaba encontrarle aquí —dijo con una sonrisa—. Me preguntaba si estaría ocupado.

Me apresuré a ponerme de pie.

—Solo estaba jugando, señor —contesté enseguida—. ¿Ha pasado algo?

—Oh, no. —Se rio—. En realidad, lo último que quiero es interrumpir sus juegos, aunque esperaba poder hablar con usted.

—Por supuesto —dije, asintiendo, aunque temía otra ronda de preguntas sobre mis habilidades en aritmética. Sí, disfrutaba haciendo cuentas. Sí, me gustaba escribir. Sí, esperaba algún día ser tan inteligente como mi padre. Sí, esperaba algún día seguir el negocio familiar.

Pero con un gesto de la mano el señor Birch me pidió que siguiera jugando y hasta dejó a un lado el bastón y se remangó los pantalones para agacharse junto a mí.

—¿Qué tenemos aquí? —preguntó, señalando a las figurillas de plomo.

—Es solo un juego, señor —respondí.

—Son soldados, ¿no? —quiso saber—. ¿Cuál es el comandante?

—No hay comandante, señor —dije.

Soltó una seca carcajada.

—Sus hombres necesitan un líder, señorito Haytham. ¿Cómo si no sabrán cuál es el mejor procedimiento? ¿Cómo si no se les inculcará un sentido de la disciplina y la determinación?

—No lo sé, señor —dije.

—Mire. —El señor Birch alargó la mano para quitar del pelotón a uno de los minúsculos hombres de plomo, le sacó brillo en su manga y lo apartó del resto—. Tal vez deberíamos convertir a este caballero en el líder. ¿Qué opina?

—Si le complace, señor…

—Señorito Haytham. —El señor Birch sonrió—. Este es su juego. Yo soy un mero intruso, alguien que espera que le digan cómo se juega.

—Sí, señor, creo que un líder irá bien en estas circunstancias.

De repente la puerta del pasillo se volvió a abrir, alcé la vista y esta vez vi entrar al señor Digweed. Bajo la luz titilante del farol advertí que él y el señor Birch intercambiaron una mirada.

—¿Puede esperar ese asunto, Digweed? —preguntó el señor Birch con voz tensa.

—Faltaría más, señor —contestó el señor Digweed, que hizo una reverencia y se retiró, cerrando tras de sí la puerta.

—Muy bien —continuó el señor Birch y volvió a centrar su atención en el juego—. Entonces movamos a este caballero de aquí para que sea el líder de la unidad e inspire a sus hombres grandes hazañas, para que les sirva de ejemplo y les enseñe las virtudes del orden, la disciplina y la lealtad. ¿Qué opina, señorito Haytham?

—Sí, señor —asentí obedientemente.

—Hay algo más, señorito Haytham —dijo el señor Birch, llevando la mano entre sus pies para recoger a otros soldados de plomo del grupo y colocarlos junto al capitán nominal—. Un líder necesita tenientes de confianza, ¿no?

—Sí, señor —estuve de acuerdo. Hubo una larga pausa, durante la que observé al señor Birch colocar con un cuidado desmedido a dos tenientes junto al líder, una pausa que se hacía cada vez más incómoda conforme pasaban los segundos, hasta que dije, más por romper aquel violento silencio que porque quisiera hablar de lo inevitable—: ¿Quiere hablarme de mi hermana, señor?

—¡Vaya, ve a través de mí, señorito Haytham! —El señor Birch se rio con ganas—. Su padre es un buen maestro. Veo que, entre otras cosas, le ha enseñado a ser astuto, sin duda.

No estaba seguro de a qué se refería, así que permanecí callado.

—¿Cómo va el entrenamiento con armas, si me permite la pregunta? —inquirió el señor Birch.

—Muy bien, señor. Cada día mejoro un poco o eso dice padre —afirmé con orgullo.

—Excelente, excelente. ¿Y su padre alguna vez le ha comentado el propósito de su entrenamiento? —preguntó.

—Padre dice que mi verdadero entrenamiento empezará el día de mi décimo cumpleaños —respondí.

—Bueno, me pregunto qué tendrá que decirle —dijo con la frente arrugada—. ¿De verdad no tiene ni idea? ¿Ni siquiera un atisbo de qué podría ser?

—No, señor, no lo sé —dije—. Tan solo se me ocurre que me ofrecerá un camino que seguir. Un credo.

—Entiendo. ¡Qué emocionante! ¿Y nunca le ha dado ninguna pista de lo que podría ser ese «credo»?

—No, señor.

—¡Fascinante! Me apuesto cualquier cosa a que está impaciente. Mientras tanto, ¿le ha dado su padre una espada de hombre con la que pueda aprender el oficio o sigue utilizando las de madera para practicar?

Torcí el gesto.

—Tengo mi propia espada, señor.

—Me gustaría muchísimo verla.

—La guardamos en la sala de juegos, señor, en un lugar seguro al que solo mi padre y yo tenemos acceso.

—¿Solo usted y su padre? Entonces, ¿también tiene usted acceso a ella?

Me ruboricé y agradecí que la luz tenue del pasillo no permitiera que el señor Birch viera la vergüenza en mi rostro.

—Lo único que digo es que sé dónde está la espada, señor, no que sepa cómo acceder a ella —aclaré.

—Entiendo. —El señor Birch sonrió abiertamente—. Es un lugar secreto, ¿no? ¿Una cavidad oculta dentro de una estantería?

Mi cara tuvo que decirlo todo. Se rio.

—No se preocupe, señorito Haytham, su secreto está a salvo conmigo.

Le miré.

—Gracias, señor.

—Eso era más o menos todo.

Se levantó, tomó su bastón, se sacudió los pantalones, aunque no se había manchado, y se volvió hacia la puerta.

—¿Y mi hermana, señor? —inquirí—. No me ha preguntado por ella.

Se detuvo, se rio bajito y me alborotó el pelo. Un gesto que me gustó bastante. Tal vez porque mi padre también lo hacía.

—Ah, no me hace falta. Me ha dicho todo lo que necesitaba saber, señorito Haytham —dijo—. Sabe tan poco de la hermosa Jennifer como yo, y quizás así tenga que ser. Las mujeres deberían ser un misterio para nosotros, ¿no cree, señorito Haytham?

No tenía la más mínima idea de lo que estaba hablando, pero sonreí de todas formas, y suspiré, aliviado, cuando una vez más volví a tener el pasillo del cuarto de la vajilla para mí solo.

iii

No mucho después de aquella conversación con el señor Birch, me hallaba en otra parte de la casa y me dirigía a mi habitación, cuando al pasar por el estudio de mi padre, oí allí dentro unas voces elevadas: se trataba de padre y el señor Birch.

Por miedo a no encontrar un buen escondite, me quedé demasiado lejos para alcanzar a oír lo que decían, y me alegré de mantener la distancia, porque en aquel instante se abrió la puerta del estudio y salió el señor Birch a toda velocidad. Estaba furioso —era fácil ver su enfado por el color de las mejillas y los ojos en llamas—, pero al verme en el pasillo, se paró en seco, todavía nervioso.

—Lo he intentado, señorito Haytham —dijo mientras se tranquilizaba y comenzaba a abotonarse el abrigo, dispuesto a marcharse—. He intentado advertirle.

Y tras pronunciar aquellas palabras, se puso el tricornio en la cabeza y se marchó sigilosamente. Mi padre había aparecido en la puerta de su despacho y fulminaba al señor Birch con la mirada y, aunque había sido sin duda un encuentro desagradable, eran asuntos de adultos y no eran de mi incumbencia.

Tenía otras cosas en las que pensar. Al cabo de pocos días, tuvo lugar el ataque.

iv

Sucedió la noche antes de mi cumpleaños. Me refiero al ataque. Estaba despierto, tal vez por el entusiasmo del día siguiente, pero también porque tenía la costumbre de levantarme después de que Edith dejara la habitación para sentarme en el alféizar y mirar por la ventana. Desde mi posición estratégica veía gatos y perros, o incluso zorros, que cruzaban el césped bañado por la luna. Si no observaba la fauna y flora, me quedaba contemplando la noche, mirando la luna, el color gris acuoso que le otorgaba a la hierba y los árboles. Al principio creí que lo que veía a lo lejos eran luciérnagas. Me habían contado de todo sobre las luciérnagas, pero nunca las había visto. Lo único que sabía era que se movían en grupo y emitían un brillo pálido. Sin embargo, enseguida me di cuenta de que aquella luz no era un brillo pálido en absoluto, sino que, de hecho, se encendía y apagaba para luego encenderse otra vez. Estaba viendo una señal.

Se me cortó la respiración. La luz intermitente parecía proceder de los alrededores de la vieja puerta de madera en el muro, por la que había visto a Tom aquel día, y lo primero que pensé fue que intentaba contactar conmigo. Aunque me pareció raro, ni por un segundo imaginé que la señal estuviera dirigida a otra persona. Estaba demasiado ocupado poniéndome unos pantalones, metiéndome la camisa de dormir por la cinturilla y subiéndome los tirantes. Luego me enfundé un abrigo. En lo único que podía pensar era en la magnífica aventura que estaba a punto de emprender.

Ahora, al echar la vista atrás, me doy cuenta de que en la mansión vecina Tom debía de ser otro muchacho al que le gustaba sentarse en el alféizar de la ventana para observar la vida nocturna del jardín de su casa. Y, como yo, debía de haber visto la señal. Y tal vez Tom había pensado lo mismo que yo: que yo le hacía esa señal. Y su reacción fue hacer lo mismo: vestirse apresuradamente y bajar a investigar…

Dos nuevos rostros habían aparecido en la casa de la plaza Queen Anne, un par de antiguos soldados inflexibles, contratados por mi padre. Su explicación fue que los necesitábamos porque había recibido «información».

Solo eso. «Información», eso fue lo único que dijo. Y entonces me pregunté igual que me pregunto ahora qué significaría aquello y si tenía algo que ver con la acalorada conversación que había escuchado por casualidad entre él y el señor Birch. Fuera lo que fuese, no había visto mucho a los dos soldados. Lo único que sabía era que uno estaba situado en la sala de dibujo, en la parte delantera de la mansión, mientras que el otro se hallaba cerca del fuego en la sala de los criados, supuestamente para vigilar el cuarto de la vajilla. Ambos fueron fáciles de evitar después de bajar las escaleras para llegar a la planta baja y escabullirme hacia la silenciosa cocina, iluminada por la luna, que nunca había visto tan oscura, vacía y tranquila.

Y fría. El aliento se me heló y enseguida me eché a temblar, incómodo al comprobar el frío que hacía en comparación con el calor escaso que creía tener en mi cuarto.

Junto a la puerta había una vela, que encendí y, con la mano ahuecada sobre la llama, sostuve para iluminar el camino mientras salía a los establos. Y si pensaba que en la cocina hacía frío, pues, bueno…, fuera hacía el tipo de frío que te hace sentir que el mundo a tu alrededor es quebradizo y está a punto de romperse; hacía tanto frío que me quedé sin aliento mientras me planteaba si podría continuar.

Uno de los caballos relinchó y piafó, y por algún motivo aquel ruido me ayudó a decidirme. Pasé las casetas de los perros hasta llegar a una pared lateral y crucé un gran arco que daba al huerto. Seguí por los manzanos altos y pelados, y después quedé al descubierto, plenamente consciente de que la mansión se hallaba a mi derecha, e imaginé rostros en cada una de sus ventanas: Edith, Betty, madre y padre estarían mirando y me verían fuera de mi habitación, corriendo como un loco por los jardines. No era que estuviese corriendo como un loco literalmente, por supuesto, pero eso dirían ellos; eso diría Edith mientras me regañara y también mi padre, cuando me golpeara con el bastón por causar problemas.

Pero si esperaba un grito de la casa, no oí ninguno, así que continué caminando por el muro que rodeaba el perímetro y comencé a correr deprisa hacia la puerta. Todavía temblaba, pero al aumentar mi entusiasmo, me pregunté si Tom habría llevado comida para un festín a medianoche: jamón, pastel y galletas. Oh, y ponche caliente sería lo que mejor vendría, también…

Un perro empezó a ladrar. Era *Thatch*, el sabueso irlandés de mi padre, en su caseta del establo. Los ladridos hicieron que me detuviese y me agaché bajo las desnudas ramas de un sauce que colgaban bajas, hasta que cesó de manera tan repentina como había empezado. Más tarde, claro, entendería por qué se había detenido tan súbitamente. Pero no se me ocurrió en aquel momento porque no tenía motivos para sospechar que un invasor le hubiera cortado el cuello a *Thatch*. Ahora creemos que fueron cinco los que nos sorprendieron con cuchillos y espadas. Cinco hombres se dirigieron a la mansión mientras yo me encontraba en los jardines, totalmente ajeno a lo que sucedía.

Pero ¿cómo iba a saberlo yo? Era un niño tonto que ansiaba aventuras y grandes hazañas, por no mencionar el jamón y la tarta, y continué por el muro que rodeaba el perímetro hasta llegar a la puerta.

Que estaba abierta.

¿Qué esperaba? Que estuviera cerrada, supongo, y que Tom se hallara al otro lado. Tal vez uno de nosotros habría trepado el muro. Tal vez habríamos planeado intercambiar cotilleos con la puerta entre nosotros. Lo único que sabía era que la puerta estaba abierta y comencé a tener la sensación de que algo iba mal, y al final se me pasó por la cabeza que la señal que había visto desde la ventana de mi habitación quizá no iba dirigida a mí.

—¿Tom? —susurré.

No se oyó nada. La noche estaba en completo silencio: no se oían pájaros, ningún animal, nada. Ya nervioso, estaba a punto de darme la vuelta y marcharme, de volver a la casa y a la seguridad de mi caliente cama, cuando vi algo. Un pie. Me alejé un poco más de la puerta, donde el pasadizo estaba bañado por el blanco sucio de la luz de la luna, que otorgaba a todo un suave resplandor mugriento, incluida la carne del muchacho despatarrado en el suelo.

Estaba medio tumbado, medio sentado, recostado en la pared de enfrente, vestido casi exactamente igual que yo, con unos pantalones y una camisa de dormir, aunque él no se había molestado en metérsela por dentro y estaba retorcida alrededor de las piernas, colocadas en un ángulo extraño y antinatural, sobre el duro barro del sendero lleno de surcos.

Era Tom, por supuesto. Tom, cuyos ojos muertos me miraban fijamente, sin verme, bajo el ala de su sombrero, torcido sobre la cabeza; Tom, cuya sangre brillaba a la luz de la luna mientras caía a chorros del profundo corte que le habían hecho en la garganta.

Comenzaron a castañetearme los dientes. Oí un gimoteo y me di cuenta de que era yo. Cien pensamientos de pánico se agolparon en mi cabeza.

Y entonces todo pasó tan deprisa para mí que incluso no recuerdo el orden exacto de los acontecimientos, aunque creo que comenzaron con el sonido de un cristal al romperse y un grito que provenía de la casa.

«Corre».

Me avergüenza el admitir que las voces, los pensamientos que entraban a empujones en mi cabeza, gritaban solo aquella palabra, todas a la vez.

«Corre».

Y yo las obedecí. Corrí. Solo que no en la dirección que me pedían. ¿Estaba haciendo lo que mi padre me había inculcado y escuchaba a mis instintos o los estaba ignorando? No lo sabía. Pero sí era consciente de que estaba corriendo hacia el más terrible de los peligros, aunque cada músculo de mi ser quería escapar de él.

Crucé a toda velocidad los establos e irrumpí en la cocina, donde apenas me detuve para aceptar el hecho de que la puerta pendía abierta de las bisagras. Oí más gritos provenientes de algún lugar del vestíbulo, vi sangre en el suelo de la cocina y crucé la puerta hacia las escaleras, solo para descubrir otro cuerpo. Era uno de los soldados. Yacía en el pasillo, agarrándose el estómago, con los ojos parpadeando sin cesar y un chorro de sangre saliendo de la boca mientras le llegaba la muerte.

Al pasar por encima de él y correr hacia las escaleras, solo podía pensar en llegar hasta mis padres. En el vestíbulo, que estaba a oscuras pero lleno de gritos y ruido de personas corriendo, comenzaron a aparecer los primeros hilos de humo. Intenté orientarme. Arriba se oyó otro grito y alcé la vista para ver unas sombras danzantes en el balcón y, por un instante, el destello del acero en las manos de uno de nuestros atacantes. En el descansillo se lo encontró uno de los ayudas de cámara de mi padre, pero la escasa luz no me dejó ver el destino del pobre chico, aunque sí lo oí y por mis pies sentí el golpe húmedo de su cuerpo al caer del balcón sobre el suelo de madera, no muy lejos de mí. Su asesino emitió un aullido de triunfo y oí sus pasos mientras corría más allá del descansillo, hacia los dormitorios.

—¡Madre! —grité, y corrí hacia las escaleras justo cuando vi abrirse la puerta de su habitación y mi padre salir atropelladamente para encontrarse con el intruso.

Llevaba unos pantalones, los tirantes sobre los hombros desnudos y el pelo suelto, sin recoger. En una mano sostenía un farol y en la otra, su espada.

—¡Haytham! —me llamó cuando llegué al final de las escaleras.

El intruso estaba entre nosotros dos, en el rellano. Se detuvo, se volvió para mirarme y, bajo la luz del farol de mi padre, pude verle bien por primera vez. Llevaba unos pantalones, un chaleco negro de cuero y una pequeña máscara que le cubría medio rostro, como las que se llevan en un baile de disfraces. Y estaba cambiando de dirección. En vez de subir para enfrentarse a mi padre, volvía por el descansillo para cargar contra mí, con una sonrisa.

—¡Haytham! —repitió mi padre.

Se apartó de mi madre y comenzó a correr hacia el rellano tras el intruso. Al instante salvó la distancia entre ambos, pero no era suficiente, y me di la vuelta para escapar. Sin embargo, al pie de las escaleras había un segundo hombre, con una espada en la mano, que me bloqueaba el paso. Iba vestido igual que el primero, aunque advertí una diferencia: sus orejas. Terminaban en punta y la máscara le otorgaba el aspecto de un horrible polichinela deforme. Por un momento, me quedé paralizado, luego me volví para ver que el hombre sonriente detrás de mí se había dado la vuelta para enfrentarse a mi padre y sus espadas se entrechocaban. Padre había dejado el farol atrás y luchaban en la penumbra. Una breve y brutal batalla, salpicada por los gruñidos y el repiqueteo del acero. Incluso en el fragor y el peligro del momento deseé que hubiera habido más luz para poder ver bien cómo luchaban.

Entonces terminaron y el asesino sonriente ya no sonreía, dejó caer su espada y cayó por la barandilla con un grito hasta tocar el suelo. El intruso de orejas puntiagudas había subido la mitad de las escaleras, pero se lo pensó mejor y se dio la vuelta para escapar hacia el vestíbulo.

Abajo se oyó un alarido. Por encima de la barandilla vi a un tercer hombre, también con máscara, que le hizo señas al de orejas puntiagudas antes de que ambos desaparecieran de mi vista bajo el descansillo. Alcé la mirada y, a pesar de la poca luz, vi una expresión cruzar el rostro de mi padre.

—La sala de juegos —dijo.

Y al instante, antes de que mi madre o yo pudiésemos detenerle, saltó por encima de la barandilla hacia el vestíbulo de abajo. Cuando brincó, mi madre gritó: «¡Edward!» y la angustia de su voz retumbó en mis propios pensamientos. No. En mi único pensamiento: nos está abandonando.

«¿Por qué nos está abandonando?».

El camisón de mi madre la envolvía de forma desordenada mientras corría por el rellano hacia donde yo estaba al final de las escaleras; su cara era una máscara de terror. Tras ella llegó otro atacante, que apareció en la escalera al otro lado del descansillo y alcanzó a mi madre al mismo tiempo que ella me alcanzó a mí. La agarró desde atrás con una mano mientras echaba su espada hacia delante para cruzar con la hoja su cuello al descubierto.

No me detuve a pensar. No pensé nada en absoluto hasta mucho más tarde. Pero en un solo movimiento subí las escaleras, tomé la espada del atacante muerto, la alcé por encima de mi cabeza y con ambas manos se la clavé en la cara al atacante antes de que pudiera cortarle la garganta.

Mi puntería fue certera y la punta de la espada atravesó el ojo de la máscara y se hundió en su cuenca. Su alarido abrió un agujero irregular en la noche mientras se apartaba de mi madre con la espada incrustada en su ojo por un momento. Después se la arrancó mientras chocaba contra la barandilla, perdía el equilibrio durante unos instantes, caía de rodillas y se arrojaba hacia delante, muerto antes de que su cabeza tocara el suelo.

Madre corrió a mis brazos y hundió la cabeza en mi hombro, aunque estuviera agarrando la espada, y la tomé de la mano para continuar bajando las escaleras. Cuántas veces me había dicho mi padre de camino a su trabajo diario: «Hoy te quedas al mando, Haytham; cuidarás de tu madre por mí». Ahora estaba de verdad al mando.

Llegamos al pie de las escaleras, donde una extraña calma parecía haber descendido sobre la casa. El vestíbulo estaba vacío ahora y seguía a oscuras, aunque iluminado por un titilante resplandor naranja que no auguraba nada bueno. El aire estaba empezando a condensarse por el humo, pero a través de la neblina vi unos cuerpos: el del asesino, el del ayudante que habían matado antes... Y a Edith, que yacía con la garganta abierta en un charco de sangre.

Mi madre también vio a Edith, gimoteó e intentó tirar de mí para llevarme hacia las puertas principales, pero la puerta de la sala de juegos estaba medio abierta y oí el sonido de la lucha de espadas que provenía del interior. Eran tres hombres, uno de ellos, mi padre.

—Padre me necesita —dije, tratando de soltarme de mi madre, que al ver lo que estaba a punto de hacer, tiró de mí con más fuerza, hasta que logré liberarme con tal ímpetu que la mujer cayó al suelo.

Durante un extraño momento me planteé ayudar a mi madre a levantarse y pedirle disculpas puesto que era espantoso verla en el suelo por mi culpa. Pero entonces oí un fuerte chillido que provenía del interior de la sala de juegos y bastó para lanzarme hacia la puerta.

Lo primero que vi fue que el compartimento de la librería estaba abierto y distinguí la caja que contenía la espada. Por lo demás, la sala estaba igual que siempre, justo como la habíamos dejado tras la sesión de entrenamiento, con la mesa de billar tapada, retirada para dejar espacio para el entreno; donde unas horas antes aquel mismo día mi padre me había dado clases y me había reprendido. Donde ahora mi padre estaba de rodillas, muriéndose.

De pie sobre él se encontraba un hombre con la espada hundida hasta la empuñadura en el pecho de mi padre, cuya hoja sobresalía por la espalda, goteando sangre sobre el suelo de madera. No mucho más lejos estaba el hombre de orejas puntiagudas, que tenía un gran corte profundo en su rostro. Habían hecho falta dos hombres para derrotar a padre, pero con eso había bastado.

Me abalancé sobre el asesino que estaba desprevenido. Como no tuvo tiempo de retirar la espada del pecho de mi padre, se dio la vuelta para esquivar mi hoja y soltó su espada a la vez que mi padre caía al suelo.

Como un tonto continué siguiendo al asesino, me olvidé de protegerme el costado, y lo siguiente que vi fue un movimiento repentino por el rabillo del ojo cuando el hombre de orejas puntiagudas avanzó. No estoy seguro de si pretendía hacerlo o calculó mal su golpe, pero en lugar de darme con la espada, me aporreó con el pomo y se me ennegreció la visión; mi cabeza tocó algo que tardé un segundo en identificar como la pata de la mesa de billar, y caí al suelo, aturdido, despatarrado enfrente de mi padre, que yacía de costado con la empuñadura de la espada todavía saliendo de su pecho. Aún había vida en sus ojos, solo una chispa, y sus párpados se movieron por un momento, como si estuviera enfocando, asimilándome. Durante unos instantes, nos quedamos el uno frente al otro, los dos hombres heridos. Estaba moviendo los labios. A través de una oscura nube de dolor y pena vi que alargaba la mano hacia mí.

—Padre… —dije.

A continuación el asesino se acercó y, sin detenerse, se agachó y retiró su espada del cuerpo de mi padre, que se sacudió y arqueó con un último espasmo de dolor mientras sus labios se separaban de los dientes ensangrentados, y murió.

Noté una bota en el costado que me empujaba hasta ponerme boca arriba. Alcé la vista y miré a los ojos del asesino de mi padre, que ahora sería el mío, el que con una sonrisita levantaba su espada con ambas manos y estaba a punto de clavármela.

Si me daba vergüenza afirmar que mis voces interiores me habían ordenado correr hacía tan solo unos instantes, me lleno ahora de orgullo al decir que se habían calmado; me enfrentaba a la muerte con dignidad, consciente de que había hecho todo lo posible por salvar a mi familia; agradecido porque pronto estaría junto a mi padre.

Pero por supuesto no iba a ser así. No es un fantasma el que escribe estas palabras. Algo atrajo mi atención, la punta de una espada que apareció entre las piernas de mi asesino y en aquel mismo instante se dirigió hacia arriba, abriéndole el torso desde la entrepierna. Desde entonces me he dado cuenta de que la dirección del ataque tuvo menos que ver con la violencia y más con la necesidad de apartar al asesino de mí, de no empujarlo hacia delante. Pero violento sí fue, y gritó cuando le partieron por la mitad. La sangre salpicó al mismo tiempo que las tripas caían al suelo para seguirlas inmediatamente el cuerpo sin vida.

Detrás de él estaba el señor Birch.

—¿Estás bien, Haytham? —preguntó.

—Sí, señor —resollé.

—¡Soberbio! —exclamó y después se dio la vuelta con la espada alzada para interceptar al hombre de orejas puntiagudas, que se acercaba a él con la hoja destellando.

Me puse de rodillas, recogí la espada del suelo y me levanté, dispuesto a unirme al señor Birch, que había llevado al hombre de orejas puntiagudas de vuelta a la puerta de la sala de juegos, cuando de repente el atacante vio algo —algo que no se veía detrás de la puerta— y se movió a un lado. A continuación, el señor Birch retrocedió y extendió la mano para impedir que yo siguiera caminando mientras en la puerta había vuelto a aparecer el hombre de orejas puntiagudas. Solo que esta vez tenía un rehén. No era mi madre, como al principio había temido, sino Jenny.

—Atrás —gruñó el de orejas puntiagudas.

Jenny gimoteó y abrió los ojos de par en par cuando la hoja le presionó el cuello.

¿Puedo admitir…, puedo admitir que en aquel momento me preocupaba más vengar la muerte de mi padre que proteger a Jenny?

—Quedaos ahí —insistió el hombre de orejas puntiagudas y tiró de mi hermana.

Llevaba el dobladillo del camisón enredado en sus tobillos y arrastraba los talones por el suelo. De repente apareció un tercer hombre enmascarado que portaba una antorcha encendida. El vestíbulo ahora estaba prácticamente lleno de humo. Veía las llamas saliendo de otra parte de la casa, rozando las puertas de la sala de dibujo. El hombre de la antorcha se dirigió como una flecha hacia las cortinas para quemarlas y la casa comenzó a arder a nuestro alrededor sin que el señor Birch ni yo pudiéramos hacer nada para evitarlo.

Por el rabillo del ojo vi a mi madre y di gracias a Dios de que estuviera bien. Aunque Jenny era otra cuestión. Mientras la arrastraban hacia la puerta de la mansión, tenía los ojos clavados en mí y en el señor Birch como si fuésemos sus únicas esperanzas. El atacante de la antorcha se acercó a su compañero, abrió la puerta y salió a toda velocidad hacia un carruaje que vi fuera, en la calle.

Por un momento pensé que tal vez dejarían marchar a Jenny, pero no. Mi hermana empezó a gritar mientras la arrastraban al carruaje y la metían dentro a empujones. Todavía gritaba cuando un tercer hombre enmascarado en el asiento del cochero sacudió las riendas, utilizó la fusta y el carruaje salió traqueteando hacia la noche, dejándonos escapar de la casa incendiada, alejando a rastras a nuestros muertos de las garras de las llamas.

10 de diciembre de 1735

i

Aunque hoy hayamos enterrado a mi padre, lo primero en lo que pensé cuando me desperté esta mañana no tenía nada que ver con él ni con su funeral, sino con el cuarto de la vajilla en la plaza Queen Anne.

No habían intentado entrar. Padre había contratado a los dos soldados porque estaba preocupado por un posible robo, pero nuestros atacantes habían subido a la primera planta sin ni siquiera molestarse en intentar asaltar el cuarto de la vajilla.

Porque iban a por Jenny, esa era la razón. ¿Y matar a mi padre era parte del plan?

Eso fue lo que pensé cuando me desperté en una habitación que estaba helada. No era raro que hiciera una temperatura tan baja y, de hecho, era algo que pensaba a diario. No obstante, hoy hacía especialmente frío en la habitación. El tipo de frío que te hace castañetear los dientes y te cala los huesos. Le eché un vistazo a la lumbre, preguntándome por qué no desprendía más calor el fuego, pero descubrí que estaba apagado y la chimenea, gris y polvorienta por las cenizas.

Salí de la cama y me dirigí hacia la ventana, en cuya parte inferior había una gruesa capa de hielo que no me dejaba ver el exterior. Jadeando por el frío, me vestí y abandoné el cuarto, sorprendido por el silencio que parecía reinar en la casa. Bajé sigilosamente las escaleras en busca del cuarto de Betty, di unos suaves golpes en la puerta y luego llamé con más fuerza. Al no obtener respuesta, dudé sobre cómo actuar a continuación, con una creciente preocupación. Y cuando seguí sin recibir respuesta, me arrodillé para mirar por la cerradura al tiempo que rezaba por no ver algo que no debiera.

Estaba dormida en una de las dos camas de su habitación. La otra estaba vacía y bien hecha, aunque a los pies había un par de lo que parecían botas masculinas, con una tira plateada en los talones. Volví a centrar la vista en Betty y la observé por un momento mientras caía la manta que la tapaba, pero luego decidí dejarla dormir y me levanté.

Fui tranquilamente a la cocina, donde la señora Searle se asustó un poco cuando entré, me miró de arriba abajo con una ligera desaprobación y después retomó su trabajo en la tabla de picar. La señora Searle y yo no nos llevábamos mal, tan solo era que aquella mujer miraba con recelo a todo el mundo, más desde el ataque.

—No es que haya tenido una vida muy indulgente —me dijo una tarde Betty.

Aquella era otra cosa que había cambiado desde el ataque: Betty se había vuelto mucho más franca y de vez en cuando soltaba indirectas de cómo se sentía en realidad. No me había dado cuenta de que ella y la señora Searle nunca se ponían de acuerdo, por ejemplo, ni tampoco tenía ni idea de que Betty desconfiaba del señor Birch. Pero así era.

—No sé por qué está tomando decisiones en nombre de los Kenway —había mascullado el día anterior, enfadada—. No es un miembro de la familia y dudo que alguna vez lo sea.

De alguna manera, al saber que Betty no le hacía mucho caso a la señora Searle, el ama de llaves me resultaba menos intimidante y a diferencia de antes, que me hubiera pensado dos veces entrar en la cocina sin previo aviso para pedir comida, ahora no tenía ningún reparo.

—Buenos días, señora Searle —saludé.

Me hizo una pequeña reverencia. Hacía frío en la cocina, igual que el que ella desprendía. En la plaza Queen Anne, la señora Searle tenía al menos tres ayudantes, por no mencionar otros empleados que entraban y salían por la gran puerta doble de la cocina. Pero eso era antes del ataque, cuando teníamos de todo. No hay nada como una invasión de hombres enmascarados, empuñando espadas, para espantar a los criados: la mayoría no había regresado al día siguiente.

Ahora solo estaban la señora Searle, Betty, el señor Digweed, una criada llamada Emily, y la señorita Davy, la doncella de mi madre. Eran los últimos empleados al servicio de los Kenway. O lo que quedaba de los Kenway, debería decir. Solo estábamos mi madre y yo ahora.

Salí de la cocina con un trozo de pastel envuelto en una servilleta que me había dado la señora Searle, con una expresión avinagrada. Sin duda no le parecía bien que rondara tan temprano por la casa, buscando comida antes del desayuno que ella estaba aún preparando. Me gusta la señora Searle y más siendo uno de los pocos miembros del servicio que se ha quedado con nosotros después de aquella noche terrible, pero, aun así, hay otros asuntos de los que preocuparse. El funeral de mi padre. Y de mi madre, claro.

Entonces me hallé en el vestíbulo, mirando el interior de la puerta principal, y antes de darme cuenta, la estaba abriendo, sin pensar; al menos, sin pensar demasiado. Salí a los escalones y a un mundo empañado de escarcha.

ii

—**P**ero ¿qué demonios pretendes hacer en una mañana tan fría como esta, Haytham?

Un carruaje acababa de detenerse delante de nuestra casa y en la ventanilla estaba el señor Birch. Llevaba un sombrero más grueso que de costumbre y una bufanda que le cubría la nariz, por lo que, a primera vista, parecía un bandolero.

—Solo miraba, señor —contesté desde las escaleras.

Se bajó la bufanda, intentando sonreír. Antes, cuando sonreía, le brillaban los ojos. Ahora, su sonrisa era como las frías cenizas a las que había quedado reducido el fuego que trata inútilmente de generar calor, tan forzada y cansada como su voz al hablar.

—Creo saber lo que estás buscando, Haytham.

—¿El qué, señor?

—¿El camino a casa?

Me quedé reflexionando y me di cuenta de que tenía razón. El problema era que había vivido los primeros diez años de mi vida guiado por mis padres y las niñeras. Aunque sabía que la plaza Queen Anne estaba cerca, y se podía ir caminando, no tenía ni idea de cómo llegar hasta allí.

—¿Pensabas hacer una visita? —preguntó.

Me encogí de hombros, pero la verdad era que sí, me había imaginado en la estructura de mi antiguo hogar, en la sala de juegos. Me había imaginado recuperando…

—¿Tu espada?

Asentí.

—Me temo que es muy peligroso entrar en tu casa. ¿Te gustaría pasar por allí de todas formas? Al menos, podrás verla. Entra, aquí fuera hace tanto frío como en el hocico de un galgo.

No tenía motivos para no obedecerle, sobre todo cuando sacó un sombrero y una capa del fondo del carruaje.

Cuando, unos minutos más tarde, nos detuvimos frente a la casa, no tenía nada que ver con la idea que me había hecho. No, estaba muchísimo peor. Como si el puño de un gigante divino la hubiera golpeado desde arriba, destrozando el tejado hasta llegar al suelo y abriendo un enorme agujero irregular en el edificio. Más que una casa, parecía un corte en sección.

A través de las ventanas rotas podíamos ver el vestíbulo y arriba, a través del suelo destrozado, el pasillo de la tercera planta, todo ello ennegrecido por el hollín. Veía muebles que reconocía, carbonizados, retratos quemados, colgando torcidos en las paredes.

—Lo siento, realmente es muy peligroso entrar, Haytham —dijo el señor Birch.

Al cabo de un rato me llevó de vuelta al carruaje y dio dos golpecitos en el techo con su bastón para ponernos en marcha.

—No obstante —dijo el señor Birch—, ayer me tomé la libertad de recuperar tu espada.

Metió la mano debajo de su asiento para sacar la caja. También estaba cubierta de hollín, pero cuando levantó la tapa, la espada apareció en el interior, tan reluciente como el día en que me la había entregado mi padre.

—Gracias, señor Birch —fue todo lo que pude decir cuando cerró la caja y la dejó en el asiento entre ambos.

—Es una bonita espada, Haytham. Estoy seguro de que la guardarás como un tesoro.

—Lo haré, señor.

—Me pregunto cuándo probará la sangre.

—No lo sé, señor.

Hubo una pausa y el señor Birch se colocó el bastón entre las rodillas.

—La noche del ataque, mataste a un hombre —dijo, girando la cabeza para mirar por la ventana. Pasamos por casas que solo se veían flotando a través de una neblina de humo y aire congelado. Era todavía muy temprano. Las calles estaban en silencio—. ¿Cómo te sentiste, Haytham?

—Estaba protegiendo a mi madre —respondí.

—Esa era la única opción posible, Haytham —respondió mostrando su acuerdo y asintió con la cabeza—, e hiciste lo correcto. Ni por un momento pienses lo contrario. Pero el hecho de que fuera la única opción no cambia que matar a un hombre sea un acto importante. Para cualquiera. Para tu padre o para mí, pero sobre todo para un muchacho de tan tierna edad.

—No siento tristeza por lo que hice. Solo actué.

—¿Y has pensado en ello desde entonces?

—No, señor. Solo he pensado en padre y madre.

—¿Y en Jenny…? —preguntó el señor Birch.

—Ah, sí, señor.

Hubo una pausa y cuando volvió a hablar su voz era apagada y solemne.

—Tenemos que encontrarla, Haytham —dijo.

Me quedé callado.

—Pienso marcharme a Europa, donde creo que la retienen.

—¿Cómo sabe que está en Europa, señor?

—Haytham, soy miembro de una prestigiosa e importante organización. Una especie de club o sociedad. Una de nuestras muchas ventajas es que tenemos ojos y oídos en todas partes.

—¿Cómo se llama, señor? —pregunté.

—Los Templarios, Haytham —respondió—. Soy un caballero templario.

—¿Un caballero? —repetí, mirándole con acritud.

Soltó una breve carcajada.

—Tal vez no exactamente el tipo de caballero en el que estás pensando, Haytham, una reliquia de la Edad Media, pero nuestros ideales son los mismos. Igual que nuestros antepasados tuvieron la intención de propagar la paz por toda Tierra Santa hace siglos, nosotros somos el poder oculto que ayuda a mantener la paz y el orden en nuestra época. —Señaló hacia la ventana con la mano, donde las calles aparecían ahora más concurridas—. Todo esto, Haytham, requiere estructura y disciplina, y la estructura y la disciplina requieren un ejemplo a seguir. Los Caballeros Templarios son ese ejemplo.

Giré la cabeza.

—¿Y dónde se reúnen? ¿Qué hacen? ¿Tienen armadura?

—Luego, Haytham. Luego te contaré más.

—Pero ¿mi padre también era miembro? ¿Era un caballero? —Me dio un vuelco el corazón—. ¿Me estaba entrenando para que me convirtiera en uno de los suyos?

—No, Haytham, él no lo era, y me temo que, según tengo entendido, estaba entrenándote en el manejo de la espada para que…, bueno, el hecho de que tu madre haya sobrevivido demuestra que las lecciones valieron la pena. No, mi relación con tu padre no se forjó en la Orden. Me complace decir que me contrató más por mi habilidad para administrar propiedades que por cualquier conexión secreta. Sin embargo, él sabía que yo era un caballero. Al fin y al cabo, los Templarios tenemos ricos y poderosos contactos y a veces podemos utilizarlos en nuestros asuntos. Puede que tu padre no fuera miembro, pero era lo bastante astuto para saber que merecía la pena esa relación: una palabra amable, pasar información útil —respiró hondo—, como por ejemplo el aviso del ataque en la plaza Queen Anne. Se lo dije, por supuesto. Le pregunté por qué se había convertido en un objetivo pero se burló al oírlo, falsamente tal vez. Nos peleamos, Haytham. Levantamos la voz. Pero ahora solo pienso en que debí haber sido más insistente.

—¿Fue esa la discusión que oí? —pregunté.

Me miró de reojo.

—Así que la oíste, ¿no? No estarías escuchando a escondidas, supongo.

Por el tono de su voz, supe que era mejor no haberla oído.

—No, señor Birch, oí una discusión, pero eso fue todo.

Me miró con dureza. Satisfecho al comprobar que decía la verdad, miró al frente.

—Tu padre era tan testarudo como inescrutable.

—Pero no ignoró la advertencia, señor. Después de todo, contrató a los soldados.

El señor Birch suspiró.

—Tu padre no se tomó la amenaza en serio y no hizo nada. Como no me escuchaba, decidí informar a tu madre. Fue la insistencia de ella la que le hizo contratar a los soldados. Ojalá los hubiera sustituido por hombres de nuestras filas. No los habrían derrotado con tanta facilidad. Lo único que puedo hacer ahora es intentar encontrar a su hija y castigar a los responsables. Para conseguirlo necesito saber por qué, cuál era el objetivo del ataque. Dime, ¿qué sabes de su vida antes de establecerse en Londres, Haytham?

—Nada, señor —contesté.

Soltó una seca carcajada.

—Bueno, pues ya somos dos. De hecho, más de dos. Tu madre tampoco sabe gran cosa.

—¿Y Jenny, señor?

—Ah, la igualmente inescrutable Jenny. Era tan frustrante como hermosa, tan inescrutable como adorable.

—¿«Era», señor?

—Es una forma de hablar, Haytham; al menos, eso espero con todo mi corazón. Tengo la esperanza de que Jenny esté a salvo en manos de sus captores, tan solo les será útil si está viva.

—¿Cree que se la han llevado para pedir un rescate?

—Tu padre era muy rico. Puede que la familia fuera un objetivo por su riqueza y la muerte de tu padre no estuviera planificada. Es muy posible. Tenemos hombres indagando esa posibilidad ahora. De la misma manera, la misión podría haber sido asesinar a tu padre, por lo que también tenemos hombres investigando esa posibilidad. Bueno, lo estoy investigando yo puesto que le conocía bien y sabría si tenía enemigos: enemigos con los medios para perpetrar tal ataque, en vez de inquilinos disgustados, quiero decir. Pero no he dado con ninguno, lo que me hace pensar que puede haber sido por rencor. Un rencor de toda la vida, algo relacionado con su vida anterior a Londres. Jenny, al ser la única que le conocía antes de esa fecha, puede que tenga las respuestas, pero fuera cual fuese esa información se la han llevado sus captores. En cualquier caso, Haytham, tenemos que localizarla.

Había algo en su manera de pronunciar «tenemos».

—Como digo, se cree que la han llevado a alguna parte de Europa, así que allí será donde realizaremos nuestra búsqueda. Y me refiero a nosotros dos, Haytham, tú y yo.

Me sobresalté.

—¿Señor? —dije, apenas capaz de creer lo que oía.

—Así es —confirmó—, vendrás conmigo.

—Mi madre me necesita, señor. No puedo dejarla aquí.

El señor Birch volvió a mirarme, en sus ojos no había bondad ni malicia.

—Haytham —dijo—, me temo que no es decisión tuya.

—Será de mi madre —insistí.

—Bueno, hasta cierto punto.

—¿A qué se refiere, señor?

Suspiró.

—Bueno, ¿has hablado con tu madre desde la noche del ataque?

—Ha estado demasiado afligida para ver a nadie salvo a la señorita Davy o a Emily. Se ha quedado en su cuarto y la señorita Davy dice que me llamará en cuanto pueda verme.

—Cuando la veas, la encontrarás cambiada.

—¿Señor?

—La noche del ataque, Tessa vio morir a su marido y su pequeño hijo mató a un hombre. Todo eso la ha afectado mucho, Haytham; puede que ya no sea la persona que recuerdas.

—Con más razón aún me necesitará.

—Quizá lo que necesita es encontrarse bien, Haytham. Probablemente con los menos recuerdos posibles de aquella noche terrible.

—Entiendo, señor —dije.

—Lo siento si te sorprende, Haytham. —Frunció el entrecejo—. Y puede que me equivoque, por supuesto, pero me he estado ocupando de los negocios de tu padre desde su muerte, he estado organizando asuntos con tu madre, he tenido la oportunidad de verla de cerca, así que no creo equivocarme. Esta vez no.

iii

Mi madre me llamó un poco antes del funeral.

Cuando Betty, que se había deshecho en disculpas, avergonzada, por lo que ella llamaba «mi cabezadita», me avisó, lo primero que pensé era que había cambiado de opinión sobre mi viaje a Europa con el señor Birch, pero estaba equivocado. Me dirigí como una flecha hacia su dormitorio, llamé a la puerta y me dijo que pasara, con una voz débil y aflautada, que nada tenía que ver con la de antes, suave pero autoritaria. Dentro, estaba sentada junto a la ventana y la señorita Davy toqueteaba las cortinas; aunque era de día, apenas había luz fuera, pero, en cambio, mi madre agitaba la mano delante de ella como si la molestara un pájaro furioso en vez de unos rayos grisáceos de sol invernal. Por fin la señorita Davy terminó para satisfacción de mi madre y con una sonrisa cansada me indicó que me sentase.

Mi madre giró la cabeza hacia mí, muy despacio, me miró y forzó una sonrisa. El ataque le había pasado factura. Era como si le hubieran chupado toda la vida; como si hubiera perdido la luz que siempre había tenido, ya estuviese sonriendo o enfadada, o, como decía padre, esa condición de libro abierto. Ahora la sonrisa se deslizaba de sus labios, que volvieron a fruncirse, como si lo hubiera intentado pero no tuviera la fuerza para seguir fingiendo.

—Sabes que no voy al funeral, ¿verdad, Haytham? —dijo con la mirada vacía.

—Sí, madre.

—Lo siento. Lo siento, Haytham, de verdad que sí, pero no tengo fuerzas.

No solía llamarme Haytham. Me llamaba «cariño».

—Sí, madre —dije, aunque sabía que sí tenía fuerza suficiente. «Tu madre tiene más valor que cualquier hombre que haya conocido, Haytham», decía mi padre.

Se habían conocido poco después de trasladarse a Londres y ella le había perseguido, «como una leona persigue a su presa», bromeaba padre, «una imagen tan espeluznante como imponente», y se ganó un tortazo por aquella broma en particular, el tipo de broma que tenía parte de verdad.

A ella no le gustaba hablar de su familia. Solo sabía que era adinerada. Y Jenny una vez había insinuado que la habían repudiado por su relación con padre. La razón, por supuesto, nunca la averigüé. Las pocas veces que molesté a mi madre para preguntarle sobre la vida de padre antes de llegar a Londres, había sonreído misteriosamente. Él ya me lo diría cuando estuviera preparado. Sentado en su habitación, me di cuenta de que parte de la pena que sentía era el dolor de saber que nunca oiría lo que mi padre tenía planeado contarme el día de mi cumpleaños. Aunque era una minúscula parte de la pena, debería aclarar, una parte insignificante en comparación con la pena de perder un padre y el dolor de ver a mi madre de aquella manera. Tan… reducida. Tan carente del valor del que hablaba padre.

Tal vez resultaba que la fuente de su fuerza era él. Tal vez la matanza de aquella noche terrible había sido demasiado para ella. Dicen que les ocurre a los soldados. Desarrollan el «corazón de soldado» y se convierten en sombras de lo que eran antes. El derramamiento de sangre los cambia de algún modo. Me pregunté si sería el caso de mi madre.

—Lo siento, Haytham —añadió.

—No pasa nada, madre.

—No, me refiero a que tengas que marcharte a Europa con el señor Birch.

—Pero aquí me necesitas, tengo que estar contigo. Para cuidarte.

Rio de manera displicente.

—El soldadito de mamá, ¿eh?

Me lanzó una mirada extraña e inquisitiva. Sabía exactamente lo que estaba pensando. Volvía a lo sucedido en las escaleras. Estaba viéndome clavar la espada en el ojo del atacante enmascarado.

Y entonces apartó la vista, dejándome casi sin aliento ante la cruda emoción de su mirada.

—Tengo a la señorita Davy y a Emily para que me cuiden, Haytham. Cuando se repare la casa de la plaza Queen Anne, volveremos a mudarnos y podré contratar más empleados. No, soy yo la que tengo que cuidar de ti y he nombrado al señor Birch para que dirija los asuntos de esta familia y sea tu guardián, para que te cuide bien. Es lo que tu padre habría querido.

Miró hacia las cortinas de forma burlona, como si tratase de recordar por qué las habían corrido.

—Creo que el señor Birch iba a hablar contigo en breve sobre el viaje a Europa.

—Sí, ya me lo ha dicho, pero…

—Bien.

Me miró. Había otra vez algo incómodo en su expresión y me di cuenta de que ya no era la madre que yo conocía. ¿O ya no era yo el hijo que ella conocía?

—Es lo mejor, Haytham.

—Pero, madre…

Me miró y enseguida apartó la vista.

—Vas a ir y no hay más que hablar —dijo con firmeza, con la mirada otra vez clavada en las cortinas.

Los ojos se me fueron hacia la señorita Davy como si buscase ayuda, pero no la encontré; en cambió me dedicó una sonrisa comprensiva y arqueó las cejas, una expresión que decía: «Lo siento, Haytham, no puedo hacer nada, ya se ha decidido». La habitación quedó en silencio, no se oía nada aparte del ruido de los cascos fuera, un mundo que seguía adelante, ajeno al hecho de que el mío se destruía.

—Eso es todo, Haytham —dijo madre, con un gesto para que me marchara.

Antes —me refiero a antes del ataque— no me llamaba a su habitación ni me decía que me retirara. Antes, nunca me apartaba de su lado sin al menos darme un beso en la mejilla, y me decía que me quería, al menos una vez al día.

Allí de pie, se me ocurrió que no había dicho nada sobre lo que había sucedido en las escaleras aquella noche. No me había llegado a dar las gracias por salvarle la vida. En la puerta, me detuve y me di la vuelta para mirarla, preguntándome si habría deseado un resultado distinto.

iv

El señor Birch me acompañó al funeral, un pequeño servicio informal en la misma capilla que habíamos usado para Edith, con casi el mismo número de asistentes: los de casa, el viejo señor Fayling y unos cuantos empleados del trabajo de padre, con los que el señor Birch habló después. Me presentó a uno de ellos, el señor Simpkin, un hombre que calculé que tendría unos treinta y tantos años, del que me dijeron que se ocuparía de los asuntos familiares. Hizo una pequeña reverencia y me miró con lo que me pareció una mezcla de incomodidad y lástima, esforzándose por encontrar la expresión adecuada.

—Me encargaré de su madre mientras esté en Europa, señorito Haytham —me aseguró.

Suponía que me marchaba en serio; que no tenía elección ni nada que decir al respecto. Bueno, sí tenía elección, supongo, podía escaparme. Aunque huir no me parecía una opción.

Llevamos los carruajes a casa. Al entrar en tropel, vi a Betty, que me miró y me dedicó una débil sonrisa. Al parecer la noticia sobre mi futuro inmediato se había propagado. Cuando le pregunté qué pensaba hacer, me contestó que el señor Digweed le había encontrado un trabajo alternativo. Al mirarme, le brillaron los ojos por las lágrimas y cuando abandonó la habitación, me senté en mi escritorio para escribir en mi diario con gran tristeza.

11 de diciembre de 1735

i

Partimos rumbo a Europa mañana por la mañana. Me sorprenden los pocos preparativos que han hecho falta. Es como si el fuego ya hubiera cortado todos mis lazos con la familia. Las pocas cosas que han quedado ocupan tan solo dos baúles, que se han llevado esta mañana. Hoy voy a escribir unas cartas y ver al señor Birch para decirle algo que ocurrió ayer por la noche, después de irme a dormir.

Estaba casi dormido cuando oí que alguien llamaba suavemente a la puerta, me incorporé y dije: «Entra», ya que esperaba a Betty.

Pero no era ella. Vi la silueta de una chica, que enseguida entró en mi dormitorio y cerró la puerta. Levantó una vela para que pudiera verle la cara y se llevó un dedo a los labios. Era Emily, la muchacha rubia, la sirvienta.

—Señorito Haytham —dijo—, tengo que contarle algo que me ha estado rondando la cabeza, señor.

—Adelante —dije, con la esperanza de que mi voz no revelara que de repente me sentía joven y vulnerable.

—Conozco a la criada de los Barrett —dijo rápidamente—. Violet, una de las que salieron de la casa aquella noche. Estaba cerca del carruaje al que subieron a su hermana, la señorita Jenny; llamó la atención de Violet y le dijo algo que Violet me ha contado.

—¿El qué? —pregunté.

—Fue muy rápido, señor, había mucho ruido, y antes de que pudiera añadir nada más la metieron a empujones en el carruaje, pero lo que Violet creyó oír fue «Traidor». Al día siguiente, un hombre fue a visitarla, un hombre con acento del suroeste de Inglaterra, o eso me dijo ella, que quería saber qué había oído, pero Violet le dijo que no había oído nada, incluso cuando el caballero la amenazó. Le enseñó un cuchillo de muy mal aspecto, señor, que tenía en el cinturón, pero aun así ella no dijo nada.

—Pero ¿a ti sí?

—Violet es mi hermana, señor. Se preocupa por mí.

—¿Se lo has contado a alguien más?

—No, señor.

—Le daré la información al señor Birch por la mañana —dije.

—Pero, señor…

—¿Qué?

—¿Y si el traidor es el señor Birch?

Me reí brevemente y negué con la cabeza.

—No es posible. Me salvó la vida. Estaba allí luchando contra… —De repente se me ocurrió algo—. Aunque sí había alguien que no estaba.

ii

Por supuesto informé al señor Birch en cuanto tuve oportunidad esta mañana y llegó a la misma conclusión que yo.

Una hora más tarde llegó otro hombre, que entró en el estudio. Tenía aproximadamente la edad de mi padre al morir, un rostro curtido, cicatrices y los ojos fríos y penetrantes de algunas especies marinas. Era más alto que Birch, y más ancho, y parecía llenar la estancia con su presencia. Una oscura presencia. Y me miró. Bajó su nariz hacia mí. Su nariz arrugada por el desdén.

—Este es el señor Braddock —dijo el señor Birch mientras me quedaba clavado en el sitio por la mirada asesina del recién llegado—. También es Templario. Es de total confianza, Haytham. —Se aclaró la garganta y dijo en voz alta—: Y su actitud a veces no concuerda con lo que sé que hay en su corazón.

El señor Braddock resopló y yo le fulminé con la mirada.

—Basta, Edward —le reprendió Birch—. Haytham, el señor Braddock será el encargado de encontrar al traidor.

—Gracias, señor —dije.

El señor Braddock me echó un vistazo y luego le habló al señor Birch.

—Quizá podrías enseñarme dónde se aloja ese Digweed —dijo.

Cuando hice el gesto de seguirles, el señor Braddock fulminó con la mirada al señor Birch, que asintió casi imperceptiblemente y luego se volvió hacia mí, sonriendo, con una mirada en los ojos que suplicaba mi paciencia.

—Haytham —dijo—, quizá sería mejor que te ocuparas de otros asuntos, como, por ejemplo, los preparativos para el viaje.

Me obligaron a regresar a mi habitación, donde examiné mis maletas ya hechas y luego saqué el diario, donde escribiría los acontecimientos del día. Hacía unos instantes, el señor Birch me había traído noticias: Digweed había escapado, me dijo con cara seria. Sin embargo, me aseguró que lo encontrarían. Los Templarios siempre atrapaban a sus hombres y, mientras tanto, nada cambiaría. Seguiríamos con los planes de partir hacia Europa.

Me temo que esta será la última entrada que escriba en casa, en Londres. Estas son las últimas palabras de mi antigua vida, antes de que la nueva comience.

SEGUNDA PARTE

1747, doce años después

10 de junio de 1747

i

Hoy observé al traidor mientras caminaba por el bazar. Llevaba un sombrero con plumas, hebillas y ligas de color vistoso; se pavoneaba de puesto en puesto y brillaba bajo el resplandeciente sol de España. Se reía y hacía bromas con algunos de los vendedores; con otros, en cambio, tenía unas palabras. Al parecer, no se mostraba amistoso, pero tampoco déspota; si bien es cierto que mi opinión era desde la distancia, me daba la impresión de que era un hombre justo, incluso benevolente. Pero no era a aquellas personas a las que traicionaba, sino a su Orden. A nosotros.

Sus guardias permanecían con él durante las rondas y puedo decir que eran hombres diligentes. No dejaban de mover los ojos por el mercado y cuando uno de los vendedores le dio una calurosa palmada en la espalda y le ofreció pan de su puesto, el traidor le hizo una señal a uno de los dos guardias, quien tomó el pan con la mano izquierda para dejar libre la mano de la espada. Bien. Buen hombre. Se notaba que se había entrenado con los Templarios.

Unos instantes más tarde un niño pequeño salía como una flecha de entre la multitud y se me fueron los ojos directos a los guardias, los vi tensos al ver el peligro y entonces…

¿Se relajaron?

¿Se rieron de sí mismos por haberse puesto nerviosos?

No. Siguieron tensos. Permanecieron alerta, porque no eran tontos y sabían que el niño podía haber sido un señuelo.

Eran buenos hombres. Me pregunté si les habrían corrompido las enseñanzas de su patrón, un hombre que había prometido lealtad a una causa mientras fomentaba los ideales de otra. Esperaba que no, porque ya había decidido dejarlos vivir. Y si resulta conveniente que haya decidido dejarlos vivir, y que quizá la verdad tiene más que ver con el temor a entrar en combate con dos hombres tan competentes, entonces las apariencias son falsas. Puede que estén atentos; sin duda serán espadachines expertos y diestros en lo referente a matar.

Pero yo también estoy atento, soy un espadachín experto y diestro en lo referente a matar. Tengo un don natural para ello. Aunque, a diferencia de mi gusto por la teología, la filosofía, las lenguas clásicas y las mías propias, en especial el español, de la que tengo un gran dominio y podría pasar por nativo aquí en Altea, no disfruto matando. Simplemente, se me da bien.

Tal vez si mi objetivo fuera Digweed, tal vez disfrutaría un poco al matarlo con mis propias manos. Pero no es el caso.

ii

Durante cinco años después de abandonar Londres, Reginald y yo recorrimos Europa, fuimos de país en país en una caravana con personal y compañeros Templarios, que se movían a nuestro alrededor, saliendo y entrando de nuestras vidas, siendo nosotros los dos únicos constantes al viajar de un país a otro, a veces siguiendo el rastro de un grupo de esclavos turcos con los que decían que estaba Jenny y de vez en cuando actuábamos según la información que nos facilitaban relativa a Digweed, de la que se ocupaba Braddock, quien se pasaba fuera meses, pero siempre regresaba con las manos vacías.

Reginald era mi tutor y, en ese sentido, se parecía a mi padre. En primer lugar, tendía a adoptar una actitud despectiva con respecto a todo lo que decían los libros, continuamente afirmaba que existía un aprendizaje superior, más avanzado, que más adelante conocería como el aprendizaje templario; y en segundo lugar, insistía en que pensara por mí mismo.

Pero sí eran distintos en que mi padre me pedía que tuviera mi propia opinión. En cambio, me di cuenta de que Reginald veía el mundo en términos más absolutos. Con padre a veces creía que el hecho de pensar ya bastaba, que el pensamiento era un medio en sí mismo y la conclusión a la que llegaba era de algún modo menos importante que el viaje. Con mi padre, los hechos y, al leer los diarios que he escrito, me doy cuenta de que hasta el concepto de la verdad parecían tener propiedades mutables, cambiantes.

Sin embargo, con Reginald no había esa ambigüedad, y en los primeros años, cuando le llevaba la contraria, me sonreía y me decía que veía en mí a mi padre. Me contaba cómo mi padre se había convertido en un gran hombre, sabio en muchos aspectos, y uno de los mejores espadachines que había conocido, pero su actitud respecto al aprendizaje no era tan docta como podría haber sido.

¿Me avergüenza admitir que durante un tiempo preferí el modo de ser de Reginald, la manera de proceder más estricta de los Templarios? Aunque siempre estaba de buen humor, hacía bromas y sonreía, carecía de la alegría natural, incluso de la picardía de padre. Para empezar, siempre iba de punta en blanco y era un fanático de la puntualidad; insistía en que todo tuviera un orden en cualquier momento. Y aun así, casi a mi pesar, había algo en Reginald, una certeza, tanto en el interior como en el exterior, que me atraía cada vez más conforme pasaban los años.

Un día me di cuenta de por qué. Era la ausencia de duda, que iba acompañada de confusión, indecisión e inseguridad. Esta sensación, la sensación de «saber» que Reginald me imbuía, fue mi guía desde niño hasta adulto. Nunca olvidé las enseñanzas de mi padre; al contrario, él se habría sentido orgulloso de mí porque cuestionaba sus ideales. Al hacerlo, adopté unos nuevos.

Nunca encontramos a Jenny. Con el paso de los años, endulcé su recuerdo. Al volver a leer mis diarios, el niño que era no podía haberse preocupado menos por ella, algo de lo que estoy avergonzado de algún modo, porque ahora soy un hombre adulto y veo las cosas de otra manera. No era que mi antipatía juvenil hacia ella dificultara su búsqueda, por supuesto. En esa misión, el señor Birch tenía afán más que suficiente por los dos. Pero no bastó. Los fondos que recibimos del señor Simpkin en Londres fueron generosos, pero se terminaron. Encontramos un castillo en Francia, oculto cerca de Troyes, en las tierras de Champagne, donde establecimos nuestra base, donde el señor Birch continuó mi aprendizaje, apoyando mi acceso como Experto y, hace tres años, como un miembro de la Orden hecho y derecho.

Pasaron semanas sin mencionar a Jenny ni a Digweed; luego meses. Participábamos en otras actividades templarias. La Guerra de Sucesión Austriaca parecía engullir a Europa entera con sus glotonas fauces y nos necesitaban para ayudar a proteger los intereses templarios. Mi «aptitud», mi destreza para matar, se convirtió en algo evidente y Reginald enseguida vio sus ventajas. El primero en morir —no el primero que maté, desde luego; mi primer asesinato, podría decirse— era un mercader codicioso de Liverpool. El segundo fue un príncipe austriaco.

Tras el asesinato del mercader, hace dos años, regresé a Londres, y me encontré con que seguían con la obra de la plaza Queen Anne y con que mi madre… Mi madre estaba demasiado cansada para verme aquel día, y continuaría así al día siguiente.

—¿También está demasiado cansada para contestar a mis cartas? —le pregunté a la señora Davy, quien se disculpó y apartó la mirada.

Después me fui a Herefordshire, con la esperanza de localizar a la familia de Digweed, pero fue en vano. Por lo visto, nunca íbamos a encontrar al traidor de mi casa o debería decir que no le vamos a encontrar nunca.

Pero el fuego de la venganza en mi interior ya no arde con tanta violencia, tal vez simplemente porque me he hecho mayor; tal vez por lo que Reginald me enseñó sobre el autocontrol, el dominio de las emociones.

Aun así, puede que sea débil, pero continúa ardiendo dentro de mí.

iii

La esposa del propietario del hostal acaba de hacerme una visita y ha lanzado un vistazo rápido por las escaleras antes de cerrar la puerta tras de sí. Me dijo que vino un mensajero mientras estuve fuera y al entregarme su misiva, lo hizo con una mirada lasciva que, de no tener otros asuntos en mente, me habría hecho reaccionar. Los acontecimientos de ayer por la noche, por ejemplo.

Así que la acompañé hasta la puerta para que saliera de mi habitación y me senté a descifrar el mensaje. Decía que en cuanto terminara en Altea, no debía regresar a nuestro hogar en Francia, sino a Praga, donde me encontraría con Reginald en el sótano de la casa de la calle Celetna, donde se hallaba la sede de los Templarios. Tenía un asunto urgente que tratar conmigo.

Mientras tanto, me haré con un queso. Esta noche será el final del traidor.

11 de junio de 1747

Ya está hecho. Me refiero al asesinato. La ejecución fue limpia y no me han descubierto.

Se llamaba Juan Vedomir y supuestamente su trabajo era proteger nuestros intereses en Altea. Se toleró que hubiera aprovechado la oportunidad para construir un imperio propio; él controlaba el puerto y el mercado con mano benévola y, sin duda, basándome en las pruebas vistas con anterioridad aquel mismo día, parecía disfrutar de algún apoyo, incluso si la constante presencia de sus guardias demostraba que no siempre era así.

Pero ¿era demasiado benévolo? Reginald así lo creía, lo había investigado y al final había descubierto que el abandono de la ideología templaria por parte de Vedomir era tan completo como su traición. No toleramos a los traidores en la Orden. Me enviaron a Altea. Lo vigilé. Y, anoche, tomé el queso, salí del hostal por última vez y caminé por las calles adoquinadas hacia la villa.

—¿Sí? —dijo el guardia que abrió la puerta.

—Tengo queso —respondí.

—Lo huelo desde aquí —replicó.

—Espero convencer al señor Vedomir para que me deje comerciar en el bazar.

—El señor Vedomir se encarga de atraer clientes al mercado, no de espantarlos.

—Tal vez aquellos con un paladar más refinado disientan, señor.

El guardia entrecerró los ojos.

—Ese acento… ¿De dónde eres?

Fue el primero en poner en duda mi ciudadanía española.

—Procedo de la República de Genoa —contesté, sonriendo—, donde el queso es una de nuestras exportaciones más selectas.

—Tu queso tendrá que recorrer mucho trecho para llegar a la altura del queso de Varela.

—Estoy seguro de que lo supera y que el señor Vedomir estará de acuerdo conmigo.

Se mostró indeciso, pero se apartó para dejarme entrar en un amplio vestíbulo donde, a pesar de la cálida noche, hacía fresco, casi frío, y no había apenas muebles, tan solo dos sillas y una mesa, sobre la que había unas cartas. Les eché un vistazo. Me alegró ver que se trataba del piquet, un juego de naipes de dos personas, lo que significaba que no había más guardias escondidos por allí.

El primer guardia me indicó que dejara el queso envuelto sobre la mesa de las cartas y le obedecí. El segundo hombre se mantenía alejado, con una mano en la empuñadura de su espada mientras su compañero comprobaba si llevaba armas, palpando mi ropa meticulosamente, y a continuación buscó en la bolsa que llevaba colgada al hombro, donde guardaba unas cuantas monedas y mi diario, pero nada más. No llevaba la espada.

—No está armado —dijo el primer guardia, y el segundo hombre asintió. El primer guardia señaló mi queso—. Deduzco que quieres que el señor Vedomir pruebe esto.

Asentí con entusiasmo.

—A lo mejor debería probarlo yo primero —sugirió el primer guardia, mirándome detenidamente.

—Esperaba reservarlo todo para el señor Vedomir —contesté con una sonrisa servil.

El guardia resopló.

—Tienes más que suficiente. A lo mejor deberías probarlo tú.

—Pero esperaba reservarlo para…

Se llevó la mano a la empuñadura de su espada.

—Pruébalo —insistió.

Yo asentí con la cabeza.

—Por supuesto, señor —dije y desenvolví un trozo para cortarlo y comerlo. Luego me hizo probar otro trozo y obedecí, poniendo cara de que sabía a gloria—. Y ahora que está abierto —dije, retirando el envoltorio—, puede que también quiera probarlo.

Ambos guardias intercambiaron una mirada, luego por fin el primero sonrió, se acercó a una gruesa puerta de madera al final del pasillo, llamó y entró. Después volvieron a aparecer y me hicieron señas para que avanzara hacia la habitación de Vedomir.

Dentro, estaba oscuro y el ambiente muy perfumado. Al entrar, la seda se infló ligeramente en el bajo techo. Vedomir estaba sentado de espaldas a nosotros, con su negro pelo largo, suelto, y vestía una camisa de dormir mientras escribía a la luz de una vela en su escritorio.

—¿Quiere que me quede, señor? —preguntó el guardia.

Vedomir no se dio la vuelta.

—Nuestro huésped no está armado, ¿verdad?

—No, señor —respondió el guardia—, aunque el olor de su queso basta para tumbar a un ejército.

—Para mí ese aroma es un perfume, Cristian —replicó Vedomir riendo—. Por favor, ofrece a nuestro huésped asiento. Estaré con él enseguida.

Me senté en un taburete junto a una chimenea vacía mientras él secaba la tinta del libro y se acercaba a mí, deteniéndose antes en una mesa auxiliar para recoger un cuchillo.

—¿Queso, entonces?

Su sonrisa dividió un fino bigote y, acto seguido, se levantó la camisa de dormir para sentarse en otro taburete bajo, delante de mí.

—Sí, señor —contesté.

Me miró.

—Oh, me han dicho que procedes de la República de Genoa, pero por tu voz diría que eres inglés.

Me sobresalté, pero la gran sonrisa de su rostro reveló que no tenía por qué preocuparme. Al menos, aún no.

—Y yo que me creía tan listo como para ocultar mi nacionalidad todo este tiempo —dije, impresionado—, pero me ha descubierto, señor.

—Según parece, he sido el primero en hacerlo, lo que es la razón por la que mantienes la cabeza sobre los hombros. Nuestros países están en guerra, ¿no?

—Europa entera está en guerra, señor. A veces me pregunto si alguien sabe quién lucha contra quién.

Vedomir se rio y sus ojos danzaron.

—Estás siendo falso, amigo mío. Creo que todos sabemos a quién jura lealtad vuestro rey Jorge, al igual que conocemos sus ambiciones. Dicen que vuestra armada británica se cree la mejor del mundo. Los franceses, los españoles, por no mencionar a los suecos, no opinan lo mismo. Un inglés en España arriesga su vida.

—¿Debería preocuparme ahora mi seguridad, señor?

—¿Por mí? —Extendió las manos y me dedicó una sonrisa torcida e irónica—. Me gusta pensar que estoy por encima de las insignificantes preocupaciones de los reyes, amigo mío.

—Entonces ¿a quién sirve, señor?

—¡Pues a la gente de la ciudad, desde luego!

—¿Y a quién le rinde lealtad si no es al rey Fernando?

—A un poder superior. —Vedomir sonrió, cerrando el tema con firmeza, y volvió a centrar su atención en el queso envuelto que había dejado junto a la chimenea—. Bueno, este queso ¿es de la República de Genoa o es un queso inglés?

—Es mi queso, señor. Mis quesos son los mejores sin importar de dónde sea la bandera.

—¿Lo bastante bueno como para usurparle el puesto a Varela?

—Tal vez pueda vender a su lado.

—Pero entonces Varela no estará contento.

—No, señor.

—Ese tipo de asuntos puede que a ti no te importen, pero a mí me sacan de quicio todos los días. Bueno, probemos ese queso antes de que se derrita, ¿eh?

Fingiendo sentir calor, solté el pañuelo que llevaba al cuello y me lo quité. Subrepticiamente, metí la mano en la bolsa al hombro y toqué un doblón. Cuando centró su atención en el queso, dejé el doblón en el pañuelo.

El cuchillo brilló a la luz de la vela cuando Vedomir cortó un trozo del primer queso y sujetó el pedazo con el pulgar para olerlo, aunque apenas era necesario; podía percibir su aroma desde donde estaba sentado. Luego se lo metió en la boca. Comió pensativamente, me miró y luego cortó un segundo trozo.

—Humm —dijo al cabo de unos instantes—. Te equivocas, este queso no supera al de Varela. De hecho, es exactamente igual al queso de Varela. —Su sonrisa había desaparecido y la expresión se había oscurecido. Me di cuenta de que me había descubierto—. En realidad, este es el queso de Varela.

Tenía ya la boca abierta para gritar cuando dejé caer el doblón en el pañuelo, giré la seda hasta convertirlo en un garrote y salté con los brazos cruzados para soltarlo encima de su cabeza y envolverlo alrededor del cuello.

La mano del cuchillo se arqueó hacia arriba, pero fue demasiado lento, por lo que el cuchillo asestó a lo loco la seda por encima de nuestras cabezas mientras aseguraba mi *rumal* y la moneda le presionaba la tráquea, cortando cualquier ruido. Con el garrote en una mano, le desarmé, lancé el cuchillo hacia un cojín y utilicé las dos manos para apretar el *rumal*.

—Me llamo Haytham Kenway —dije sin apasionamiento y me incliné para mirar sus ojos saltones, abiertos de par en par—. Has traicionado a la Orden de los Templarios. Por esa razón has sido sentenciado a muerte.

Levantó el brazo en un vano intento de arañarme los ojos, pero moví la cabeza y vi cómo la seda ondeaba suavemente mientras la vida le abandonaba.

Al terminar, llevé el cadáver a la cama y después me dirigí al escritorio para tomar su diario tal y como me habían ordenado. Estaba abierto y mi mirada cayó sobre las siguientes palabras en español: «Para ver de manera diferente, primero debemos pensar diferente».

Me quedé con la vista fija un momento, reflexionando, luego cerré el libro de golpe y lo guardé en mi bolsa para volver a centrarme en el trabajo que tenía entre manos. La muerte de Vedomir no se descubriría hasta la mañana siguiente y para entonces ya haría rato que me habría ido, estaría camino de Praga, donde ahora tenía que preguntarle algo a Reginald.

18 de junio de 1747

i

—**E**s acerca de tu madre, Haytham.

Estaba delante de mí, en el sótano de la sede de la calle Celetna. No se había molestado en vestirse para Praga. Llevaba su marca inglesa como una insignia de honor: unos calcetines blancos impolutos, unos pantalones bombachos negros y, por supuesto, su peluca, que era blanca y había derramado gran parte de los polvos sobre los hombros de su levita. Estaba iluminado por las llamas de unos altos faroles de hierro sobre unos postes a su derecha y a su izquierda, mientras que en las paredes de piedra, tan oscuras que casi eran negras, había unas antorchas que despedían halos de luz pálida. Normalmente estaba relajado, pero hoy tenía un aire formal.

—¿Sobre mi madre?

—Sí, Haytham.

«Está enferma», fue lo primero que pensé y enseguida sentí una oleada de culpa, tan intensa que casi me mareé. Llevaba semanas sin escribirle y apenas había pensado en ella.

—Ha muerto, Haytham —dijo Reginald y bajó la mirada—. Hace una semana tuvo una caída. Se hizo mucho daño en la espalda y me temo que sucumbió a las heridas.

Le miré. La intensa ráfaga de culpa desapareció tan rápido como había llegado y ocupó su lugar una sensación de vacío, un hueco donde debería haber habido emociones.

—Lo siento, Haytham. —Su rostro curtido se arrugó en una expresión de compasión y amabilidad—. Tu madre era una excelente mujer.

—Sí, es cierto —dije.

—Tenemos que partir hacia Inglaterra ahora mismo. Celebrarán el funeral.

—Entiendo.

—Si necesitas… cualquier cosa, por favor, no dudes en pedirla.

—Gracias.

—Tu familia ahora es la Orden, Haytham. Puedes acudir a nosotros para lo que te haga falta.

—Gracias.

Se aclaró la garganta, incómodo.

—Y si necesitas…, ya sabes, hablar, aquí estoy.

Intenté no sonreír ante aquella idea.

—Gracias, Reginald, pero no me hará falta hablar.

—Muy bien.

Hubo una larga pausa.

Apartó la mirada.

—¿Lo hiciste?

—Juan Vedomir está muerto, si te refieres a eso.

—¿Y tienes su diario?

—Me temo que no.

Por un momento puso mala cara y luego la endureció. Su expresión era muy dura. Ya había visto su cara así antes, en un momento de descuido.

—¿Qué? —se limitó a decir.

—Le maté por su traición a nuestra causa, ¿no? —dije.

—Sí… —dijo Reginald con prudencia.

—Entonces ¿qué necesidad tenía de llevarme el diario?

—Contiene sus escritos y nos interesan.

—¿Por qué? —pregunté.

—Haytham, tengo motivos para creer que la traición de Juan Vedomir iba más allá de su adhesión a la doctrina. Creo que podría haberse puesto a trabajar para los Asesinos. Ahora dime la verdad, por favor, ¿tienes su diario?

Lo saqué de la bolsa, se lo di y él se acercó a uno de los candelabros, abrió el diario, lo hojeó rápidamente y lo cerró de golpe.

—¿Lo has leído? —preguntó.

—Está en clave —respondí.

—Pero no del todo —dijo con serenidad.

Asentí.

—Sí…, sí, tienes razón, hay algunas páginas que he podido leer. Sus… pensamientos sobre la vida. Han resultado una lectura interesante. De hecho, Reginald, tenía especial curiosidad por lo mucho que concordaba la filosofía de Juan Vedomir con lo que mi padre una vez me enseñó.

—Es posible.

—¿Y aun así me has hecho matarle?

—Te he hecho matar a un traidor de la Orden. Lo que es una cosa totalmente distinta. Por supuesto, sabía que tu padre era distinto a mí en lo referente a muchos, tal vez la mayoría, de los principios de la Orden, pero eso es porque no los subscribía. El hecho de que no fuera Templario no significaba que le respetara menos.

Me lo quedé mirando y me pregunté si me había equivocado al dudar de él.

—¿Por qué, entonces, os interesa el libro?

—No es por las reflexiones de Vedomir sobre la vida, eso te lo aseguro. —Reginald me dedicó una media sonrisa—. Como bien dices, eran similares a las de tu padre, y ambos conocemos nuestros sentimientos al respecto. No, son los pasajes en clave los que me interesan y, si estoy en lo cierto, contienen detalles del guardián de una llave.

—¿Una llave para abrir qué?

—Todo a su debido tiempo.

Emití un sonido de frustración.

—En cuanto descifre el diario, Haytham —insistió—, y entonces podremos comenzar la siguiente fase de la operación.

—¿Y cuál será?

Abrió la boca para hablar, pero dijo las palabras para sí mismo.

—«Todo a su debido tiempo, Haytham», ¿no es eso? ¿Más secretos, Reginald?

Se enfureció.

—¿Secretos? ¿En serio? ¿Es eso lo que piensas? ¿Qué he hecho exactamente para merecer tu desconfianza, Haytham, sino más que acogerte bajo mi protección, apoyarte en la Orden, darte una vida? Perdona si a veces creo que eres un desagradecido.

—De todos modos, nunca encontramos a Digweed, ¿no? —dije, negándome a que me intimidara—. Nunca hubo una petición de rescate por Jenny, así que el principal propósito del ataque tuvo que ser la muerte de mi padre.

—Esperamos encontrar a Digweed, Haytham. Eso es lo único que podemos hacer. Esperamos hacérselo pagar. No lo hemos conseguido, pero no significa que abandonemos nuestro intento. Además, tenía el deber de cuidarte, Haytham, y lo he cumplido. Delante de mí tengo a un hombre, un respetado Caballero de la Orden. Creo que estás pasando por alto ese dato. Y no olvides que iba a casarme con Jenny. Tal vez en el fervor del deseo de vengar a tu padre, ves el hecho de perder a Digweed como nuestro único fracaso importante, pero no es así, porque nunca encontramos a Jenny, ¿no? Por supuesto, no piensas ni un momento en los apuros de tu hermana.

—¿Me acusas de insensibilidad? ¿De crueldad?

Negó con la cabeza.

—Solo pido que te detengas a observar tus propios defectos antes de destacar los míos.

Le miré con detenimiento.

—Nunca confiaste en mí para llevar a cabo la búsqueda.

—Se la encargué a Braddock y me mandaba noticias con regularidad.

—Pero a mí nunca me pasaste esa información.

—Eras muy joven.

—Pero crecí.

Inclinó la cabeza.

—Pues me disculpo por no haberlo tenido en cuenta, Haytham. En el futuro te trataré como a un igual.

—Pues empieza ya, empieza hablándome de este diario —repliqué.

Se rio, como si le hubieran hecho jaque en el ajedrez.

—Tú ganas, Haytham. Muy bien, representa el primer paso para la ubicación de un templo, el templo de una antigua civilización, que creemos que construyeron los Primeros Llegados.

Hubo un momento en el que pensé: «¿Y ya está?». Luego me reí.

Al principio pareció sorprendido, tal vez al recordar la primera vez que me había hablado de los Primeros Llegados, cuando me costó contenerme.

—¿Los Primeros Llegados de qué…? —me había burlado.

—Antes de nosotros —había respondido firmemente—. Antes del hombre. Una civilización previa.

Ahora me miraba con el entrecejo fruncido.

—¿Todavía lo encuentras gracioso, Haytham?

Negué con la cabeza.

—No es que me resulte gracioso. Es más bien… —me esforcé por encontrar las palabras adecuadas— difícil de comprender, Reginald. Una raza de seres que existió antes que los hombres… Dioses…

—No eran dioses, Haytham, sino una antigua civilización de humanos que controlaba a la humanidad. Nos dejaron artefactos, Haytham, de inmenso poder, de un poder con el que solo podemos soñar. Creo que el que posea tales artefactos podrá a la larga controlar el destino humano.

Mi sonrisa menguó cuando vi lo serio que se había puesto.

—Una gran pretensión, Reginald.

—Sí. Si fuera modesta no estaríamos interesados, ¿no? Los Asesinos no estarían interesados.

Le brillaron los ojos. Las llamas de los faroles relucieron y danzaron en su interior. Ya había visto antes aquella mirada, pero solo en contadas ocasiones. No cuando me enseñaba idiomas, filosofía, ni siquiera en las lenguas clásicas o los principios de combate. Ni tan solo cuando me enseñaba los principios de la Orden.

No, únicamente miraba así cuando hablaba de los Primeros Llegados.

A veces a Reginald le gustaba ridiculizar lo que consideraba un exceso de pasión. Lo veía como un defecto. No obstante, cuando se trataba de los seres de la primera civilización, hablaba como un fanático.

ii

Vamos a pasar la noche en la sede de los Templarios aquí, en Praga. Mientras estoy sentado en una pequeña habitación de paredes de piedra gris, siento sobre mí el peso de miles de años de historia templaria.

Mis pensamientos se trasladan a la plaza Queen Anne, donde volverían los criados cuando las obras hubieran terminado. El señor Simpkin nos había mantenido al día de los avances; Reginald había supervisado la operación del edificio, incluso cuando nos trasladábamos de país en país en busca de Digweed y Jenny. (Y sí, Reginald tenía razón. El hecho de no haber encontrado a Digweed me reconcome, pero casi nunca pienso en Jenny).

Un día Simpkin nos avisó de que los sirvientes habían vuelto de Bloomsbury a la plaza Queen Anne, que volvían a estar en casa, donde pertenecían. Aquel día mi mente se trasladó a las paredes cubiertas de madera del hogar donde crecí y descubrí que podía visualizar a las personas en su interior, sobre todo a mi madre. Pero, por supuesto, estaba imaginándome a la madre que había conocido de niño, a la que resplandecía, que brillaba con el sol y era el doble de cálida, en cuyas rodillas conocía la felicidad completa. El amor que sentía por mi padre era intenso, más fuerte quizá, pero el amor por madre era más puro. Hacia mi padre tenía una sensación de respeto, de admiración tan grande que a veces me empequeñecía a su lado, y con eso vino una sensación subyacente que solo puedo describir como ansiedad; tenía la impresión de que debía estar a su altura, crecer a la enorme sombra que proyectaba.

Con mi madre, en cambio, no había esa inseguridad, tan solo la casi abrumadora sensación de consuelo, amor y protección. Y era toda una belleza. Me gustaba cuando la gente me comparaba con mi padre porque él era muy atractivo, pero si decían que me parecía a mi madre sabía que me estaban llamando guapo. De Jenny solían decir: «Romperá unos cuantos corazones, los hombres se pelearán por ella». Aplicaban el lenguaje de la lucha y el conflicto. Pero no con mi madre. Su belleza era delicada, maternal; de ella se hablaba no con el recelo que inspiraba Jenny, sino con calidez y admiración.

Por supuesto, nunca llegué a conocer a la madre de Jenny, Caroline Scott, pero me formé una opinión de ella: era «una Jenny» y a mi padre le cautivaron sus miradas así como los pretendientes de Jenny quedaban cautivados por sus ojos.

Me imaginaba, en cambio, que madre era un tipo de persona totalmente diferente. Era la sencilla Tessa Stephenson-Oakley cuando conoció a mi padre o al menos eso siempre decía: «la sencilla Tessa Stephenson-Oakley», pero a mí su nombre no me parecía nada sencillo, aunque no importa. Padre se había mudado a Londres, solo, sin servicio, pero con una cartera tan grande que le permitía pagarlo. Cuando alquiló una casa en Londres de un rico hacendado, la hija se ofreció a ayudar a mi padre a encontrar un alojamiento permanente, así como el servicio que lo llevaría. La hija, desde luego, era «la sencilla Tessa Stephenson-Oakley»…

Había insinuado que su familia no estaba contenta con aquella relación; de hecho, nunca vimos a sus parientes. Se dedicaba en cuerpo y alma a nosotros y, hasta aquella noche espantosa, la persona que tenía su entera atención, su interminable afecto y amor incondicional era yo.

Pero la última vez que la vi no había rastro de aquella persona. Cuando recuerdo nuestro último encuentro, veo la desconfianza en sus ojos, que ahora entiendo que era desprecio. Cuando maté al hombre que estaba a punto de asesinarla, cambié a sus ojos. Ya no era el niño que se sentaba en sus rodillas.

Era un asesino.

20 de junio de 1747

De camino a Londres, volví a leer un viejo diario. ¿Por qué? Por instinto, quizás. Una duda… persistente en el subconsciente, supongo.

Fuera lo que fuese, cuando volví a leer la entrada del 10 de diciembre de 1735, de repente supe con exactitud lo que debía hacer al llegar a Inglaterra.

2-3 de julio de 1747

Hoy ha sido el funeral, y también… Bueno, me explicaré.

Después del servicio, dejé a Reginald hablando con el señor Simpkin en las escaleras de la capilla. El señor Simpkin me dijo que tenía que firmar unos documentos. A raíz de la muerte de mi madre, las finanzas ahora eran asunto mío. Con una sonrisa servil, me dijo que esperaba que considerase su administración hasta el momento más que satisfactoria. Asentí, sonreí, no comenté nada que me comprometiera, les dije que necesitaba un tiempo a solas y me escabullí, al parecer para poder reflexionar.

Esperaba que la dirección de mi paseo pareciera aleatoria al comenzar a caminar por la calle, alejado de los carruajes que salpicaban de lodo y estiércol la calzada, zigzagueando por entre la gente que abarrotaba las calles: tenderos, prostitutas y lavanderas. Pero no lo era. No era al azar en absoluto.

Una mujer en particular iba delante, como yo paseaba esquivando a la multitud, sola, probablemente perdida en sus pensamientos. La había visto en el funeral, claro. Estaba sentada con los otros sirvientes —Emily, y dos o tres que no reconocí— al otro extremo de la capilla, con un pañuelo en la nariz. Había levantado la vista y me había visto —debía de haberme visto—, pero no dio muestras de ello. Me pregunté si Betty, mi antigua niñera, me habría reconocido.

Y ahora la estaba siguiendo, a una distancia prudencial, para que no me viera si daba la casualidad de que se volvía. Estaba oscureciendo cuando llegó a casa, aunque no era su hogar sino la casa para la que trabajaba entonces, una gran mansión que contrastaba con el cielo negro como el carbón, no muy distinta a la de la plaza Queen Anne. ¿Sería aún niñera o habría ascendido?, me pregunté. La calle estaba menos atestada que antes y permanecí fuera de la vista, observando cómo bajaba unos peldaños hacia las habitaciones del servicio para entrar.

Cuando dejé de verla, crucé la calle en aquella dirección, consciente de la necesidad de mirar discretamente por si había alguien mirándome por la ventana. Hacía mucho tiempo había sido un niño que miraba por las ventanas de la plaza Queen Anne, observaba a los transeúntes ir y venir y me preguntaba por sus asuntos. ¿Habría un niño en la casa que me estaría observando en aquel instante, que se preguntaría quién era ese hombre? ¿De dónde era? ¿Adónde iba?

Así que caminé junto a la verja delantera de la mansión y bajé la vista para ver las ventanas iluminadas de lo que suponía que eran las habitaciones del servicio, tan solo para ser recompensado con la inconfundible silueta de Betty, que apareció en el cristal para correr la cortina. Tenía la información que había ido a buscar.

Regresé pasada la medianoche, cuando las cortinas de la mansión estaban cerradas, las calles a oscuras y las únicas luces eran las de los carruajes que pasaban esporádicamente.

Una vez más me dirigí a la parte delantera de la casa y, con un vistazo rápido a izquierda y derecha, subí por la verja y caí sin hacer ruido en la zanja que había al otro lado. La recorrí a toda prisa hasta encontrar la ventana de Betty, donde me detuve y con cuidado coloqué la oreja contra el cristal para comprobar que no había movimiento en el interior.

Y entonces, con infinita paciencia, puse las yemas en la parte inferior del marco de la ventana y la levanté, al tiempo que rezaba para que no chirriara. Cuando mis plegarias fueron escuchadas, entré y cerré la ventana.

En la cama, se movió un poco ante el soplo de aire que se había colado por la ventana. ¿Había detectado de forma inconsciente mi presencia? Me quedé como una estatua y esperé a que su respiración profunda se recuperara. Noté cómo el aire a mi alrededor se calmaba y mi incursión fue absorbida por la habitación de modo que al cabo de unos instantes era como si formase parte de ella, como si siempre hubiera formado parte de ella, como un fantasma.

Y entonces saqué mi espada.

Era apropiado —irónico, tal vez— que fuese la espada que me había dado mi padre. Por aquel entonces, casi nunca iba a ningún sitio sin ella. Hacía años, Reginald me había preguntado cuándo pensaba que probaría la sangre y, desde luego, ya la había probado muchas veces. Y si tenía razón respecto a Betty, la probaría de nuevo.

Me senté en la cama y pegué la hoja de la espada a su garganta y luego le tapé la boca con la mano.

Se despertó. Enseguida se le abrieron los ojos de par en par por el miedo. Movió la boca y me hizo cosquillas en la palma, que vibró cuando intentó gritar.

Le sujeté el cuerpo para inmovilizarla mientras se sacudía y no dije nada, solo dejé que se le adaptara la vista hasta que pudiera verme y me reconociera. ¿Cómo no iba a hacerlo cuando me había cuidado durante diez años y era una madre para mí? ¿Cómo no iba a reconocer al señorito Haytham?

Cuando terminó de forcejear, susurré:

—Hola, Betty. —Tenía la mano aún en su boca—. Necesito preguntarte algo. Para responderme tendrás que hablar. Para que hables, tendré que retirar la mano de tu boca y te darán ganas de gritar, pero si gritas…

Coloqué la punta de la espada en su garganta para que supiera a qué me refería. Y entonces, con mucho cuidado, levanté la mano de su boca.

Tenía unos ojos duros, como el granito. Por un momento volví a la infancia y casi me sentí intimidado por el fuego y la furia que habitaban en ellos, como si al verlos desatara el recuerdo de cuando me regañaba y no pudiera evitar reaccionar.

—Debería darle unos azotes por esto, señorito Haytham —dijo entre dientes—. ¿Cómo se atreve a entrar en la habitación de una señora cuando está durmiendo? ¿No le enseñé nada? ¿No le enseñó nada Edith? ¿Su madre? ¿Acaso no le enseñó nada su padre?

Aquella sensación de la infancia me seguía acompañando y tuve que rebuscar en mi interior para encontrar la determinación, para no retirar la espada y decir: «Lo siento, niñera Betty, prometo no volverlo a repetir y a partir de ahora me portaré bien».

Al acordarme de mi padre, conseguí esa determinación.

—Es cierto que una vez fuiste como una madre para mí, Betty —le dije—. Es cierto que lo que estoy haciendo es algo terrible e imperdonable. Créeme, no he venido porque sí. Pero lo que has hecho es terrible e imperdonable también.

Entrecerró los ojos.

—¿A qué se refiere?

Metí la otra mano en mi levita y saqué un trozo de papel doblado, que se lo pasé para que lo viera en la penumbra de la habitación.

—¿Recuerdas a Laura, la criada de la cocina?

Asintió, con cautela.

—Me envió una carta —continué—. Una carta donde me contó la relación que tenías con el señor Digweed. ¿Durante cuántos años fue tu querido el ayudante de mi padre, Betty?

No existía esa carta; el trozo de papel que le mostraba no contenía nada más revelador que la dirección de mi alojamiento de aquella noche y confiaba en que la poca luz bastara para engañarla. La verdad era que al releer mis viejos diarios, retrocedí a aquel momento hacía muchísimos años en que había ido a buscar a Betty. Se había echado su «cabezadita» aquella fría mañana y cuando miré por el agujero de la cerradura vi un par de botas de hombre en su habitación. En aquel momento no me di cuenta porque era demasiado joven. Las había visto con los ojos de un niño de nueve años y no pensé nada al respecto. No en aquel momento. No desde entonces.

No hasta que al leerlo de nuevo, como un chiste que de pronto tiene sentido, lo entendí: las botas pertenecían a su amante. ¡Por supuesto! De lo que estaba menos seguro era de que su amante fuera Digweed. Recuerdo que solía hablar de él con gran afecto, pero así hablaba de él todo el mundo; nos tenía a todos engañados. Pero cuando me marché a Europa, bajo el cuidado de Reginald, Digweed le había encontrado un trabajo alternativo a Betty.

Aun así, era una suposición que fueran amantes, una hipótesis fundamentada, pero arriesgada, con terribles consecuencias, si me equivocaba.

—¿Recuerdas el día que te echaste una cabezadita, Betty? —pregunté—. «La cabezadita», ¿la recuerdas?

Ella asintió con cautela.

—Fui a ver dónde estabas —continué—. Verás, tenía frío. Y en el pasillo, fuera de tu habitación…, bueno, no me gusta admitirlo, pero me arrodillé y miré por el ojo de la cerradura.

Noté cómo me subían un poco los colores, a pesar de todo. Me había estado mirando torvamente, pero ahora su mirada parecía de piedra y fruncía los labios, enfadada, casi como si aquella antigua intrusión fuera tan mala como la actual.

—No vi nada —aclaré enseguida—. No a menos que cuentes tú, dormida en la cama, y un par de botas de hombre que reconocí que eran de Digweed. Tenías una aventura con él, ¿no es cierto?

—Oh, señorito Haytham —susurró, negando con la cabeza y con ojos tristes—. ¿Qué ha sido de usted? ¿En qué clase de hombre le ha convertido ese Birch? Que ponga un cuchillo en el cuello de una señora de mi avanzada edad está mal, oh, está muy mal. Pero mírese ahora, está repartiendo a diestro y siniestro, acusándome de tener una aventura, de ser una rompehogares. No hubo ninguna aventura. El señor Digweed tenía hijos, eso es cierto, al cuidado de su hermana en Hereford-shire, pero su esposa murió hace muchos años, antes de que ni siquiera él comenzase a trabajar para su familia. Lo nuestro no era una aventura tal como piensa su mente sucia. Estábamos enamorados y vergüenza debería darle pensar lo contrario. ¡Vergüenza debería darle!

Volvió a negar con la cabeza.

Al notar que apretaba la empuñadura de la espada con la mano, cerré los ojos con fuerza.

—No, no, no es a mí al que se le debería echar la culpa. Puedes intentar ponerte petulante conmigo todo lo que quieras, pero el hecho es que tenías una… relación de algún tipo, fuera cual fuese el tipo, no me importa de qué clase, con Digweed y Digweed nos traicionó. Sin esa traición mi padre estaría vivo. Mi madre estaría viva y yo no estaría aquí sentado con una espada en tu garganta, así que no me eches la culpa por tu situación en estos momentos, Betty. Échale la culpa a él.

Respiró hondo y recobró la compostura.

—No le quedó otra opción a Jack —dijo por fin—. Oh, así se llamaba, por cierto: Jack. ¿Lo sabía?

—Lo leí en su lápida —contesté entre dientes— y el hecho de saberlo no cambia nada, porque sí tenía otra opción, Betty. Y no me importa si tenía que elegir entre la espada y la pared. Sí tenía otra opción.

—No, aquel hombre amenazó la vida de los hijos de Jack.

—¿Aquel hombre? ¿Qué hombre?

—No sé. Un hombre que primero habló con Jack en la ciudad.

—¿Lo llegaste a ver?

—No.

—¿Qué dijo Digweed sobre él? ¿Era del suroeste de Inglaterra?

—Jack dijo que tenía acento de allí, señor. ¿Por qué?

—Cuando los hombres secuestraron a Jenny, ella gritó algo sobre un traidor. Violet, de la casa de al lado, la oyó, pero al día siguiente un hombre con acento del suroeste fue a hablar con ella para advertirle que no dijera a nadie lo que había oído.

Del suroeste. Vi que Betty había palidecido.

—¿Qué? —espeté—. ¿Qué he dicho?

—Se trata de Violet, señor —dijo entre jadeos—. Poco después de que se marchara a Europa, pudo haber sido el día después, acabaron con su vida en un atraco callejero.

—Fueron fieles a su palabra —dije y la miré—. Cuéntame algo sobre el hombre que le dio las órdenes a Digweed.

—No puedo decir nada. Jack nunca me contó nada sobre él. Le dijo que hablaba en serio y que si Jack no obedecía, entonces encontrarían a sus hijos y los matarían. Decían que si se lo contaba a su señor, encontrarían a los niños y los despedazarían lentamente. Le dijeron lo que planeaban hacer con la casa, pero le juro por mi vida, señorito Haytham, que le dijeron que nadie resultaría herido; que todo sucedería en mitad de la noche.

Se me ocurrió algo.

—¿Y para qué le necesitaban?

Se quedó perpleja.

—Ni siquiera estaba allí la noche del ataque —continué—. No es que necesitaran su ayuda para entrar. Se llevaron a Jenny y mataron a mi padre. ¿Para qué necesitaban a Digweed?

—No lo sé, señorito Haytham —respondió—. De verdad que no lo sé.

Cuando bajé la vista para mirarla, fue con una especie de entumecimiento. Antes, cuando estaba esperando que cayera la noche, hervía de furia, la ira se me salía por los poros, la idea de la traición de Digweed encendió un fuego en mi interior, pero la idea de que

Betty se hubiera confabulado con él, o incluso si solo tenía la información, le añadía más leña al fuego.

Quería que fuera inocente. Sobre todo quería que su devaneo hubiera sido con otro miembro del servicio. Pero si había sido con Digweed, no quería que hubiera sabido nada sobre su traición. Quería que fuera inocente, porque si era culpable, entonces tendría que matarla, porque si hubiera podido hacer algo para detener la matanza de aquella noche y no actuó, entonces tendría que morir. Eso era…, eso era justicia. Era causa y efecto. Equilibrio de poderes. Ojo por ojo. Y en eso creía yo. Esa era mi ideología. Una manera de negociar un paso por la vida que tiene sentido incluso cuando la propia vida pocas veces lo tiene. Una manera de imponer el orden sobre el caos.

Pero lo último que quería era matarla.

—¿Dónde está ahora? —le pregunté en voz baja.

—No lo sé, señorito Haytham. —Su voz tembló de miedo—. La última vez que supe de él fue la mañana en que desapareció.

—¿Quién más sabía que él y tú erais amantes?

—Nadie —respondió—. Siempre fuimos muy prudentes.

—Salvo cuando dejabais sus botas a la vista.

—Se quitaron de allí en un santiamén. —Endureció la mirada—. Y la mayoría de la gente no tiene la costumbre de mirar por el ojo de la cerradura.

Hubo una pausa.

—¿Qué sucederá ahora, señorito Haytham? —inquirió con la voz entrecortada.

—Debería matarte, Betty —me limité a decir, y al mirarla a los ojos vi que se había dado cuenta de que yo podía si quería, que era capaz de hacerlo.

Ella lloriqueó y yo me levanté.

—Pero no lo haré. Ya ha habido demasiadas muertes como consecuencia de aquella noche. No nos volveremos a ver. Por tus años de servicio y educación, te perdono la vida y te dejo con tu vergüenza. Adiós.

14 de julio de 1747

i

Tras descuidar mi diario durante casi dos semanas, tengo mucho que contar y debería recapitular, volver a la noche en la que visité a Betty.

Después de marcharme, regresé a mi alojamiento, dormí unas cuantas horas de manera irregular, luego me puse en pie, me vestí y tomé un carruaje para volver a su casa. Allí le pedí al cochero que esperara a cierta distancia, lo bastante cerca para ver, pero no tan cerca como para levantar sospechas, y mientras echaba una cabezada, agradecido por el descanso, yo me quedé sentado, mirando por la ventana, esperando.

¿A qué? No lo sabía muy bien. De nuevo estaba escuchando a mi instinto.

Y otra vez demostró estar en lo cierto, puesto que no mucho después del alba, apareció Betty.

Me despedí del cochero, la seguí a pie y, como era de esperar, se dirigió a la Oficina de Correos de la calle Lombard, entró, reapareció unos minutos más tarde, y entonces volvió por la calle hasta que la absorbió la muchedumbre.

Observé cómo se marchaba y no sentí nada, ni las ganas de seguirla y cortarle el cuello por su traición, ni los vestigios del afecto de antaño. Solo… nada.

En su lugar, me coloqué en una entrada y observé pasar el mundo, ahuyentando a los mendigos y a los vendedores ambulantes con mi bastón mientras esperaba tal vez una hora hasta que...

Sí, allí estaba, el portador de la carta con su campana y una cartera llena de correo. Me aparté de la entrada y, girando el bastón, le seguí, cada vez más cerca, hasta que se metió en una calle lateral donde había menos peatones, y vi mi oportunidad...

Unos instantes más tarde, estaba arrodillado junto al cuerpo inconsciente y ensangrentado en el callejón, revisando el contenido de su cartera hasta que lo encontré: un sobre dirigido a Jack Digweed. Leí la carta. Decía que lo amaba y que yo había descubierto su relación; no había nada que ya no supiera. Pero no era tanto el contenido como el destino lo que me interesaba, y allí estaba, en la parte delantera del sobre, que iba dirigido a la Selva Negra, a un pueblo llamado St. Peter, cerca de Friburgo.

Casi dos semanas de viaje más tarde, Reginald y yo distinguimos St. Peter a lo lejos, un grupo de edificios apiñados, al pie de un valle fértil y de campos verdes, con algunas zonas boscosas. Eso fue esta mañana.

ii

Llegamos alrededor de mediodía, sucios y cansados por nuestro viaje. Trotando despacio por las estrechas calles laberínticas, vi que los residentes volvían la cara, ya fuera desde los senderos o mientras se apartaban de las ventanas, cerraban las puertas o corrían las cortinas. Teníamos la muerte en la cabeza y en aquel momento pensé que de algún modo lo sabían o tal vez se asustaban con facilidad. Lo que no sabía era que no éramos los primeros desconocidos en entrar en la ciudad aquella mañana. Los habitantes del pueblo ya estaban asustados.

La carta estaba dirigida a la tienda de víveres de St. Peter. Llegamos a una pequeña plaza, con una fuente a la sombra de unos castaños, y preguntamos a una mujer nerviosa. Otros nos evitaban mientras nos señalaba el camino y luego se alejó sigilosamente, mirándose los zapatos. Al cabo de unos instantes estábamos atando nuestros caballos fuera de la tienda y, cuando entramos, el único cliente nos echó un vistazo y decidió abastecerse de provisiones en otro momento. Reginald y yo intercambiamos una mirada de confusión y luego le eché un ojo a la tienda. Unas altas estanterías de madera cubrían tres lados, llenas de botes y paquetes atados con cuerda, mientras que al fondo había un mostrador alto detrás del que estaba el tendero, que lucía un delantal, un amplio bigote y una sonrisa que se desvaneció al vernos como una vela agotada.

A mi izquierda, se alzaban unas escaleras que servían para llegar a las altas estanterías. En ellas estaba sentado un muchacho de unos diez años, por el aspecto, el hijo del tendero. Casi perdió el equilibrio en sus prisas por bajar los escalones y se quedó en medio del suelo, con las manos en los costados, esperando sus órdenes.

—Buenas tardes, caballeros —dijo el tendero en alemán—. Parece que han cabalgado durante mucho tiempo. ¿Necesitan víveres para continuar su viaje? —Señaló una urna sobre el mostrador que tenía delante—. ¿Necesitan un refrigerio tal vez? ¿Bebida?

A continuación le hizo un gesto al niño con la mano.

—Christophe, ¿has perdido los modales? Toma los abrigos de estos caballeros…

Había tres taburetes delante del mostrador y el tendero los señaló con la mano, diciendo:

—Por favor, por favor, siéntense.

Volví a mirar a Reginald, vi que estaba a punto de moverse para aceptar la hospitalaria oferta del tendero, pero le detuve.

—No, gracias —le dije al vendedor—. Mi amigo y yo no tenemos intención de quedarnos. —Por el rabillo del ojo vi que Reginald dejaba caer los hombros, pero no dijo nada—. Lo único que necesitamos de usted es información —añadí.

Una expresión de prudencia cruzó el rostro del tendero como una oscura cortina.

—¿Sí? —dijo con cautela.

—Necesitamos encontrar a un hombre. Se llama Digweed. Jack Digweed. ¿Le conoce?

Negó con la cabeza.

—¿No le conoce? —repetí.

Él volvió a negar con la cabeza.

—Haytham… —dijo Reginald, como si pudiera leerme la mente por el tono de mi voz.

Le ignoré.

—¿Está seguro de eso? —insistí.

—Sí, señor —respondió el tendero.

Su bigote tembló con nerviosismo y tragó saliva.

Noté que se me tensaba la mandíbula; entonces, antes de que nadie tuviera tiempo de reaccionar, desenvainé mi espada y, con el brazo extendido, metí la hoja bajo la barbilla de Christophe. El chico emitió un grito ahogado, se puso de puntillas y los ojos se movieron como una flecha cuando la hoja presionó su garganta. Yo no había quitado los ojos del tendero en todo el rato.

—Haytham… —repitió Reginald.

—Deja que me encargue de esto, por favor, Reginald —dije, y me dirigí de nuevo al tendero—: Las cartas de Digweed se envían a esta dirección —continué—. Déjeme que vuelva a preguntárselo, ¿dónde está?

—Señor —suplicó el vendedor. Apartó los ojos de mí para fijarlos en Christophe, que estaba emitiendo una serie de ruiditos, como si le costara tragar saliva—. Por favor, no le haga daño a mi hijo.

Hice oídos sordos a sus súplicas.

—¿Dónde está? —repetí.

—Señor —rogó el tendero. Sus manos imploraban—. No puedo decirlo.

Con un minúsculo giro de muñeca aumenté la presión de mi hoja en el cuello de Christophe y fui recompensado con un quejido. Por el rabillo del ojo vi que el muchacho se alzaba un poco más de puntillas y sentí, pero no vi, la incomodidad de Reginald a mi otro lado. Durante todo aquel tiempo, mis ojos no se apartaron de los del tendero.

—Por favor, señor, por favor, señor —dijo enseguida, con aquellas manos suplicantes agitándose en el aire, como si intentase hacer malabarismos con un cristal invisible—. No puedo decírselo. Me advirtieron que no lo hiciera.

—¡Ajá! —exclamé—. ¿Quién? ¿Quién se lo advirtió? ¿Fue él? ¿Fue Digweed?

—No, señor —insistió el tendero—. Hace semanas que no veo al señor Digweed. Fue… otra persona, pero no puedo contárselo. No puedo decirle quién fue. Esos hombres hablaban en serio.

—Pero creo que sabemos que yo también hablo en serio —dije con una sonrisa—, y la diferencia entre ellos y yo es que yo estoy aquí y ellos no. Bueno, cuénteme. ¿Cuántos hombres son, quiénes son y qué querían saber?

Apartó los ojos de mí para dirigir la mirada a Christophe, que, a pesar de la valentía, el estoicismo y la muestra de fortaleza bajo coacción que hubiera esperado de mi propio hijo, volvía a gimotear, lo que debió de hacer cambiar de opinión al tendero, porque su bigote tembló un poco más y luego las palabras salieron de su boca deprisa.

—Estuvieron aquí, señor —dijo—. Hace una hora más o menos. Dos hombres con largos abrigos negros sobre las rojas túnicas del Ejército Británico entraron en la tienda como ustedes y preguntaron por el paradero del señor Digweed. Cuando se lo dije, sin pensar mucho en ello, se pusieron muy serios, señor, y me dijeron que posiblemente más hombres vendrían buscando al señor Digweed y que, en tal caso, debía negarme a revelar todo lo que conociera de él, bajo amenaza de muerte, y tampoco debía decir que habían estado aquí.

—¿Dónde está?

—En una cabaña, a veintiséis kilómetros al norte, en el bosque.

Ni Reginald ni yo dijimos una sola palabra. Ambos sabíamos que no teníamos ni un minuto que perder, y sin detenernos a lanzar más amenazas, ni a despedirnos, o tal vez a pedir disculpas a Christophe por haberle dado un susto de muerte, salimos como una flecha por la puerta, desatamos los caballos, los montamos y los espoleamos con gritos.

Cabalgamos tan deprisa como nos atrevimos durante media hora, hasta que recorrimos tal vez quince kilómetros de pastos, cuesta arriba, y nuestros caballos comenzaron a estar cansados. Llegamos a un límite forestal, donde descubrimos que había una estrecha pineda, y al llegar al otro lado, vimos una franja de árboles que se extendía por la cima de una colina a cada lado. Mientras tanto, delante de nosotros el suelo bajaba a otra zona boscosa y, a lo lejos, ondulaba como una enorme manta de vegetación, con áreas dedicadas a la silvicultura, la hierba y los campos.

Nos detuvimos y miramos por el catalejo. Nuestros caballos resoplaron e inspeccioné el área delante de nosotros, llevando el catalejo de izquierda a derecha, alocadamente al principio, con la urgencia de sacar lo mejor de mí, actuando sin criterio por el pánico. Al final tuve que hacer un esfuerzo por tranquilizarme, respiré hondo y, tras entornar los ojos, comencé de nuevo, esta vez moviendo el catalejo lenta y metódicamente por el paisaje. En la cabeza dividí el territorio en una cuadrícula y me moví de un cuadrado a otro para volver a ser sistemático y eficiente, para que volviera a dominar la lógica y no la emoción.

El silencio del suave viento y el canto de un pájaro se interrumpieron al hablar Reginald.

—¿Lo habrías hecho?

—¿Si habría hecho qué, Reginald?

Se refería a matar al muchacho.

—Matar al niño. ¿Lo habrías hecho?

—No tiene sentido hacer una amenaza si no puedes llevarla a cabo. El tendero habría sabido si estaba fingiendo. Lo habría visto en mis ojos. Lo habría sabido.

Reginald se movió, nervioso, en la silla.

—Entonces, ¿sí? ¿Lo habrías matado?

—Exacto, Reginald, lo habría matado.

Hubo una pausa. Completé el siguiente cuadro de tierra y luego, el siguiente.

—¿Cuándo se convirtió la matanza de inocentes en parte de tus enseñanzas, Haytham? —preguntó Reginald.

Di un resoplido.

—Solo porque me hayas enseñado a matar, Reginald, no tienes la última palabra sobre a quién debo matar y con qué propósito.

—Te enseñé honor. Te enseñé un código.

—Te recuerdo, Reginald, cómo administraste tu propia justicia fuera de White's hace muchos años. ¿Fue honorable aquello?

¿Se había sonrojado un poco? Desde luego se movió, incómodo, sobre su caballo.

—Aquel hombre era un ladrón —replicó.

—Los hombres a los que busco son asesinos, Reginald.

—Aun así —dijo con ligera irritación—, tal vez tu fervor está nublando tu juicio.

Volví a dar un resoplido despectivo.

—Y eso me lo dices tú. ¿Acaso tu fascinación por los Primeros Llegados está totalmente de acuerdo con la política de los Templarios?

—Por supuesto.

—¿Ah, sí? ¿Estás seguro de que no has abandonado tus deberes para dedicarle más tiempo? ¿Sobre qué has escrito cartas o en tu diario, sobre qué has estado leyendo últimamente, Reginald?

—Sobre muchas cosas —contestó, indignado.

—Que no esté relacionado con los Primeros Llegados —añadí.

Vociferó por un momento como un gordo con la cara colorada al que le han dado una carne distinta para comer.

—Ahora estoy aquí, ¿no?

—Cierto, Reginald —dije, justo cuando vi una minúscula voluta de humo salir del bosque—. Veo humo entre los árboles, posiblemente salga de una cabaña. Deberíamos dirigirnos hacia allí.

Al mismo tiempo hubo un movimiento cerca, en un plantel de abetos, y vi a un jinete subiendo por la colina más distanciada, lejos de nosotros.

—Mira, Reginald, allí. ¿Lo ves?

Ajusté el enfoque. El jinete iba de espaldas a nosotros, claro, y estaba a mucha distancia, pero una cosa que creí ver fueron sus orejas. Estaba seguro de que eran puntiagudas.

—Veo a un hombre, Haytham, pero ¿dónde está el otro? —dijo Reginald.

Tirando ya de las riendas de mi corcel, dije:

—Sigue en la cabaña, Reginald. Vamos.

iii

Pasaron tal vez veinte minutos más antes de llegar. Veinte minutos durante los que puse al límite a mi corcel, arriesgando su vida entre los árboles y por encima de las ramas arrancadas por el viento, dejando atrás a Reginald mientras corría hacia donde había visto el humo, hacia la cabaña donde estaba seguro de que encontraría a Digweed.

¿Vivo? ¿Muerto? No lo sabía. Pero el tendero había dicho que dos hombres habían preguntado por él y solo habíamos advertido la presencia de uno de ellos, así que estaba impaciente por saber si descubriríamos al otro. ¿Habría salido antes?

¿O estaría todavía en la cabaña?

Allí estaba, situada en medio de un claro. Un edificio de madera, achaparrado, con un caballo atado fuera, una única ventana en la parte delantera y volutas de humo saliendo por la chimenea. La puerta principal estaba abierta. Abierta de par en par. Justo cuando llegué a toda velocidad al claro, oí un grito en el interior de la casa y espoleé a mi caballo para que se acercara a la puerta, donde desenvainé la espada. Con un fuerte estrépito, llegamos a los tablones de la parte delantera de la casa, donde me estiré sobre mi montura para ver la escena del interior.

Digweed estaba atado a una silla, con los hombros caídos y la cabeza inclinada. Su rostro era una máscara de sangre, pero vi que movía los labios. Estaba vivo, y de pie sobre él estaba el segundo hombre, sujetando un cuchillo ensangrentado, un cuchillo con una hoja curva y dentada, a punto de terminar su trabajo. A punto de cortarle el cuello a Digweed.

Nunca había utilizado mi espada como una lanza y en mi opinión no es el uso ideal, pero en aquel preciso instante mi prioridad era mantener a Digweed con vida. Tenía que hablar con él y, además, nadie que no fuera yo iba a matarle. Así que la lancé. Era lo único que me daba tiempo a hacer. Y aunque mi lanzamiento no tuvo mucha fuerza ni puntería, alcanzó el brazo del hombre que sostenía el cuchillo, justo cuando iba a asestar el golpe, y bastó para hacerle retroceder con un alarido de dolor al tiempo que me bajaba del caballo, pisaba las tablas del interior de la cabaña, daba una voltereta y sacaba mi espada corta a la vez.

Y bastó para salvar a Digweed.

Caí justo a su lado. Una cuerda manchada de sangre mantenía sus brazos y piernas atados a la silla. Tenía la ropa hecha jirones y negra por la sangre, la cara hinchada y sangrante. Los labios seguían moviéndose. Levantó los ojos perezosamente para mirarme y me pregunté qué pensó en aquel breve instante. ¿Me reconoció? ¿Sintió una punzada de culpabilidad o un destello de esperanza?

Entonces dirigí la mirada hacia una ventana trasera para ver desaparecer las piernas del hombre del cuchillo mientras salía con dificultad y caía al suelo de fuera. Seguirle por la ventana significaba ponerme en una posición vulnerable. No me apetecía quedarme atascado en el marco de la ventana mientras el hombre del cuchillo tenía todo el tiempo del mundo para clavarme su espada. Así que corrí hacia la puerta para volver al claro e ir tras él. Reginald acababa de llegar. Había visto al hombre del cuchillo, le había visto mejor que yo, y ya estaba apuntándole con su arco.

—No le mates —bramé cuando disparó y rugió, contrariado, mientras la flecha perdía su objetivo.

—Maldito seas, ya le tenía —gritó—. Ahora está en el bosque.

Había dado la vuelta a la cabaña a tiempo y pisaba una alfombra de agujas de pino muertas y secas justo en el momento en que el hombre del cuchillo desaparecía por el límite forestal.

—Lo necesito vivo, Reginald —respondí—. Digweed está en la cabaña. Mantenlo a salvo hasta que vuelva.

Y al decir eso, irrumpí en el bosque al tiempo que las hojas y las ramas me azotaban la cara mientras avanzaba con gran estruendo, con la espada corta en la mano. Delante de mí vi una sombra oscura entre el follaje, atravesándolo con tan poca gracia como yo.

O tal vez con menos gracia, porque yo estaba acortando la distancia entre ambos.

—¿Estabas allí? —le grité—. ¿Estabas allí la noche en que mataron a mi padre?

—No tuve el placer, chico —respondió por encima del hombro—. Ojalá hubiera estado. Aunque puse mi granito de arena. Fui el que lo amañó todo.

Claro. Tenía el acento del suroeste. ¿A quién habían descrito con aquel acento? Al hombre que había chantajeado a Digweed. Al hombre que había amenazado a Violet y le había mostrado un cuchillo de mal aspecto.

—¡Date la vuelta para que te vea! —grité—. ¡Si te gusta tanto la sangre de los Kenway, veamos si puedes derramar la mía!

Era más ágil que él. Más rápido y estaba ya cerca. Cuando me habló, oí que le faltaba el aliento, y tan solo era cuestión de tiempo que le atrapara. Lo sabía y, en vez de cansarse más, decidió darse la vuelta para luchar, saltando por encima de una última rama arrancada por el viento, que le llevó a un pequeño claro, donde se volvió, con su hoja curva en la mano. Aquella hoja curva, dentada, de mal aspecto. Tenía la barba canosa y el rostro picado de viruela, como si le hubieran quedado cicatrices de alguna enfermedad infantil. Respiraba con dificultad mientras se pasaba el dorso de la mano por la boca. Debía de haber perdido el sombrero durante la persecución y ahora revelaba un pelo muy corto y entrecano, y su abrigo —oscuro, tal y como lo había descrito el tendero— estaba rasgado y se agitaba, abierto, para revelar su túnica roja del ejército.

—Eres un soldado británico —dije.

—Es el uniforme que llevo —apuntó con desdén—, pero mi lealtad está en otra parte.

—¿Ah, sí? ¿A quién rindes lealtad, entonces? —pregunté—. ¿Eres un Asesino?

Negó con la cabeza.

—Yo soy mi propio jefe, niño. Algo con lo que tú tan solo puedes soñar.

—Hace mucho tiempo que me dejaron de llamar «niño» —dije.

—Crees que eres alguien, Haytham Kenway. El asesino. El espadachín templario. ¿Porque has matado a un par de mercaderes gordos? Pero para mí no eres más que un niño. Eres un niño porque un hombre se enfrenta a sus objetivos, hombre contra hombre, no aparece en mitad de la noche, como una serpiente. —Hizo una pausa—. Como un Asesino.

Comenzó a cambiarse el cuchillo de una mano a otra. El efecto era casi hipnótico o al menos eso dejé que pensara.

—¿Crees que no puedo luchar? —pregunté.

—Aún tienes que demostrarlo.

—Este es tan buen sitio como cualquier otro.

Escupió y me hizo señas con la mano para que avanzara, dando vueltas a la hoja con la otra.

—Vamos —me provocó—. Sé un guerrero por primera vez en tu vida. Ven a ver lo que se siente. Vamos, niño. Sé un hombre.

Se suponía que debía enfurecerme, pero en cambio me hizo concentrarme. Lo necesitaba vivo. Tenía que hablar.

Salté por encima de la rama hacia el claro, balanceándome un poco para hacerle retroceder, pero enseguida recuperé mi posición, antes de que pudiera avanzar con un contraataque. Durante unos instantes dimos vueltas el uno alrededor del otro, esperando a que el otro lanzara el próximo ataque. Rompí las tablas al arremeter contra él con una estocada y al instante me retiré a la defensa.

Por un segundo pensó que no le había dado. Entonces notó que la sangre comenzaba a brotar de su mejilla y se tocó la cara con la mano, con los ojos muy abiertos por la sorpresa. Había derramado la primera gota de sangre.

—Me has subestimado —dije.

Su sonrisa fue un poco más forzada en esta ocasión.

—No habrá una segunda vez.

—Sí la habrá —repliqué y volví a acercarme a él, haciendo un amago hacia la izquierda, pero luego fui hacia la derecha cuando ya había enviado su cuerpo hacia la línea de defensa equivocada.

Se abrió un corte profundo en el brazo que tenía libre. La sangre manchó la manga hecha jirones y comenzó a gotear en el suelo del bosque, un rojo vivo sobre el marrón y las agujas verdes.

—Soy mejor de lo que crees —dije—. Lo único que te queda esperar es la muerte, a menos que hables. A menos que me digas todo lo que sabes. ¿Para quién trabajas?

Me eché hacia delante para clavarle mi hoja cuando sacudió su cuchillo como un loco. Abrí la otra mejilla. Ahora tenía dos cintas carmesí en la piel morena de su rostro.

—¿Por qué mataron a mi padre?

Volví a echarme hacia delante y esta vez le corté en el dorso de la mano que sostenía el cuchillo. Mis esperanzas de que lo soltara cayeron en saco roto. Si esperaba hacerle una demostración de mis habilidades, era exactamente lo que estaba consiguiendo, delante de sus narices. De su cara ahora ensangrentada. Ya no sonreía.

Pero aún le quedaban ganas de pelear y cuando vino hacia mí fue rápido y suave, cambió el cuchillo de una mano a otra para despistarme y casi me rozó. Casi. Habría podido hacerlo si no me hubiera enseñado ya aquel truco, si no hubiera ido tan lento por las heridas que le había ocasionado.

En la situación en la que nos encontrábamos, me metí bajo su espada y golpeé hacia arriba, clavándole la mía en el costado. Aunque enseguida me arrepentí porque le había dado demasiado fuerte y en el riñón. Estaba muerto. La hemorragia interna le mataría en unos treinta minutos; pero podía fallecer en aquel instante. No sabía si era consciente o no, puesto que arremetía contra mí otra vez, enseñándome los dientes. Advertí que ahora estaban cubiertos de sangre; me retiré con facilidad, le retorcí el brazo y se lo rompí a la altura del codo.

El sonido que emitió más que un grito fue una inhalación angustiada y mientras le aplastaba los huesos del brazo, más por efecto que por un útil propósito, su cuchillo cayó al suelo del bosque con un golpe suave y él le siguió clavándose de rodillas.

Le solté el brazo, que cayó sin fuerzas, como una bolsa de huesos y piel. Al bajar la vista, vi que la sangre casi había desaparecido de su cara y alrededor del estómago había una mancha negra que estaba extendiéndose. El abrigo le rodeaba, encharcado, en el suelo. Sin energía, fue a alzar su brazo flácido con la mano buena y cuando levantó la vista para mirarme, había algo lastimoso en sus ojos, algo conmovedor.

—¿Por qué le mataste? —pregunté sin alterarme.

Como si de agua escapando de un odre agujereado se tratara, se arrugó hasta quedar tumbado de lado. Lo único que le importaba en aquel momento era morir.

—Dime —insistí y me agaché a su lado. Tenía agujas de pino enganchadas en la sangre de su rostro.

Estaba tomando el último aliento sobre el mantillo del bosque.

—Tu padre… —comenzó a decir, luego escupió un coágulo de sangre al toser antes de seguir hablando—. Tu padre no era un Templario.

—Lo sé —espeté—. ¿Lo mataron por eso?

Noté cómo fruncía el entrecejo.

—¿Le asesinaron porque se negaba a entrar en la Orden?

—Era un… un Asesino.

—¿Y le mataron los Templarios? ¿Le mataron por eso?

—No. Le mataron por lo que tenía.

—¿Qué? —Me incliné hacia delante, desesperado por oír sus palabras—. ¿Qué tenía?

No hubo respuesta.

—¿Quién? —pregunté, casi gritando—. ¿Quién le mató?

Pero ya no estaba. Con la boca abierta, parpadeó y luego cerró los ojos; a pesar de lo mucho que le abofeteé, se negó a recuperar la conciencia.

Un Asesino. Padre era un Asesino. Rodeé al hombre del cuchillo, le cerré los ojos que no dejaban de mirarme y comencé a vaciarle los bolsillos en el suelo. Saqué la habitual colección de hojalata, así como unos cuantos trozos de papel destrozados, uno de los cuales desplegué para encontrar un grupo de documentos de reclutamiento. Para el teniente coronel Edward Braddock.

Y Braddock estaba en el ejército de la República Holandesa, que alzó las armas contra los franceses. Pensé en el hombre de orejas puntiagudas que había visto cabalgando antes. De repente supe hacia dónde se dirigía.

iv

Di la vuelta para regresar a la cabaña por el bosque y estuve allí en cuestión de minutos. Fuera encontré los tres caballos, pastando pacientemente bajo el brillante sol; dentro, estaba oscuro y hacía más fresco. Reginald estaba sobre Digweed, cuya cabeza colgaba, todavía atado a la silla, y, supe, desde el instante en que le puse los ojos encima que...

—Está muerto —me limité a decir y miré a Reginald.

—Intenté salvarle, Haytham, pero el pobre hombre hacía mucho que se había ido.

—¿Cómo? —pregunté con brusquedad.

—Debido a sus heridas —espetó Reginald—. Míralo, hombre.

El rostro de Digweed era una máscara de sangre seca. La ropa estaba manchada de ella. El hombre del cuchillo le había hecho sufrir, eso era cierto.

—Estaba vivo cuando me marché.

—Y estaba vivo cuando yo llegué, maldita sea —se indignó Reginald.

—Al menos dime que te dijo algo.

Bajó la mirada.

—Antes de morir dijo que lo sentía.

Con un frustrado susurro de mi espada, tiré una taza a la chimenea.

—¿Eso fue todo? ¿No mencionó nada de la noche del ataque? ¿No dio nombres?

—Malditos sean tus ojos, Haytham. Malditos sean tus ojos, ¿crees que yo le maté? ¿Crees que he venido hasta aquí, que he desatendido mis otros deberes solo para ver a Digweed muerto? Deseaba encontrarle tanto como tú. Lo quería vivo tanto como tú.

Era como si sintiera endurecérseme todo el cráneo.

—Lo dudo mucho —solté.

—Bueno, ¿qué le ha pasado al otro? —preguntó Reginald.

—Ha muerto.

Reginald lucía una expresión irónica.

—Oh, entiendo. ¿Y de quién ha sido la culpa exactamente?

Le ignoré.

—El asesino se llamaba Braddock.

Reginald se sobresaltó.

—¿En serio?

En el claro había guardado los papeles en mi abrigo y los saqué en un puñado, como la cabeza de una coliflor.

—Ten, su documentación de reclutamiento. Está en los Guardias de Coldstream, bajo las órdenes de Braddock.

—Pero eso no tiene nada que ver, Haytham. Edward tiene una fuerza de mil quinientos hombres y muchos de ellos se alistaron en el campo. Estoy seguro de que todos y cada uno de ellos tienen un pasado despreciable y seguro que Edward sabe muy poco de eso.

—Aun así, es una coincidencia, ¿no crees? El tendero dijo que ambos llevaban uniformes del Ejército Británico y supongo que el jinete que vimos está camino de reunirse con ellos. Nos saca... ¿Cuánto? ¿Una hora de ventaja? No tardaré en alcanzarle. Braddock está en la República Holandesa, ¿no? Allí se dirigirá, de vuelta con su general.

—Ten cuidado, Haytham —dijo Reginald. El acero se arrastró a sus ojos y su voz—. Edward es amigo mío.

—Nunca me ha gustado —dije con un ligero aire de insolencia infantil.

—¡Tonterías! —explotó Reginald—. Es una opinión que te formaste de niño porque Edward no mostraba la deferencia a la que estabas acostumbrado. Debo añadir que hacía todo lo posible por llevar ante la justicia a los asesinos de tu padre. Déjame decirte, Haytham, que Edward sirve a la Orden, es un fiel servidor y siempre lo ha sido.

Me di la vuelta para mirarle y se me quedó en la punta de la lengua: «Pero ¿no era mi padre un Asesino?» cuando me detuve. Una... sensación o mi instinto —me cuesta especificar qué— me hizo decidir no revelar esa información.

Reginald me vio hacerlo, vio las palabras apiladas detrás de los dientes y quizás incluso vio la mentira en mis ojos.

—El asesino —insistió— ¿dijo algo más? ¿Fuiste capaz de extraerle más información antes de que muriera?

—Tan solo la misma que pudiste sacarle tú a Digweed —respondí.

Había una cocinilla en un extremo de la cabaña y junto a ella una tabla de cortar, donde hallé parte de una barra de pan, que me metí en el bolsillo.

—¿Qué estás haciendo? —quiso saber Reginald.

—Recogiendo todas las provisiones posibles para mi viaje, Reginald.

Había también un cuenco con manzanas. Las necesitaría para mi caballo.

—Pan duro. ¿Unas manzanas? No es suficiente, Haytham. Al menos vuelve a la ciudad para comprar comida.

—No hay tiempo, Reginald —dije—. Y, de todas formas, la persecución será breve. Me lleva poca ventaja y no sabe que le persiguen. Con un poco de suerte podré alcanzarle antes de que necesite provisiones.

—Podemos comprar comida por el camino. Puedo ayudarte.

Pero le detuve. Iba a ir solo, le dije, y antes de que pudiera protestar, monté en mi corcel y comencé a cabalgar en la dirección que vi tomar al hombre de orejas puntiagudas, con la esperanza de atraparle en poco tiempo.

Pero quedó aplastada. Cabalgué deprisa, pero al final anocheció; se hizo muy peligroso continuar porque me arriesgaba a herir a mi caballo. De todas formas, estaba agotado, así que a regañadientes decidí detenerme para dejarlo descansar unas cuantas horas.

Y mientras estoy aquí sentado escribiendo, me pregunto por qué, después de todos estos años en los que Reginald se ha portado como un padre para mí, como un mentor, un tutor y un guía, ¿por qué he decidido ir solo? ¿Y por qué no le he revelado lo que he descubierto sobre mi padre?

¿He cambiado? ¿Ha cambiado él? ¿O ha cambiado el vínculo que nos unía?

La temperatura ha descendido. Mi corcel —me parecía que le debía poner un nombre por cómo me acaricia con el hocico para pedirme una manzana y le he puesto *Rasca*— está tumbado junto a mí, con los ojos cerrados, y parece satisfecho mientras escribo en mi diario.

Pienso en lo que Reginald y yo hemos hablado. Me pregunto si tiene razón al poner en duda al hombre en que me he convertido.

15 de julio de 1747

Me levanté temprano aquella mañana; en cuanto se hizo de día, removí las brasas apagadas del fuego y monté a *Rasca*.

La persecución continuaba. Mientras cabalgaba le daba vueltas a las posibilidades. ¿Por qué el de orejas puntiagudas y el hombre del cuchillo iban por caminos diferentes? ¿Ambos tenían la intención de viajar a la República Holandesa para reunirse con Braddock? ¿Estaría el de orejas puntiagudas esperando que su cómplice le alcanzara?

No tenía manera de saberlo. Tan solo podía esperar que, fueran cuales fuesen sus planes, el hombre que tenía delante ignorara que le estaba persiguiendo.

Pero si no lo sabía —¿era posible?—, entonces ¿por qué no lograba alcanzarle?

Y cabalgué rápido pero a ritmo constante, consciente de que tropezarme con él demasiado rápido sería igual de desastroso que no atraparlo nunca.

Tres cuartos de hora más tarde llegué a un lugar donde él había descansado. Si presionaba a *Rasca* más tiempo, ¿le sorprendería? ¿Le encontraría desprevenido? Me arrodillé para notar el mortecino calor del fuego. A mi izquierda, *Rasca* olisqueó algo en el suelo, un trozo de salchicha, y mi estómago se quejó. Reginald tenía razón. Mi presa iba mucho mejor equipada para aquel viaje que yo, con tan solo media barra de pan y unas manzanas. Me maldije a mí mismo por no haber revisado las alforjas de su compañero.

—Vamos, *Rasca* —dije—. Vamos, chico.

Durante el resto del día cabalgué, y la única vez que bajé el ritmo fue cuando saqué el catalejo de mi bolsillo para escudriñar el horizonte, buscando algún indicio de mi presa. Continuó delante de mí. Todo el día. Hasta que, cuando la luz comenzó a perder intensidad, empecé a preocuparme por si lo había perdido. Tan solo me quedaba esperar no equivocarme en su destino.

Al final no me quedó otra opción que volver a descansar, acampar, hacer una hoguera, dejar a *Rasca* descansar y rezar por no haberle perdido el rastro.

Y mientras estoy aquí sentado, me pregunto por qué no he conseguido alcanzarlo.

16 de julio de 1747

i

Cuando me desperté esta mañana fue con un destello de inspiración. Por supuesto. El de orejas puntiagudas era miembro del ejército de Braddock y el ejército de Braddock se había unido a las fuerzas bajo el mando del príncipe de Orange en la República Holandesa, que era donde debía de estar el de orejas puntiagudas. La razón por la que se apresuraba era porque…

Porque se había fugado y estaba corriendo para regresar, supuestamente antes de que descubrieran su ausencia.

Lo que significaba que su presencia en la Selva Negra no podía estar aprobada oficialmente. Lo que significaba que Braddock, como teniente coronel, no tenía conocimiento de ello. O probablemente no sabía nada.

Lo siento, *Rasca*. Volví a ponerlo al límite —sería el tercer día sucesivo— y advertí lo cansado que estaba, el agotamiento que le hacía ir más lento. Aun así, en menos de media hora llegamos a los restos del campamento del de orejas puntiagudas y, esta vez, en lugar de detenerme a comprobar las brasas, espoleé a *Rasca* para que continuara y solo lo dejé descansar en la siguiente cima, donde paramos y saqué el catalejo para inspeccionar la zona que teníamos delante, cuadrado a cuadrado, centímetro a centímetro, hasta que lo vi. Allí estaba, una minúscula mota que subía la colina de enfrente y era absorbida por una arboleda mientras observaba.

¿Dónde estábamos? No sabía si habíamos atravesado o no la frontera de la República Holandesa. Llevaba dos días sin ver ni un alma, ni tampoco había oído nada salvo el sonido de *Rasca* y mi propia respiración.

Pronto aquella situación iba a cambiar. Espoleé a *Rasca* y unos veinte minutos después estaba entrando en el mismo grupo de árboles por el que había visto desaparecer a mi presa. Lo primero que vi fue un carro abandonado. Cerca, con moscas avanzando lentamente por unos ojos ciegos, se encontraba el cadáver de un caballo y *Rasca*, al verlo, se encabritó un poco, asustado. Como yo, se había acostumbrado a la soledad: solo nosotros, los árboles y los pájaros. Aquí de repente estaba el desagradable recordatorio de que en Europa uno no está nunca alejado del conflicto, alejado de la guerra.

Ahora cabalgábamos más despacio, íbamos con cuidado entre los árboles y cualquier otro obstáculo con el que nos pudiéramos topar. Conforme avanzábamos, el follaje cada vez estaba más ennegrecido, roto o pisoteado. Había habido acción por allí, eso estaba claro. Comencé a ver cuerpos de hombres, miembros separados y ojos muertos de mirada fija, sangre oscura y lodo que cubría los cadáveres anónimos excepto por los uniformes: blancos, los del ejército francés; azules, los del holandés. Vi espadas, bayonetas y mosquetes rotos, no se había salvado nada de utilidad. Cuando aparecí en el límite forestal, estábamos en un campo, el campo de batalla, donde encontré más cadáveres. Era evidente que tan solo había sido una pequeña refriega, por las características de una guerra, pero, aun así, era como si la muerte estuviera presente en todas partes.

No podía afirmar con seguridad hacía cuánto había tenido lugar, pero había pasado el tiempo suficiente para que los carroñeros se hicieran con el campo de batalla, pero no lo bastante como para que hubieran retirado los cuerpos; calculé que un día a juzgar por el estado de los cadáveres y el manto de humo que todavía colgaba sobre los pastos, una mortaja, como la niebla matutina, pero con un fuerte olor a pólvora en el ambiente.

Aquí el barro era más espeso, se revolvía junto a los cascos y los pies, y cuando *Rasca* comenzó a pasar apuros, lo llevé hacia un lado para intentar rodear el perímetro del campo. Entonces, justo cuando tropezó en el lodo y casi me tira al suelo, vi al de orejas puntiagudas delante de nosotros. Nos separaba el campo de batalla, tal vez un kilómetro, y era una figura poco definida, que también se esforzaba por cruzar el terreno pringoso. Su caballo debía de estar tan agotado como el mío porque el hombre había desmontado y trataba de tirar de las riendas, mientras profería maldiciones que apenas atravesaban el campo.

Saqué el catalejo para echarle un vistazo. La última vez que le había visto de cerca había sido hacía doce años y llevaba una máscara, por lo que me imaginé —incluso, esperé— que la primera auténtica mirada que le echara contendría alguna clase de revelación. ¿Me reconocería?

No. No era más que un hombre avejentado y canoso, como su compañero, sucio y agotado por el viaje. Al mirarle en aquel momento no se me reveló nada. Las piezas no encajaron. Era tan solo un hombre, un soldado británico, como el que había matado en la Selva Negra.

Le vi estirar el cuello mientras me miraba a través de la bruma. Sacó un catalejo de su abrigo y por unos instantes ambos nos estudiamos a través de nuestros telescopios, luego observé cómo corría hasta el morro de su caballo y con un vigor renovado tiró de las riendas, al mismo tiempo que me lanzaba miradas desde el otro extremo del campo.

Me había reconocido. Bien. *Rasca* se había vuelto a poner en pie y lo empujé hasta donde el suelo era un poco más duro. Por fin éramos capaces de avanzar. Delante de mí, cada vez distinguía mejor al de orejas puntiagudas y podía ver el esfuerzo en su rostro mientras tiraba de su propio caballo. Entonces advirtió que estaba atascado y yo acortaba la distancia; estaría encima de él en cuestión de unos segundos.

Y entonces hizo lo único que podía hacer. Soltó las riendas y empezó a correr. En aquel momento, el margen que nos rodeaba cedió abruptamente y a *Rasca* otra vez le resultó difícil mantenerse de pie. Con un rápido «gracias» entre susurros me bajé de él para continuar la persecución a pie.

Los esfuerzos de los últimos días me habían aplastado de tal forma que parecían hundirme. El barro absorbía mis botas y cada paso impedía mi carrera; mis pulmones tomaban aire de manera irregular, como si estuviera inhalando arena. Todos los músculos gritaban en protesta por el dolor, me suplicaban que no continuase. Tan solo me quedaba esperar que mi amigo, el de allí delante, lo estuviera pasando igual de mal, e incluso peor, porque lo único que me animaba a seguir, lo único que me mantenía las piernas en movimiento y hacía que el pecho se inflara por bocanadas de aire irregulares, era el conocimiento de que estaba salvando la distancia entre ambos.

Miró hacia atrás y yo ya estaba lo bastante cerca para ver que abría los ojos de par en par por el miedo. Ahora no llevaba máscara. Nada tras lo que esconderse. A pesar del dolor y el agotamiento, le sonreí y sentí los labios secos y cuarteados que se retiraban sobre los dientes.

No aflojó el ritmo, gruñendo por el esfuerzo. Había empezado a llover, unas gotas que le otorgaban al día una capa extra de bruma, como si estuviéramos atrapados en un paisaje pintado a carboncillo.

Volvió a arriesgar otra mirada hacia atrás y se dio cuenta de que estaba más cerca ahora; esta vez se detuvo para desenvainar la espada, la sostuvo con ambas manos y los hombros caídos, respirando con dificultad. Parecía agotado. Tenía el aspecto de un hombre que había pasado día tras día cabalgando a toda velocidad, sin apenas dormir. Tenía el aspecto de un hombre que esperaba ser derrotado.

Pero me equivocaba. Me estaba atrayendo hacia él y, como un tonto, me lo tragué; a continuación tropecé hacia delante y me caí cuando el suelo cedió, yendo a parar a una gran charca de espeso y rezumante lodo que me detuvo en seco.

—Oh, Dios —dije.

Mis pies desaparecieron, luego los tobillos, y antes de darme cuenta, estaba hundido hasta las rodillas y tiraba de las piernas como un desesperado, para intentar liberarme, al tiempo que me sujetaba al suelo firme con una mano para intentar mantener mi espada alzada con la otra.

Dirigí la vista hacia el de orejas puntiagudas y ahora le tocaba a él sonreír, mientras se acercaba con su espada para asestar un golpe con ambas manos, con fuerza pero torpemente. Con un gruñido de esfuerzo y un círculo de acero, choqué contra su ataque y lo paré, haciéndole retroceder un par de pasos. Después, cuando perdió el equilibrio, saqué uno de los pies del lodo, y mi bota dejó al aire mis calcetines blancos, sucios, pero relucientes en comparación con la tierra que me rodeaba.

Al ver desperdiciada su oportunidad, el de orejas puntiagudas volvió a arremeter, esta vez atacando con la espada, y me defendí una y dos veces. Por un segundo solo se oyó el repiqueteo del acero, los gruñidos y la lluvia, que ahora caía con fuerza sobre el barro, y yo en silencio le daba gracias a Dios por que sus reservas de astucia se hubieran agotado.

¿O no? Al final se dio cuenta de que me habría derrotado con más facilidad si se hubiese colocado detrás de mí, pero vi lo que tenía en mente y le di con la espada en la rodilla, justo por encima de la bota, lo que le echó hacia atrás, gritando agónicamente. Con un alarido de dolor y humillación, se puso en pie, empujado tal vez por la indignación de no haberse llevado la victoria tan fácilmente, y dio una patada con su pie bueno.

Se lo aferré con mi otra mano para retorcérselo tanto como pude, lo bastante para hacerle dar vueltas y que terminase con la cara en el lodo.

Intentó apartarse, pero fue demasiado lento, o estaba muy aturdido, y le clavé la espada en la parte trasera del muslo, hasta el suelo, para dejarlo allí sujeto. Al mismo tiempo usé la empuñadura como agarre y me impulsé para salir del barro, dejando atrás mi segunda bota.

Gritó y se retorció, pero estaba inmovilizado por la espada que le atravesaba la pierna. Mi peso sobre él al utilizar la espada como palanca para salir del lodo debió de ser insoportable y chilló de dolor, con los ojos en blanco dentro de sus cuencas. Aun así, movió, desesperado, su espada mientras yo estaba desarmado, de modo que mientras caía sobre él, como un pez sacado del agua, la hoja me alcanzó un lado del cuello y abrió una herida por la que salió sangre caliente sobre la piel.

Llevé las manos hacia las suyas y de repente nos pusimos a luchar por la posesión de la espada. Peleamos acompañados de gruñidos y maldiciones, cuando por detrás oí algo; estaba seguro de que era el sonido de unas pisadas que se acercaban. Luego unas voces. Alguien hablaba en holandés. Solté un improperio.

—No —dijo una voz y me di cuenta de que era la mía.

Él también debió de oírla.

—Llegas demasiado tarde, Kenway —rugió.

Los pasos detrás de mí. La lluvia. Mis propios gritos: «No, no, no», mientras una voz decía en inglés: «Tú, detente».

Me retiré del hombre con orejas puntiagudas y di un puñetazo de frustración sobre el barro mojado mientras me incorporaba, ignorando el sonido de su dura e irregular risa al tiempo que me ponía de pie para enfrentarme a las tropas que habían aparecido de entre la niebla y la lluvia, intentando mantenerme erguido mientras decía:

—Me llamo Haytham Kenway y soy un colega del teniente coronel Edward Braddock. Exijo que se me entregue a este hombre en custodia.

La risa que oí a continuación no estoy seguro de si provino del hombre con orejas puntiagudas, que yacía aún clavado en el suelo, o tal vez de uno de los grupitos de las tropas que habían aparecido delante de mí, como espectros repartidos por el campo. Vi el bigote del comandante y una chaqueta cruzada, sucia y mojada, adornada con unos galones empapados que alguna vez habían sido de color dorado. Le vi levantar algo, algo que parecía destellar en mi línea de visión, y me di cuenta de que me estaba golpeando con la empuñadura de su espada un instante antes de que tomara contacto y yo perdiera la conciencia.

ii

No mataban a los hombres inconscientes. Eso no sería noble. Ni siquiera en un ejército bajo las órdenes del teniente coronel Edward Braddock.

Así que lo siguiente que sentí fue agua fría salpicándome el rostro, ¿o era una palma abierta en mi cara? Fuera como fuese, me despertaron con brusquedad y mientras recuperaba el sentido, pasé un momento preguntándome quién era, dónde estaba…

Y por qué tenía una soga alrededor del cuello.

Y por qué tenía los brazos atados a la espalda.

Estaba en un extremo de una plataforma. A mi izquierda había cuatro hombres que, como yo, lucían una soga al cuello. Mientras observaba, el hombre que se hallaba en el lado izquierdo se sacudió y tembló, dando patadas en el aire.

Se oyó un grito ahogado delante de mí y me di cuenta de que teníamos público. Ya no estábamos en el campo de batalla, sino en un pequeño prado donde se habían reunido unos cuantos hombres. Lucían los colores del Ejército Británico y los sombreros de piel de oso de los Guardias de Coldstream, y sus rostros estaban cenicientos. Estaban allí a regañadientes; sin duda, se les había obligado a mirar mientras el pobre desgraciado del final de la hilera daba sus últimas patadas, con la boca abierta y la punta de la lengua, que sangraba tras habérsela mordido, afuera, al tiempo que la mandíbula se metía hacia dentro para intentar tragar aire.

Continuó retorciéndose y pataleando, sacudiendo con su cuerpo el cadalso, que recorría la longitud de la plataforma por encima de nuestras cabezas. Alcé la mirada y vi mi propia soga allí atada, bajé los ojos y me vi los pies, mis pies en calcetines.

Hubo un silencio. Tan solo se oyó el sonido del hombre colgado al morir, el crujido de la soga y el quejido del cadalso.

—Eso es lo que ocurre cuando eres un ladrón —chilló el verdugo, señalándole, y luego se acercó al segundo hombre mientras le decía a la multitud inmóvil—: Te encontrarás con tu creador al final de la cuerda, son órdenes del teniente coronel Braddock.

—Conozco a Braddock —grité de repente—. ¿Dónde está? Traedlo aquí.

—¡Tú, a callar! —vociferó el verdugo mientras me señalaba con el dedo y al mismo tiempo su ayudante, el hombre que me había tirado agua a la cara, apareció por la derecha y volvió a abofetearme, solo que esta vez no para que recuperara el sentido sino para acallarme.

Gruñí e intenté desatarme la cuerda que me retenía las manos, pero no con demasiada energía, pues podía perder el equilibrio y caer del taburete sobre el que me apoyaba tan peligrosamente.

—Me llamo Haytham Kenway —dije, con la soga clavándoseme en el cuello.

—¡He dicho que cierres el pico! —rugió el verdugo por segunda vez y su ayudante volvió a golpearme, con tanta fuerza que casi me tira del taburete.

Por primera vez vi al soldado que estaba a mi izquierda inmediata y me di cuenta de quién era. Se trataba del de orejas puntiagudas. Tenía un vendaje negro por la sangre alrededor del muslo. Me miró con ojos turbios de párpados caídos y una lenta y pobre sonrisa en el rostro.

Para entonces el verdugo ya había alcanzado al segundo hombre de la fila.

—Este hombre es un desertor —gritó—. Dejó morir a sus compañeros. A hombres como vosotros. Os dejó morir. Decidme, ¿cuál debería ser su castigo?

Sin mucho entusiasmo, los hombres respondieron:

—Colgadlo.

—Si vosotros lo decís...

El verdugo sonrió con suficiencia y retrocedió. Plantó el pie en la región lumbar del condenado y empujó, saboreando la reacción de repugnancia de los hombres que miraban.

Sacudí la cabeza para quitarme de encima el dolor del golpe asestado por el ayudante y continué forcejeando justo cuando el verdugo llegó al siguiente hombre, le hizo a la multitud la misma pregunta y recibió la misma respuesta débil y diligente, tras la que dio muerte al pobre infeliz. La plataforma tembló y se agitó mientras los tres hombres colgaban del extremo de sus sogas. Sobre mi cabeza, el cadalso crujió y, al mirar hacia arriba, vi que las juntas se separaban un poco antes de volverse a unir.

A continuación el verdugo llegó al hombre de orejas puntiagudas.

—Este hombre..., este hombre disfrutó de una pequeña estancia en la Selva Negra y pensó que podría regresar a hurtadillas sin ser descubierto, pero se equivocó. Decidme, ¿cómo deberíamos castigarle?

—Colgadle —masculló la muchedumbre sin entusiasmo.

—¿Creéis que debe morir? —gritó el verdugo.

—Sí —contestó la multitud.

Pero vi que subrepticiamente algunos de ellos negaban con la cabeza y había otros, que bebían de petacas de cuero, que parecían muy contentos con todo aquello, como lo estaría cualquiera al que hubiesen sobornado con cerveza. De hecho, ¿sería la explicación al aparente estupor del de orejas puntiagudas? Seguía sonriendo, incluso cuando el verdugo se colocó detrás de él para plantarle el pie en la región lumbar.

—¡Ha llegado el momento de colgar a un desertor! —gritó.

Y le empujó al mismo tiempo que yo exclamé:

—¡No! —Tiré de mis ataduras, tratando desesperadamente de liberarme—. ¡No, tiene que vivir! ¿Dónde está Braddock? ¿Dónde está el teniente coronel Edward Braddock?

El ayudante del verdugo apareció ante mis ojos, sonriendo a través de una barba áspera, sin apenas dientes en la boca.

—¿Es que no has oído al hombre? Te ha dicho que cierres el pico.

Y volvió a preparar el puño para golpearme.

Pero no tuvo oportunidad. Mis piernas salieron disparadas, retiraron el taburete y a continuación se enroscaron en el cuello del ayudante, cruzadas por los tobillos para apretar con fuerza.

Gritó. Le apreté más fuerte. Su alarido se convirtió en un sonido estrangulado y el rostro comenzó a enrojecerse cuando me tomó con las manos las pantorrillas para intentar separarlas. Tiré de un lado a otro, sacudiéndolo como un perro a su presa en las mandíbulas, casi levantándole del suelo, tensando los músculos de los muslos al tiempo que intentaba mantener alejado de mi cuello el peso de la soga. No obstante, a mi lado, el de orejas puntiagudas se retorcía, colgado de su soga. La lengua sobresalía en los labios y sus ojos lechosos se le saltaban de las cuencas, como si estuviera a punto de explotarle el cráneo.

El verdugo se había colocado al otro extremo de la plataforma y tiraba de las piernas de los hombres colgados para asegurarse de que estaban muertos, pero el alboroto al otro lado llamó su atención y, al mirar, vio a su ayudante atrapado en mis piernas. Se acercó a nosotros a toda velocidad, maldiciendo mientras llevaba la mano a la cintura para desenvainar su espada.

Con un grito de esfuerzo, retorcí el cuerpo y apreté las piernas para arrastrar al ayudante conmigo, y se produjo un milagro al calcular el movimiento, de modo que su cuerpo chocó con el del verdugo cuando este nos alcanzó. El verdugo gritó y cayó de la plataforma de mala manera.

Delante de nosotros los hombres estaban boquiabiertos por la impresión y ninguno se movió para involucrarse.

Apreté las piernas incluso con más fuerza y obtuve un chasquido crujiente que venía del cuello del ayudante. Comenzó a salirle sangre de la nariz y me soltó un poco los brazos. Volví a retorcerme y grité cuando mis músculos protestaron al apretarle, esta vez hacia el otro lado para golpearle contra el cadalso.

El cadalso que se agitaba, crujía y se desmoronaba.

Crujió y se quejó un poco más. Con un último esfuerzo —no me quedaba más energía y si esto no funcionaba, allí iba a morir—, volví a llevar al hombre contra el cadalso y, esta vez, por fin, cedió. Al mismo tiempo que comenzaba a sentir que perdía el conocimiento, como si me taparan la mente con un velo negro, noté una presión en el cuello que de repente se relajó cuando el soporte cayó al suelo delante de la plataforma, el travesaño se inclinó y la misma plataforma se vino abajo por el peso repentino de los hombres y la estructura, cayendo con el fuerte estrépito de la madera al astillarse.

Mi último pensamiento antes de quedarme inconsciente fue: «Por favor, que esté vivo», y mis primeras palabras al recuperar el sentido dentro de la tienda en la que ahora estoy tumbado fueron:

—¿Está vivo?

iii

—¿Quién está vivo? —preguntó el doctor, que tenía un bigote de aspecto distinguido y un acento que sugería que era de más alta cuna que muchos.

—El hombre de orejas puntiagudas —respondí e intenté incorporarme, pero encontré una mano en mi pecho que me ayudó a tumbarme otra vez.

—Me temo que no tengo ni la más remota idea de lo que está hablando —dijo, no sin amabilidad—. He oído que conoce al teniente coronel. Tal vez él sea capaz de explicárselo todo cuando llegue por la mañana.

Por lo tanto, me he quedado aquí sentado, escribiendo sobre los acontecimientos del día, y esperando mi audiencia con Braddock…

17 de julio de 1747

Parecía una versión más grande e inteligente de sus hombres, con todo el porte que implicaba su rango. Sus relucientes botas negras le llegaban a la rodilla. Vestía una levita con un ribete blanco sobre una túnica oscura y abotonada, llevaba un pañuelo blanco al cuello, y del grueso cinturón de cuero marrón en la cintura colgaba su espada.

Llevaba el pelo peinado hacia atrás y recogido con una cinta negra. Tiró su sombrero en una mesilla al lado de la cama donde yo yacía, puso las manos en los labios y se me quedó observando con aquella profunda mirada anodina que yo conocía bien.

—Kenway —se limitó a decir—. Reginald no me avisó de que tenías previsto reunirte conmigo.

—Fue una decisión imprevista, Edward —contesté y de pronto me sentí joven en su presencia, casi intimidado.

—Entiendo —dijo—. Pensaste en darte una vuelta por aquí ¿verdad?

—¿Cuánto tiempo llevo aquí? —pregunté—. ¿Cuántos días han pasado?

—Tres —respondió Braddock—. El doctor Tennant estaba preocupado por la fiebre. Según él, un hombre más débil no habría sido capaz de superarla. Tienes suerte de estar vivo, Kenway. No todo el mundo escapa de la horca y de una fiebre. También fuiste afortunado porque me informaron de que uno de los hombres al que iban a colgar preguntaba por mí personalmente; de lo contrario, mis hombres habrían terminado el trabajo. Ya ves cómo castigamos a los delincuentes.

Me llevé la mano al cuello, que estaba vendado por la lucha con el de orejas puntiagudas y todavía me dolía de la quemadura con la soga.

—Sí, Edward, he experimentado directamente cómo tratas a tus hombres.

Suspiró, indicó al doctor Tennant con la mano que se fuera, el hombre se retiró y cerró la entrada de la tienda. Braddock se sentó con todo su peso y puso una bota sobre la cama como si eso indicara que tenía derecho sobre ella.

—No son mis hombres, Kenway, sino criminales. Te entregó un holandés que te halló en compañía de un desertor, un hombre que se ausentó con un compañero. Naturalmente, supusieron que serías tú.

—¿Y qué ha sido de él, Edward? ¿Qué ha sido del hombre que estaba conmigo?

—Era ese hombre por el que estabas preguntando, ¿no? Por el que dice el doctor Tennant que estás muy interesado. ¿Cómo dijo que lo llamabas? ¿«El de las orejas puntiagudas»?

No pudo evitar el tono desdeñoso en su voz al decirlo.

—Ese hombre, Edward, estaba en mi casa la noche del ataque. Es uno de los hombres a los que hemos estado buscando los últimos doce años. —Le miré con acritud—. Y me lo he encontrado alistado en tu ejército.

—Claro, en mi ejército. ¿Y qué pasa?

—Menuda coincidencia, ¿no crees?

Braddock siempre tenía el ceño fruncido, pero ahora lo frunció aún más.

—¿Por qué no olvidas esas insinuaciones, chico, y me dices qué tienes en la cabeza? Por cierto, ¿dónde está Reginald?

—Le dejé en la Selva Negra. Sin duda estará ya a medio camino de casa.

—¿Para continuar su investigación sobre mitos y cuentos populares? —dijo Braddock con un despectivo movimiento en los ojos.

Al verlo, me sentí extrañamente fiel a Reginald y sus investigaciones, a pesar de mis propias dudas.

—Reginald cree que si somos capaces de descifrar los secretos del almacén, la Orden sería más poderosa que en las Cruzadas, tal vez más poderosa que nunca. Estaríamos preparados para gobernarlo todo.

Puso una expresión de cansancio y disgusto.

—Si de verdad crees eso, eres tan tonto e idealista como él. No nos hacen falta magia ni trucos para nuestra causa, necesitamos acero.

—¿Por qué no usar ambas cosas? —razoné.

Se inclinó hacia delante.

—Porque una de ellas es una absoluta pérdida de tiempo, por eso.

Le miré a los ojos.

—Puede. Sin embargo, no creo que la mejor manera de ganar las mentes y los corazones de los hombres sea ejecutándolos, ¿no?

—Repito, basura.

—Pero ¿le han matado?

—¿A tu amigo? Perdona, ¿cómo era? ¿«El de orejas puntiagudas»?

—Tus burlas no me afectan, Edward. Tus burlas son para mí lo mismo que tu respeto, que es igual a nada. Puede que creas que me toleras solo por Reginald. Pues te aseguro que el sentimiento es totalmente mutuo. Bueno, dime si el de orejas puntiagudas está muerto.

—Murió en el cadalso, Kenway —contestó—. Tuvo la muerte que se merecía.

Cerré los ojos y por un segundo me quedé allí tumbado, consciente de nada salvo de mi propio… ¿Qué? Un repugnante y espantoso caldo de dolor, enfado y frustración; de desconfianza y duda. Consciente, asimismo, del pie de Braddock en mi cama, deseando atacarle con una espada para sacarlo para siempre de mi vida.

Aunque esa era su forma de actuar, ¿cierto? No la mía.

—Así que estaba allí esa noche, ¿eh? —preguntó Braddock y ¿acaso percibí un ligero tono de burla en su voz?—. Fue uno de los responsables del asesinato de tu padre y durante todo este tiempo ha estado entre nosotros y no lo sabíamos. Una amarga ironía, ¿no crees, Haytham?

—Pues sí. Una ironía o una coincidencia.

—Ten cuidado, muchacho, ahora no está Reginald aquí para sacarte las castañas del fuego, ¿sabes?

—¿Cómo se llamaba?

—Como cientos de hombres en mi ejército se llamaba Tom Smith. Tom Smith del campo. No sabemos mucho más de ellos. Un prófugo, probablemente por causas civiles o tal vez por matar al hijo de un terrateniente en un duelo o desflorar a la hija del hacendado, o quizá por retozar con su esposa. ¿Quién sabe? No hacemos preguntas. Si me preguntas si me sorprende que uno de los hombres a los que perseguíamos estuviera en mi ejército todo este tiempo, entonces te diré que no.

—¿Tenía amigos en el ejército? ¿Alguien con quien pueda hablar?

Lentamente, Braddock quitó el pie de mi catre.

—Como Caballero eres libre de disfrutar de mi hospitalidad aquí y puedes, por supuesto, realizar tus propias indagaciones. Espero que a cambio pueda contar con tu ayuda en otros asuntos.

—¿A qué te refieres? —pregunté.

—Los franceses han sitiado la fortaleza de Bergen op Zoom. Dentro están nuestros aliados: los holandeses, los austriacos, los hannoverianos y los hessianos, y por supuesto los británicos. Los franceses ya han abierto las trincheras y están cavando una segunda tanda de trincheras paralelas. Pronto comenzarán el bombardeo a la fortaleza. Tratarán de hacerse con ella antes de las lluvias. Creen que les dará la entrada a los Países Bajos, y los aliados piensan que la fortaleza tiene que mantenerse a toda costa. Necesitamos a todos los hombres disponibles. ¿Te das cuenta de por qué no toleramos las deserciones? ¿Tienes valor para la batalla, Kenway, o estás tan concentrado en la venganza que no puedes ayudarnos más?

TERCERA PARTE

1753, seis años más tarde

7 de junio de 1753

i

—Tengo un trabajo para ti —dijo Reginald.

Asentí y esperé. Había pasado mucho tiempo desde la última vez que le había visto y tenía la sensación de que su petición de encontrarnos no era una excusa para ponernos al día, aunque la cita fuese en White's, donde nos sentamos a tomar una cerveza, y una atenta camarera con mucho pecho —no había podido evitar advertirlo— se ofreció a traernos más.

En la mesa a nuestra izquierda, unos caballeros —los infames «jugadores del White's»— jugaban una bulliciosa partida de dados, pero, aparte de ellos, no había nadie más en el local.

No le había visto desde aquel día en la Selva Negra, hacía seis años, y muchas cosas habían sucedido desde entonces. Al reunirme con Braddock en la República Holandesa, había servido con los Coldstreams en el asedio de Bergen op Zoom, luego continué hasta el Tratado de Aix-la-Chapelle al año siguiente, que marcó el fin de aquella guerra. Después, me quedé con ellos durante varias campañas para ayudar a mantener la paz, lo que me había alejado de Reginald, cuya correspondencia llegaba tanto desde Londres como del castillo en un bosque de las Landas. Consciente de que podían leer mis cartas antes de que las enviase, mantuve vaga mi correspondencia mientras en privado aguardaba el momento en el que por fin pudiera sentarme con Reginald y hablar de mis miedos.

Pero, al regresar a Londres y volver a la residencia de la plaza Queen Anne, descubrí que estaba ocupado. Eso fue lo que me dijeron: se hallaba aislado con sus libros con John Harrison, otro Caballero de la Orden, que al parecer estaba tan obsesionado como él con los templos, los antiguos almacenes y las criaturas fantasmagóricas del pasado.

—¿Recuerdas que vinimos aquí para mi octavo cumpleaños? —pregunté, deseando de algún modo postergar el momento en que había averiguado la identidad de la persona que había matado a mi padre—. ¿Recuerdas lo que pasó afuera, el pretendiente exaltado dispuesto a administrar justicia en la calle?

Asintió.

—La gente cambia, Haytham.

—Sí, tú lo has hecho. Ahora te preocupan básicamente tus investigaciones acerca de la primera civilización —apunté.

—Estoy muy cerca ya, Haytham —dijo, como si la idea le liberara del pesado sudario que llevaba.

—¿Pudiste descifrar el diario de Vedomir?

Frunció el entrecejo.

—Desgraciadamente no, y no porque no lo intentara, te lo aseguro. O debería decir que aún no lo he conseguido, porque hay una descifradora de códigos, una italiana, miembro de los Asesinos. Una mujer, ¿te lo puedes creer? La tenemos en el castillo francés, en las profundidades del bosque, pero dice que necesita a su hijo para que la ayude a descifrar el libro, aunque este lleva desaparecido unos cuantos años. Personalmente, dudo de lo que dice y creo que podría averiguar lo que está escrito en el diario ella sola si quisiera. Creo que nos está utilizando para que la ayudemos a reencontrarse con su hijo. Pero ha aceptado trabajar en el diario si lo localizamos y, finalmente, lo hemos hecho.

—¿Dónde está?

—En Córcega. Allí es donde tienes que ir a buscarlo.

Así que me había equivocado. No se trataba de un asesinato, sino de un trabajo de niñera.

—¿Qué? —preguntó al ver la expresión de mi rostro—. ¿Crees que es poca cosa para ti? Más bien lo contrario, Haytham. Esta es la tarea más importante que te he encomendado.

—No, Reginald —suspiré—, no lo es; simplemente lo crees así por tu modo de pensar.

—¿Eh? ¿Qué estás diciendo?

—Que tal vez tu interés en esto haya significado el abandono de otros asuntos en otro lugar. Tal vez hayas dejado fuera de control otras cuestiones…

Perplejo, dijo:

—¿Qué «cuestiones»?

—Edward Braddock.

Pareció sorprendido.

—Entiendo. Bueno, ¿hay algo que quieras contarme sobre él? ¿Algo que me estés ocultando?

Hice una seña para pedir más cerveza y nuestra camarera nos la trajo, la dejó con una sonrisa y se marchó meneando las caderas.

—¿Qué te ha dicho Braddock de sus movimientos en los últimos años? —le pregunté a Reginald.

—Apenas he tenido noticias de él y tampoco le he visto —respondió—. En los últimos seis años solo nos hemos reunido una vez que yo recuerde y su correspondencia ha sido cada vez más esporádica. No aprueba mi interés por los Primeros Llegados y, a diferencia de ti, no ha ocultado sus objeciones. Por lo visto, discrepamos mucho sobre cuál es la mejor manera de propagar el mensaje de los Templarios. Por lo tanto, no, sé muy poco de él; de hecho, si quisiera saber algo de Edward, me atrevo a decir que le preguntaría a alguien que ha estado con él durante sus campañas —dijo con una expresión sardónica—. ¿Dónde crees que encontraría a esa persona?

—Habría sido una tontería preguntarme. —Me reí—. Sabes muy bien que, en lo que a Braddock se refiere, no soy un observador especialmente imparcial. Comenzó no gustándome y ahora el hombre incluso me gusta menos, pero, ante la ausencia de más observaciones objetivas, aquí está la mía: se ha convertido en un tirano.

—¿Y eso?

—Por su crueldad, principalmente. Con los hombres bajo sus órdenes, pero también con los inocentes. Lo he visto con mis propios ojos y la primera vez fue en la República Holandesa.

—Como Braddock trate a sus hombres es asunto suyo —dijo Reginald y se encogió de hombros—. Los hombres responden ante la disciplina, Haytham, ya lo sabes.

Negué con la cabeza.

—Hubo un incidente en particular, Reginald, el último día del asedio.

Reginald se puso cómodo para escuchar.

—Adelante…

Y continué:

—Nos estábamos retirando. Los soldados holandeses nos amenazaban con los puños, maldecían al rey Jorge por no enviar más hombres para ayudarnos a liberar la fortaleza. La razón de por qué no llegaban refuerzos la desconozco. No estoy seguro de que ninguno de los que estábamos dentro de aquellas paredes pentagonales supiéramos cómo competir con el ataque francés que era tan entregado como brutal, y tan despiadado como continuo.

»Braddock tenía razón: los franceses habían cavado líneas paralelas de trincheras y comenzaban el bombardeo de la ciudad, acercándose a los muros de la fortaleza, y en septiembre estaban ya allí, cavando minas bajo las fortificaciones para destruirlas.

»Atacamos la parte exterior de los muros para intentar interrumpir el asedio, pero todo fue en vano hasta que el 18 de septiembre los franceses se abrieron camino a las cuatro de la madrugada, si mi memoria no me falla. Sorprendieron a las fuerzas aliadas echando una cabezada y nos invadieron antes de que pudiéramos darnos cuenta. Los franceses empezaron a matar a toda la guarnición. Desde luego, sabíamos que al final se liberarían de su mando e infligirían incluso más daño en los pobres habitantes de aquel pueblo, pero la carnicería había empezado. Edward había conseguido un esquife en el puerto y hacía tiempo había decidido que, cuando llegara el día en que los franceses avanzaran, lo utilizaría para evacuar a sus hombres. Aquel día había llegado.

»Nos dirigimos hacia el puerto, donde empezamos a supervisar la carga de hombres y provisiones que subían al esquife. Llevamos a unos mil cuatrocientos hombres a la fortaleza de Bergen op Zoom, pero los meses de lucha habían reducido el número a la mitad. Había espacio suficiente en el esquife. No mucho —no era que pudiéramos haber acogido a muchos pasajeros; desde luego no el número que tenía que ser evacuado de la fortaleza—, pero había espacio. —Miré a Reginald—. Lo que estoy diciendo es que podríamos habérnoslos llevado.

—¿A quién te refieres, Haytham?

Le di un buen sorbo a mi cerveza.

—Una familia se acercó a nosotros en el puerto. Entre ellos había un anciano que apenas podía caminar, y también niños. Un joven se acercó a nosotros para preguntarme si había sitio en el barco. Le respondí que sí con la cabeza (no encontré motivos para decirle lo contrario) y se lo pregunté a Braddock. Pero en vez de hacerles señas para que subieran al barco como yo esperaba, alzó una mano para ordenarles que se marcharan del puerto e hizo señas a sus hombres para que se apresurasen a subir al barco. El joven se quedó tan sorprendido como yo, y abrí la boca para protestar, pero él llegó antes que yo. Se le ensombreció la cara y le dijo algo a Braddock que no alcancé a oír, pero obviamente era un insulto de alguna clase.

»Braddock me dijo más tarde que el insulto fue "cobarde". No es que fuera una afrenta ofensiva y desde luego no se merecía lo que ocurrió a continuación, cuando Braddock desenvainó su espada y se la clavó al joven allí mismo.

»Braddock la mayoría del tiempo tiene un grupo de hombres a su lado. Sus dos compañeros habituales eran el verdugo, Slater, y su ayudante, su nuevo ayudante, debería apuntar, puesto que maté al anterior. Se podrían llamar sus guardaespaldas. Por supuesto estaban más cerca de él que yo. No sé muy bien si lo oyeron, pero eran muy fieles y protectores, y corrieron hacia él incluso cuando el cuerpo del joven cayó. La emprendieron con la familia, Reginald, Braddock y esos dos hombres, y los mataron: dos hombres, una anciana, una joven y, por supuesto, los niños, uno de ellos, un bebé, un bebé que llevaban en brazos… —Noté cómo se me tensaba la mandíbula—. Fue un baño de sangre, Reginald, la peor atrocidad de guerra que he presenciado, y me temo que he visto muchas.

Asintió con gravedad.

—Entiendo. No me extraña que se te haya endurecido el corazón respecto a Edward.

Me reí.

—¡Claro! Claro que se me ha endurecido. Todos somos hombres de guerra, Reginald, pero no somos bárbaros.

—Ya veo, ya.

—¿Sí? ¿Por fin lo ves? Braddock está fuera de control.

—¡Tranquilo, Haytham! ¿«Fuera de control»? Una cosa es que se le suba la sangre a la cabeza, pero otra muy distinta es que esté «fuera de control».

—Trata a sus hombres como a esclavos, Reginald.

Se encogió de hombros.

—¿Y? Son soldados británicos. Ya esperan que se les trate así.

—Creo que se está apartando de nosotros. Esos hombres que le sirven no son Templarios, trabajan por su cuenta.

Reginald asintió.

—Los dos hombres de la Selva Negra ¿formaban parte del círculo cercano a Braddock?

Me lo quedé mirando. Le observé con detenimiento mientras mentía.

—No lo sé.

Hubo una larga pausa y, para evitar mirarle a los ojos, bebí un buen sorbo de cerveza y fingí admirar a la camarera, contento por cambiar de tema, cuando Reginald por fin se inclinó hacia delante para darme más detalles de mi próximo viaje a Córcega.

ii

Reginald y yo salimos de White's y nos dirigimos a nuestros carruajes. Cuando el mío estuvo a cierta distancia, di unos golpecitos en el techo para que se detuviera y mi cochero bajó, miró a izquierda y derecha para comprobar que nadie estuviera mirando, luego abrió la puerta y se reunió conmigo dentro. Se sentó enfrente de mí, se quitó el sombrero para dejarlo en el asiento junto a él y me miró con ojos brillantes y curiosos.

—¿Y bien, señorito Haytham? —dijo.

Le miré, respiré hondo y me quedé observando a través de la ventana.

—Debo embarcarme esta noche. Volveremos a la plaza Queen Anne, donde haré el equipaje, y luego iremos directos al muelle, si eres tan amable.

Se quitó un sombrero imaginario.

—A su servicio, maestro Kenway, señor, me estoy acostumbrando a esto de llevarle. Hay muchas esperas donde no se puede hacer gran cosa, pero, bueno, al menos no tengo a franceses o a mis oficiales disparándome. De hecho, diría que la falta de tíos disparándome es la gran ventaja de este trabajo.

A veces llegaba a ser pesado.

—Efectivamente, Holden —dije con el ceño fruncido para que se callara, algo difícil de lograr.

—Bueno, de todas formas, señor, ¿averiguó algo?

—Me temo que nada en concreto.

Miré por la ventana, lidiando con sentimientos de duda, culpa y deslealtad, preguntándome si había alguien en quien confiara realmente, alguien a quien le fuera ahora fiel de verdad.

Irónicamente, la persona en la que más confiaba era Holden.

Le había conocido hacía un tiempo en la República Holandesa. Braddock había cumplido con su palabra y me había permitido mezclarme con sus hombres para preguntarles si sabían algo de aquel tal «Tom Smith» que se había topado con la muerte en el cadalso, pero no me llevé una sorpresa cuando mis investigaciones resultaron infructuosas. Ningún hombre de los que pregunté admitiría conocer al tal Smith, si es que Smith era su auténtico nombre… Hasta que una noche, oí un movimiento en la puerta de mi tienda y me senté en mi catre a tiempo de ver aparecer una figura.

Era joven, de unos veintitantos años, con el pelo rojizo muy corto y una sonrisa natural y picaruela. Resultaría ser el soldado Jim Holden, un londinense, un buen hombre que quería ver cómo se hacía justicia. A su hermano le habían colgado el día en que yo había estado a punto de morir. Le habían ejecutado por robar estofado. Eso era todo lo que había hecho, robar un cuenco de estofado porque estaba muerto de hambre; en el peor de los casos, podrían haberle azotado, pero le colgaron. Su gran error, al parecer, había sido robarle el estofado a uno de los hombres de Braddock, uno de sus mercenarios privados.

Eso fue lo que Holden me contó: que la fuerza de mil quinientos hombres de Guardias de Coldstream estaba formada principalmente por soldados del Ejército Británico como él mismo, pero dentro había un cuadro más pequeño de hombres que había seleccionado Braddock: mercenarios. Esos mercenarios incluían a Slater y su ayudante y, lo más preocupante, a los dos que habían ido a caballo a la Selva Negra.

Ninguno de esos hombres llevaba el anillo de la Orden. Eran matones de mano dura. Me preguntaba por qué Braddock habría escogido gente de esa clase para su círculo más cercano, por qué no a Caballeros Templarios. Cuanto más tiempo pasaba con él, más creía conocer la respuesta: se estaba apartando de la Orden.

Miré a Holden. Yo había protestado aquella noche, pero era un hombre que había visto la corrupción en la organización de Braddock. Era un hombre que quería justicia por su hermano y, por lo tanto, mis protestas no le importaban. Iba a ayudarme lo quisiera o no.

Estuve conforme, pero bajo el acuerdo de que su colaboración se mantuviera siempre en secreto. Con la esperanza de engañar a aquellos que siempre iban un paso por delante de mí, necesitaba que pareciera que había dejado de buscar a los asesinos de mi padre para que de aquel modo no siguieran un paso por delante de mí.

Así, cuando nos marchamos de la República Holandesa, Holden se convirtió en mi ayuda de cámara, mi chófer, y, a todos los efectos, respecto al mundo exterior, eso era exactamente lo que era. Nadie sabía que en realidad estaba investigando para mí. Ni siquiera Reginald.

Quizá Reginald en particular no debía saberlo.

Holden veía la culpabilidad escrita en su rostro.

—Señor, no son mentiras lo que le cuenta al señor Birch. Lo único que está haciendo es lo que él ha estado haciendo, ocultar cierta información, hasta que compruebe que está limpio, y estoy seguro de que así será, señor. Seguro que sí, al ser un viejo amigo, señor.

—Ojalá pudiera compartir tu optimismo en ese asunto, Holden, de verdad. Vamos, debemos continuar. Mi misión espera.

—Claro, señor, ¿adónde le lleva esa misión, si puedo preguntárselo?

—A Córcega —contesté—. Me voy a Córcega.

—Ah, en medio de una revolución o eso he oído…

—Exacto, Holden. Un lugar en conflicto es el sitio perfecto para esconderse.

—¿Y qué hará allí, señor?

—Me temo que no puedo contártelo. Basta con decir que no tiene nada que ver con encontrar a los asesinos de mi padre y solo es de interés secundario para mí. Es un trabajo, un deber, nada más. Espero que, mientras esté fuera, continúes tus investigaciones.

—Por supuesto, señor.

—Excelente. Y encárgate de que sigan siendo encubiertas.

—No se preocupe por eso, señor. Para cualquiera el señorito Kenway hace mucho tiempo que abandonó la búsqueda de justicia. Sean quienes sean, señor, al final bajarán la guardia.

25 de junio de 1753

i

Hacía calor en Córcega durante el día, pero por la noche descendía la temperatura. No mucho, no helaba, pero lo suficiente para que estar tumbado en una ladera sobre rocas escarpadas sin manta fuera una experiencia incómoda.

Sin embargo, a pesar del frío, había asuntos más urgentes de los que ocuparse, como, por ejemplo, el pelotón de soldados genoveses que subía por la montaña y de los que me habría gustado decir que avanzaban con sigilo.

Me habría gustado decirlo, pero no era así.

En la cima de la montaña, en una meseta, se hallaba la granja. La había estado vigilando durante los dos últimos días, enfocando el catalejo hacia la puerta y las ventanas de lo que era un gran edificio y una serie de graneros pequeños y edificaciones anexas para tomar nota de las salidas y entradas: los rebeldes llegaban con provisiones y se marchaban también con ellas. El primer día, un pequeño pelotón —conté ocho— se había marchado del complejo y, cuando regresaron, percibí que había habido algún tipo de ataque: los rebeldes corsos habían atacado a sus señores genoveses. Tan solo quedaban seis cuando volvieron, y esos seis parecían agotados y manchados de sangre, pero, sin embargo, sin palabras ni gestos, portaban un aura de triunfo.

Las mujeres llegaron con provisiones poco después y hubo una celebración bien entrada la noche. Aquella mañana habían llegado más rebeldes, con mosquetes envueltos en mantas. Iban bien equipados y tenían refuerzos, por lo visto; no era de extrañar que los genoveses quisieran borrar ese bastión del mapa.

Había pasado dos días moviéndome por la colina para evitar que me vieran. El terreno era rocoso y había mantenido una distancia prudente, lejos del complejo de edificios. A la mañana del segundo día, en cambio, advertí que tenía compañía. Había otro hombre en la colina, otro observador. A diferencia de mí, se había quedado en la misma posición, clavado en un afloramiento rocoso, oculto tras unos arbustos y los árboles esqueléticos que de algún modo habían sobrevivido en la ladera agostada.

ii

Lucio era el nombre de mi objetivo, y los rebeldes lo estaban ocultando. No tenía ni idea de si estaban o no afiliados a los Asesinos y, de todas formas, no me importaba. Este era al que perseguía: un chico de veintiún años que era la clave para resolver el puzle que había atormentado al pobre Reginald durante seis años. Un muchacho poco atractivo, con el pelo largo hasta los hombros, que, según veía al observar la granja, ayudaba llevando cubos de agua, dando de comer al ganado y el día anterior había retorcido el cuello a un pollo.

Allí se escondía, eso estaba demostrado y eran buenas noticias. Pero había problemas. En primer lugar, tenía un guardaespaldas. Nunca se alejaba de él, era un hombre vestido con el atuendo de los Asesinos. Su mirada a menudo barría la ladera mientras Lucio iba a buscar agua o esparcía la comida de las gallinas. En su cintura portaba una espada y los dedos de su mano derecha se doblaban. ¿Llevaba la famosa hoja oculta de los Asesinos?, me pregunté. Sin duda. Debía tener cuidado con él, de eso estaba seguro; por no mencionar a los rebeldes que parecían moverse con ellos.

Una cosa a tener en cuenta era que sin duda planeaban marcharse pronto. Tal vez habían estado usando la granja como base temporal para el ataque; tal vez sabían que los genoveses no tardarían en buscar venganza e irían a por ellos. En cualquier caso, habían estado trasladando provisiones a los graneros para apilarlas en carros y llevárselas consigo. Suponía que se irían al día siguiente.

Por consiguiente, debía recurrir a una incursión nocturna. Y debía ser esa noche. Aquella mañana había conseguido localizar dónde dormía Lucio. Compartía un edificio de tamaño mediano con el Asesino y al menos seis rebeldes más. Tenían una frase en código que usaban para entrar en las dependencias y les leí los labios con mi catalejo: «Trabajamos en la oscuridad para servir a la luz».

Era una operación que requería una reflexión previa, pero tan pronto como me dispuse a retirarme de la ladera para tramar el plan, vi un segundo hombre.

Y mis planes cambiaron. Al acercarme a él, comprobé que se trataba de un soldado genovés. Si estaba en lo cierto, significaba que formaba parte de la avanzadilla que intentaría tomar el bastión; el resto llegaría, pero ¿cuándo?

Más pronto que tarde, pensé. Querrían vengarse rápidamente por el asalto del día anterior. Y no solo eso, sino que querrían que los rebeldes les vieran actuar deprisa. Esa noche, entonces.

Así que le dejé. Le dejé continuar su vigilancia y, en vez de retirarme, me quedé en la ladera tramando un plan distinto. El nuevo involucraba a las tropas genovesas.

El hombre que observaba era bueno. Se había mantenido fuera de la vista y luego, al caer la noche, había bajado sigilosamente, sin hacer ruido, la colina. ¿Dónde estaba el resto del ejército?, me pregunté.

No muy lejos. Una hora aproximadamente más tarde comencé a distinguir movimiento al pie de la montaña y hasta hubo un momento en que oí un improperio amortiguado en italiano. A aquellas alturas, yo estaba a medio camino y, al darme cuenta de que pronto empezarían a avanzar, me acerqué incluso más a la meseta y a la valla que cercaba a los animales. Quizás a cincuenta metros de distancia podría ver a uno de los centinelas. La noche anterior tenían a cinco en total, alrededor del perímetro de la granja. Aquella noche, no cabía duda de que aumentarían la vigilancia.

Saqué el catalejo y enfoqué al guardia más cercano que diligentemente examinaba la ladera debajo de él. Su perfil resaltaba con la luz de la luna a su espalda. A mí no me vería, pues representaba una forma irregular más de un paisaje lleno de formas irregulares. No era de extrañar que pensaran trasladarse con tanta rapidez después de su emboscada. Aquel no era el escondite más seguro que había visto. De hecho, habrían sido presas fáciles de no ser porque los soldados genoveses eran unos torpes completos. El comportamiento del hombre que observaba para ellos favorecía toda la operación. Eran hombres que claramente desconocían la idea del sigilo y comencé a escuchar cada vez con más nitidez el ruido al pie de la montaña. Los rebeldes no tardarían en oírlos también. Y si les oían, tendrían oportunidades más que de sobra de escapar. Y si los rebeldes escapaban, se llevarían consigo a Lucio.

Así que decidí echar una mano. Cada guardia era responsable de un trozo de granja. De modo que el más próximo a mí se movería despacio de un lado a otro en una distancia de veinticinco metros. Era bueno; se había asegurado de que incluso mientras examinaba una sección de su zona, el resto nunca quedara totalmente fuera de su vista. Pero nunca se estaba quieto y, mientras se movía, tuve unos valiosos segundos para acercarme un poco más.

Lo hice poco a poco, hasta estar lo bastante cerca para ver al guardia: la poblada barba gris, el sombrero con ala que le cubría los ojos como sombras negras, y el mosquete que llevaba colgado al hombro. Y aunque él no podía ver ni oír todavía a los soldados genoveses que merodeaban por allí, yo sabía que se acercaban y él no tardaría en averiguarlo.

Tan solo me quedaba suponer que al otro lado de la colina se estaba desarrollando la misma escena, lo que significaba que debía actuar rápido. Desenvainé la espada y me preparé. Lo lamenté por el guardia y le ofrecí una disculpa silenciosa. No me había hecho nada, salvo ser un buen guardia diligente, y no merecía morir.

Y entonces, allí, en la ladera rocosa, me detuve. Por primera vez en mi vida, dudé de mi habilidad para llevarlo a cabo. Pensé en la familia del puerto, liquidada por Braddock y sus hombres. Siete muertes sin sentido. Y de repente me azotó la convicción de que ya no estaba preparado para matar a nadie más. No podía acabar con aquel guardia, que no era enemigo mío. No podía hacerlo.

Aquella vacilación casi me costó cara porque en ese mismo instante la torpeza de los soldados genoveses por fin se hizo notar y se oyeron unos sonidos, el repiqueteo de las rocas y una maldición colina abajo que el aire nocturno llevó primero a mis oídos y, luego, a los del centinela.

Sacudió la cabeza y enseguida echó mano al mosquete, estirando el cuello y forzando la vista para ver si distinguía algo montaña abajo. Me vio a mí. Durante un segundo nuestras miradas se cruzaron. Mi momento de vacilación terminó y salté, salvando la distancia entre nosotros con un brinco.

Me guie con la mano derecha extendida como una zarpa y sostuve mi espada con la izquierda. Al caer, le agarré la cabeza por la parte de atrás con la mano derecha y le clavé la espada en la garganta. Estuvo a punto de alertar a sus compañeros, pero el grito se desvaneció en un gorjeo cuando la sangre salió a borbotones por encima de mi mano y le cayó sobre el pecho. Sosteniendo su cabeza con la mano derecha, le llevé con cuidado y sin hacer ruido a la tierra seca del corral.

Me agaché. A unos sesenta metros estaba el segundo guardia. Era una figura oscura en la noche, pero pude ver que estaba a punto de darse la vuelta y, cuando lo hizo, probablemente me vio. Corrí tan rápido que, por un momento, pude oír el movimiento de la noche, y le alcancé al volverse. Otra vez agarré al hombre por atrás con la mano derecha y le atravesé con mi espada. De nuevo, el hombre murió antes de tocar el suelo.

Oí más ruidos colina abajo de la tropa de asalto genovesa, que, feliz, era inconsciente de que había evitado que advirtieran su avance. Aunque, en efecto, sus camaradas al otro lado habían sido tan ineptos que, sin un ángel guardián Kenway, los centinelas les habían oído. El grito subió directo y, en cuestión de unos instantes, se encendieron las luces de la granja y los rebeldes salieron portando antorchas, se pusieron las botas por encima de los bombachos, las chaquetas por la espalda y se pasaron las espadas y los mosquetes. Mientras estaba agachado, observando, vi que abrían las puertas de un granero y dos hombres comenzaban a sacar un carro a mano, ya lleno de provisiones, mientras que otro cruzaba a toda velocidad con un caballo.

El sigilo había terminado y los soldados genoveses de todas partes lo sabían, pues abandonaron su intento de irrumpir por sorpresa en la granja y subieron a toda prisa la colina hacia los corrales con un grito.

Yo tenía una ventaja: ya estaba en el corral y además no llevaba el uniforme de los soldados genoveses, por lo que, en la confusión, pude moverme sin levantar sospechas por entre los rebeldes que corrían de un lado a otro.

Me dirigí al edificio anexo donde Lucio se alojaba y casi me topo con él cuando el muchacho salió de allí como una flecha. Llevaba el pelo sin recoger, pero sí estaba vestido, y llamaba a otro hombre recomendándole dirigirse al granero. No muy lejos estaba el Asesino, que corría, colocándose la túnica y desenvainando la espada al mismo tiempo. Dos asaltantes genoveses aparecieron alrededor del edificio anexo y entró en combate enseguida con ellos mientras decía por encima del hombro:

—Lucio, corre hacia el granero.

Perfecto. Justo lo que quería: la atención del Asesino desviada.

En ese momento vi a otro soldado subir a la meseta, agachado, con el mosquete alzado para disparar. Lucio, que sostenía una antorcha, era su objetivo, pero el soldado no tuvo oportunidad de disparar porque antes yo salí como una flecha y me abalancé sobre él sin que ni siquiera me viera. Emitió un único grito ahogado cuando le clavé en la nuca la espada hasta la empuñadura.

—¡Lucio! —grité y en ese preciso instante apreté el gatillo del muerto para que el mosquete descargase en el aire, sin hacer daño a nadie.

Lucio se detuvo y se protegió los ojos para mirar por el patio, donde dejé caer el cuerpo sin vida del soldado. El compañero de Lucio continuó corriendo, que era exactamente lo que yo quería. A cierta distancia, el Asesino seguía luchando, y por un segundo contemplé su destreza mientras esquivaba a los dos hombres al mismo tiempo.

—Gracias —me dijo Lucio.

—Espera —respondí—. Tenemos que largarnos de aquí antes de que invadan la granja.

Negó con la cabeza.

—Tengo que llegar al carro —dijo—. Gracias otra vez, amigo.

Entonces se dio la vuelta y salió corriendo.

«Maldita sea». Salí en dirección al granero, corriendo en paralelo a él pero fuera de su vista, oculto en las sombras. A mi derecha vi a un asaltante genovés a punto de aparecer por la ladera hacia el corral y estaba lo bastante cerca de él para ver sus ojos abriéndose de par en par al verme. Antes de que pudiese reaccionar, le giré el brazo y le clavé la espada en la axila, justo encima de su pectoral; lo dejé caer, gritando, hacia atrás, sobre la roca, y a la vez le quité la antorcha. Continué corriendo en paralelo a Lucio, asegurándome de que seguía fuera de peligro. Llegué al granero justo delante de él. Al pasar, todavía en las sombras, vi dentro de las puertas delanteras, todavía abiertas, a dos rebeldes atando un caballo al carro mientras dos hacían guardia, uno disparaba con el mosquete y el otro cargaba para después arrodillarse a disparar. Continué corriendo y me dirigí como una flecha a la pared del granero, donde encontré a un soldado genovés a punto de entrar por una puerta lateral. Empujé con la hoja hacia arriba, en la base de su columna vertebral. Durante un segundo se retorció de dolor, empalado por la espada, y empujé su cuerpo por la puerta que tenía delante, tiré la antorcha encendida en la parte trasera del carro y me retiré hacia las sombras.

—¡Atrapadlos! —grité con una voz y un acento que creía que se aproximaban al de un soldado genovés—. Es escoria rebelde.

Y después grité, esta vez con los que creía que eran la voz y el acento de un cosaco rebelde:

—¡El carro está en llamas!

Salí de las sombras, agarrado a mi cadáver genovés, y lo dejé caer como si acabaran de matarlo.

—¡El carro está en llamas! —repetí y centré mi atención en Lucio, que acababa de llegar al granero—. Tenemos que salir de aquí. Lucio, ven conmigo.

Vi que dos rebeldes intercambiaban una mirada de confusión, preguntándose quién era yo y qué quería de Lucio. Se oyeron disparos de mosquete y la madera que se astillaba alrededor. Uno de los rebeldes cayó, la bala de un mosquete se le incrustó en el ojo, y yo me abalancé sobre el otro, fingiendo que le protegía del fuego de los mosquetes, pero clavándole un cuchillo en el corazón. Me di cuenta mientras moría de que era el compañero de Lucio.

—Ha muerto —le dije, al levantarme.

—¡No! —gritó, saltándosele las lágrimas.

No era de extrañar que le tuvieran en cuenta solo para alimentar al ganado, pensé, si iba a echarse a llorar en cuanto mataban a un compañero en acción.

Para entonces el granero estaba ardiendo a nuestro alrededor. Los otros dos rebeldes, al ver que no podían salvar nada, escaparon y corrieron sin orden ni concierto por el corral hacia la ladera, hasta desaparecer en la oscuridad. Otros rebeldes huían también y en el corral vi que los soldados genoveses también habían incendiado el edificio principal de la granja.

—Tengo que esperar a Miko —dijo Lucio.

Me aposté cualquier cosa a que Miko era su escolta Asesino.

—Está luchando. Me pidió, como compañero de la Hermandad, que me ocupara de ti.

—¿Seguro?

—Un buen Asesino lo cuestiona todo —dije—. Miko te ha enseñado bien. Pero ahora no es momento para lecciones sobre los principios de nuestro credo. Debemos irnos.

Negó con la cabeza.

—Dime la frase en código —dijo con firmeza.

—«Libertad para escoger».

Y por fin establecí la confianza suficiente para convencer a Lucio de que me acompañara y comenzamos a bajar por la ladera; yo, lleno de júbilo, le daba gracias a Dios por tenerlo al fin; él no estaba muy seguro y de repente se detuvo.

—No —dijo, sacudiendo la cabeza—. No puedo hacerlo. No puedo irme sin Miko.

Genial, pensé.

—Dijo que te marcharas —repliqué— y que te reunieras con él al pie del barranco, donde tenemos atados nuestros caballos.

Detrás de nosotros, en el corral, el fuego seguía ardiendo y se oían los restos de la batalla. Los soldados genoveses estaban eliminando a los últimos rebeldes. No muy lejos se oyó el repiqueteo de unas rocas y vi otras figuras en la oscuridad: un par de rebeldes escapando. Lucio también los vio y fue a llamarlos, pero le tapé con una mano la boca.

—No, Lucio —susurré—, los soldados irán tras ellos.

Abrió los ojos de par en par.

—Son mis camaradas. Son mis amigos. Tengo que estar con ellos. Tenemos que asegurarnos de que Miko está a salvo.

Arriba, sobre nuestras cabezas, se oyeron súplicas y gritos, y los ojos de Lucio se movieron de un lado a otro mientras intentaba solucionar el conflicto en su cabeza. ¿Ayudaba a sus amigos de arriba o se unía a los que escapaban? En cualquier caso, me di cuenta de que había decidido que no quería acompañarme.

—Desconocido… —comenzó a decir y yo pensé: «Ahora soy un desconocido, ¿eh?»—. Te doy las gracias por todo lo que has hecho para ayudarme y espero que nos volvamos a ver en mejores circunstancias, tal vez cuando pueda expresar mi gratitud a conciencia, pero en este momento mi gente me necesita.

Se levantó para marcharse. Con una mano en el hombro tiré de él para ponerle a mi altura. Intentó soltarse, con la mandíbula tensa.

—Lucio —dije—, escucha. Me ha enviado tu madre para que te lleve con ella.

Al oír mis palabras, retrocedió.

—Oh, no —dijo—. No, no, no.

No era la reacción que yo esperaba.

Tuve que caminar entre las rocas con dificultad para alcanzarle, pero comenzó a pelear conmigo.

—No, no —dijo—. No sé quién eres, déjame en paz.

—Oh, por el amor de Dios —dije, y en silencio admití la derrota cuando le hice una llave dormilona, ignorando sus forcejeos y aplicando presión, restringiendo la circulación de su arteria carótida; no iba a causarle un daño permanente, pero bastaba para dejarle inconsciente. Y mientras lo tiraba por encima de mi hombro —era más bien poca cosa— y lo llevaba montaña abajo, con cuidado de evitar a los últimos rebeldes que huían del ataque genovés, me pregunté por qué no le había dejado sin sentido desde el principio.

iii

Me detuve en el borde del barranco y bajé a Lucio hasta el suelo, después encontré mi cuerda, la aseguré y la bajé hacia la oscuridad.

A continuación, utilicé el cinturón de Lucio para atarle las manos, pasé el otro extremo por debajo de los muslos y lo até de manera que su cuerpo flácido quedara colgando de mi espalda. Luego comencé a descender.

A medio camino, el peso se me hizo insoportable, pero era una eventualidad para la que estaba preparado, y me las arreglé para aguantar hasta llegar a una abertura en el acantilado que daba a una cueva oscura. Entré como pude, bajé a Lucio de mi espalda y sentí que los músculos se me relajaban, agradecidos.

En la cueva, delante de mí, oí un ruido. Un movimiento al principio, como si cambiaran de posición, y luego un chasquido.

El sonido que hace una hoja de Asesino cuando se activa su mecanismo.

—Sabía que vendrías aquí —dijo una voz, la voz de Miko, el Asesino—. Sabía que vendrías aquí porque eso es lo que yo habría hecho.

Y luego atacó, se me echó encima desde el interior de la cueva, utilizó la sorpresa contra mí. Yo estaba ya desenvainando la espada y la tenía fuera cuando chocamos, su hoja me cortó como una zarpa y se encontró con mi espada con tal fuerza que me la quitó de la mano y la envió resbalando al borde de la cueva, hacia la oscuridad de abajo.

Mi espada. La espada de mi padre.

Pero no había tiempo para lamentaciones, puesto que el Asesino venía hacia mí por segunda vez y era bueno, muy bueno. En un espacio confinado, sin armas, no tenía ninguna posibilidad. Lo único que me quedaba, de hecho, era…

La suerte.

Y suerte fue todo lo que tuve cuando presioné el cuerpo contra la pared de la cueva, él calculó un poco mal y perdió el equilibrio un instante. En cualquier otra circunstancia, contra cualquier otro oponente, se habría recuperado inmediatamente y habría terminado con su rival. Pero no eran otras circunstancias y yo no era otro oponente, y le hice pagar por su insignificante error. Me incliné hacia él, le retorcí el brazo y le ayudé a seguir avanzando, de modo que él también caería en la oscuridad. Pero se agarró a mí y me arrastró hasta el borde de la cueva, así que yo gritaba de dolor mientras intentaba detener mi caída al espacio abierto. Tumbado boca abajo, miré y le vi, agarrándome el brazo y con la otra mano intentando alcanzar la cuerda. Podía sentir el soporte de su hoja oculta, así que llevé mi otra mano hacia delante y comencé a toquetear los cierres. Se dio cuenta demasiado tarde de lo que estaba haciendo y dejó de intentar alcanzar la cuerda para concentrar sus esfuerzos en evitar que desatase el cierre. Durante unos instantes, nuestras manos se dieron golpes para hacerse con la hoja, que, al abrirse el primer seguro, de repente se deslizó por su muñeca y lo envió dando bandazos a un lado, quedando en una posición más precaria que antes, con el otro brazo dando vueltas en el aire. Fue todo lo que me hacía falta. Con un último grito de esfuerzo, desenganché el último cierre, solté el soporte y a la vez mordí la mano que me agarraba la muñeca. Una mezcla de dolor y falta de adherencia bastaron para hacerle caer por fin.

Vi cómo lo absorbía la oscuridad y recé por que no le diera a mi caballo cuando aterrizara. Pero no oí nada. Ni el sonido al caer, nada. Lo siguiente que vi fue la cuerda tensa, que temblaba, y estiré el cuello y forcé la vista para buscar en la negrura. Allí me encontré con Miko, a cierta distancia debajo de mí, muy vivo, que comenzaba a trepar hacia la cueva.

Tiré de su hoja hacia mí y la sostuve contra la cuerda.

—Si trepas más arriba, la caída te matará cuando corte la cuerda —dije. Ya estaba lo suficientemente cerca como para mirarle a los ojos cuando alzó la vista y pude ver indecisión en ellos—. No deberías sufrir tal muerte, amigo —añadí—. Comienza a descender y vive para luchar otro día.

Comencé a cortar lentamente la cuerda y él se detuvo a mirar la oscuridad. No se veía el fondo del barranco.

—Tienes mi hoja —dijo.

—El botín para el vencedor.

Me encogí de hombros.

—Tal vez volvamos a encontrarnos —dijo— y pueda reclamarla.

—Tengo la impresión de que solo uno de los dos sobrevivirá al siguiente encuentro —dije.

Asintió.

—Quizá —dijo y enseguida descendió hacia la noche.

El hecho de que ahora me tocara volver a escalar y que me hubiera visto obligado a entregar mi caballo era un inconveniente. Pero prefería eso que volver a enfrentarme al Asesino.

Y por ahora estamos descansando. Bueno, yo estoy descansando; el pobre Lucio sigue inconsciente. Más tarde, le entregaré a los asociados de Reginald, que le llevarán en un carromato, cruzarán el Mediterráneo hacia el sur de Francia y, una vez allí, se dirigirán al castillo, donde Lucio se reunirá con su madre, la descifradora de códigos.

Luego yo alquilaré un barco para ir a Italia, me aseguraré de que me vean hacerlo, mientras me refiero a mi «joven compañero» una o dos veces. Si el Asesino viene a buscar a Lucio, allí concentrará sus esfuerzos.

Reginald dice que ya no me necesitará después. Me desvaneceré en Italia, no dejaré pistas, ni rastro que seguir.

12 de agosto de 1753

i

Comencé el día en Francia, tras volver sobre mis pasos desde Italia. Una tarea nada fácil; estaba todo muy bien escrito, pero no era tan sencillo ir de Italia a Francia. La razón por la que estaba en Italia era para llevar por el camino equivocado al Asesino cuando fuera en busca de Lucio. Así que al regresar a Francia, al mismo lugar donde teníamos a Lucio y su madre, ponía en peligro no solo mi misión recién cumplida, sino todo por lo que Reginald había estado trabajando durante los últimos años. Era arriesgado. Era tan arriesgado, de hecho, que si lo pensaba, me quedaba sin aliento. Me hizo preguntarme si era un estúpido. ¿Qué clase de tonto se habría arriesgado tanto?

Y la respuesta era: un tonto con dudas en su corazón.

ii

A unos cien metros de la entrada, me tropecé con un patrullero, un guardia vestido como un campesino, con un mosquete colgado a la espalda, que parecía adormilado, pero estaba alerta y atento. Cuando nos acercamos a él, nos miramos a los ojos un momento. Parpadeó un instante al reconocerme e hizo un gesto con la cabeza para avisarme de que tenía el paso libre. Habría otro patrullero, lo sabía, al otro lado del castillo. Salimos del bosque y seguimos por el alto muro del perímetro hasta llegar a una gran puerta arqueada, de madera, en la que había otra portezuela más pequeña, donde encontré un guardia, un hombre que reconocí por los años que había pasado en el castillo.

—Vaya, vaya —dijo—, si es el señorito Haytham bien crecido.

Sonrió y tomó las riendas de mis caballos cuando desmonté, antes de abrir la portezuela. La atravesé y tuve que parpadear ante la repentina luz solar después de la relativa penumbra del bosque.

Delante de mí se extendía el césped del castillo y, al caminar por él, noté una extraña sensación en la barriga, que identifiqué como nostalgia por el tiempo que había pasado en aquel castillo durante mi juventud, cuando Reginald había…

¿Continuado las enseñanzas de mi padre? Eso decía. Pero ahora por supuesto sabía que me había estado engañando al respecto. Quizá las había continuado en lo relativo al combate y al sigilo, pero Reginald me había criado según las costumbres de la Orden templaria y me había enseñado que aquella era la única forma de actuar y que los que pensaran de otra forma estaban en el mejor de los casos equivocados y en el peor, sumidos en la maldad.

Pero desde entonces había averiguado que mi padre era una de esas personas equivocadas y malvadas, y quién sabe lo que me habría enseñado al crecer. ¡Quién sabe!

La hierba estaba descuidada y demasiado crecida, a pesar de la presencia de dos jardineros; ambos llevaban espadas cortas a la cintura y echaron las manos a las empuñaduras cuando me dirigí hacia la puerta principal del castillo. Me acerqué a uno de ellos, que, cuando vio quién era, hizo un gesto con la cabeza.

—Es un honor conocerle por fin, maestro Kenway —dijo—. Confío en que su misión haya tenido éxito.

—Sí, gracias, sí —le respondí al guardia o jardinero, lo que quiera que fuese.

Para él yo era un caballero, uno de los más célebres de la Orden. ¿Podía odiar a Reginald en serio cuando su administración me había traído tal elogio? Y, al fin y al cabo, ¿alguna vez había dudado de sus enseñanzas? La respuesta era que no. ¿Me había obligado a seguirlas? Otra vez, no. Siempre había tenido la opción de elegir mi propio camino, pero me había quedado con la Orden porque creía en el código.

Aun así, me había mentido.

No, no me había mentido. ¿Cómo lo había dicho Holden? Me había ocultado la verdad.

¿Por qué?

Y lo más reciente, ¿por qué Lucio había reaccionado de aquella manera cuando le dije que iba a ver a su madre?

Al mencionar mi nombre, el segundo jardinero me miró con más acritud, pero también hizo una genuflexión cuando pasé, y le saludé con un gesto de la cabeza, sintiéndome de pronto más alto, e hinché el pecho al acercarme a la puerta delantera que conocía tan bien. Me di la vuelta antes de llamar, para mirar a través del césped, donde los dos guardias estaban observándome. Me había entrenado en aquel césped, había pasado innumerables horas afinando mi destreza con la espada.

Llamé, y la puerta la abrió un hombre ataviado de forma similar que también llevaba una espada corta a la cintura. El castillo jamás había estado tan lleno de personal cuando yo vivía allí, pero cuando vivía allí, nunca había tenido un huésped tan importante como la descifradora de códigos.

El primer rostro conocido que vi pertenecía a John Harrison, que me miró y luego volvió a hacerlo.

—Haytham —rugió—, ¿qué demonios estás haciendo aquí?

—Hola, John —saludé con serenidad—, ¿está Reginald en el castillo?

—Bueno, sí, Haytham, pero se supone que Reginald debe estar en el castillo. ¿Qué haces tú aquí?

—He venido a ver a Lucio.

—¿Qué? —Harrison se estaba poniendo colorado—. ¿Has venido a ver a Lucio? —Le costaba encontrar las palabras—. ¿Qué? ¿Por qué? ¿Qué diantres crees que estás haciendo?

—John —dije con tacto—, por favor, cálmate. No me han seguido desde Italia. Nadie sabe que estoy aquí.

—Bueno, eso espero, maldita sea.

—¿Dónde está Reginald?

—Abajo, con los prisioneros.

—¿Eh? ¿Los prisioneros?

—Mónica y Lucio.

—Entiendo. No tenía ni idea de que los consideraban prisioneros.

Pero una puerta se había abierto bajo las escaleras y apareció Reginald. Conocía esa puerta; llevaba al sótano, que, cuando vivía allí, era una habitación fría y húmeda, de techo bajo, con botelleros casi vacíos y enmohecidos a un lado y una oscura y húmeda pared al otro.

—Hola, Haytham —me saludó Reginald con los labios apretados—. No te esperábamos.

No muy lejos, se detuvo uno de los guardias, que ahora estaba acompañado por otro. Aparté la vista de ellos para concentrarme en Reginald y John, que parecían un par de clérigos preocupados. Ninguno de ellos iba armado, pero aunque lo hubieran estado, pensé que habría podido con los cuatro. Si era necesario.

—Ya —dije—. John me estaba diciendo lo mucho que le sorprendía mi visita.

—Bueno, bastante. Has sido muy imprudente, Haytham…

—Tal vez, pero quería ver si Lucio estaba bien. Ahora me dicen que es un prisionero, así que quizá ya tenga mi respuesta.

Reginald se rio.

—Bueno, ¿y qué esperabas?

—Lo que me habían dicho, que la misión era reunir a una madre con su hijo, que la descifradora de códigos había aceptado trabajar en el diario de Vedomir si conseguíamos rescatar a su hijo de los rebeldes.

—No te conté ninguna mentira, Haytham. Mónica ha estado descifrando el diario desde que se reunió con Lucio.

—Pero no a partir de lo que me había imaginado.

—Si la zanahoria no sirve, usamos el palo —dijo Reginald con ojos fríos—. Lo lamento si te has formado la impresión de que había más zanahoria que palo.

—Vamos a verla —propuse y, con un breve movimiento de cabeza, Reginald aceptó.

Se dio la vuelta y nos condujo por una puerta, que se abrió para dar paso a unas escaleras de piedra. La luz titilaba en las paredes.

—En cuanto al diario, estamos cerca ya, Haytham —dijo mientras bajábamos—. Hasta ahora hemos sido capaces de establecer que existe un amuleto. Tiene algo que ver con el almacén. Si consiguiéramos el amuleto…

Al final de las escaleras, se habían colocado unos faroles de hierro sobre unos postes para iluminar el camino hacia una entrada, vigilada por un guardia, que se apartó para abrirnos la puerta y dejarnos pasar. Dentro el sótano era tal y como lo recordaba, iluminado por la luz parpadeante de las antorchas. En un extremo había un escritorio atornillado al suelo y Lucio se hallaba esposado a él. A su lado vi a su madre y la escena me resultó incongruente. Estaba sentada en una silla que parecía como si la hubieran llevado al sótano especialmente para aquel propósito. Iba vestida con una falda larga y una blusa abotonada, que le otorgaba el aspecto de una beata si no hubiese sido por los grilletes de hierro oxidado alrededor de las muñecas y de los brazos de la silla, y sobre todo por la mordaza de metal que le envolvía la cabeza.

Lucio se volvió en su asiento, me vio y los ojos le ardieron de odio; luego retomó su trabajo.

Me había detenido en medio de la estancia, a medio camino entre la puerta y la descifradora de códigos.

—Reginald, ¿qué significa todo esto? —pregunté, señalando a la madre de Lucio, que me miró torvamente desde el interior de su máscara.

—La mordaza es temporal, Haytham. Mónica ha sido demasiado franca al condenar nuestras tácticas esta mañana. Por lo tanto, los hemos trasladado aquí para que pasen el resto del día. —Levantó la voz para dirigirse a los que descifraban el código—. Estoy seguro de que podrán volver a sus aposentos habituales mañana, cuando hayan recuperado los modales.

—Esto no está bien, Reginald.

—Sus habitaciones son más agradables, Haytham —me aseguró con irritación.

—Aun así, no deberíais tratarlos así.

—Ni tampoco hacía falta darle un susto de muerte al pobre muchacho de la Selva Negra cuando le pusiste la espada en el cuello —espetó Reginald.

Di un respingo. Se me movía la boca, pero no salían palabras.

—Eso fue…, eso fue…

—¿Diferente? ¿Porque formaba parte de la búsqueda de los asesinos de tu padre? Haytham… —Me tomó del codo y me sacó del sótano para volver al pasillo y subir las escaleras de nuevo—. Esto es incluso más importante. Puede que no lo creas así, pero lo es. Afecta al futuro de toda la Orden.

Ya no estaba seguro. Ya no estaba seguro de lo que era más importante, pero no dije nada.

—¿Y qué sucederá cuando terminen de descifrar el mensaje? —pregunté cuando llegamos otra vez al vestíbulo.

Se me quedó mirando.

—Oh, no —dije al comprender—. No le vas a hacer daño a nadie.

—Haytham, no me preocupan mucho tus órdenes…

—Pues no lo consideres una orden —dije entre dientes—. Plantéatelo como un trato. Déjalos aquí cuando acaben su trabajo si tienes que hacerlo, pero no les hagas daño o tendrás que responder ante mí.

Me miró durante un buen rato, con dureza. Me di cuenta de que el corazón me latía con fuerza y esperé que no se diera cuenta. ¿Alguna vez me había enfrentado a él de tal forma? ¿Con tanta energía? Creía que no.

—Muy bien —dijo, al cabo de un rato—, no les haremos daño.

Cenamos casi en silencio y me ofreció una cama para pasar la noche a regañadientes. Me marché por la mañana; Reginald había prometido mantener el contacto y enviarme noticias sobre el diario. Aunque el cariño que nos teníamos había desaparecido. En mí, veía insubordinación; en él, yo veía mentiras.

18 de abril de 1754

i

Esta mañana temprano me encontré en la Royal Opera House, sentado junto a Reginald, que disfrutaba de una representación de *La ópera del mendigo* con evidente regocijo. Por supuesto, la última vez que nos vimos, le había amenazado, lo que yo no había olvidado, pero era obvio que él sí. Olvidado o perdonado, una de dos. En cualquier caso, era como si el enfrentamiento nunca hubiera tenido lugar, se había hecho borrón y cuenta nueva, ya fuera por la anticipación del entretenimiento de aquella noche o por el hecho de que creía estar cerca del amuleto.

De hecho, estaba dentro del teatro, alrededor del cuello de un Asesino que se nombraba en el diario de Vedomir y que había sido localizado por agentes templarios.

Un Asesino. Era mi siguiente objetivo. Mi primer trabajo desde que había rescatado a Lucio en Córcega, y el primero en sentir el efecto de mi nueva arma: mi hoja oculta. Al recoger los binoculares para mirar al hombre al otro lado de la sala, la ironía se hizo evidente.

Mi objetivo era Miko.

Dejé a Reginald en su asiento para recorrer los pasillos del teatro, por detrás de los asientos, y adelanté a los clientes habituales de la ópera hasta llegar al patio de butacas. Entré sin hacer ruido en el palco donde estaba sentado Miko y le di unos suaves golpecitos en el hombro.

Estaba preparado para enfrentarme a él, si intentaba cualquier cosa, pero aunque tensó el cuerpo y le oí respirar hondo, no se movió para defenderse. Era casi como si esperase que fuera a por él y le quitara el amuleto del cuello. ¿Y noté una sensación de... alivio? Como si estuviera agradecido por renunciar a su responsabilidad, satisfecho por no ser más su guardián.

—Deberías haber venido a mí —susurró—. Habríamos encontrado otra manera...

—Sí. Pero entonces lo habrías sabido —respondí.

Se oyó un chasquido cuando accioné la hoja y le vi sonreír, al saber que era la que le había quitado en Córcega.

—Si sirve de algo, lo siento —le dije.

—Yo también —dijo él, y le maté.

ii

Unas horas más tarde, asistí a una reunión en la casa de Fleet and Bride, alrededor de una mesa con más gente, con la atención centrada en Reginald, así como en el libro sobre la mesa ante nosotros. Estaba abierto y vi el símbolo de los Asesinos en la página.

—Caballeros —dijo Reginald. Le brillaban los ojos como si estuviera a punto de romper a llorar—. Tengo en mis manos una llave. Y si creemos lo escrito en este libro, abrirá las puertas de un almacén construido por los Primeros Llegados.

Me contuve.

—Ah, nuestros queridos amigos que gobernaron, destruyeron y luego desaparecieron del mundo —dije—. ¿Sabes lo que encontraremos dentro?

Reginald no dio muestras de haber captado el sarcasmo. Tomó el amuleto, lo alzó y se deleitó en el silencio de los allí reunidos cuando comenzó a brillar en su mano. Era impresionante, hasta yo mismo he de reconocerlo, y Reginald me miró.

—Puede contener sabiduría —respondió—. Tal vez un arma o algo que aún desconozcamos, incomprensible en su construcción y propósito. Puede ser cualquiera de esas cosas. O ninguna de ellas. Estos precursores todavía son un enigma. Pero de algo estoy seguro: lo que sea que aguarde tras esas puertas nos resultará de gran ayuda.

—O a nuestros enemigos —dije—, si lo encuentran antes.

Sonrió. ¿Empezaba a creer, por fin?

—No lo harán. Te encargarás de eso.

Miko había muerto intentando encontrar otra manera. ¿A qué se refería? ¿Un acuerdo entre Asesinos y Templarios? Pensé en mi padre.

—Supongo que sabes dónde está ese almacén —dije, tras una pausa.

—¿Señor Harrison? —dijo Reginald, y John se acercó con un mapa que desplegó.

—¿Cuáles son sus cálculos? —preguntó Reginald, mientras John trazaba un círculo alrededor de la zona del mapa que, al aproximarme, vi que incluía Nueva York y Massachusetts.

—Creo que estaría por esta región —dijo.

—Ese es mucho terreno que cubrir —dije con el ceño fruncido.

—Mis disculpas. Si hubiera podido ser más preciso…

—Está bien —le interrumpió Reginald—. Es suficiente para empezar. Y por eso hemos llamado al maestro Kenway. Nos gustaría que viajase a América, localizara el almacén y tomara posesión de sus contenidos.

—Obedezco vuestras órdenes —contesté. Maldije para mis adentros su locura, y deseé que me dejaran en paz para continuar mis investigaciones, pero luego añadí—: Aunque un trabajo de esta magnitud requerirá más de una persona.

—Por supuesto —dijo Reginald y me entregó un trozo de papel—. Aquí tienes los nombres de cinco hombres simpatizantes con nuestra causa. Todos son excepcionalmente adecuados para ayudarte en tu empeño. Con ellos a tu lado, no necesitarás nada más.

—Bueno, entonces será mejor que me vaya —dije.

—Confío en que no nos equivocamos al depositar la fe en ti. Te hemos reservado un pasaje a Boston. Tu barco saldrá al amanecer. Ponte en camino, Haytham, y tráenos el honor a todos.

8 de julio de 1754

i

Boston centelleaba al sol. Las gaviotas volaban en círculo, graznando sobre nuestras cabezas, el agua chocaba ruidosamente contra las paredes del puerto y la plancha golpeaba como un tambor. Cansados y desorientados, pero henchidos de felicidad por haber llegado por fin a tierra, desembarcamos del *Providence*, después de más de un mes en el mar. Me detuve cuando unos marineros de la fragata vecina me cortaron el paso al rodar unos barriles delante de mí con un sonido parecido al de un trueno distante. Aparté la vista del relumbrante océano esmeralda, donde los mástiles de los buques de guerra de la Marina Real, los yates y fragatas se balanceaban suavemente de un lado a otro, y dirigí la mirada al puerto, a las anchas escaleras de piedra que llevaban del muelle a la multitud de casacas rojas, vendedores y marineros, para luego fijarme en la misma ciudad de Boston, los chapiteles de la iglesia y los característicos edificios de ladrillo rojo que al parecer se resistían a cualquier intento de arreglo, como si una mano divina los hubiera arrojado a un lado de la colina. Y, por todas partes, las banderas de la Unión ondeaban suavemente en la brisa, para recordar a los visitantes —en caso de cualquier duda— que los británicos estaban allí.

La travesía de Inglaterra a América había estado plagada de incidentes, como poco. Había hecho amigos, descubierto enemigos y sobrevivido a un intento de asesinato por parte de los Asesinos, sin duda, que querían vengarse por la muerte de Miko en el teatro y recuperar el amuleto.

Para los demás pasajeros y la tripulación del barco yo era un misterio. Algunos creían que era un erudito. Le dije a mi nuevo conocido, James Fairweather, que yo «resolvía problemas», y que viajaba a América para ver cómo era la vida allí; con qué se había quedado el imperio y qué había descartado; qué cambios había provocado el dominio británico. Mentira, desde luego. Pero no una mentira descarada. Aunque había ido por un asunto específico de los Templarios, también tenía curiosidad por ver una tierra de la que había oído hablar tanto, que al parecer era muy extensa, con gente que poseía un espíritu pionero e indómito.

Algunos decían que aquel espíritu algún día se volvería contra nosotros y que nuestros sujetos, si utilizaban esa determinación, serían un enemigo extraordinario. Y había otros que decían que América era demasiado grande para que la gobernáramos; que se trataba de un barril de pólvora a punto de explotar; que su gente se hartaría de los impuestos que les ponía un país a miles de kilómetros de distancia y que, cuando explotara, puede que no tuviéramos los recursos para proteger nuestros intereses. Esperaba poder juzgar todo aquello por mí mismo.

Pero tan solo como complemento a mi misión principal que… Bueno, creo que sería justo decir que, para mí, la misión había adoptado una nueva ruta. Había subido al *Providence* con una particular serie de creencias y bajaba habiéndolas cuestionado, para después ver cómo se debilitaban y finalmente cambiaban. Y todo ello por el libro.

El libro que Reginald me había dado: pasé la mayoría del tiempo a bordo del barco estudiándolo minuciosamente; debí de leerlo no menos de doce veces y aun así no estaba seguro todavía de haberlo entendido.

Aunque había algo que sí sabía. Mientras antes dudaba de la existencia de los Primeros Llegados como un escéptico no creyente, y consideraba la obsesión de Reginald por ellos más que irritante, en el peor de los casos una preocupación que amenazaba con desbaratar la labor de nuestra Orden, ahora ya no. Creía.

El libro parecía haber sido escrito —o debería decir escrito, ilustrado, decorado y garabateado— por un hombre, o quizá varios.

Varios lunáticos que habían llenado página tras página con lo que, al principio, creí declaraciones absurdas y descabelladas, que solo servían como objeto de burla por la ignorancia que traslucían.

Sin embargo, de algún modo, cuanto más leía, más veía la verdad. A lo largo de los años, Reginald me había contado sus teorías (yo decía que me aburría con ellas) sobre una raza de seres anterior a la nuestra. Siempre afirmaba que nacimos gracias a sus esfuerzos y por eso estábamos obligados a servirles; que nuestros antepasados habían luchado para asegurar su propia libertad en una larga guerra sangrienta.

Lo que había descubierto durante la travesía era que todo aquello salía de aquel libro que iba teniendo un profundo efecto sobre mí conforme lo iba leyendo. Sabía por qué Reginald se había obsesionado tanto con esa raza. Me burlaba de él, ¿recordáis? Pero al leer el libro, las ganas de reírme desaparecieron y fueron sustituidas por una sensación de asombro, un sentimiento de claridad en mi interior que a veces me mareaba un poco por la mezcla de entusiasmo y consciencia de la «insignificancia» de mi lugar en el mundo. Era como si hubiese mirado por una cerradura esperando ver una habitación al otro lado y, en cambio, hubiera visto todo un mundo nuevo.

¿Y qué había sido de los Primeros Llegados? ¿Qué habían dejado atrás y cómo nos beneficiaba? Eso no lo sabía. Era un misterio que había desconcertado a mi Orden durante siglos, un misterio que me habían pedido resolver, un misterio que me había llevado hasta Boston.

—¡Maestro Kenway! ¡Maestro Kenway!

Me llamaba un joven caballero que apareció entre la multitud. Me acerqué a él y dije con prudencia:

—¿Sí? ¿Puedo ayudarle?

Extendió la mano para estrechar la mía.

—Soy Charles Lee, señor. Un placer conocerle. Me han pedido que le enseñe la ciudad y le ayude a instalarse.

Me habían hablado de Charles Lee. No era miembro de la Orden, pero tenía ganas de unirse a nosotros y, según Reginald, querría congraciarse conmigo con la esperanza de asegurar mi apoyo. Al verle, me recordó a mí: ahora yo era el Gran Maestro del Rito Colonial.

Charles tenía el pelo largo y oscuro, unas patillas espesas y una nariz prominente y aguileña; pero aunque me gustaba, advertí, cuando me sonrió al hablarme, que reservaba una expresión de desdén para cualquier otra persona del puerto.

Me indicó que dejara las bolsas y comenzamos a abrirnos paso entre la multitud del largo muelle, pasamos junto a unos pasajeros con mirada aturdida y junto a la tripulación que todavía intentaba ubicarse en tierra firme, por entre trabajadores del muelle, vendedores y casacas rojas; niños alborotados y perros que correteaban a nuestros pies.

Saludé levantando el sombrero a dos mujeres que reían tontamente y luego le pregunté:

—¿Te gusta vivir aquí, Charles?

—Boston tiene cierto encanto, supongo —respondió por encima del hombro—. Todas las colonias, en realidad. Por supuesto, sus ciudades no tienen la sofisticación y el esplendor de Londres, pero la gente es seria y trabajadora. Tiene cierto espíritu pionero que encuentro irresistible.

Miré a mi alrededor.

—Está muy bien, la verdad, ver un lugar que por fin se ha asentado.

—Se ha asentado sobre la sangre de otros, me temo.

—Ah, ese cuento es más viejo que el mismo tiempo y no es probable que cambie. Somos criaturas crueles y desesperadas, cegados por nuestras ansias de conquista. Los sajones y los francos. Los otomanos y los safávidas. Podría seguir horas. La historia de la humanidad no es más que una serie de subyugaciones.

—Rezo por que un día estemos por encima de eso —respondió Charles de todo corazón.

—Mientras tú rezas, yo actuaré. Veremos quién tiene antes éxito, ¿eh?

—Era una forma de hablar —dijo, con tono ofendido.

—Sí. Y muy peligrosa. Las palabras tienen poder. Úsalas sabiamente.

Nos quedamos callados.

—Estás al servicio de Edward Braddock, ¿no? —pregunté cuando pasamos junto a un carro lleno de fruta.

—Sí, pero aún tiene que llegar a América y supongo que puedo… Bueno…, al menos hasta que él llegue…, pensaba…

Me aparté con agilidad para esquivar a una niña pequeña con coletas.

—Suéltalo ya —dije.

—Perdone, señor. Yo… esperaba que pudiera estudiar con usted. Si voy a servir a la Orden, no puedo imaginar mejor mentor.

Tuve una ligera sensación de satisfacción.

—Muy amable, pero creo que me sobrestimas.

—Imposible, señor.

No muy lejos, un repartidor de periódicos con la cara colorada y una gorra, daba noticias a gritos sobre la batalla en Fort Necessity:

—Las fuerzas francesas declaran la victoria tras la retirada de Washington —vociferó—. ¡En respuesta, el duque de Newcastle promete más tropas para contraatacar la amenaza extranjera!

«La amenaza extranjera», pensé. En otras palabras, los franceses. Este conflicto al que llamaban la Guerra Franco-India se había organizado para expandirse, si los rumores eran ciertos. No había ningún inglés vivo que no detestara a los franceses, pero sabía que un inglés en particular los odiaba con una pasión que le encendía las venas: Edward Braddock. Cuando llegase a América, allí se dirigiría y me dejaría ocuparme de mis propios asuntos, o eso esperaba.

Con un gesto de la mano rechacé al muchacho cuando intentó obtener seis peniques por el periódico. No me apetecía en absoluto leer sobre más victorias francesas.

Mientras nos acercábamos a nuestros caballos y Charles me decía que cabalgaríamos a la taberna Green Dragon, me pregunté cómo serían los otros hombres.

—¿Te han dicho por qué he venido a Boston? —pregunté.

—No, el señor Birch dijo que lo sabría solo si usted quería contármelo. Me envió una lista de nombres y me pidió que me asegurara de encontrarlos.

—¿Y has tenido suerte?

—Sí. William Johnson nos espera en el Green Dragon.

—¿Hasta qué punto le conoces?

—No muy bien. Pero vio la marca de la Orden y no dudó en venir.

—Demuestra tu lealtad a nuestra causa y también conocerás nuestros planes —dije.

Sonrió abiertamente.

—Nada me gustaría más, señor.

ii

El Green Dragon era un gran edificio de ladrillo con un tejado inclinado y un cartel sobre la puerta delantera que lucía un epónimo dragón. Según Charles, era la cafetería más famosa de la ciudad, donde todo el mundo, desde patriotas hasta casacas rojas y gobernadores se reunían para charlar, conspirar, chismorrear y comerciar. Todo lo que sucedía en Boston, las oportunidades, se originaba allí, en la calle Unión.

No es que la calle Unión fuera agradable. No era más que un río de lodo que ralentizó nuestro paso mientras llegábamos a la taberna, asegurándonos de no salpicar a los grupos de caballeros que estaban fuera, apoyados en bastones y concentrados en su conversación. Evitando los carros y saludando con breves gestos de cabeza a los soldados a caballo, llegamos a un edificio bajo, donde se hallaban unos establos de madera para dejar nuestros caballos; luego cruzamos con cuidado el arroyo de mugre hasta la taberna. Dentro, enseguida conocimos a los dueños: Catherine Kerr, que era (sin ánimo de ser poco caballero) ligeramente entrada en carnes; y Cornelius Douglass, cuyas primeras palabras al entrar fueron: «¡Bésame el culo, moza!».

Por suerte, no estaba hablándome a mí ni a Charles, sino a Catherine. Cuando los dos nos vieron, su conducta cambió al instante, dejó de ser belicosa y pasó a servil, y se encargaron de que subieran las bolsas a mi cuarto.

Charles tenía razón: William Johnson ya estaba allí, y nos presentaron en una habitación del primer piso. Era un anciano, vestido de forma similar a Charles, pero con cierto cansancio en su expresión, con la experiencia grabada en las arrugas de su rostro. Se apartó de los mapas que estaba estudiando para estrecharnos la mano.

—Un placer —dijo y entonces, mientras Charles salía para

montar guardia, se echó hacia delante y me dijo—: Es un buen chaval, aunque un poco serio.

Me guardé para mí la opinión que pudiera tener de Charles y le indiqué con los ojos que continuara.

—Me han dicho que está reuniendo una expedición —dijo.

—Creemos que hay un yacimiento precursor en esta zona —dije, escogiendo mis palabras con cuidado, y luego añadí—: Necesito sus conocimientos del terreno y su gente para encontrarlo.

Hizo una mueca y dijo:

—Lamentablemente, han robado un arcón que contenía mis estudios. Sin él, le soy totalmente inútil.

Sabía por experiencia que nada era siempre fácil.

—Entonces lo encontraremos. —Suspiré—. ¿Tiene alguna pista?

—Mi socio, Thomas Hickey, ha estado haciendo una ronda de inspección. Se le da bastante bien hacer hablar a la gente.

—Dígame dónde puedo encontrarle y me encargaré de acelerar las cosas.

—Hemos oído rumores de que hay bandidos que trabajan desde un complejo al suroeste de aquí —dijo William—. Probablemente allí podrá encontrarle.

iii

Fuera de la ciudad, el maíz en los campos se agitaba por la suave brisa nocturna. No muy lejos, se hallaba la valla alta del complejo que pertenecía a los bandidos, y dentro se oía el escándalo de una fiesta. «¿Por qué no?», pensé. El hecho de evitar todos los días el cadalso o un disparo de bayoneta de un casaca roja era una buena razón para una celebración, acostumbrado como estaba a vivir como un bandido.

En la puerta había varios guardias y adláteres dando vueltas, algunos de ellos bebían, otros intentaban permanecer alerta, y todos se hallaban sumidos en una discusión constante. A la izquierda del complejo, el maizal se alzaba hasta una pequeña cima, sobre la que había un vigía junto a una hoguera. Atender el fuego no era precisamente el puesto deseado de un vigía pero era uno de los pocos a ese lado del complejo que parecían tomarse en serio su trabajo. Desde luego, no habían conseguido fijar ningún grupo de reconocimiento del terreno. O si lo habían hecho, estarían holgazaneando bajo algún árbol, como una cuba, porque el hecho era que no había nadie que pudiera advertir cómo Charles y yo nos acercábamos sigilosamente hasta un hombre que estaba agachado junto a un muro de piedra medio derruido, con la intención de echar un vistazo al complejo.

Era él: Thomas Hickey. Un hombre de cara redonda, expresión un tanto mezquina, y puede que demasiado aficionado al ponche, si mis suposiciones eran correctas. ¿Ese era el hombre al que, según William, se le daba bien hacer hablar a la gente? Parecía que a él mismo le costara decir una palabra. Tal vez, con arrogancia, mi desagrado estaba alimentado por el hecho de que era la primera persona desde mi llegada a Boston para quien mi nombre no significaba nada. Pero si eso me molestaba, no era nada comparado con el efecto que tuvo en Charles, quien desenvainó la espada.

—Muestra algo de respeto, chico —gruñó.

Coloqué una mano encima de él para contenerle.

—Tranquilo, Charles —dije, y luego me dirigí a Thomas—: William Johnson nos ha enviado con la esperanza de que podamos… acelerar tu búsqueda.

—No es necesario acelerar nada —dijo arrastrando las palabras—. No necesito ese hablar fino de Londres tampoco. He encontrado a los hombres que cometieron el robo.

A mi lado, Charles se enfureció:

—Entonces, ¿por qué estás haraganeando?

—Estoy intentando averiguar cómo tratar con esos bellacos —respondió Thomas y señaló el complejo para luego volverse hacia nosotros con ojos expectantes y una sonrisa insolente.

Suspiré. Era hora de ponerse a trabajar.

—Bien, mataré al vigía y me colocaré detrás de los guardias. Vosotros dos acercaos por delante. Cuando abra fuego sobre el grupo, atacaréis. La mitad habrá caído antes de que ni siquiera se den cuenta de lo que está ocurriendo.

Tomé el mosquete, dejé a mis dos compañeros y fui sigilosamente hasta el límite del maizal, donde me agaché y apunté al vigía. Se estaba calentando las manos con el rifle entre las piernas, y probablemente no me habría visto ni oído aunque me hubiera acercado en camello. Parecía casi cobarde apretar el gatillo, pero lo apreté.

Lancé una maldición mientras caía hacia delante y soltaba al aire una lluvia de chispas. No tardaría en empezar a arder y al menos el olor alertaría a los suyos. Me apresuré a volver con Charles y Thomas, que se habían acercado al complejo de los bandidos mientras yo me colocaba no muy lejos, me clavaba la culata del rifle en el hombro y miraba con los ojos entrecerrados a uno de los bandidos, que estaba de pie fuera de la puerta o, más bien, se balanceaba. Mientras observaba, comenzó a caminar hacia el maizal, tal vez para relevar al centinela al que yo ya había disparado y ahora se estaba asando en su propia hoguera. Esperé hasta que estuvo en el borde del maizal, me detuve ante la repentina calma de las risas del interior del complejo y, entonces, me alcé con un rugido y apreté el gatillo.

Cayó de rodillas y luego de lado, sin parte del cráneo, y la mirada se me fue directamente a la entrada del complejo para comprobar si habían oído el disparo.

No lo habían oído, pero los que estaban en la puerta habían centrado su atención en Charles y Thomas, desenvainaron las espadas y las pistolas, y comenzaron a gritarles:

—¡Largaos!

Tal y como yo les había dicho, Charles y Thomas seguían merodeando. Vi que se morían por tomar sus armas, pero esperaron al momento oportuno. Buenos tipos. Esperaban a que yo disparara primero.

Había llegado el momento. Apunté a uno de los hombres, el que sospeché que era el cabecilla. Apreté el gatillo, vi la sangre salpicar desde la nuca, y se tambaleó hacia atrás.

Esta vez sí oyeron mi disparo, pero no importaba porque en ese mismo instante Charles y Thomas desenvainaron las espadas y atacaron, y dos guardias más cayeron arrodillados, derramando sangre a chorros por las heridas del cuello. En la puerta reinaba el caos y la batalla había comenzado en serio.

Conseguí eliminar a dos bandidos más antes de abandonar el mosquete y desenvainar la espada para echar a correr, directo a la refriega, y combatir junto a Charles y Thomas. Disfrutaba luchando con compañeros para variar, y derribé a tres matones, que murieron gritando incluso cuando sus compañeros huían hacia las puertas para atrincherarse en el interior.

En cuestión de segundos, los únicos hombres que quedaron fuimos Charles, Thomas y yo, los tres respirando con dificultad, sacudiendo la sangre de nuestro acero. Contemplé a Thomas con un nuevo respeto: se había desenvuelto bien, con una velocidad y destreza que su aspecto ocultaba. Charles también estaba mirándole, aunque con bastante más desagrado, como si la competencia de Thomas en la batalla le fastidiase.

Pero teníamos un nuevo problema. Habíamos derrotado a los de fuera del complejo, pero los que se habían retirado habían bloqueado la puerta. Fue Thomas quien sugirió hacer explotar un barril de pólvora —otra buena idea del hombre al que había considerado antes un borracho— y seguí su consejo para hacer un agujero en la pared, por el que nos metimos y pasamos por encima de los cadáveres mutilados que llenaban la sala interior.

Continuamos corriendo. Gruesas y amplias alfombras cubrían el suelo y de las ventanas colgaban unos tapices exquisitos. Todo estaba sumido en una semioscuridad. Se oyeron unos gritos, masculinos y femeninos, y unos pies que corrían mientras avanzábamos rápido, yo con la espada en una mano y una pistola en la otra, usando ambas, matando a cualquier hombre que encontrara en mi camino.

Thomas había robado un candelabro y lo usó para hundirlo en la cabeza de un bandido, sacándole el cerebro y la sangre de la cara justo cuando Charles nos recordó por qué estábamos allí: para buscar el arcón de William. Lo describió mientras corríamos por los sombríos pasillos, encontrando ahora menos resistencia. O los bandidos nos habían dejado el paso libre o estaban reuniéndose para conseguir una fuerza más unida. No me importaba lo que estuvieran haciendo. Teníamos que encontrar el arcón.

Y eso hicimos. Estaba apoyado al fondo de una alcoba que apestaba a cerveza y sexo, y al parecer estaba llena de gente: mujeres ligeras de ropa que recogieron sus vestidos y salieron corriendo, y varios ladrones que se pusieron a cargar sus armas. Una bala alcanzó la madera de la puerta a mi lado y nos protegimos cuando otro hombre, este desnudo, alzó su pistola para disparar.

Charles devolvió los disparos desde el marco de la puerta y el hombre desnudo chocó contra la alfombra con un descuidado agujero rojo en su pecho, agarrando un puñado de sábanas mientras caía. Otra bala arrancó madera del marco y nos agachamos. Thomas desenvainó su espada cuando dos bandidos más recorrieron el pasillo a toda velocidad hacia nosotros, y Charles hizo lo mismo.

—Soltad las armas —dijo uno de los bandidos que quedaban en el interior de la alcoba— y consideraré dejaros vivir.

—Te hago la misma oferta —dije desde detrás de la puerta—. No tengo nada contra vosotros. Solo quiero devolver este arcón a su legítimo dueño.

Su voz adoptó un aire despectivo.

—No hay nada de legítimo en el señor Johnson.

—No lo volveré a pedir.

—De acuerdo.

Oí un movimiento cercano al otro lado de la puerta. El otro hombre había intentado acercarse sigilosamente a nosotros, pero le metí una bala entre los ojos y cayó al tiempo que su pistola se alejaba de él resbalando por el suelo. El bandido que quedaba volvió a disparar y se abalanzó sobre la pistola de su compañero, pero yo ya había recargado y me anticipé a su movimiento; le pegué un tiro en el costado mientras se estiraba para recogerla. Como un animal herido, se dobló en la cama, cayendo sobre las sábanas encharcadas de sangre, mirándome fijamente mientras yo entraba con cautela, sosteniendo delante de mí la pistola.

Me dedicó una mirada torva. No debía de haber planeado terminar así la noche.

—Los tuyos no necesitan libros ni mapas —dije, señalando el arcón de William—. ¿Quién te ha encargado esto?

—Nunca he visto a nadie —dijo casi sin aliento, negando con la cabeza—. Dejan cartas y siempre pagan, así que aceptamos los trabajos.

En todos los lugares a los que iba, conocía a hombres como aquel bandido, que hacían cualquier cosa, por lo visto, por un par de monedas. Eran hombres como él los que habían invadido mi casa de la infancia y matado a mi padre. Eran hombres como él los que me habían puesto en el camino que ahora transitaba.

«Siempre pagan. Aceptamos los trabajos».

De algún modo, a través de un velo de indignación, logré contener las ganas de matarle.

—Bueno, pues ya se ha terminado. Diles a tus señores que así lo he dicho.

Se incorporó un poco, tal vez al darse cuenta de que le perdonaba la vida.

—¿Y quién les digo que eres?

—No digas nada. Ya lo sabrán —respondí y le dejé marchar.

Thomas comenzó a recoger más botín mientras Charles y yo cargábamos el arcón. Salimos del complejo. Retirarse fue más fácil, la mayoría de los bandidos habían decidido que la discreción era la mejor parte del valor y se mantuvieron fuera de nuestro camino, de modo que llegamos a nuestros caballos y salimos al galope.

iv

William Johnson estaba otra vez en el Green Dragon, estudiando minuciosamente sus mapas. Cuando llegamos con el arcón, de inmediato se puso a rebuscar en él para comprobar los mapas y pergaminos que había allí dentro.

—Gracias, señor Kenway —dijo, volviéndose a sentar en la mesa, satisfecho al comprobar que todo estaba en orden—. Ahora dígame qué es lo que necesita.

Llevaba el amuleto alrededor del cuello. Me lo quité y me quedé contemplándolo. ¿Eran imaginaciones mías o parecía brillar? No, ni tampoco la noche en que se lo quité a Miko en el teatro. La primera vez que lo había visto brillar había sido cuando Reginald lo sostuvo en Fleet and Bride. Aunque ahora parecía resplandecer en mi mano tal y como lo había hecho en la suya, como si sacara energía —¡qué absurdo!— de la fe.

Lo miré, luego me eché las manos al cuello, me quité el amuleto y lo dejé en la mesa. William Johnson me sostuvo la mirada mientras lo tomaba, percibiendo su importancia, luego lo observó con detenimiento, estudiándolo con cuidado.

—Las imágenes de este amuleto ¿le son familiares? ¿Le han enseñado las tribus tal vez algo similar? —dije.

—Parece de origen kanien'kehá:ka —contestó William.

Los mohawk. Se me aceleró el pulso.

—¿Puede determinar la localización? —pregunté—. Debo saber de dónde procede.

—Cuando retome mi investigación, tal vez. Déjeme ver qué puedo hacer.

Le di las gracias con un gesto de la cabeza.

—Pero, primero, me gustaría saber un poco más sobre usted, William. Cuénteme algo sobre usted.

—¿Qué le voy a contar? Nací en Irlanda, mis padres eran católicos y aprendí pronto en la vida que eso limitaría mis oportunidades. Así que me convertí al protestantismo y viajé hasta aquí a instancias de mi tío. Pero me temo que mi tío Peter no era muy avispado. Quiso comerciar con los mohawk, pero eligió construir su establecimiento lejos de las rutas comerciales. Intenté razonar con el hombre... Pero... —Suspiró—. Como he dicho, no era muy avispado. Así que recogí el poco dinero que había ganado y me compré mi propia parcela de tierra. Construí un hogar, una granja, un almacén y un molino. Unos comienzos humildes, pero estaba todo en las rutas adecuadas, lo que cambió las cosas.

—¿Y así fue como conoció a los mohawk?

—Sí y ha resultado ser una relación valiosa.

—Pero ¿no ha oído nada de un yacimiento precursor? ¿No hay ningún templo oculto o construcciones antiguas?

—Sí y no. Es decir, tienen sus lugares sagrados, pero no concuerdan con lo que describe. Montículos de tierra, claros en el bosque, cuevas ocultas... Todos son lugares naturales. No hay metales extraños. Ni... resplandores raros.

—Humm. Está muy bien escondido —dije.

—Incluso para ellos. —Sonrió—. Pero alégrese, amigo mío. Tendrá su tesoro antiguo. Se lo juro.

Levanté mi vaso.

—Por el éxito, entonces.

—¡Y que sea pronto!

Sonreí. Éramos cuatro ya. Éramos un equipo.

10 de julio de 1754

i

Ahora teníamos una habitación en el bar Green Dragon, una base, por así decirlo, y allí entré para reunirme con Thomas, Charles y William. Thomas estaba bebiendo, Charles parecía perturbado y William estudiaba sus mapas y cartas de navegación. Les saludé y solo recibí un eructo por parte de Thomas.

—Encantador —soltó Charles.

Sonreí abiertamente.

—Alégrate, Charles. Te llegará a gustar algún día —dije, y me senté al lado de Thomas, que me miró, agradecido.

—¿Tenemos noticias? —pregunté.

Negó con la cabeza.

—Nada más que rumores. Nada sólido de momento. Sé que busca algo fuera de lo normal... Que tenga que ver con templos, espíritus, épocas antiguas y yo qué sé qué más. Pero... hasta ahora, no puedo decir que mis chicos hayan oído mucho.

—¿No se han movido baratijas ni artefactos por tu... mercado sumergido?

—Nada nuevo. Un par de armas mal conseguidas y algunas joyas que probablemente le quitaron a algún ser vivo. Pero dijo que estuviéramos atentos a conversaciones sobre brillos, zumbidos y cosas raras, ¿no? Y no he oído nada de eso.

—Sigue buscando —le pedí.

—Oh, sí. Me hace un gran servicio, señor, y tengo la intención de devolver mi deuda. Por triplicado, si gusta.

—Gracias, Thomas.

—Un lugar para dormir y comida ya es suficiente agradecimiento. No se preocupe. Se lo solucionaré pronto.

Levantó su jarra, se la encontró vacía, y me reí, le di una palmada en la espalda y le miré mientras se levantaba e iba tambaleándose a buscar una cerveza por algún sitio. Luego centré mi atención en William y me acerqué a su atril con una silla, para sentarme a su lado.

—¿Cómo va la búsqueda?

Me miró con el entrecejo fruncido.

—Los mapas y las matemáticas no la están acortando.

Nada es sencillo, me lamenté.

—¿Qué hay de sus contactos en la zona? —le pregunté, sentándome frente a él.

Thomas había vuelto a entrar montando escándalo, con una jarra de cerveza espumosa y una marca roja en la cara por la bofetada que se acababa de llevar, justo a tiempo de oír a William decir:

—Tenemos que ganarnos su confianza para que compartan con nosotros lo que saben.

—Se me ocurre una idea de cómo conseguirlo —farfulló Thomas y nos volvimos para mirarle con varios grados de interés: Charles como siempre le miraba con la misma expresión que habría tenido después de pisar una caca de perro, William con desconcierto y yo con auténtico interés. Thomas, sobrio o borracho, era un tipo más astuto de lo que Charles y William podían creer. Continuó—: Hay un hombre que esclaviza nativos. Rescatémoslos y estarán en deuda con nosotros.

«Nativos», pensé. Los mohawk. Se me ocurrió una idea.

—¿Sabes dónde los retienen?

Negó con la cabeza. Pero Charles se inclinó hacia delante.

—Benjamin Church lo sabrá. Es rastreador y también arregla cosas. Está en su lista.

Le sonreí. «Buen trabajo», pensé.

—Eso mismo me estaba preguntando, a quién íbamos a ir a buscar ahora.

Benjamin Church era médico y encontramos su casa fácilmente. Cuando nadie respondió en la puerta, Charles no perdió el tiempo y la tiró abajo. Nos apresuramos a entrar, solo para descubrir que ya habían registrado el lugar. No solo habían dejado los muebles patas arriba y esparcido documentos por el suelo, destrozándolo todo en una búsqueda desagradable, sino que también había rastros de sangre.

Nos miramos entre nosotros.

—Por lo visto, no somos los únicos que buscamos al señor Church —dije, con la espada desenvainada.

—¡Maldita sea! —estalló Charles—. Podría estar en cualquier parte. ¿Qué hacemos?

Señalé un retrato del buen doctor que colgaba sobre la chimenea. Mostraba a un hombre de unos veintipocos años, pero con un aspecto distinguido.

—Le encontraremos. Vamos, te mostraré cómo.

Y empecé a hablarle a Charles del arte de la vigilancia, cómo se mezclaba uno en el ambiente, cómo desaparecía, advirtiendo rutas y hábitos, estudiando el movimiento que había a su alrededor para adaptarse a él, fundirse con el entorno, formar parte del paisaje.

Me di cuenta de lo mucho que estaba disfrutando de mi nuevo papel como tutor. De niño, me había enseñado mi padre y luego Reginald, y yo siempre esperaba tener una sesión con ellos. Ahora disfrutaba al transmitir esas enseñanzas y aportar un nuevo conocimiento, el conocimiento prohibido, aquel que no se encuentra en los libros.

Al enseñar a Charles, me pregunté si mi padre y Reginald se habrían sentido como me sentía yo en aquel momento: sereno, sabio, un hombre de mundo. Le enseñé cómo hacer preguntas, cómo escuchar a escondidas, cómo moverse por la ciudad como un fantasma, reuniendo y procesando información. Y después, nos separamos para llevar a cabo investigaciones de manera individual, y una hora aproximadamente más tarde volvimos a reunirnos, con expresiones adustas.

Lo que habíamos averiguado era que Benjamin Church había estado en compañía de otros hombres, que le habían sacado de su casa. Algunos de los testigos habían supuesto que Benjamin estaba ebrio; otros habían advertido las magulladuras y la sangre que le cubría el cuerpo. Un hombre que fue en su auxilio había recibido una cuchillada en las tripas como agradecimiento. Estaba claro que Benjamin tenía problemas, pero ¿adónde habían ido? La respuesta la obtuvimos de un heraldo, que estaba gritando las noticias del día.

—¿Has visto a este hombre? —le pregunté.

—No sabría decirle… —Negó con la cabeza—. Pasan muchas personas por la plaza, es difícil…

Le coloqué unas monedas en la mano y su conducta cambió al instante. Se inclinó hacia delante con aire conspiratorio.

—Le llevaron a los almacenes del muelle, hacia el este.

—Muchas gracias por tu ayuda —le dije.

—Pero dense prisa —nos advirtió—. Estaba con los hombres de Silas. Esas reuniones suelen terminar mal.

«Silas», pensé mientras zigzagueábamos por las calles de camino a la zona de almacenes. Pero ¿quién era Silas?

La multitud había disminuido considerablemente para cuando llegamos a nuestro destino, lejos de las calles principales, donde un ligero olor a pescado parecía cernirse sobre el día. El almacén estaba situado en una hilera de edificios similares, todos ellos enormes, que rezumaban erosión y mal estado, y habríamos podido pasar de largo sin problemas si no hubiera sido por el guardia que holgazaneaba en las puertas principales. Estaba sentado en un barril, con los pies apoyados en otro, mascando, no tan alerta como debería haber estado, así que fue fácil escondernos a un lado del edificio antes de que nos viese. Había una entrada en la pared más cercana a nosotros y comprobé que no estaba vigilada antes de ver si estaba abierta. Cerrada con llave. Dentro se oyeron los sonidos de una pelea y luego un grito desesperado. No me gusta el juego pero habría apostado cualquier cosa a que aquel alarido pertenecía a Benjamin Church. Charles y yo nos miramos. Teníamos que entrar allí, y deprisa. Me estiré hacia el lateral del almacén para echar otro vistazo al guardia, vi el destello revelador de las llaves que colgaban de su cintura y supe lo que tenía que hacer.

Esperé hasta que pasó un hombre empujando una carretilla y, con un dedo en los labios, le dije a Charles que esperase, y salí tambaleándome un poco mientras daba la vuelta a la parte delantera del edificio para que pareciera, a todos los efectos, que había bebido mucho.

Sentado en el barril, el centinela me miró de soslayo, con desprecio. Comenzó a sacar la espada de su funda para mostrar su hoja resplandeciente. Tambaleándome, me puse derecho, alcé una mano al ver la advertencia e hice el ademán de marcharme, antes de tropezar y tirarme encima de él.

—¡Eh! —protestó, y me empujó tan fuerte que perdí el equilibrio y caí al suelo.

Me levanté y, con otro gesto de disculpa, seguí mi camino.

Lo que él no sabía era que le había quitado las llaves que llevaba colgadas de la cintura. De nuevo en el lateral del almacén, probamos un par de llaves antes de, para nuestro alivio, encontrar la que abría la puerta. Estremeciéndonos ante cualquier crujido y chirrido, la abrimos, la atravesamos con sigilo y entramos en el oscuro almacén con olor a humedad.

Dentro, nos agachamos junto a la puerta, adaptándonos poco a poco a nuestro nuevo entorno: un gran espacio, sumido mayormente en la oscuridad. Unos oscuros huecos retumbantes parecían extenderse hasta el infinito y la única luz procedía de tres braseros que se habían colocado en el centro de la estancia. Por fin vimos al hombre al que estábamos buscando, el hombre del retrato: el doctor Benjamin Church. Estaba atado a una silla, con un guardia a cada lado, uno de los ojos morado, la cabeza colgando y la sangre goteando de un corte en el labio sobre el sucio pañuelo blanco que llevaba puesto.

De pie, delante de él, se hallaba un hombre vestido de forma elegante —Silas, sin duda— y un compañero, que estaba afilando un cuchillo. El suave silbido que emitía era casi hipnótico, y por un momento fue el único ruido de la habitación.

—¿Por qué siempre lo pones tan difícil, Benjamin? —preguntó Silas, con un aire teatral de tristeza.

Me di cuenta de que tenía acento inglés y sonaba de alta alcurnia.

—Simplemente recompénsame y lo olvidaré todo.

Benjamin le miró con expresión ofendida pero desafiante.

—No pagaré por una protección que no necesito —espetó, sin dejarse intimidar.

Silas sonrió e hizo un gesto de desdén con la mano indicando el frío, húmedo y mugriento almacén.

—Está claro que necesitas protección, o no estarías aquí.

Benjamin volvió la cabeza y escupió un coágulo de sangre, que cayó al suelo de piedra, después miró a Silas, en cuyo rostro había una clara expresión de fastidio.

—¡Qué torpe! —dijo—. Bueno, ¿qué vamos a hacer con nuestro invitado?

El hombre que afilaba el cuchillo alzó la vista. Ahora era su turno.

—Quizá le corte las manos —bramó—, para acabar con sus operaciones. Quizá le corte la lengua y termine con su palabrería. O a lo mejor le corto el pito para que deje de jodernos.

Los hombres parecieron estremecerse, de repugnancia, miedo y diversión. Silas reaccionó:

—Hay tantas opciones que me cuesta decidir. —Miró al del cuchillo y fingió estar perdido en la indecisión, para luego añadir—: Córtale las tres cosas.

—Bueno, espera un momento —se apresuró a decir Benjamin—. Tal vez me haya precipitado al no aceptar antes vuestra oferta.

—Lo siento muchísimo, Benjamin, pero la puerta se ha cerrado —dijo Silas tristemente.

—Sé razonable… —comenzó a decir Benjamin con tono suplicante.

Silas inclinó la cabeza a un lado y unió las cejas con falsa preocupación.

—Preferiría pensar que lo he sido. Pero te has aprovechado de mi generosidad. No haré otra vez el tonto.

El torturador avanzó y llevó la punta del cuchillo a la altura de sus ojos que parecían salírsele de las órbitas mientras sonreía como un maniaco.

—Me temo que no tengo cuerpo para presenciar tales barbaridades —dijo Silas con el tono de una anciana que se ofende con facilidad—. Ven a buscarme cuando hayas acabado, Cutter.

Silas estaba a punto de marcharse cuando Benjamin Church gritó:

—¡Te arrepentirás de esto, Silas! ¿Me oyes? ¡Conseguiré tu cabeza!

Silas se detuvo en la puerta, se dio la vuelta y le miró.

—No —dijo con el principio de una risa tonta—. No, me parece que no.

Entonces empezaron los alaridos de Benjamin cuando Cutter comenzó su trabajo, riéndose ligeramente mientras empuñaba el cuchillo como un artista dando sus primeras pinceladas, como si estuviera al inicio de un proyecto más grande. El pobre doctor Church era el lienzo y Cutter estaba pintando su obra maestra.

Le susurré a Charles lo que teníamos que hacer y me alejé, escabulléndome por la oscuridad de la parte trasera del almacén, donde le vi llevarse una mano a la boca para decir: «Por aquí, cabrones» e inmediatamente se marchó, rápido y en silencio.

Cutter giró la cabeza y le hizo una señal a los guardias mientras observaba con cautela el almacén al tiempo que sus hombres desenvainaban las espadas e iban con cuidado a la parte trasera, de donde procedía el ruido. Hubo otra llamada, esta vez desde otro pozo de oscuridad y casi entre susurros:

—Por aquí.

Los dos guardias tragaron saliva e intercambiaron una mirada nerviosa mientras Cutter recorría con la vista las sombras del edificio, con la mandíbula tensa, en parte por el miedo, en parte por la frustración. Advertí que su mente estaba funcionando: ¿le estaban gastando una broma sus propios hombres? ¿Había unos niños enredando?

No, era un acto del enemigo.

—¿Qué pasa? —gruñó uno de los matones.

Ambos estiraron el cuello y se quedaron mirando hacia la oscuridad del almacén.

—Trae una antorcha —le soltó el primero a su compañero. El segundo salió como una flecha hacia el centro de la habitación y levantó con cuidado uno de los braseros, que se inclinó por el peso mientras intentaba moverlo.

De repente se oyó un chillido entre las sombras y Cutter se puso a gritar:

—¿Qué? ¿Qué demonios está pasando?

El hombre dejó el brasero y echó un vistazo a la penumbra.

—Es Greg —respondió por encima del hombro—. Ya no está ahí, jefe.

Cutter torció el gesto.

—¿Qué quieres decir con que no está ahí? Estaba ahí antes.

—¡Greg! —le llamó el segundo hombre—. ¿Greg?

No hubo respuesta.

—Se lo estoy diciendo, jefe, ya no está.

Y justo en ese momento, como para enfatizar su afirmación, una espada salió volando de los oscuros huecos, resbaló por el suelo de piedra y se detuvo para descansar a los pies de Cutter.

La hoja estaba manchada de sangre.

—Esa es la espada de Greg —dijo el primer hombre, nervioso—. Tienen a Greg.

—¿Quién tiene a Greg? —espetó Cutter.

—No lo sé, pero le tienen.

—Quienquiera que seas, será mejor que muestres la cara —gritó Cutter.

Miró enseguida a Benjamin y pude ver que su cerebro estaba funcionando para llegar a la siguiente conclusión: que habían sido atacados por amigos del doctor; que era una operación de rescate. El primer matón se quedó donde estaba, junto a la seguridad del brasero, con la punta de su espada brillando a la luz de la lumbre mientras él temblaba. Charles permaneció en las sombras como una amenaza silenciosa. Yo sabía que tan solo era Charles, pero para Cutter y sus compinches se trataba de un demonio vengador, tan silencioso e implacable como la misma muerte.

—Será mejor que salgas, antes de que termine con tu amigo —bramó Cutter.

Se acercó a Benjamin para llevar la hoja a su cuello, de espaldas a mí, y aproveché la oportunidad. Salí a rastras de mi escondite y me aproximé con sigilo a él. En ese instante, su compinche se dio la vuelta, me vio y gritó:

—¡Jefe, detrás de usted!

Y Cutter se volvió.

Salté y a la vez accioné el mecanismo de la hoja oculta. Cutter se dejó llevar por el pánico y vi que se le tensaba la mano que sujetaba el cuchillo para terminar con Benjamin. Me estiré todo lo que pude y conseguí apartarle la mano de un golpe al tiempo que le retiraba hacia atrás, pero también perdí el equilibrio y tuvo la oportunidad de desenvainar su espada para enfrentarse a mí, con la espada en una mano y el cuchillo de tortura en la otra.

Por encima de su hombro vi que Charles no había desaprovechado la oportunidad, se había abalanzado sobre el guardia y se oyó el repiqueteo de sus espadas al chocar. En cuestión de segundos, Cutter y yo también nos pusimos a luchar, pero enseguida quedó claro que no entendía nada. Puede que se le diera bien el cuchillo, pero no estaba acostumbrado a tener oponentes; era un maestro de la tortura, no un guerrero. Y mientras sus manos se movían deprisa y las hojas pasaban rápidamente delante de mis ojos, lo único que me enseñó fueron trucos, juegos de manos, movimientos que tal vez aterrorizaban a un hombre atado a una silla, pero no a mí. Lo que veía era un sádico, un sádico asustado.

No tenía previsión. No había juegos de piernas ni habilidad defensiva. Detrás de él, ya había terminado la lucha: el segundo matón cayó de rodillas, con un quejido, y Charles le plantó un pie en el pecho para retirar la espada y dejarle yacer en el suelo.

Cutter lo vio también y yo le dejé mirar, me retiré para permitirle ver morir a su compañero, la última protección que le quedaba. Se oyó un golpeteo en la puerta. El guardia de fuera al final había descubierto el robo de las llaves e intentaba sin éxito entrar. Cutter movió los ojos en aquella dirección, buscando la salvación. Pero no la encontró. Aquellos ojos asustados se volvieron hacia mí y sonreí abiertamente antes de comenzar a cortar. No lo encontraba nada satisfactorio. Tan solo le traté como se merecía y cuando por fin se dobló en el suelo con un corte rojo intenso en el cuello y la sangre saliendo a borbotones sobre él, no sentí nada más salvo una indiferente sensación de gratitud por haber hecho justicia. Nadie más volvería a sufrir por culpa de su cuchillo.

Me había olvidado de los golpes en la puerta hasta que cesaron y, en el repentino silencio, miré a Charles, que llegó a la misma conclusión que yo: el guardia había ido a buscar ayuda. Benjamin gimió y me acerqué a él, corté las ataduras con dos toques de espada y le sostuve cuando cayó de la silla hacia delante.

Las manos me resbalaron por la sangre, pero él parecía respirar con regularidad y, aunque de vez en cuando cerraba los ojos con fuerza por el dolor, los trataba de mantener abiertos. Viviría. Sus heridas eran dolorosas, pero no profundas.

Me miró.

—¿Quién… quién es usted? —logró decir.

Levanté el sombrero.

—Haytham Kenway a su servicio.

Se vio el inicio de una sonrisa en su rostro cuando dijo:

—Gracias. Gracias. Pero… no entiendo… ¿Por qué están aquí?

—Es un caballero templario, ¿no? —le pregunté.

Él asintió.

—Yo también y no tenemos la costumbre de dejar a los compañeros a merced de locos con cuchillos. Por eso y porque necesito su ayuda.

—Ya la tiene —contestó—. Solo dígame lo que le hace falta…

Le ayudé a ponerse de pie y le hice una seña a Charles para que se acercara.

Juntos le ayudamos a llegar a la puerta lateral del almacén y salimos, saboreando el aire fresco después del olor a humedad, sangre y muerte de allí dentro.

Y mientras comenzábamos a caminar de vuelta a la calle Unión y el refugio del Green Dragon, le conté al doctor Benjamin Church lo de la lista.

13 de julio de 1754

i

Nos reunimos en el Green Dragon, bajo las oscuras vigas de la habitación del fondo que ahora considerábamos nuestra, y que rápidamente ampliamos para llenarla, metiéndonos en el polvoriento alero: a Thomas le gustaba holgazanear en posición horizontal cuando no estaba bebiendo jarras de cerveza o molestando a nuestros anfitriones para pedirles más; William, cuyo ceño arrugado se marcaba profundamente mientras trabajaba en los mapas que tenía extendidos sobre la mesa, se apartaba de ellos a su facistol y de vez en cuando dejaba escapar un grito ahogado por la frustración, retirando con un gesto a Thomas para que no vertiera cerveza de su jarra cada vez que se tambaleaba demasiado cerca; Charles, mi mano derecha, estaba sentado a mi lado siempre que yo me encontrase en la estancia. Su devoción me resultaba a veces cargante y, otras, una gran fuente de fuerza; y ahora, por supuesto, el doctor Church, que había pasado los dos últimos días recuperándose de las heridas en una cama que Cornelius le había dado de mala gana. Benjamin se había vendado sus propias heridas y cuando por fin se levantó, nos aseguró que ninguna de las que tenía en la cara iba a ser permanente.

Había hablado con él dos días antes, cuando le interrumpí el proceso de vendarse la peor herida, desde luego la que peor aspecto tenía: Cutter le había arrancado un trozo de piel.

—Tengo una pregunta para ti —dije, todavía con la sensación de que no sabía de qué pie cojeaba aquel hombre—. ¿Por qué escogiste medicina?

Sonrió forzadamente y contestó:

—Se supone que debo decir que fue porque me preocupo por el prójimo, ¿no? Que escogí este camino porque me permite lograr el bien común.

—¿No es todo eso verdad?

—Tal vez. Pero no fue la razón que me guio a mí. No… En mi caso fue algo menos abstracto: me gusta el dinero.

—Hay otros caminos para hacer fortuna —dije.

—Sí. Pero ¿qué mejor producto para vender que la vida? Nada es tan valioso, ni anhelado con tanta desesperación. Y ningún precio es demasiado caro para el hombre o mujer que teme un fin brusco e irreparable.

Hice una mueca de dolor.

—Tus palabras son crueles, Benjamin.

—Pero ciertas.

Confundido, pregunté:

—Hiciste el juramento de ayudar a la gente, ¿no?

—Cumplo con el juramento, pero en él no se hace mención al precio. Simplemente exijo una compensación, una compensación justa, por mis servicios.

—¿Y si no poseen los fondos necesarios?

—Entonces los atenderán otros. ¿Acaso un panadero le da pan gratis a un mendigo? ¿El sastre le ofrece un vestido a la mujer que no puede permitirse pagarlo? No. ¿Por qué entonces iba a hacerlo yo?

—Lo has dicho tú mismo —contesté—. Nada es más valioso que la vida.

—Sí. Más razón aún para asegurarse de que se tienen los medios para preservarla.

Le miré con recelo. Era un hombre joven, más joven que yo, y me pregunté si alguna vez yo había sido como él.

ii

Más tarde, mis pensamientos volvieron a asuntos más urgentes. Silas querría venganza por lo que había sucedido en el almacén, todos lo sabíamos; y era cuestión de tiempo que nos atacara. Estábamos en el Green Dragon, tal vez el lugar más visible de la ciudad, por lo que sabría dónde encontrarnos cuando quisiera lanzar su ataque. Mientras tanto, yo tenía suficientes espadachines expertos para que se lo pensara y no me planteaba salir corriendo o esconderme.

William le había contado a Benjamin lo que teníamos planeado para tratar de ganarnos el favor de los mohawk al ir contra el esclavista, y Benjamin se inclinaba ahora hacia delante.

—Johnson me ha contado lo que pretendéis hacer —dijo—. Da la casualidad de que el hombre que me retenía es el mismo que buscáis. Se llama Silas Thatcher.

Lancé una maldición para mis adentros por no haberlo relacionado. Por supuesto. A mi lado, Charles también se había dado cuenta.

—¿Aquel tipo tan elegante es un esclavista? —exclamó sin dar crédito.

—Que no te engañe su lengua aterciopelada —dijo Benjamin, asintiendo—. Es la criatura más cruel y despiadada que he conocido.

—¿Qué puedes decirme de su operación? —pregunté.

—Tiene por lo menos cien hombres y más de la mitad son casacas rojas.

—¿Todo eso por unos esclavos?

Al oír mi pregunta, Benjamin se rio.

—Me imagino que no. El hombre es comandante de la Tropa Real, está al mando del fuerte Southgate.

Perplejo, dije:

—Pero si Gran Bretaña tiene alguna posibilidad de hacer retroceder a los franceses, debe aliarse con los nativos, no esclavizarlos.

—Silas es fiel solo a su cartera —dijo William desde su posición en el facistol—. Que sus acciones dañen a la Corona es irrelevante. Mientras haya compradores de su producto, continuará procurándolo.

—Más motivos aún para detenerle, entonces —dije con gravedad.

—Me paso el día hablando con los de aquí, intentando convencerles de que deberían confiar en nosotros —añadió William—, que los franceses solo les utilizan como herramientas, que les abandonarán en cuanto hayan ganado.

—Tus palabras deben de perder fuerza cuando se enfrentan a la realidad de las acciones de Silas —suspiré.

—He intentado explicar que no nos representa —dijo con una expresión compungida—. Pero lleva la casaca roja y está al mando de un fuerte. Les debo de parecer un mentiroso o un imbécil… Probablemente las dos cosas.

—Anímate, hermano. Cuando les entreguemos su cabeza, sabrán que tus palabras son ciertas —le aseguré—. Primero tenemos que encontrar un modo de entrar en el fuerte. Dejadme pensarlo. Mientras tanto, me ocuparé de nuestro último recluta.

Al oír esto, Charles se espabiló.

—John Pitcairn es nuestro hombre. Se lo traeré.

iii

Nos hallábamos en un campamento militar fuera de la ciudad, donde los casacas rojas controlaban diligentemente quién entraba y salía. Eran hombres de Braddock y me pregunté si reconocería a algunos de mis compañeros de aquellos años.

Lo dudaba; su régimen era demasiado brutal, sus hombres eran mercenarios, ex convictos, hombres en fuga que nunca se quedaban en un mismo sitio demasiado tiempo. Uno avanzaba ahora, al parecer sin afeitar y desharrapado a pesar de su uniforme de casaca roja.

—¿A qué venís? —quiso saber, mientras nos miraba uno a uno, sin gustarle mucho lo que veía.

Estaba a punto de responder cuando Charles dio un paso al frente, me señaló y le dijo al guardia:

—Es un nuevo recluta.

El centinela se apartó a un lado.

—Más astillas para la pira, ¿eh? —Sonrió con suficiencia—. Adelante, pues.

Cruzamos la entrada al campamento.

—¿Cómo lo has conseguido? —le pregunté a Charles.

—¿Lo ha olvidado, señor? Estoy al servicio del general Braddock. Cuando no le atiendo a usted, claro.

Un carro avanzó lentamente para salir del campamento, conducido por un hombre con un sombrero de ala ancha, y nos apartamos para dejar paso a un grupo de lavanderas que se cruzó en nuestro camino. Las tiendas estaban desperdigadas por todos lados y sobre ellas flotaba un bajo manto de humo, provocado por las hogueras alrededor del campamento, de las que se encargaban hombres y niños, sirvientes cuyo trabajo era preparar café y hacer comida para los señores imperiales. La colada estaba tendida en cuerdas que salían de los toldos delante de las tiendas; había civiles cargando cajones con provisiones en los carros de madera, vigilados por oficiales a caballo. Vimos a un puñado de hombres moviendo con dificultad un cañón atascado en el lodo y otros amontonando cajas, mientras que en la plaza principal había una tropa de veinte o treinta casacas rojas puestos a prueba por un oficial que gritaba órdenes que apenas se entendían.

Miré a mi alrededor y me vino a la cabeza que aquel campamento era, sin lugar a dudas, obra del Braddock que yo conocía: concurrido y ordenado, un hervidero de diligencia, un crisol de disciplina. Cualquier visitante habría reconocido el mérito del Ejército Británico y su comandante, pero si se observaba con mayor detenimiento, o si conocías a Braddock desde hacía tiempo, como era mi caso, podías percibir el resentimiento que invadía el lugar: los hombres desprendían rencor en sus actividades. No trabajaban por el orgullo de sus uniformes, sino bajo el yugo de la brutalidad.

Hablando de eso... Nos acercábamos a una tienda y conforme nos aproximábamos, oí, con una sensación muy desagradable que llegaba lentamente al fondo de mi estómago, que la voz que daba gritos pertenecía a Braddock.

¿Cuándo había sido la última vez que le había visto? Hacía ya varios años, cuando me marché de los Coldstreams, y nunca había estado tan contento de darle la espalda a un hombre como aquel día a Braddock. Dejé la compañía jurando que haría todo lo posible por que pagase por sus crímenes de crueldad y brutalidad. Pero no había tenido en cuenta los lazos que le unían a la Orden: no había tenido en cuenta la inquebrantable lealtad de Reginald hacia él; y, al final, había aceptado que Braddock iba a continuar como siempre. No me gustaba, pero tenía que aceptarlo. La solución era tan simple como mantenerme alejado de él.

Aunque ahora mismo no podía evitarle.

Estaba en el interior de la tienda cuando entramos, en medio de un sermón a un hombre de más o menos mi edad, vestido de civil, aunque era evidente que se trataba de un militar. Era John Pitcairn. Estaba allí, recibiendo la descarga de cólera de Braddock, una cólera que yo conocía muy bien, cuando el general gritó:

—¿Planeabas anunciarte? ¿O esperabas que mis hombres no advirtieran tu llegada?

Me gustó inmediatamente. Me gustó su impasible manera de responder, su acento escocés comedido y calmado, sin dejarse intimidar por Braddock mientras respondía:

—Señor, si me permite explicarme…

El tiempo no había tratado tan bien a Braddock. Su rostro era más rubicundo que nunca y tenía entradas, pero se puso todavía más colorado al contestar:

—Oh, por supuesto. Me encantaría escucharlo.

—No he desertado, señor —protestó Pitcairn—. Estoy aquí bajo las órdenes del comandante Amherst.

Pero Braddock no estaba de humor para impresionarse por el nombre del comandante Jeffrey Amherst; y, en todo caso, su humor empeoró.

—Enséñame una carta que lleve su sello y te librarás de la horca —gruñó.

—No tengo tal cosa —respondió Pitcairn, tragando saliva, la única señal que mostró de que estaba nervioso; tal vez al pensar en la soga apretándole el cuello…—. La naturaleza de mi trabajo, señor…, es…

Braddock retrocedió como si estuviera aburrido de mantener las apariencias, y podría haber estado a punto de ordenarle que resumiera, cuando aproveché la oportunidad para intervenir.

—No es precisamente lo más apropiado para escribir en papel —dije.

Braddock se dio la vuelta a medias para mirarme. Al vernos a Charles y a mí por primera vez, asimiló nuestra presencia con varios grados de irritación. Charles no le preocupaba mucho. Pero ¿yo? Pongámoslo así: la antipatía era mutua.

—Haytham —se limitó a decir y mi nombre sonó como un insulto en sus labios.

—General Braddock —contesté, sin molestarme en ocultar mi desagrado por su nuevo rango.

Dejó de mirarme para centrarse en Pitcairn y tal vez, por fin, vio la relación.

—Supongo que no debería sorprenderme. Los lobos suelen viajar en manada.

—El señor Pitcairn se ausentará unas semanas —le dije— y yo me encargaré de devolverle a su puesto una vez que terminemos nuestro trabajo.

Braddock negó con la cabeza. Hice todo lo que pude por esconder mi sonrisa y conseguí, principalmente, contener mi regocijo interno. Estaba furioso, no solo porque le habían desautorizado, sino porque, peor aún, había sido yo.

—El trabajo del diablo, sin duda —dijo—. Ya está bastante mal que mis superiores hayan insistido en que te conceda utilizar a Charles. Pero no dijeron nada de este traidor. No te lo quedarás.

Suspiré.

—Edward… —empecé a decir.

Pero Braddock estaba haciéndoles señas a sus hombres.

—Ya hemos terminado. Sacad de aquí a estos hombres —les ordenó.

iv

—**B**ueno, no ha ido como esperaba —susurró Charles.

Nos encontrábamos de nuevo al otro lado del muro, con el campamento a nuestras espaldas y Boston delante, expandiéndose hacia un mar relumbrante en el horizonte, con los mástiles y las velas de los barcos en el puerto. Junto a un surtidor a la sombra de un cerezo, nos detuvimos para apoyarnos en la pared, desde donde podíamos observar las idas y venidas en el campamento sin llamar la atención.

—Y pensar que antes consideraba a Edward un hermano… —dije con arrepentimiento.

Ya hacía mucho tiempo de aquello y me costaba recordarlo, pero era verdad. Hubo una época en la que admiraba a Braddock, pensaba que él y Reginald eran mis amigos y aliados. Ahora, despreciaba profundamente a Braddock. ¿Y a Reginald?

Todavía no estaba seguro respecto a él.

—¿Y ahora qué? —preguntó Charles—. Nos echarán si volvemos a intentar entrar.

Al mirar hacia el campamento, vi a Braddock saliendo de su tienda a grandes zancadas, gritando como habitualmente, gesticulando a un oficial —uno de los mercenarios elegidos por él mismo, sin duda— que se acercó correteando. A la zaga apareció John. Seguía vivo, al menos; la furia de Braddock había disminuido o la había dirigido a otra persona. Hacia mí, probablemente.

Mientras observábamos, el oficial reunió a las tropas que habíamos visto entrenarse en la plaza cuartel y organizó a los soldados en una patrulla para luego, con Braddock a la cabeza, comenzar a conducirlos fuera del campamento. Otros soldados y sirvientes se apartaron de su camino y la entrada, que antes había estado atestada de gente, se despejó de inmediato para permitirles pasar. Desfilaron a unos cien metros de nosotros y los observamos entre las ramas bajas del cerezo, mientras bajaban por la colina hacia las afueras de la ciudad, portando con orgullo la bandera de la Unión.

Una extraña paz descendió a su paso y me aparté de la pared para decirle a Charles:

—Vamos.

Nos quedamos a más de doscientos metros por detrás y aun así podíamos oír la voz de Braddock, que comenzaba a aumentar el volumen mientras nos dirigíamos a la ciudad. Incluso moviéndose tenía el aire de alguien que era el centro de atención, pero lo que enseguida quedó claro era que se trataba de una misión de recluta-miento. Braddock se acercó a un herrero, ordenando al pelotón que observaran y aprendieran. Desapareció todo rastro de su antigua furia y se dirigió al hombre con una cálida sonrisa, más como un tío preocupado que como el tirano sin corazón que en realidad era.

—Pareces desanimado, amigo mío —dijo, cordialmente—. ¿Qué te ocurre?

Charles y yo mantuvimos cierta distancia. Charles en particu-lar agachó la cabeza y permaneció fuera de la vista, por miedo a que le reconocieran. Yo agucé el oído para oír la respuesta del herrero.

—El negocio no ha ido muy bien últimamente —dijo—. He perdido tanto mi puesto como mi mercancía.

Braddock alzó las manos como si fuera un problema de fácil solución, porque…

—¿Y si te digo que puedo acabar con tus problemas? —dijo.

—No me fiaría, puesto que…

—¡Basta! Escúchame. Los franceses y sus compañeros salva-jes hacen estragos en el campo. El rey ha encargado a hombres como yo levantar un ejército para obligarlos a retroceder. Únete a mi ex-pedición y serás recompensado generosamente. Tan solo son unas semanas de tu tiempo y regresarás lleno de monedas para poder abrir una nueva tienda, ¡más grande y mejor!

Mientras hablaban, advertí que unos oficiales les ordenaban a algunos miembros de la patrulla que se acercaran a otros ciudada-nos e intentaran convencerles del mismo modo. Entretanto, el he-rrero decía:

—¿De verdad?

Braddock ya le estaba entregando los papeles para el alista-miento, que sacó de su chaqueta.

—Míralo tú mismo —dijo con orgullo, como si le estuviera dando oro a aquel hombre en vez de unos documentos para alistar-se en el ejército más brutal y deshumanizante que jamás hubiera conocido.

—Lo haré —dijo el pobre herrero crédulo—. ¡Tan solo dígame dónde tengo que firmar!

Braddock siguió caminando y nos llevó a una plaza pública, donde fue a dar un breve discurso, y algunos de sus hombres comenzaron a dispersarse.

—Oídme, buena gente de Boston —anunció con el tono de un caballero paternal y amistoso a punto de dar buenas noticias—. El ejército del rey necesita hombres fuertes y leales. Unas fuerzas oscuras se reúnen en el norte, deseosas de nuestra tierra y los tesoros que contiene. Hoy he venido aquí con una petición: si valoráis vuestras posesiones, vuestras familias, vuestras vidas, uníos a nosotros. Alzad las armas en servicio de Dios y del país, para defender todo lo que hemos creado aquí.

Algunos de los ciudadanos se encogieron de hombros y siguieron caminando; otros consultaron a sus amigos. Sin embargo, algunos se acercaron a los casacas rojas, supuestamente para prestar sus servicios y ganar algo de dinero. No pude evitar notar una clara correlación entre lo pobres que parecían y la probabilidad de que el discurso de Braddock les hubiera emocionado.

Como era de esperar, le oí decirle a su oficial:

—¿Adónde nos dirigimos ahora?

—¿Y si bajamos a Marlborough? —contestó el teniente fiel cuya voz me resultaba familiar, aunque estaba demasiado lejos de mí para verle bien.

—No —respondió Braddock—, los vecinos están demasiado contentos. Sus casas son bonitas y los días, tranquilos.

—¿Y Lyn o la calle Ship?

—Sí. Los que acaban de llegar no suelen tardar en pasar apuros. Es más fácil que aprovechen la oportunidad de engordar sus carteras para alimentar a sus criaturas.

No muy lejos estaba John Pitcairn. Quería acercarme a él. Eché un vistazo a los casacas rojas que me rodeaban y me di cuenta de que necesitaba uno de esos uniformes.

Lástima del pobre que se separó del grupo para aliviarse. Era el teniente de Braddock. Se alejó de los demás, se abrió camino entre dos mujeres bien vestidas con sombrero y gruñó cuando chasquearon la lengua al pasar; estaba haciendo un gran trabajo para ganarse los corazones y las mentes de los vecinos en nombre de Su Majestad.

Le seguí de lejos, hasta que llegó al final de la calle, donde había un edificio de madera achaparrado, un almacén de algún tipo, y, con una mirada rápida para asegurarse de que no le veían, apoyó el mosquete en la madera, se desabrochó los botones de sus bombachos y orinó.

Por supuesto, sí le estaban mirando. Era yo. Comprobé que no hubiera más casacas rojas por allí y me acerqué, arrugando la nariz por el hedor acre; al parecer, muchos casacas rojas se habían aliviado en aquel lugar en concreto. Luego activé la hoja con un suave *chk*, que él oyó, y le provocó una ligera tensión, pero no llegó a darse la vuelta.

—Seas quien seas, será mejor que tengas un buen motivo para estar detrás de mí mientras estoy meando —dijo, sacudiéndose el miembro para metérselo después en sus bombachos.

Y reconocí su voz. Era el verdugo. Era…

—Slater —dije.

—Ese es mi nombre: no abuses de él. ¿Y tú quién eres?

Fingió tener problemas para abrocharse los botones, pero vi que llevaba la mano derecha a la empuñadura de su espada.

—Puede que te acuerdes de mí. Me llamo Haytham Kenway.

Se volvió a poner tenso e irguió la cabeza.

—Haytham Kenway —bramó—. Pues claro, ahora tengo un nombre que evocar. Esperaba no volverte a ver.

—Lo mismo digo. Date la vuelta, por favor.

Un carro con un caballo pasó por el lodo cuando, lentamente, Slater se volvió para mirarme, con los ojos clavados en la hoja de mi muñeca.

—Ahora eres un Asesino, ¿no? —dijo con sorna.

—Soy un Templario, Slater, como tu jefe.

Adoptó un aire despectivo.

—Los vuestros ya no le resultan atractivos al general Braddock.

Justo como sospechaba. Por eso había intentado sabotear mis esfuerzos por reclutar el equipo para la misión de Reginald. Braddock se había vuelto contra nosotros.

—Toma tu espada —le dije a Slater.

Parpadeó.

—Me matarás si lo hago.

Asentí.

—No puedo eliminarte a sangre fría. No soy tu general.

—No —dijo—, no le llegas a la suela de los zapatos.

Y fue a tomar su espada...

Un segundo más tarde, el hombre que una vez había intentado colgarme, a quien había visto ayudar a matar a una familia entera en el asedio de Bergen op Zoom, yacía muerto a mis pies, y bajé la mirada para contemplar su cuerpo que aún se movía, pensando solo que tenía que recoger su uniforme antes de que lo manchara de sangre.

Me lo puse y volví junto a Charles, que me miró con las cejas levantadas.

—Bueno, desde luego se ha metido en el papel —dijo.

Le dediqué una sonrisa irónica.

—Ahora debemos comunicarle a Pitcairn nuestros planes. Cuando te dé la señal, provocarás un altercado y aprovecharemos la distracción para escabullirnos.

Mientras tanto, Braddock estaba dando órdenes.

—Muy bien, hombres, adelante —dijo, y aproveché la oportunidad para meterme entre las filas de la patrulla, con la cabeza gacha.

Sabía que Braddock estaría concentrado en el reclutamiento y no en sus hombres; de la misma manera, confiaba en que los hombres de la patrulla tuvieran tanto miedo de provocar su ira que estuvieran demasiado preocupados por el alistamiento de nuevos hombres y no advirtieran un nuevo rostro en sus filas. Me coloqué junto a Pitcairn y en voz baja dije:

—Hola de nuevo, Jonathan.

A mi lado, se sobresaltó un poco, me miró y exclamó:

—¿Maestro Kenway?

Le dije que se callara con un gesto de la mano y alcé la vista para asegurarme de que no habíamos llamado una atención no deseada antes de continuar:

—No ha sido fácil colarse... pero aquí estoy, he venido a salvarte.

Esta vez mantuvo la voz baja.

—No creerás en serio que vamos a poder escapar…

Sonreí.

—¿No tienes fe en mí?

—Apenas te conozco…

—Me conoces lo suficiente.

—Mira —susurró—, me gustaría mucho ayudarte, pero ya has oído a Braddock. Como se entere de esto, tanto tú como yo estaremos acabados.

—Ya me ocuparé yo de Braddock —le aseguré.

Me miró.

—¿Cómo? —preguntó.

Le miré con una expresión que decía saber perfectamente lo que estaba haciendo, me llevé los dedos a la boca y silbé bien fuerte.

Era la señal que había estado esperando Charles y salió corriendo de entre dos edificios. Se había quitado la camisa y la usaba para taparse la cara; el resto de su ropa también estaba hecha un desastre: se había echado barro encima para no parecerse al oficial del ejército que en realidad era. De hecho, tenía el aspecto de un loco y enseguida comenzó a comportarse como tal, delante de la patrulla, que se detuvo de forma desorganizada, demasiado sorprendida o desconcertada para alzar las armas.

—¡Eh! ¡Sois unos ladrones y unos sinvergüenzas! —gritó Charles—. ¡Juráis que el imperio nos… nos recompensará y nos honrará! ¡Pero al final lo único que obtendremos será la muerte! ¿Y por qué? ¿Rocas, hielo, árboles y arroyos? ¿Unos cuantos franceses muertos? ¡Bueno, pues no lo queremos! ¡No nos hace falta! ¡Así que tomad vuestras falsas promesas, vuestros monederos colgados, vuestros uniformes y vuestras pistolas…, tomad todo eso a lo que os aferráis tanto y metéoslo por el culo!

Los casacas rojas se miraron entre ellos, boquiabiertos, sin dar crédito, tan sorprendidos que, por un momento, me preocupó que no fueran a reaccionar. Hasta Braddock, que estaba a cierta distancia, se quedó allí de pie, con la mandíbula colgando, sin estar seguro de si enfadarse o reírse ante aquel inesperado estallido de pura locura.

¿Iban simplemente a darse la vuelta y seguir su camino? Tal vez Charles se hizo la misma pregunta porque de repente añadió:

—¡Vergüenza debería daros vuestra guerra falsa!

Luego le dio su toque supremo. Se agachó para recoger una boñiga de caballo y la tiró hacia el grupo, aunque la mayoría se apartó inteligentemente. Entre los afortunados no estaba incluido el general Edward Braddock.

Después de que mancharan su uniforme con boñiga de caballo, dejó de debatirse entre el enfado y la risa. Ahora solo estaba furioso y su rugido parecía hacer temblar las hojas de los árboles:

—¡Tras él!

Algunos de los hombres se apartaron del grupo y fueron tras Charles, que ya se había dado la vuelta y corría por una tienda de víveres para luego doblar a la izquierda en la calle, entre la tienda y una taberna.

Aquella era nuestra oportunidad. Pero en lugar de aprovecharla, John se limitó a decir:

—Maldita sea.

—¿Qué pasa? —pregunté—. Es nuestra oportunidad de escapar.

—Me temo que no. Tu hombre acaba de llevarlos hacia un callejón sin salida. Tenemos que rescatarle.

Gruñí para mis adentros. Era una misión de rescate, pero no del hombre al que intentaba salvar. Y yo también salí corriendo hacia el callejón, aunque no tenía intención de satisfacer el honor de nuestro noble general; tan solo iba a impedir que le hicieran daño a Charles.

Era demasiado tarde. Cuando llegué allí, ya estaba bajo arresto y retrocedí, maldiciendo en silencio mientras lo arrastraban de vuelta a la calle para llevarlo ante el furioso general Braddock, que ya estaba llevando la mano hacia su espada. Decidí que el asunto había ido demasiado lejos.

—¡Suéltale, Edward!

Se volvió para mirarme. Si era posible que se oscureciera más su rostro, lo consiguió. A nuestro alrededor, unos casacas rojas sin aliento se miraban entre ellos, confundidos, mientras Charles, con un casaca roja a cada lado y todavía sin camisa, me miró agradecido.

—¡Tú otra vez! —espetó Braddock, furioso.

—¿Creías que no iba a regresar? —respondí con serenidad.

—Me sorprende más la facilidad con la que te descubres —se regodeó—. Te estás ablandando, por lo visto.

No deseaba ponerme a intercambiar insultos con él.

—Déjanos marchar y que nos llevemos a John Pitcairn con nosotros —dije.

—No permitiré que cuestiones mi autoridad —contestó Braddock.

—Ni yo.

Sus ojos ardieron. ¿De verdad le habíamos perdido? Por un momento me imaginé sentado con él, mostrándole el libro y observando su transformación, tal y como me había sucedido a mí. ¿Podría tener la misma sensación de repentino conocimiento que yo había tenido? ¿Podía volver a nosotros?

—Encadenadlos a todos —ordenó bruscamente.

No, decidí que no.

Y, otra vez, deseé que Reginald hubiera estado presente porque él habría cortado de raíz aquella discusión: habría impedido lo que ocurrió a continuación.

Y por eso decidí que podía llevármelos e hice mi movimiento. Saqué mi hoja en un periquete y el casaca roja más próximo murió con una expresión de sorpresa en su rostro mientras se la clavaba. Por el rabillo del ojo vi a Braddock echarse a un lado, desenvainar la espada y gritar a otro hombre, que echó mano a su pistola, ya cebada. John le alcanzó antes que yo, bajó la espada destellante y le cortó la muñeca al hombre, no separándola de la mano, sino cortándole el hueso, de modo que por un momento la mano quedó colgando del extremo del brazo y la pistola cayó al suelo sin causar daños.

Otro soldado se abalanzó sobre mí por la izquierda e intercambiamos algunos golpes: uno, dos, tres. Empujé hasta que su espalda quedó contra la pared y mi última estocada fue entre las correas de su túnica, en el corazón.

Giré sobre mis talones y me encontré a un tercer hombre, desvié su golpe y barrí con mi hoja su estómago, enviándole al suelo. Con el dorso de la mano me limpié la sangre de la cara justo a tiempo de ver a John eliminar a otro hombre, y Charles, que le había quitado la espada a uno de sus captores, terminó con el otro gracias a unos cuantos golpes seguros.

Entonces acabó la pelea y me enfrenté al último hombre que quedaba en pie. Y ese era el general Edward Braddock.

Habría sido muy fácil. Demasiado fácil acabar todo aquello allí. Sus ojos me decían que sabía que yo en el fondo quería matarlo. Quizá, por primera vez, se daba cuenta de que los lazos que nos unían antes, los Templarios, o el mutuo respeto por Reginald, ya no existían.

Pasó el momento y entonces dejé caer mi espada.

—Hoy me detendré porque una vez fuiste mi hermano —le dije— y un hombre mejor que ahora. Pero si nuestros caminos vuelven a cruzarse, se olvidarán todas las deudas.

Me volví hacia John.

—Ya eres libre, John.

Los tres —John, Charles y yo— comenzamos a alejarnos.

—¡Traidor! —gritó Braddock—. Vete entonces. Únete a esa misión de locos. Y cuando te halles destrozado, muriéndote en el fondo de algún pozo oscuro, rezo por que mis últimas palabras de hoy sean lo que recuerdes.

Y al decir aquello, se marchó a grandes zancadas, pasando por encima de los cadáveres de sus hombres y abriéndose camino entre los transeúntes. Nunca se estaba demasiado lejos de una patrulla de casacas rojas en las calles de Boston y, con la posibilidad de que Braddock pidiera refuerzos, decidimos desaparecer del mapa. Cuando se fue, me fijé en los cuerpos de los casacas rojas caídos que yacían en el lodo y pensé que no había sido la mejor tarde para realizar un reclutamiento.

No era de extrañar que los habitantes de la ciudad nos evitaran mientras corríamos por las calles hacia el Green Dragon. Estábamos salpicados de barro y manchados de sangre, y Charles se esforzaba por volverse a poner la ropa. John, mientras tanto, tenía curiosidad por saber el porqué de mi animadversión contra Braddock, y le conté lo de la matanza en el esquife para terminar diciendo:

—Las cosas nunca volvieron a ser como antes después de eso. Luchamos juntos unas cuantas veces más, pero cada salida era más inquietante que la anterior. Él no dejaba de matar: enemigos o aliados, civiles o soldados, culpables o inocentes, no importaba. Si creía que alguien representaba un obstáculo, ese alguien moría. Sostenía que la violencia era una solución más eficiente. Se convirtió en su mantra. Y me rompió el corazón.

—Deberíamos detenerle —dijo John, mirando hacia atrás, como si pudiéramos intentarlo en ese instante.

—Supongo que sí… Pero mantengo la estúpida esperanza de que aún se le pueda salvar y hacerle entrar en razón. Ya sé, ya sé…, es una tontería creer que alguien tan empapado en muerte pueda de pronto cambiar.

¿O no era tan absurdo?, me pregunté mientras andábamos. Al fin y al cabo, ¿no había cambiado yo?

14 de julio de 1754

i

Al hospedarnos en el Green Dragon, estábamos en el lugar adecuado para oír cualquier rumor sobre nosotros, y mi hombre Thomas ponía la oreja en el suelo. No es que resultara un esfuerzo para él, por supuesto; estar pendiente de cualquier señal de conspiración en nuestra contra significaba beber cerveza mientras escuchaba conversaciones ajenas o presionaba a otros en busca de chismorreos. Se le daba muy bien eso. Tenía que hacerlo. Habíamos hecho enemigos: Silas, desde luego; pero el más preocupante era el general Edward Braddock.

Anoche, me senté en el escritorio de mi habitación a escribir en mi diario. La hoja oculta estaba sobre la mesa, a mi lado, y mi espada al alcance de la mano en caso de que Braddock lanzara en aquel momento su inevitable ataque vengativo, y sabía que así sería a partir de entonces: dormiría con un ojo abierto, con las armas cerca, siempre miraría por encima de nuestros hombros y todos los rostros desconocidos pertenecerían a un enemigo en potencia. Tan solo pensarlo era agotador, pero ¿qué otra opción tenía? Según Slater, Braddock había renunciado a la Orden de los Templarios. Ahora era un peligro, y lo peor era que tenía un ejército a su disposición.

Al menos me consolaba saber que ahora tenía un equipo cuidadosamente seleccionado y, una vez más, estábamos reunidos en la habitación del fondo, animados por la incorporación de John Pitcairn, un tremendo problema para cualquiera de nuestros dos oponentes.

Al entrar en la habitación, todos se levantaron para saludarme, incluido Thomas, que parecía más sobrio que de costumbre. Dirigí la mirada hacia ellos: las heridas de Benjamin se habían curado bien; John parecía haberse quitado los grilletes que le ataban a Braddock y su aire de preocupación había sido sustituido por un ánimo más aliviado; Charles seguía siendo un oficial del Ejército Británico y le preocupaba que Braddock pudiera acordarse de él y, por consiguiente, cuando no miraba con desprecio a Thomas, tenía una expresión de angustia; mientras que William se encontraba en su atril con una pluma en la mano, trabajando duro, comparando las marcas del amuleto con el libro y sus propios mapas y gráficos, todavía perplejo por los reveladores detalles que seguían escapándosele. Yo me podía hacer una idea.

Les hice una seña para que tomaran asiento y me senté con ellos.

—Caballeros, creo que he encontrado la solución para nuestro problema. O mejor dicho, lo ha hecho Odiseo.

La mención del nombre del héroe griego tuvo un efecto variado en mis compañeros y mientras William, Charles y Benjamin asintieron sabiamente, John y Thomas parecieron confundidos, siendo Thomas el menos acomplejado.

—¿Odiseo? ¿Es uno nuevo?

Eructó.

—Es un héroe griego, torpe —dijo Charles, indignado.

—Dejad que me explique —dije—. Entraremos en el fuerte de Silas fingiendo alguna afinidad. Una vez dentro, haremos saltar la trampa. Liberaremos a los cautivos y mataremos al esclavista.

Observé mientras asimilaban mi plan. Thomas fue el primero en hablar.

—Chungo, chungo. —Sonrió abiertamente—. Me gusta.

—Pues comencemos —continué—. Primero, necesitamos encontrar un convoy…

Charles y yo estábamos en un tejado con vistas a una de las plazas públicas de Boston, ambos vestidos como casacas rojas.

Me miré el uniforme. Todavía había un poco de sangre de Slater en mi cinturón de cuero marrón y una mancha en los calcetines blancos, pero por lo demás representaba muy bien mi papel; Charles también, aunque se quejaba de su atuendo.

—Me había olvidado de lo incómodos que son estos uniformes.

—Pero son necesarios, me temo —dije—, para llevar a cabo correctamente nuestro engaño.

Le miré. Al menos no tendría que sufrir mucho tiempo.

—El convoy debería llegar pronto —le dije—. Atacaremos a mi señal.

—Entendido, señor —respondió Charles.

En la plaza, debajo de nosotros, un carro volcado bloqueaba la salida al otro lado, y dos hombres jadeaban mientras intentaban volver a ponerlo derecho.

O debería decir que fingían jadear y ponerlo derecho, porque los dos hombres eran Thomas y Benjamin, y el carro lo habíamos volcado a propósito los cuatro hacía unos instantes, para colocarlo estratégicamente y bloquear la salida. No muy lejos estaban John y William, que esperaban a la sombra de la cabaña de una forja cercana, sentados en unos cubos a los que habían dado la vuelta, con los sombreros tapándoles los ojos, un par de herreros tomándose un descanso, haraganeando, viendo pasar el mundo.

La trampa estaba preparada. Utilicé el catalejo para echar un vistazo al paisaje más allá de la plaza y esta vez los vi: el convoy, una brigada de nueve casacas rojas que se dirigía hacia nosotros. Uno de ellos conducía un carro de heno y a su lado había…

Enfoqué bien. Era una mujer mohawk, una hermosa mujer mohawk, que, a pesar de estar encadenada, lucía una expresión de orgullo y desafío, además de ir sentada erguida, en contraste con el casaca roja que conducía el carro, cuyos hombros estaban encorvados y tenía una pipa de tallo largo en la boca. Me di cuenta de que ella tenía un moretón en la cara y me sorprendió la ira que me invadió al verlo. Me pregunté cuánto tiempo haría que la habían apresado y cómo lo habrían logrado. Evidentemente, se había resistido.

—Señor —dijo Charles a mi lado, haciéndome reaccionar—. ¿No debería dar la señal?

Me aclaré la garganta.

—Claro, Charles —contesté y me llevé los dedos a la boca para emitir un suave silbido, observando mientras mis camaradas abajo intercambiaban señales de que estaban preparados, y Thomas y Benjamin seguían intentando enderezar el carro.

Esperamos. Esperamos hasta que los casacas rojas marcharon hacia la plaza y encontraron el carro bloqueando la salida.

—¿Qué demonios es esto? —exclamó uno de los guardias al frente.

—Mil perdones, señores. Al parecer hemos tenido un pequeño accidente desafortunado —respondió Thomas, con las manos abiertas y una sonrisa halagadora.

El casaca roja al mando tomó nota del acento de Thomas y enseguida puso cara de desprecio. Se puso un tanto morado, no lo bastante enfadado como para que el color de su rostro igualara al de su túnica, pero sí era un tono intenso.

—Arregladlo ya y deprisa —espetó, y Thomas le saludó con una reverencia antes de darse la vuelta para ayudar a Benjamin con el carro.

—Claro, milord, enseguida —dijo.

Charles y yo observábamos, ahora boca abajo. John y William estaban sentados con la cara oculta, pero también contemplaban la escena mientras los casacas rojas, en vez de rodear el carro simplemente o incluso —¡Dios no lo quisiera!— ayudar a Thomas y Benjamin a ponerlo derecho, se quedaban mirando y el guardia al mando se ponía cada vez más furioso.

—Mirad, o ponéis el carro recto o pasamos por encima —estalló finalmente.

—No, por favor. —Vi que Thomas miraba al tejado, donde estábamos nosotros, luego hacia donde William y John estaban sentados, con las manos ahora en las empuñaduras de sus espadas, y decía la frase clave—: Ya casi estamos.

Con un solo movimiento Benjamin desenvainó la espada para hundirla en el hombre más próximo, mientras, antes de que el guardia al mando tuviera tiempo de reaccionar, Thomas hacía lo mismo y una daga aparecía desde el interior de su manga para incrustarse enseguida en el ojo del jefe.

Al mismo tiempo, William y John dejaron su escondite y tres hombres cayeron bajo sus espadas, mientras que Charles y yo saltamos y tomamos por sorpresa a aquellos que estaban más cerca: cuatro hombres murieron. Ni siquiera les concedimos un último aliento con dignidad. Preocupados por las posibles manchas de sangre en su ropa, nos pusimos a despojar a los moribundos de sus uniformes. En unos instantes habíamos llevado los cadáveres a unos establos, cerramos la puerta con pestillo y luego salimos a la plaza, ahora como seis casacas rojas que habían sustituido a nueve. Un nuevo convoy.

Miré a mi alrededor. Antes la plaza no era que estuviera concurrida, pero ahora se hallaba desierta. No teníamos ni idea de quién podía haber presenciado la emboscada, ¿colonos que odiaban a los británicos y se alegraban de verlos morir? ¿Simpatizantes del Ejército Británico que se dirigían ahora al fuerte Southgate para avisar a Silas de lo que había sucedido? No teníamos tiempo que perder.

Salté al asiento del cochero y la mujer mohawk se apartó un poco —al menos, lo que le permitieron los grilletes— y me lanzó una mirada cautelosa, pero rebelde.

—Hemos venido a ayudarte —le aseguré—. A ti y a los que están en el fuerte Southgate.

—Libérame, entonces —dijo.

A mi pesar, le dije:

—No hasta que entremos. No puedo arriesgarme a que la inspección en la puerta vaya mal.

Y recibí una mirada de indignación, que reflejó lo que ella esperaba.

—Te liberaré —insistí—, tienes mi palabra.

Sacudí las riendas y los caballos comenzaron a moverse mientras mis hombres caminaban a los lados del carro.

—¿Sabes algo de la operación de Silas? —le pregunté a la mujer mohawk—. ¿Cuántos hombres podemos encontrarnos? ¿Cuáles son sus defensas?

Pero no reveló nada.

—Debes de ser muy importante para él si te ha proporcionado tu propia escolta —continué, pero ella siguió ignorándome—. Ojalá confiaras en nosotros..., aunque supongo que es natural para ti ser precavida. Que así sea.

Ella seguía sin contestar, así que estaba claro que estaba malgastando saliva y me callé.

Cuando por fin llegamos a las puertas, un guardia dio un paso adelante.

—Deteneos —ordenó.

Tensé las riendas y nos paramos. Miré más allá de la prisionera y saludé a los guardias con el sombrero.

—Buenas tardes, caballeros.

Advertí que el centinela no estaba de humor para cortesías.

—¿A qué habéis venido? —preguntó sin reservas, con unos ojos interesados y lujuriosos, clavados en la mujer mohawk.

Ella le devolvió la mirada, pero advertí que la suya estaba cargada de veneno.

Por un momento me acordé de que al llegar a Boston quería ver los cambios que el gobierno británico había provocado en aquel país, qué efecto había tenido en aquellas gentes. Para la nativa mohawk, estaba claro que fuera cual fuese el efecto no había sido positivo. Hablábamos hipócritamente de salvar su tierra, pero, en cambio, la estábamos corrompiendo.

Señalé a la mujer.

—Es una entrega para Silas —contesté y el guardia asintió, se pasó la lengua por los labios y golpeó la puerta para que se abriera.

Avanzamos lentamente.

En el interior, el fuerte estaba tranquilo. Nos encontrábamos cerca de las almenas, unos muros bajos de piedra oscura, donde los cañones se habían alineado sobre Boston, hacia el mar, y casacas rojas con mosquetes al hombro patrullaban de un lado a otro. Tenían puesta la atención al otro lado de los muros; temían el ataque de los franceses y, como miraban hacia abajo, apenas se fijaron en nosotros mientras avanzábamos lentamente con nuestro carro, intentando parecer lo más despreocupados posible. Nos dirigíamos a una parte aislada, donde lo primero que hice al llegar fue liberar a la mujer.

—¿Ves? Te estoy liberando, como te dije que haría. Ahora si me permites que te explique…

Pero su respuesta fue no. Me fulminó una última vez con la mirada, saltó del carro y desapareció en la oscuridad, dejándome allí mirándola con la sensación de que quedaba un asunto pendiente, queriendo darle explicaciones, queriendo pasar más tiempo con ella.

Thomas fue a buscarla, pero le detuve.

—Deja que se marche —dije.

—Pero nos entregará —protestó.

Miré hacia donde había estado. Ya era un recuerdo, un fantasma.

—No —respondí y bajé.

Eché un vistazo para asegurarme de que estábamos solos en aquel patio y entonces reuní a los demás para darles órdenes: liberar a los cautivos y evitar que nos descubrieran.

Asintieron con gravedad y cada uno fue a cumplir su deber.

—¿Qué hay de Silas? —preguntó Benjamin.

Pensé en el hombre del almacén que se reía, que había dejado a Benjamin a merced de Cutter. Recordé a Benjamin suplicando por su cabeza y miré a mi amigo.

—Va a morir —contesté.

Observé cómo los hombres se fundían con la noche, y decidí vigilar de cerca a Charles, mi pupilo, al que vi acercarse a un grupo de casacas rojas para presentarse. Al otro lado del patio, Thomas se hacía pasar por otro de los patrulleros. William y John, mientras tanto, caminaban tranquilamente en dirección a un edificio que podría ser la prisión militar, donde retenían a los esclavos, y en ese momento un guardia cambiaba de posición para cortarles el paso. Comprobé que los otros guardias estaban ocupados con Charles y Thomas y, cuando quedé satisfecho, le hice una señal subrepticia a John al ver que intercambiaba unas breves palabras con William cuando se acercó al guardia.

—¿Puedo ayudaros? —oí que preguntaba el guardia, cuya voz se elevó por el patio justo cuando John le dio un rodillazo en los testículos.

Con un gemido como un animal en una trampa, soltó su bastón herrado y cayó de rodillas. De inmediato John buscó en su cintura el llavero y, de espaldas a la brigada, abrió la puerta, tomó una antorcha en un soporte de fuera y desapareció dentro.

Miré a mi alrededor. Ninguno de los guardias había visto lo que sucedía en la prisión. Los de las almenas miraban diligentemente al mar y los que estaban dentro tenían la atención centrada en Charles y Thomas.

Cuando volví a mirar a la puerta de la prisión militar, vi a John reaparecer, indicándoles a los primeros esclavos que salieran.

Y de repente uno de los soldados en las almenas vio lo que estaba ocurriendo.

—Eh, vosotros, ¿a qué estáis jugando? —gritó, alzando ya su mosquete, y el sonido se elevó.

Inmediatamente me dirigí como una flecha hacia las almenas, donde el primer casaca roja estaba a punto de apretar el gatillo, subí saltando los escalones de piedra y me abalancé sobre él, clavándole la hoja bajo la mandíbula con un movimiento limpio. Me agaché para dejar que su cuerpo cayera sobre mí y salté desde debajo para atravesar el corazón del siguiente guardia. Un tercer hombre estaba de espaldas a mí, apuntando a William, pero le corté las piernas por detrás para luego darle el golpe de gracia en la nuca, lo que terminó con él. No muy lejos, William me dio las gracias levantando la mano y se volvió para encontrarse con otro guardia. Movió su espada cuando un casaca roja cayó bajo su hoja y cuando se dio la vuelta para enfrentarse a un segundo hombre, tenía el rostro manchado de sangre.

En unos instantes, todos los guardias estaban muertos, pero la puerta a una de las edificaciones anexas se había abierto y Silas había aparecido, furioso:

—Tan solo he pedido una hora de tranquilidad —rugió—. Pero una locura cacofónica me despierta diez minutos después. Espero una explicación y más vale que sea buena.

Paró en seco y aquel arranque se esfumó de sus labios a la vez que su tez palidecía. Los cadáveres de sus hombres rodeaban el patio y volvió la cabeza para mirar hacia la prisión militar, cuya puerta estaba abierta mientras los nativos salían en tropel obedeciendo las insistentes palabras de John para que se dieran prisa.

Silas desenvainó la espada al tiempo que, detrás de él, aparecían más hombres.

—¿Cómo? —gritó—. ¿Cómo ha pasado esto? Han liberado a mi valiosa mercancía. Es inaceptable. Tened por seguro que me haré con las cabezas de los responsables. Pero antes…, antes, acabemos con este desorden.

Sus guardias estiraban de túnicas, se colocaban las espadas a la cintura y preparaban los mosquetes. El patio, vacío salvo por los cadáveres de hacía un momento, de repente se llenó de más soldados, deseosos de tomarse la revancha. Silas estaba fuera de sí, les gritaba y, desesperado, hacía señas a los soldados para que tomaran sus armas, pero se calmó cuando continuó hablando:

—Sellad el fuerte. Matad a cualquiera que intente escapar. No me importa si es uno de nosotros o de… ellos. ¡El que se acerque a la puerta se convertirá en cadáver! ¿Entendido?

La lucha continuó. Charles, Thomas, William, John y Benjamin se movían entre los hombres haciendo buen uso de sus disfraces. Los hombres a los que atacaban se vieron reducidos a luchar contra sí mismos, sin estar seguros de quién con el uniforme del ejército era amigo o enemigo. Los nativos, desarmados, se refugiaban esperando que terminara la pelea, mientras un grupo de casacas rojas de Silas formaba una fila en la entrada del fuerte. Vi mi oportunidad: Silas se había colocado a un lado de las tropas y les exhortaba a que fueran despiadados. Silas lo había dejado claro, no importaba quién muriera siempre y cuando no escapase su valiosa «mercancía», siempre y cuando su orgullo no se viera herido en el proceso.

Le hice una seña a Benjamin y nos acercamos a Silas, pero advertimos que nos había detectado por el rabillo del ojo. Por un momento, vi la confusión cruzar su rostro, hasta que se dio cuenta de que, primero, éramos dos intrusos y, segundo, no podía escapar de ninguna manera, puesto que le impedíamos llegar al resto de sus hombres. A todos los efectos, parecíamos un par de leales escoltas evitando que le hicieran daño.

—No sabes quién soy —le dije—, pero creo que vosotros dos sí os conocéis bien…

Benjamin Church dio un paso adelante.

205

—Te hice una promesa, Silas —dijo Benjamin—, que tengo la intención de mantener…

Terminó en cuestión de segundos. Benjamin fue muchísimo más compasivo con Silas que Cutter con él. Con su líder muerto, se rompió la defensa del fuerte, las puertas se abrieron y dejamos que el resto de los casacas rojas salieran. Detrás de ellos llegaron los prisioneros mohawk y vi a la mujer de antes. En vez de escapar, se quedó para ayudar a su gente. Era valiente así como hermosa y estaba llena de vida. Mientras ayudaba a los miembros de su tribu a alejarse del maldito fuerte, nuestras miradas se cruzaron y me dejó embelesado. Y entonces, se marchó.

15 de noviembre de 1754

i

Hacía muchísimo frío y la nieve cubría el suelo a nuestro alrededor al salir temprano esta mañana, cuando partimos hacia Lexington en busca de...

Tal vez «obsesión» sea una palabra demasiado fuerte. «Preocupación», entonces: mi «preocupación» por la mujer mohawk del carro. En concreto, por encontrarla.

¿Por qué?

Si Charles me lo hubiera preguntado, le habría respondido que quería encontrarla porque sabía que su inglés era bueno y pensaba que sería un contacto útil dentro de los mohawk para ayudarnos a localizar el yacimiento precursor.

Eso es lo que habría dicho si Charles me hubiera preguntado por qué quería encontrarla, y en parte habría sido verdad. En parte.

Bueno, Charles y yo habíamos emprendido una de mis expediciones, en esta ocasión a Lexington, cuando dijo:

—Me temo que tengo malas noticias, señor.

—¿Qué pasa, Charles?

—Braddock insiste en que vuelva a servir bajo sus órdenes. He intentado excusarme, pero ha sido en vano —anunció tristemente.

—No cabe duda de que sigue enfadado por haber perdido a John, por no decir por la humillación que sufrió —respondí pensativamente, preguntándome si debería haber acabado con él cuando tuve la oportunidad de hacerlo—. Haz lo que te pide. Mientras tanto, pensaré en cómo puedo liberarte.

¿Cómo? No estaba seguro. Al fin y al cabo, hubo una época en la que habría confiado en una carta solícita de Reginald para cambiar la opinión de Braddock, pero había quedado claro que Braddock ya no tenía afinidad con nuestras costumbres.

—Siento causarle problemas —se disculpó Charles.

—No es culpa tuya —contesté.

Iba a echarle de menos. Después de todo, había hecho mucho por localizar a la mujer misteriosa, que, según él, se encontraría fuera de Boston, en Lexington, donde al parecer estaba provocando problemas a los británicos, que dirigía Braddock. ¿Quién podía culparla, después de que Silas encarcelara a su gente? Así que Lexington era donde nos encontrábamos, en un campamento de caza hacía poco abandonado.

—No está muy lejos —me dijo Charles.

¿Eran imaginaciones mías o noté que se me había acelerado un poco el pulso? Hacía mucho tiempo que una mujer no me hacía sentir de aquella manera. Había pasado mi vida estudiando o viajando y las mujeres que habían estado en mi cama no habían representado nada serio: alguna que otra lavandera durante mi servicio con los Coldstreams, camareras, hijas de terratenientes… Mujeres que me habían ofrecido consuelo, no solo físico, pero no habría descrito a ninguna como especial.

En los ojos de esta mujer, en cambio, había visto algo, como si fuera un alma gemela, solitaria, guerrera, otra alma herida que miraba al mundo con ojos cansados.

Examiné el campamento.

—Acaban de apagar el fuego y hace poco que han movido la nieve. —Alcé la vista—. Está cerca.

Desmonté pero, cuando vi que Charles estaba a punto de hacer lo mismo, le detuve.

—Será mejor que regreses con Braddock, antes de que empiece a sospechar. Me las arreglaré yo solo a partir de ahora.

Asintió con la cabeza, le dio la vuelta a su caballo y observé cómo se marchaba para luego volver a centrar mi atención en el suelo cubierto de nieve a mi alrededor, preguntándome por el verdadero motivo por el que le había echado. Sabía exactamente la razón.

ii

Me arrastré entre los árboles. Había empezado a nevar otra vez y en el bosque reinaba un extraño silencio, salvo por el sonido de mi propia respiración, que salía en forma de vapor delante de mí. Me movía rápido pero sigilosamente y no tardé mucho en localizarla o al menos en ver su espalda. Estaba arrodillada en la nieve, con un mosquete apoyado en un árbol mientras examinaba una trampa. Me acerqué, haciendo el menor ruido posible, y advertí cómo se tensaba.

Me había oído. ¡Dios, sí que era buena!

Y al instante rodaba hacia un lado para tomar el mosquete, lanzó una mirada tras de sí y se alejó por el bosque.

Salí corriendo detrás de ella.

—Por favor, deja de correr —le pedí mientras avanzábamos a toda velocidad por el bosque cubierto de nieve—. Solo quiero hablar. No soy tu enemigo.

Pero siguió corriendo. Me movía como una flecha, ágilmente, por la nieve, sorteando con facilidad el terreno, pero ella era más rápida aún y a continuación se subió a los árboles, separándose de la nieve por la que costaba caminar, balanceándose de rama en rama cada vez que podía.

Al final, me llevó a las profundidades del bosque y habría escapado si no hubiera sido por un poco de mala suerte. Tropezó con la raíz de un árbol, dio un traspié y cayó, y yo me eché enseguida encima de ella, no para atacar, sino para ayudarla. Le ofrecí la mano, respirando con dificultad, mientras conseguía decir:

—Yo. Haytham. Vengo. En. Son. De. Paz.

Me miró como si no hubiera entendido una palabra de lo que había dicho. Comencé a sentir pánico. Quizá me había equivocado con ella en el carro. Quizá no sabía hablar nada de inglés.

Hasta que, de repente, contestó con un:

—¿Te has dado un golpe en la cabeza?

Un inglés perfecto.

—Oh…, perdona…

Sacudió la cabeza, indignada.

—¿Qué quieres?

—Bueno, primero, tu nombre.

Moví los hombros cuando poco a poco fui recuperando el aliento, que humeaba por el frío que hacía. Y entonces, tras un periodo de indecisión que advertí en su rostro, respondió:

—Me llamo Kaniehtí:io. —Pero cuando intenté pronunciarlo y no lo logré, me dijo—: Llámame Ziio. Bueno, ahora dime por qué estás aquí.

Me llevé la mano al cuello para quitarme el amuleto y se lo enseñé.

—¿Sabes qué es esto?

Sin previo aviso, me agarró el brazo.

—¿Tienes una? —preguntó. Estuve confundido un segundo hasta que me di cuenta de que no estaba mirando el amuleto, sino mi hoja oculta. Me la quedé observando un momento, sintiendo lo que solo puedo describir como una extraña mezcla de emociones: orgullo, admiración y luego temor, cuando por accidente expulsó la hoja. En su favor hay que decir que no se estremeció, tan solo me miró con sus ojos marrones y noté que me hundía un poco más cuando dijo—: He visto tu secretito.

Sonreí, intentando parecer más seguro de lo que me sentía, alcé el amuleto y comencé otra vez.

—Esto. —Lo hice oscilar—. ¿Sabes qué es?

Lo sostuvo en la mano mientras lo contemplaba.

—¿De dónde lo has sacado?

—De un viejo amigo —dije y al pensar en Miko, recé una oración por él en silencio.

«¿Debería estar él aquí en vez de yo, un Asesino en vez de un Templario?», me pregunté.

—Solo he visto esas marcas en otro sitio —dijo y sentí una emoción instantánea.

—¿Dónde?

—Me… me está prohibido hablar de eso.

Me incliné hacia ella. La miré a los ojos, esperando convencerla con mi fuerza de convicción.

—Salvé a tu gente. ¿No significa nada para ti?

No dijo nada.

—Mira —insistí—. No soy el enemigo.

Y tal vez pensó en los riesgos que habíamos corrido en el fuerte y las muchas personas que habíamos liberado de Silas. Y quizá —quizá—, vio algo en mí que le gustó.

Fuera como fuese, asintió y contestó:

—Cerca de aquí hay una colina. En la cima crece un árbol imponente. Ven, veremos si dices la verdad.

iii

Me condujo hasta allí y señaló debajo de nosotros, donde había un pueblo que se llamaba Concord.

—En ese lugar se alojan soldados que quieren echar a mi pueblo de estas tierras. Están bajo el mando de un hombre al que se le conoce como Bulldog —dijo.

Y entonces me di cuenta.

—Edward Braddock…

Se volvió contra mí.

—¿Le conoces?

—No es amigo mío —le aseguré, y nunca había sido tan sincero como entonces.

—Conforme pasan los días perdemos a más de los míos por hombres como él —dijo con ferocidad.

—Y yo sugiero que le detengamos. Juntos.

Me miró con acritud. Había duda en sus ojos, pero también vi esperanza.

—¿Qué propones?

De repente lo supe. Supe exactamente lo que se debía hacer.

—Tenemos que matar a Edward Braddock. —Dejé que asimilara la información y luego añadí—: Pero antes tenemos que encontrarle.

Comenzamos a bajar la colina hacia Concord.

—No confío en ti —me dijo sin reservas.

—Lo sé.

—Y aun así te quedas.

—Para demostrarte que estás equivocada.

—No lo creo.

Tensó la mandíbula. Lo creía. Tenía mucho camino por recorrer con aquella mujer misteriosa y cautivadora.

En el pueblo, nos acercamos a una taberna, donde la detuve.

—Espera aquí —dije—. Una mujer mohawk es muy probable que levante sospechas, si no mosquetes.

Negó con la cabeza y se subió la capucha.

—No es la primera vez que estoy entre los tuyos —dijo—. Puedo arreglármelas.

Eso esperaba.

Al entrar, nos encontramos con grupos de hombres de Braddock, bebiendo con una ferocidad que habría impresionado a Thomas Hickey, y pasamos entre ellos para escuchar sus conversaciones. Lo que descubrimos fue que Braddock estaba por allí merodeando. Los británicos planeaban alistar a los mohawk para marchar al norte y enfrentarse a los franceses. Me di cuenta de que hasta los hombres parecían tener miedo a Braddock. Toda la charla fue de lo despiadado que podía llegar a ser y cómo tenía aterrorizados a sus oficiales. Un nombre que llegué a oír fue George Washington. Era el único suficientemente valiente para cuestionar al general, según oí chismorrear a un par de casacas rojas. Cuando avanzamos hasta el fondo de la taberna, me encontré con el mismo George Washington sentado con otro oficial en una mesa apartada, y me quedé por allí para escuchar su conversación.

—Dime que tienes buenas noticias —dijo uno.

—El general Braddock rechazó la oferta. No habrá tregua —contestó el otro.

—Maldita sea.

—¿Por qué, George? ¿Qué motivo te dio?

El hombre al que llamó George —el que supuse que era George Washington— respondió:

—Dijo que una solución diplomática no era una solución. Que permitir a los franceses retirarse tan solo retrasaría un conflicto inevitable, en el que ahora tienen la delantera.

—Aunque me cueste admitirlo, tienen mérito esas palabras. Aun así…, ¿no ves que es poco sensato?

—A mí tampoco me parece bien. Estamos lejos de casa, con las fuerzas divididas. Lo que es peor, temo que la sed de sangre de Braddock le haga actuar con descuido. Pone en peligro a los hombres. Preferiría no dar malas noticias a las madres y viudas solo porque el Bulldog quiere demostrar que está en lo cierto.

—¿Dónde está ahora el general?

—Reuniendo a las tropas.

—Y luego iremos al fuerte Duquesne, supongo.

—Al final. La marcha hacia el norte seguro que lleva su tiempo.

—Al menos esto terminará pronto…

—Lo intentaré, John.

—Lo sé, amigo mío. Lo sé…

Cuando salimos de la taberna, le dije a Ziio que Braddock se había marchado a reunir las tropas.

—Y marcharán hacia el fuerte Duquesne. Tardarán un rato en estar preparados, lo que nos da tiempo para tramar un plan.

—No hace falta —dijo—. Le tenderemos una emboscada cerca del río. Ve a buscar a tus aliados. Yo haré lo mismo. Te avisaré cuando llegue el momento de atacar.

8 de julio de 1755

Han pasado casi ocho meses desde que Ziio me dijo que esperara su aviso, pero al final llegó, y viajamos al Territorio de Ohio, donde los británicos estaban a punto de empezar la mayor campaña contra los fuertes franceses. La expedición de Braddock tenía como objetivo derrocar el fuerte Duquesne.

Todos habíamos estado ocupados hasta ese momento, y descubrí que ninguno más que Ziio cuando al final nos reunimos y vi que la acompañaban muchos soldados, muchos de ellos nativos.

—Todos estos hombres pertenecen a diversas tribus y se han unido por el deseo de echar a Braddock de aquí —dijo—. Los abenaki, los lenape y los shawnee.

—¿Y tú? —le pregunté, cuando se hicieron las presentaciones—. ¿A quién representas?

Sonrió un poco.

—A mí misma.

—¿Qué quieres que haga? —le dije al fin.

—Ayudarás a los demás a prepararse…

No estaba bromeando. Puse a mis hombres a trabajar, comenzamos a construir barricadas y llenamos un carro de pólvora para hacer trampas. Y cuando todo estuvo listo, me encontré sonriendo y le dije a Ziio:

—No puedo esperar a ver la cara de Braddock cuando finalmente se active la trampa.

Me miró con cara de asco.

—¿Disfrutas con esto?

—Fuiste tú la que me pediste que te ayudara a matar a un hombre.

—Pero no disfruto haciéndolo. Se le sacrificará para que la tierra y las personas que viven aquí puedan salvarse. ¿Qué motivos tienes tú? ¿Que se portó mal contigo en el pasado? ¿Te traicionó? ¿O es tan solo por la emoción de cazar?

Calmado, dije:

—No me interpretes mal.

Señaló entre unos árboles, hacia el río Monongahela.

—Los hombres de Braddock no tardarán en llegar —dijo—. Deberíamos prepararnos.

9 de julio de 1755

i

Un explorador mohawk a caballo pronunció deprisa unas palabras que no entendí pero, como señaló por el valle hacia el Monongahela, supuse lo que estaba diciendo: los hombres de Braddock habían cruzado el río y pronto los tendríamos encima. Se marchó para informar al resto de la emboscada, y Ziio, que estaba tumbada a mi lado, confirmó lo que ya sabía.

—Vienen —se limitó a decir.

Había disfrutado de la proximidad de estar allí tumbado con ella, en nuestro escondite, por lo que me asomé entre la maleza con cierto pesar para ver al regimiento aparecer en el límite forestal al final de la colina. Al mismo tiempo oí un estruendo distante que se hizo más fuerte. Anunciaba la llegada no de una patrulla, ni de un grupo de exploración, sino de un regimiento entero de hombres de Braddock. Primero llegaron los oficiales montados a caballo, luego los tambores y demás músicas, los soldados marchando y, por último, los porteadores y sirvientes del campamento, que vigilaban el equipaje. Toda aquella columna se extendía hasta casi donde alcanzaba la vista.

Y, a la cabeza del regimiento, estaba el mismísimo general, meciéndose suavemente con el ritmo de su caballo, y el aliento helado nublando el aire delante de él. George Washington cabalgaba a su lado.

Detrás de los oficiales, los tambores mantenían un ritmo constante, por el que les estuvimos eternamente agradecidos, puesto que en los árboles había francotiradores indios y franceses. En los terrenos altos había decenas de hombres tumbados boca abajo, ocultos entre la maleza, esperando la señal de ataque. Un centenar más esperaba comenzar la emboscada; cien hombres que contuvieron el aliento cuando, de repente, el general Braddock levantó la mano, un oficial a su otro lado dio una orden, los tambores cesaron y el regimiento se detuvo, con los caballos relinchando y resoplando, piafando en el suelo nevado y helado, y poco a poco la columna quedó en silencio.

Una calma sobrecogedora reinó alrededor de los hombres de la columna. En la emboscada, contuvimos el aliento, y estoy seguro de que todos los hombres y mujeres, al igual que yo, se preguntaban si nos habrían descubierto.

George Washington miró a Braddock y después atrás, donde el resto de la columna —los oficiales, los soldados y los sirvientes— esperaba con expectación, y luego volvió a mirar al general.

Se aclaró la garganta.

—¿Va todo bien, señor? —preguntó.

Braddock respiró hondo.

—Tan solo estoy saboreando el momento —respondió, luego volvió a respirar hondo y añadió—: No es de extrañar que muchos se pregunten por qué he tirado tan al oeste. Estas son tierras salvajes, vírgenes, sin colonizar. Pero no será siempre así. Llegará un momento en que nuestras propiedades no serán suficientes y ese día está más próximo de lo que crees. Debemos asegurarnos de que nuestra gente tiene espacio para crecer y seguir prosperando. Lo que significa que necesitamos más tierra. Los franceses se han dado cuenta e intentan por todos los medios impedir ese crecimiento. Bordean nuestro territorio, levantan fuertes y forjan alianzas, esperando el día en que puedan estrangularnos con la soga que han construido. Eso no debe ocurrir. Debemos cortar la cuerda y hacerlos retroceder. Por eso cabalgamos. Para ofrecerles una última oportunidad: los franceses se marcharán o morirán.

A mi lado, Ziio me lanzó una mirada, y vi que nada le gustaría más que acabar con la pomposidad de aquel hombre allí mismo.

Y así fue.

—Ha llegado el momento de atacar —dijo entre dientes.

—Espera —dije. Cuando giré la cabeza, me estaba mirando, y nuestras caras estaban a tan solo unos pocos centímetros de distancia—. Dispersar la expedición no basta. Debemos asegurarnos de que Braddock no logra su propósito. De lo contrario, seguro que vuelve a intentarlo.

Me refería a que debíamos matarlo y no se volvería a repetir aquella buena oportunidad para atacar. Entonces pensé deprisa, señalé a un pequeño convoy de exploración que se había separado del regimiento principal y dije:

—Me vestiré como uno de los suyos y me acercaré hasta él. Tu emboscada me cubrirá perfectamente para asestarle el golpe mortal.

Bajé sigilosamente en dirección a los exploradores. En silencio, accioné mi hoja, la deslicé por el cuello del soldado más cercano y le desabotoné la chaqueta antes de que tocara el suelo.

El regimiento, a unos trescientos metros ahora, comenzó a moverse con tal estruendo que parecía que se avecinase una tormenta; los tambores comenzaron a sonar de nuevo y los indios usaron aquel ruido repentino como cubierta para empezar a moverse en los árboles y ajustar sus posiciones, preparándose para la emboscada.

Me monté en el caballo del explorador y pasé un momento tranquilizando al animal para que se acostumbrara a mí, antes de bajar por la ligera pendiente hacia la columna. Un oficial, también a caballo, me vio, y me ordenó que volviera a mi posición, así que hice un gesto de disculpa y comencé a ir hacia la cabeza de la columna, adelanté a los carros con el equipaje y los sirvientes del campamento, a los soldados en marcha, que me lanzaron miradas de resentimiento y hablaron de mí a mis espaldas, y a la banda, hasta que me coloqué casi al frente. Estaba cerca, pero también era vulnerable. Estaba lo bastante cerca para oír a Braddock hablar con uno de sus hombres, con uno de su círculo más cercano, uno de los mercenarios.

—Los franceses reconocen que son débiles en todo —estaba diciendo— y por eso se han aliado con los salvajes que habitan estos bosques. Son como animales, duermen en los árboles, recogen cueros cabelludos y hasta se comen a sus propios muertos. La clemencia es demasiado para ellos. Mátalos a todos.

No sabía si reírme o no.

«Se comen a sus propios muertos». Nadie pensaba ya eso, ¿no?

Al parecer, el oficial opinaba lo mismo.

—Pero, señor —protestó—, eso no son más que cuentos. Los nativos que he conocido no hacen nada de eso.

Sobre su montura, Braddock se volvió hacia él.

—¿Me estás llamando mentiroso? —bramó.

—Me he expresado mal, señor —dijo el mercenario, temblando—. Lo siento. De verdad, me siento agradecido por servir.

—Por haber servido, dirás —gruñó Braddock.

—¿Señor? —inquirió el hombre, asustado.

—Te sientes agradecido por haber servido —repitió Braddock, sacó la pistola y le disparó.

El oficial cayó del caballo, con un agujero rojo donde había estado su cara, y el cuerpo golpeó el reseco suelo del bosque. Mientras tanto, el estallido de la pistola había espantado a los pájaros de los árboles y la columna se paró de repente, los hombres descolgaron los mosquetes de sus hombros y sacaron las armas al creer que les atacaban.

Durante unos instantes permanecieron en total alerta, hasta que se recuperó el orden y se filtró el mensaje a través de susurros de que el general acababa de disparar a un oficial.

Estaba lo bastante cerca de la parte delantera de la columna para ver la reacción de George Washington y solo él tuvo el valor de hacer frente a Braddock.

—¡General!

Braddock se volvió hacia él y hubo un momento en el que Washington se preguntó si iba a recibir el mismo tratamiento. Hasta que Braddock rugió:

—No toleraré la duda entre los que estén a mis órdenes. Ni compasión por el enemigo. No tengo tiempo para la insubordinación.

George Washington replicó valientemente:

—Nadie niega que se haya equivocado, señor, pero…

—Pagó por su traición como deben pagar todos los traidores. Si queremos ganar esta guerra contra los franceses… No, cuando ganemos esta guerra… Será porque hombres como tú obedecieron a hombres como yo, y sin vacilación. Debemos tener orden en nuestras filas y una clara cadena de mando. Líderes y seguidores. Sin esa estructura, no puede haber victoria. ¿Entendido?

Washington asintió, pero enseguida apartó la vista, guardándose sus auténticos sentimientos, y entonces, mientras la columna volvía a avanzar, me aparté de la cabeza con el pretexto de que tenía que ocuparme de un asunto en otro lugar. Vi mi oportunidad y me coloqué detrás de Braddock, quedando a su lado, tan solo un poco más rezagado para que no me viera. Aún no.

Esperé, hice tiempo, hasta que de repente se produjo un alboroto detrás de nosotros y el oficial al otro lado de Braddock se separó para investigar, dejándonos a los dos solos en la parte delantera. El general Braddock y yo.

Saqué la pistola.

—Edward —dije, y disfruté del momento en el que se volvió en su silla para mirarme a mí, luego al cañón de mi pistola y después a mí otra vez.

Abrió la boca para hacer no sé qué —pedir ayuda probablemente—, pero no iba a darle la oportunidad. Ahora no tenía escapatoria.

—No es tan divertido estar al otro lado del cañón, ¿eh? —dije, y apreté el gatillo…

Justo en el mismo instante en que atacaban al regimiento —maldita sea, la trampa saltó demasiado pronto—, mi caballo se sobresaltó y el tiro se desvió. Los ojos de Braddock reflejaron esperanza y triunfo cuando, de pronto, nos rodearon los franceses y las flechas comenzaron a llover de los árboles encima de nuestras cabezas. Braddock tiró de las riendas de su caballo con un grito y en cuestión de segundos estaba dirigiéndose hacia los árboles, mientras yo me quedaba allí sentado, con la pistola usada, atónito por el abrupto giro de los acontecimientos.

La vacilación casi me cuesta la vida. Me interpuse en el camino de un francés —de chaqueta azul y bombachos rojos— que movía la espada e iba directo a mí. Era demasiado tarde para activar mi hoja. Demasiado tarde para desenvainar la espada.

Y entonces, con la misma rapidez, el francés saltó de su silla, como si alguien hubiera tirado de una cuerda, y el lateral de su cabeza explotó, salpicando de rojo. En ese momento oí un disparo y vi, en el caballo detrás de él, a mi amigo Charles Lee.

Le di las gracias con un gesto de la cabeza, pero tendría que agradecérselo con más efusividad más tarde, pues veía desaparecer a Braddock entre los árboles mientras espoleaba su corcel y echaba un rápido vistazo atrás para verme a punto de ir a por él.

ii

Gritando palabras de ánimo a mi caballo, seguí a Braddock hacia el bosque, pasando de largo los indios y los franceses que bajaban por la montaña hacia la columna. Delante de mí, las flechas caían sobre Braddock, pero ninguna encontró su objetivo. Las trampas que habíamos colocado también se activaron. Vi un carro, preparado con pólvora, que salía entre los árboles rodando, dispersando a un grupo de fusileros antes de explotar y espantar a unos caballos sin jinete, mientras que, encima de mí, los nativos francotiradores derribaban soldados asustados y desorientados.

Braddock permaneció frustrantemente delante de mí, hasta que al final el terreno fue demasiado para su caballo, que se encabritó y le tiró al suelo.

Gritando de dolor, Braddock rodó por tierra y buscó a tientas un momento su revólver antes de decidir dejarlo para ponerse de pie y echar a correr. No iba a costarme atraparlo, así que espoleé mi caballo para que continuara.

—No te había tomado por un cobarde, Edward —dije cuando le alcancé, y levanté la pistola.

Se detuvo, giró sobre sus talones y me miró a los ojos. Allí... allí había arrogancia. El desprecio que conocía muy bien.

—Vamos, pues —dijo con desdén.

Troté para acercarme, con el arma en la mano, cuando, de repente, se oyó un disparo, mi corcel cayó muerto debajo de mí y yo me fui al suelo.

—Cuánta arrogancia —oí que decía Braddock—. Siempre supe que acabaría contigo.

A su lado ahora estaba George Washington, que alzaba el mosquete para apuntarme. Al instante me invadió una profunda sensación agridulce de consuelo porque al menos era Washington el que terminaría con mi vida, un hombre que sin duda tenía conciencia y no era para nada como el general; cerré los ojos y me preparé para aceptar la muerte. Me lamenté por no haber visto llevar ante la justicia a los asesinos de mi padre y por haber estado tan tentadoramente cerca de descubrir los secretos de los Primeros Llegados, a pesar de no haber llegado a lograrlo; y me hubiera gustado ver los ideales de mi Orden propagados por el mundo. Al final, no había sido capaz de cambiar el mundo, pero al menos me había cambiado a mí mismo. No siempre había sido un buen hombre, pero había intentado ser mejor persona.

No obstante, el disparo nunca llegó. Y cuando abrí los ojos fue para ver a Washington caído de su caballo y a Braddock dándose la vuelta para ver a su oficial en el suelo, peleando con una figura que enseguida reconocí como Ziio, quien no solo había tomado a Washington por sorpresa, sino que lo había desarmado y le tenía agarrado con un cuchillo al cuello. Braddock aprovechó la oportunidad para huir y me puse en pie rápidamente para echar a correr por el claro hacia donde Ziio sujetaba a Washington con firmeza.

—Date prisa —me apremió bruscamente—. Antes de que se escape.

Vacilé, no quería dejarla sola con Washington, sin duda había más soldados en camino, pero ella le golpeó con el mango de su cuchillo, dejándole aturdido y con los ojos en blanco. Entonces supe que podía cuidarse ella misma. Volví a salir tras Braddock, esta vez ambos a pie. Él seguía teniendo un revólver y se metió detrás de un enorme tronco de árbol, se volvió y levantó el brazo con el arma. Me detuve para ponerme a cubierto cuando disparó, oí cómo la bala le daba a un árbol a mi izquierda, sin causar daños, y sin pausa dejé mi refugio para continuar la persecución. Ya se había puesto de pie, con la esperanza de haberme dejado atrás, pero yo era treinta años más joven; no había pasado las dos últimas décadas engordando al mando de un ejército y apenas sudé cuando empezó a aflojar el paso. Miró hacia atrás y se le cayó el sombrero cuando tropezó y casi se da de bruces con las raíces de un árbol.

Aminoré la marcha, dejé que recuperara el equilibrio y continuara corriendo para seguir persiguiéndole, apenas trotando. Detrás de nosotros, casi no se oían ya los sonidos de disparos, los gritos, los hombres y animales sufriendo. El bosque pareció ahogar el ruido de la batalla y solo dejó la respiración entrecortada de Braddock y sus pisadas sobre el blando suelo forestal. Volvió a mirar hacia atrás y me vio; vio que apenas corría ahora y, por fin, se dejó caer, agotado, de rodillas.

Moví el dedo para activar la hoja y me acerqué a él. Alzó los hombros mientras trataba de respirar y dijo:

—¿Por qué, Haytham?

—Tu muerte abre una puerta, no es nada personal —respondí.

Le clavé la hoja y observé cómo la sangre salía a borbotones alrededor del acero; se le tensó el cuerpo y se sacudió por la agonía del empalamiento.

—Bueno, quizás es un poco personal —añadí mientras bajaba su cuerpo moribundo al suelo—. Has sido un verdadero incordio, después de todo.

—Pero éramos compañeros de armas —dijo.

Parpadeó cuando la muerte le hizo señas para que la siguiera.

—Antes, tal vez. Ahora ya no. ¿Crees que he olvidado lo que hiciste? ¿Todos aquellos inocentes que mataste sin pensarlo? ¿Para qué? No engendra paz cortar el camino a la solución.

Centró la vista y me miró.

—Mal —dijo, con una sorprendente y repentina fuerza interna—. Si usáramos la espada con más libertad y frecuencia, habría menos problemas en el mundo hoy en día.

Reflexioné.

—En este caso, coincido —dije.

Le tomé de la mano y le quité el anillo que llevaba con el emblema de los Templarios.

—Adiós, Edward —dije, y me quedé contemplando cómo moría.

En aquel momento, sin embargo, oí a unos soldados acercándose y vi que no tenía tiempo de escapar, así que me tumbé boca abajo y me arrastré hasta debajo de un tronco caído, donde quedé a la altura de los ojos de Braddock. Giró la cabeza hacia mí, le brillaron los ojos, y supe que me delataría si podía hacerlo. Lentamente, estiró la mano y trató de señalar en mi dirección con un dedo doblado al acercarse los hombres.

Maldita sea. Debería haberle dado el golpe mortal.

Vi las botas de los hombres que entraban en el claro, me pregunté cómo habría ido la batalla, y George Washington apareció abriéndose camino entre un pequeño grupo de soldados para acercarse corriendo y arrodillarse junto a su general moribundo.

Los ojos de Braddock seguían parpadeando. Movió la boca cuando intentó formar unas palabras…, las palabras que me delatarían. Me armé de valor y conté los pies: eran seis o siete hombres al menos. ¿Podría con ellos?

Me di cuenta, no obstante, de que los intentos de Braddock por alertar a sus hombres de mi presencia eran ignorados. George Washington había puesto la cabeza en el pecho del general para escuchar y exclamó:

—¡Está vivo!

Bajo el tronco del árbol, cerré los ojos y lancé una maldición cuando vi cómo los hombres se llevaban a Braddock.

Más tarde, me reuní con Ziio.

—Ya está —le dije y ella asintió—. Ahora que he cumplido con mi parte del trato, espero que tú hagas lo mismo.

Volvió a asentir con la cabeza, me indicó que la siguiera y comenzamos a cabalgar.

10 de julio de 1755

Cabalgamos durante toda la noche y por fin se detuvo para señalar un montículo de tierra delante de nosotros. Era casi como si hubiera aparecido en medio del bosque. Me pregunté si lo habría visto si hubiera estado allí solo. Se me aceleró el ritmo del corazón y tragué saliva. ¿Me lo había imaginado o era como si el amuleto de repente se despertara alrededor de mi cuello y fuera más pesado, más caliente?

La miré antes de caminar hacia la abertura y meterme dentro, donde me hallé en una sala pequeña, cubierta de cerámica. Alrededor había un círculo de pictogramas, que llevaban a un surco en la pared. Un surco del tamaño del amuleto.

Fui hacia allí y me quité el amuleto de alrededor del cuello, contento al ver que resplandecía un poco en mi mano. Miré a Ziio, que me devolvió la mirada con unos ojos muy abiertos por el temor, me acerqué a la hendidura y, conforme los ojos se me adaptaban a la oscuridad, vi que había dos figuras pintadas en la pared, que se arrodillaban ante mí y me ofrecían sus manos como si me invitaran.

El amuleto parecía brillar incluso con más intensidad que antes, como si el mismo artefacto estuviera anticipando su reencuentro con la cámara. ¿Cuán antigua sería?, me pregunté. ¿Cuántos millones de años habrían pasado desde que se extrajo el amuleto de aquella roca?

Me di cuenta de que había estado conteniendo la respiración y ahora soltaba el aire con un soplido mientras metía el amuleto en el hueco.

No sucedió nada.

Miré a Ziio. Luego me concentré en el amuleto, pero su brillo había comenzado a perder intensidad, casi como si reflejara mis propias esperanzas desinfladas. Moví los labios, intentando encontrar las palabras.

—No…

Saqué el amuleto y volví a intentarlo, pero nada.

—Pareces desilusionado —dijo a mi lado.

—Creía tener la llave —respondí, y me dejó consternado oír en el tono de mi propia voz el fracaso y la decepción—. Que abriría algo aquí…

Se encogió de hombros.

—Esta sala parece ser lo único que hay.

—Esperaba…

¿Qué esperaba?

—… más.

Me repuse y pregunté, más tranquilo:

—¿Estas imágenes qué significan?

Ziio se acercó a la pared para echarles un vistazo. Una en particular pareció llamarle la atención. Era un dios o una diosa que portaba un antiguo y complicado tocado.

—Cuenta la historia de Iottsitíson —dijo, concentrada—, que llegó a nuestro mundo y le dio forma para que existiera vida. Fue un viaje duro para ella, muy peligroso, que conllevó pérdidas. Pero creía en el potencial de sus hijos y en lo que podían conseguir. Aunque hace tiempo que abandonó el mundo físico, sus ojos siguen observándonos. Sus oídos siguen oyendo nuestras palabras. Sus manos siguen guiándonos. Su amor sigue otorgándonos fuerza.

—Me has demostrado una gran amabilidad, Ziio. Gracias.

Cuando volvió a mirarme, su cara era dulce.

—Siento que no hayas encontrado lo que buscabas.

La tomé de la mano.

—Debería irme —dije, aunque no quería marcharme en absoluto, y al final ella me detuvo al acercarse a mí para besarme.

13 de julio de 1755

—Maestro Kenway, ¿lo encontró, entonces?

Aquellas fueron las primeras palabras que Charles Lee me dijo cuando entré en nuestra habitación en la taberna Green Dragon. Todos mis hombres estaban reunidos y me miraban con ojos expectantes, pero sus ánimos decayeron cuando negué con la cabeza.

—No era el lugar que buscaba —confirmé—. Me temo que el templo no era más que una cueva pintada. Aun así, contenía escritura e imágenes precursoras, lo que significa que estamos cerca. Debemos intensificar nuestros esfuerzos, expandir nuestra Orden y establecer aquí una base permanente —continué—. Aunque el yacimiento se nos escape, estoy seguro de que lo encontraremos.

—¡Cierto! —exclamó John Pitcairn.

—¡Lo mismo digo! —añadió Benjamin Church.

—Además, creo que ha llegado el momento de que incorporemos a Charles a la familia. Ha demostrado ser un discípulo fiel y ha servido de modo infalible desde que se puso en contacto con nosotros. Deberías poder beneficiarte de nuestro conocimiento y aprovecharte de todas las ventajas que implica, Charles. ¿Alguien está en contra?

Los hombres permanecieron callados y lanzaron miradas de aprobación hacia Charles.

—Muy bien —continué—. Charles, ven aquí. —Mientras se acercaba, dije—: ¿Juras respetar y defender los principios de nuestra Orden y todo lo que representamos?

—Sí, lo juro.

—¿Nunca revelar secretos ni divulgar la verdadera naturaleza de nuestro trabajo?

—Sí, lo juro.

—¿Y hacerlo desde ahora mismo hasta la muerte, a cualquier precio?

—Sí, lo juro.

Los hombres se levantaron.

—Entonces te damos la bienvenida a nuestra familia, hermano. Juntos marcaremos el comienzo de un nuevo mundo, distinguido por la determinación y el orden. Dame la mano.

Tomé el anillo que le había quitado a Braddock del dedo y se lo puse a Charles.

Le miré.

—Ahora eres un Templario.

Y al oír aquella afirmación, sonrió abiertamente.

—Que el padre de la sabiduría nos guíe —dije, y los hombres repitieron mis palabras.

Nuestro equipo estaba completo.

1 de agosto de 1755

¿La amo?

Me resulta difícil contestar a esa pregunta. Lo único que sabía era que disfrutaba de su compañía y valoraba el tiempo que pasábamos juntos.

Era… distinta. Había algo en ella que no había visto en otra mujer. Ese «espíritu» del que hablaba antes, que parecía reflejarse en todas sus palabras y gestos. Me encontré a mí mismo contemplándola, fascinado por la luz que parecía arder constantemente en sus ojos y preguntándome, como siempre me preguntaba, qué habría allí dentro. ¿Qué estaría pensando?

Creía que me quería. O debería decir que creo que me quiere, pero es como yo. Guarda mucho de ella para sí misma. Y al igual que yo, creo que sabe que este amor no puede progresar, que no podemos vivir juntos, ya sea en el bosque o en Inglaterra, que hay demasiados obstáculos entre nosotros y nuestra vida juntos: su tribu, para empezar. No desea dejar todo atrás. Cree que debe proteger a su pueblo y su tierra, una tierra amenazada por personas como yo.

Y yo también tengo responsabilidades con mi gente. Los principios de mi Orden ¿están de acuerdo con los ideales de su tribu? No estoy seguro. Si tuviera que elegir entre Ziio y los ideales bajo los que me han educado, ¿qué escogería?

Estos son los pensamientos que me han acosado durante las últimas semanas, incluso mientras he estado disfrutando con Ziio de estas dulces horas robadas. Me he preguntado qué hacer.

4 de agosto de 1755

Tomaron la decisión por mí porque esta mañana hemos tenido una visita.

Estábamos acampados, a unos ocho kilómetros de Lexington, donde no habíamos visto a nadie —ni a un ser humano— durante varias semanas. Le oí, por supuesto, antes de verle. O más bien debería decir que oí el alboroto que armó cuando a lo lejos unos pájaros alzaron el vuelo de los árboles. Sabía que ningún mohawk habría hecho que se comportaran así, lo que significaba que era otra persona: un colono, un patriota, un soldado británico; quizás incluso un explorador francés, bastante apartado de su camino.

Ziio se había marchado del campamento hacía casi una hora para ir a cazar. Sin embargo, la conocía demasiado bien para saber que ella habría visto a los pájaros inquietos y también estaría tomando su mosquete.

Trepé rápidamente al puesto de observación en un árbol y examiné la zona a nuestro alrededor. Allí estaba, en la distancia, un jinete solitario que trotaba despacio por el bosque. Tenía el mosquete colgado al hombro. Llevaba un tricornio y un abrigo oscuro abotonado; no se trataba de un uniforme militar. Frenó a su caballo, se detuvo y vi que de una alforja sacó un catalejo y se lo llevó al ojo. Observé mientras movía el catalejo hacia arriba, sobre el follaje de los árboles.

¿Por qué hacia arriba? Qué listo. Buscaba las reveladoras volutas de humo gris en contraste con el cielo azul de primera hora de la mañana. Bajé la vista a nuestra hoguera, vi el humo que se elevaba al cielo, luego volví la vista hacia el jinete y le observé mientras movía el catalejo por el horizonte, casi como si…

Sí. Casi como si hubiera dividido la zona de búsqueda en una cuadrícula y se estuviera moviendo metódicamente de cuadro en cuadro, exactamente como…

Yo lo hacía. O como lo hacía uno de mis pupilos.

Me permití relajarme un poco. Era uno de mis hombres, probablemente Charles, a juzgar por la complexión y la ropa. Observé mientras él contemplaba las volutas de humo que despedía el fuego, volvía a guardar el catalejo en la alforja y comenzaba a trotar hacia el campamento. Ahora que estaba cerca, vi que era Charles, y bajé del árbol para dirigirme al campamento, preguntándome dónde estaría Ziio.

De vuelta en el suelo, eché un vistazo a mi alrededor y vi el campamento con los ojos de Charles: la hoguera, dos platos de estaño y una lona tendida entre dos árboles, bajo la que se hallaban las pieles con las que Ziio y yo nos habíamos tapado para abrigarnos por la noche. Bajé la lona para que las pieles quedaran ocultas y luego me arrodillé junto al fuego para recoger los platos. Unos instantes más tarde, su caballo entró en el claro.

—Hola, Charles —dije sin mirarle.

—¿Sabías que era yo?

—He visto que usas tu entrenamiento: he quedado impresionado.

—Me ha entrenado el mejor —contestó.

Al percibir el humor de su voz, por fin alcé la vista para verle mirándome.

—Te hemos echado de menos, maestro Kenway —dijo.

Asentí.

—Y yo a vosotros.

Levantó las cejas.

—¿De verdad? Sabes dónde estamos.

Toqué con un palo el fuego y observé cómo brillaba la punta.

—Quería saber si erais capaces de actuar en mi ausencia.

Frunció los labios y asintió.

—Creo que sabes que sí somos capaces. ¿Cuál es el auténtico motivo de tu ausencia, Haytham?

Le miré con dureza desde la hoguera.

—¿Cuál iba a ser, Charles?

—Tal vez disfrutas de tu vida aquí con la mujer india, suspendido entre dos mundos, responsable de ninguno. Deben de estar bien esas vacaciones…

—Cuidado, Charles —le advertí. Al ser consciente de pronto de que me estaba mirando, me puse en pie para mirarle a los ojos y estar en igualdad de condiciones—. Quizás en vez de preocuparte por mis actividades, deberías concentrarte en las tuyas. Dime, ¿cómo están las cosas por Boston?

—Nos hemos estado ocupando de esos asuntos que nos encargaste. Relativos a la tierra.

Asentí y pensé en Ziio, al tiempo que me preguntaba si existiría otro modo de hacerlo.

—¿Algo más? —pregunté.

—Continuamos buscando alguna señal del yacimiento precursor… —dijo y levantó la barbilla.

—Entiendo…

—William tiene planeado llevar a cabo una expedición a la cámara.

Me sobresalté.

—Nadie me ha consultado nada de eso.

—No has estado allí para que te preguntáramos —replicó Charles—. William pensó… Bueno, si queremos encontrar el yacimiento, ese es el mejor sitio para comenzar.

—Enfureceremos a los indígenas si comenzamos a establecer campamentos en sus tierras.

Charles me lanzó una mirada como si hubiera perdido la razón. Por supuesto. ¿Qué nos importaba a nosotros, los Templarios, que unos cuantos nativos se disgustaran?

—He estado pensando en el yacimiento —me apresuré a decir—. Ahora no me parece tan importante…

Me quedé mirando en la distancia.

—¿Planeas descuidar algo más? —preguntó de forma impertinente.

—Te estoy avisando… —le dije y flexioné los dedos.

Él echó un vistazo alrededor del campamento.

—Por cierto, ¿dónde está? ¿Tu… amante india?

—En ningún sitio que a ti te importe, Charles, y agradecería que no utilizaras ese tono de voz cuando hables de ella en el futuro; en caso contrario, me veré obligado a cambiártelo a la fuerza.

Me miró con ojos fríos cuando se dirigió a mí.

—Ha llegado una carta —dijo, metió la mano en su alforja y la tiró a mis pies.

Al bajar la vista, vi mi nombre en la parte delantera del sobre y enseguida reconocí la letra. Me la enviaba Holden y se me aceleró el corazón al verla: un vínculo con mi antigua vida, mi otra vida en Inglaterra y mis preocupaciones allí, encontrar a los asesinos de mi padre.

No hice ni dije nada que revelara mis emociones al ver la carta, pero pregunté:

—¿Hay algo más?

—Sí —contestó Charles—, buenas noticias. El general Braddock sucumbió a sus heridas y por fin ha muerto.

—¿Cuándo sucedió?

—Murió poco después de que le hirieras, pero la noticia acaba de llegarnos.

Asentí.

—Entonces hemos terminado con ese asunto —dije.

—Perfecto —dijo Charles—. Debería volver ya, ¿no? ¿Les digo a los hombres que disfrutas de tu vida aquí en el bosque? Esperemos que nos honres con tu presencia algún día en el futuro.

Pensé en la carta de Holden.

—Tal vez antes de lo que piensas, Charles. Tengo la impresión de que pronto deberé partir lejos. Has demostrado ser más que capaz de ocuparte de nuestros asuntos. —Le dediqué una breve y amarga sonrisa—. Y a lo mejor continúas haciéndolo.

Charles tiró de las riendas de su caballo.

—Como gustes, maestro Kenway. Les diré a los hombres que te esperen. Mientras tanto, por favor, dale recuerdos a tu amiga de nuestra parte.

Y tras esas palabras, se marchó. Me agaché un rato más junto al fuego, con el bosque en silencio a mi alrededor, y luego dije:

—Ya puedes salir, Ziio, se ha ido.

Y se dejó caer de un árbol para entrar en el claro a zancadas, con el rostro echando chispas.

Me levanté para recibirla. El collar que siempre llevaba relucía bajo el sol matutino y los ojos destellaban con furia.

—Estaba vivo —dijo—. Me mentiste.

Tragué saliva.

—Pero, Ziio, yo…

—Me dijiste que estaba muerto —dijo, levantando la voz—. Me dijiste que estaba muerto para que te enseñara el templo.

—Sí —admití—. Lo hice y te pido disculpas.

—¿Y qué es eso de la tierra? —me interrumpió—. ¿Qué decía ese hombre sobre esta tierra? Estás intentando quedártela, ¿no?

—No —respondí.

—¡Mentiroso! —exclamó.

—Espera. Puedo explicártelo…

Pero ya había desenvainado su espada.

—Debería matarte por lo que has hecho.

—Tienes todo el derecho a enfadarte, a maldecir mi nombre y a desear que me vaya. Pero la verdad no es lo que tú crees —comencé a decir.

—¡Márchate! —gritó—. Deja este lugar y no vuelvas más. Porque si lo haces, te arrancaré el corazón con las dos manos y se lo daré de comer a los lobos.

—Pero escúchame, yo…

—Te lo juro —insistió.

Dejé caer la cabeza.

—Como desees.

—Pues ya hemos acabado —dijo, se dio la vuelta y me dejó para que empaquetara mis cosas y regresara a Boston.

17 de septiembre de 1757
(Dos años más tarde)

i

Mientras el sol se ponía, tiñendo Damasco de un color marrón dorado, caminaba con mi amigo y compañero Jim Holden a la sombra de las murallas de Qasr al-Azm.

Y pensé en las tres palabras que me habían llevado hasta allí. «La he encontrado».

Eran las únicas palabras de la carta, pero me dijeron todo lo que necesitaba saber y bastaron para transportarme de América a Inglaterra, donde, antes de que nada más sucediera, me encontré con Reginald en White's para informarle de lo acontecido en Boston. Sabía mucho de lo que había ocurrido, claro, por las cartas, pero, aun así, esperaba que mostrara interés en los trabajos de la Orden, especialmente en lo relacionado con su viejo amigo Edward Braddock.

Me equivocaba. Lo único que le importaba era el yacimiento precursor, y cuando le conté que tenía detalles respecto a la localización del templo y que se hallaban en el imperio otomano, suspiró y me ofreció una sonrisa beatífica, como un adicto al láudano que saborea su almíbar.

Unos instantes más tarde, estaba preguntando por su libro con un tono de voz inquieto.

—William Johnson ha hecho una copia —respondí, y tomé mi bolsa para devolverle el original, que le pasé por encima de la mesa.

Estaba envuelto en una tela, bien atado con un cordel, y Reginald me miró con gratitud antes de desatar el lazo y abrir la envoltura para echarle un vistazo a su querido tomo, con las tapas de cuero marrón envejecido y el sello de los Asesinos en la cubierta.

—¿Están realizando una búsqueda a conciencia en la cámara? —preguntó mientras envolvía el libro y volvía a atar el lazo para apartarlo con codicia—. Me encantaría ver esa cámara con mis propios ojos.

—Desde luego —mentí—. Los hombres iban a establecer allí un campamento, pero se enfrentaban a diario a los ataques de los indios. Habría sido muy peligroso para ti, Reginald. Eres el Gran Maestro del Rito Británico. Es mejor que te quedes en Inglaterra.

—Entiendo —asintió—. Entiendo.

Le observé con detenimiento. Si hubiera insistido en visitar la cámara habría significado el abandono de sus obligaciones como Gran Maestro y, obsesionado como estaba, Reginald no estaba preparado aún para emprender aquel viaje.

—¿Y el amuleto? —preguntó.

—Lo tengo yo —contesté.

Hablamos un poco más, pero no hubo demasiada cordialidad y, cuando nos separamos, me quedé preguntándome qué albergaba su corazón y qué albergaba el mío. Había empezado a considerarme a mí mismo no un Templario sino un hombre con raíces asesinas y creencias templarias, cuyo corazón se había perdido brevemente en una mujer mohawk. Un hombre con una perspectiva única, en otras palabras.

En consecuencia, me había preocupado menos encontrar el templo y utilizar sus contenidos para establecer la supremacía templaria, y más unir las dos disciplinas, la asesina y la templaria. Había reflexionado sobre cómo las enseñanzas de mi padre a menudo encajaban con las de Reginald, y había comenzado a ver similitudes entre las dos facciones, más que diferencias.

Pero antes…, antes estaba el asunto pendiente que ocupaba mi pensamiento desde hacía tantos años. ¿Era más importante ahora encontrar a los asesinos de mi padre o a Jenny? En cualquier caso, quería librarme de aquella larga y oscura sombra que hacía tanto tiempo que se cernía sobre mí.

ii

Y así fue como con aquellas palabras —«La he encontrado»— Holden comenzó otra odisea, que nos llevó al corazón del imperio otomano, donde hemos estado siguiéndole el rastro a Jenny durante los dos últimos años.

Estaba viva, eso era lo que había descubierto. Viva y en manos de los esclavistas. Mientras el mundo luchaba en la Guerra de los Siete Años, nosotros nos acercábamos al descubrimiento de su localización exacta, pero los esclavistas habían seguido avanzando antes de que fuéramos capaces de movilizarnos. Después pasamos varios meses intentando encontrarla y averiguamos que la habían entregado a la corte otomana para que sirviera de concubina en el palacio de Topkapi, así que allí nos dirigimos. Otra vez volvimos a llegar tarde: la habían trasladado a Damasco, al gran palacio construido por el gobernador otomano al mando, As'ad Pasha al-Azm.

Y por ese motivo vinimos a Damasco, donde voy vestido como un comerciante adinerado, con caftán y turbante, y también un voluminoso *salwar*, lo que no me hace sentir muy seguro, a decir verdad, mientras que a mi lado Holden va vestido con ropa sencilla. Mientras cruzábamos las puertas de la ciudad, hacia las estrechas y serpenteantes calles que llevaban al palacio, nos dimos cuenta de que había más guardias que de costumbre, y Holden, que había hecho sus deberes, me informó mientras avanzábamos despacio por el polvo y el calor:

—El gobernador está nervioso, señor. Se cree que el gran visir Raghib Pasha de Estambul se la tiene jurada.

—Entiendo. ¿Y tiene razón? ¿Se la tiene jurada el gran visir?

—El gran visir le llamó «campesino, hijo de campesino».

—Entonces parece que sí le tiene manía.

Holden se rio.

—Exacto. Así que el gobernador teme que le derroquen y, como resultado, ha aumentado la seguridad en toda la ciudad, sobre todo en el palacio. ¿Ve a toda esa gente?

Señaló el clamor de ciudadanos a poca distancia, que se cruzaban en nuestro camino, corriendo.

—Sí.

—Se dirigen a una ejecución. Por lo visto, de un espía en el palacio. As'ad Pasha al-Azm los ve por todas partes.

En una pequeña plaza atestada de gente vimos cómo decapitaban a un hombre. Murió con dignidad y la muchedumbre rugió su aprobación mientras su cabeza cortada rodaba por los tablones del cadalso ennegrecidos por la sangre. Encima de la plaza, la plataforma del gobernador estaba vacía. Se había quedado en el palacio, según los rumores, y no se atrevía a dar la cara.

Cuando terminaron, Holden y yo nos dirigimos hacia el palacio, junto a las murallas del cual caminamos inquietos puesto que advertimos la presencia de cuatro centinelas en la entrada principal y otros colocados junto a los arcos laterales.

—¿Cómo es el interior? —pregunté.

—Hay dos alas principales: el *haramlik* y el *salamlik*. En el *salamlik* es donde se encuentran las salas, las zonas de recepción y los patios de entretenimiento, pero en el *haramlik* encontrará a la señorita Jenny.

—Si es que está ahí.

—Oh, sí que está ahí, señor.

—¿Estás seguro?

—Como que Dios es mi testigo.

—¿Por qué la sacaron del palacio de Topkapi? ¿Lo sabes?

Me miró con una expresión de incomodidad.

—Bueno, por su edad, señor. Al principio, cuando era más joven, desde luego se la valoraba mucho; verá, va en contra de la ley islámica encarcelar a otros musulmanes, así que la mayoría de las concubinas son cristianas. A la mayoría las atrapan en los Balcanes. Y si la señorita Jenny era tan linda como asegura usted, bueno, estoy seguro de que fue muy buena adquisición. El problema es que no hay escasez, y la señorita Kenway…, bueno, tiene cuarenta y tantos, señor. Ya ha servido muchos años de concubina y ahora es más bien una sirvienta. Supongo que se podría decir que le han bajado la categoría, señor.

Reflexioné y me costó creer que la Jenny que una vez había conocido —la hermosa e imperiosa Jenny— tuviera una posición tan humilde. De alguna manera me la había imaginado perfectamente conservada, una figura imponente en la corte otomana, tal vez elevada a la categoría de Reina Madre. En cambio, allí estaba, en Damasco, en la casa de un gobernador impopular que estaba a punto de ser derrocado. ¿Qué le hacían a los sirvientes y concubinas de un gobernador derrocado?, me pregunté. Posiblemente se encontrarían con el mismo destino que el pobre hombre al que habían decapitado antes.

—¿Qué hay de los guardias en el interior? —pregunté—. No creo que permitan a los hombres entrar en el harén.

Negó con la cabeza.

—Todos los guardias del harén son eunucos. La operación para convertirlos en eunucos… ¡Ay, señor, no querrá saber lo que hacen!

—Pero vas a contármelo de todas formas, ¿no?

—Bueno, sí, no sé por qué debería cargar yo solo con eso. Al pobre tipo le cortan los genitales y lo entierran en la arena hasta el cuello durante diez días. Solo el diez por ciento de los desgraciados sobrevive al proceso, y esos tíos son los más duros de todos.

—Sí —dije.

—Y otra cosa: el *haramlik*, donde viven las concubinas, es donde se encuentran los baños.

—¿Los baños están ahí?

—Sí.

—¿Y por qué me lo dices?

Se detuvo. Miró a izquierda y derecha, con los ojos entrecerrados por la luz del sol. Satisfecho porque no había moros en la costa, se agachó, tomó un aro de hierro que no había visto porque estaba muy bien escondido bajo la arena a nuestros pies, tiró de él hacia arriba y abrió una trampilla para revelar unas escaleras de piedra que descendían a la oscuridad.

—Rápido, señor. —Sonrió abiertamente—. Antes de que un centinela se acerque por aquí.

iii

Una vez que llegamos al pie de las escaleras, evaluamos el entorno. Estaba a oscuras, casi demasiado a oscuras para ver, pero a nuestra izquierda se oía un riachuelo, mientras que delante se extendía lo que parecía ser un pasillo que se utilizaba para el reparto o mantenimiento de los canales de agua corriente; probablemente una mezcla de ambos.

No dijimos nada. Holden hurgó en una bolsa de cuero y sacó una vela y una caja de yescas. Encendió la vela, se la puso en la boca y, acto seguido, extrajo una antorcha corta de la bolsa, que prendió y se colocó encima de la cabeza. La antorcha emitió un suave resplandor naranja a nuestro alrededor. Como era de esperar, a nuestra izquierda había un acueducto y el camino irregular se desvanecía en la oscuridad.

—Nos llevará justo debajo del palacio, a la altura de los baños —dijo Holden entre susurros—. Si no me equivoco, saldremos a una sala con un estanque de agua dulce, justo debajo de los baños principales.

Impresionado, dije:

—Te lo has callado muy bien.

—Me gusta guardarme un as en la manga, señor. —Sonrió—. ¿Le muestro el camino?

Y con aquellas palabras avanzó, guardando silencio mientras recorríamos el sendero. Cuando las antorchas se apagaron, las tiramos y encendimos otras dos nuevas con la candela que Holden llevaba en la boca. Caminamos un poco más. Por fin la zona que teníamos delante se ensanchaba hasta convertirse en una sala resplandeciente, donde vimos, en primer lugar, un estanque, cuyas paredes estaban cubiertas por azulejos de mármol y cuya agua era tan clara que parecía brillar en la escasa luz que ofrecía la trampilla abierta al final de unas escaleras cercanas.

En segundo lugar, vimos a un eunuco arrodillado de espaldas a nosotros llenando una jarra de barro con agua del estanque. Llevaba un alto *kalpak* blanco en la cabeza y una túnica larga y suelta. Holden me miró con un dedo en los labios y comenzó a avanzar sigilosamente, con un puñal ya preparado en la mano, pero le detuve del hombro. Queríamos la ropa del eunuco y eso significaba evitar las manchas de sangre. Se trataba de un hombre que servía a las concubinas en un palacio otomano, no un casaca roja común de Boston, y daba la impresión de que no sería tan fácil de justificar la sangre en su túnica. Así que adelanté a Holden por el pasillo, inconscientemente doblé los dedos y en mi mente localicé la arteria carótida del eunuco. Me acerqué justo cuando, con la jarra llena, se erguía para marcharse.

Entonces, mi sandalia arañó el suelo. El ruido fue mínimo, pero sonó como una erupción volcánica en aquel espacio cerrado y el eunuco se estremeció.

Me quedé paralizado y para mis adentros maldije mis sandalias. El eunuco inclinó la cabeza para mirar hacia la trampilla, intentando localizar el origen del ruido. Al no ver nada, pareció quedarse inmóvil, como si se hubiera dado cuenta de que si el sonido no venía de arriba, entonces debía de venir de...

Se dio la vuelta.

Había algo en su ropa, su postura, el modo en que estaba arrodillado para llenar la jarra... Nada de eso me había preparado para la rapidez de su reacción. Ni para su destreza. Se volvió, agachado, y por el rabillo del ojo vi que levantaba la jarra hacia mí, tan deprisa que me hubiera dejado sin sentido si no hubiera girado con la misma velocidad para esquivarla.

Le había evitado, pero solo eso. Mientras yo escapaba deprisa de otro golpe con la jarra, miró por encima de mi hombro y vio a Holden. A continuación, lanzó una mirada rápida hacia los escalones de piedra, su única salida. Estaba valorando sus opciones: correr o quedarse a luchar. Y decidió pelear.

Lo que quedó claro, como Holden había dicho, era que, como buen eunuco, era un hombre duro.

Retrocedió unos pocos pasos y de debajo de su túnica sacó una espada al tiempo que lanzaba la jarra de barro contra la pared para obtener una segunda arma. Entonces, con la espada en una mano y la jarra rota en la otra, avanzó.

El pasillo era demasiado estrecho, tan solo uno de nosotros podía enfrentarse a él y yo era el que estaba más cerca. El momento de preocuparse por la sangre en la ropa había pasado, así que saqué la hoja, retrocediendo un poco para conseguir la posición que me permitiera arremeter contra él. Avanzó implacablemente sin apartar la vista de mis ojos. Había algo aterrador en él, algo que no reconocí al principio, pero luego me di cuenta de lo que era: hacía lo que ningún otro oponente jamás había hecho. Como habría dicho mi antigua niñera Edith, me ponía los pelos de punta. Era el horror por el que había pasado, el proceso para convertirse en eunuco. Después de aquella experiencia, ya no temía nada, y mucho menos a mí, un zoquete patoso que ni siquiera podía acercarse a él sigilosamente.

Él también era consciente de cómo me sentía. Sabía que me ponía nervioso y lo utilizó como arma. Estaba todo allí, en sus ojos, que no registraron ninguna emoción cuando la espada en su mano derecha se dirigió hacia mí. Me vi obligado a bloquear el golpe con la hoja y me incliné para evitar que su mano izquierda lograra darme con la jarra rota en la cara.

No me dio tiempo a descansar. Tal vez el eunuco se daba cuenta de que el único modo de vencernos a los dos, a Holden y a mí, era seguir haciéndonos retroceder por el estrecho pasillo. La espada volvió a destellar, esta vez por encima del hombro, y me defendí de nuevo con la hoja, haciendo una mueca de dolor al usar el antebrazo para detener un segundo golpe de la jarra y luego responder con un movimiento ofensivo, corriendo un poco a mi derecha para llevar la hoja a su esternón. Usó la jarra como escudo y mi hoja chocó contra ella, salpicándose nuestros pies de barro cocido y mandando una lluvia de trocitos al estanque. Iba a tener que afilar la hoja después de aquello.

Si lograba salir de esta.

Maldito hombre. Era el primer eunuco al que nos enfrentábamos y nos estaba costando. Le hice una señal a Holden para que se mantuviera alejado y no se quedara justo detrás de mí mientras yo retrocedía. Intentaba ganar algo de espacio y reorganizarme internamente al mismo tiempo.

El eunuco me estaba ganando, no solo por su destreza sino porque le temía. Y el temor es lo que más atemoriza a un guerrero.

Me agaché, hice uso de la hoja y le miré a los ojos. Por un instante, nos quedamos quietos, en una silenciosa pero despiadada batalla de voluntad. Una batalla que gané yo. Por algún motivo dejó de agarrarme y lo único que hizo falta fue un parpadeo para indicarme que él también lo sabía: la victoria psicológica ya no era suya.

Avancé, con la hoja destellando, y le tocó a él retroceder. Se defendía bien y sin parar, pero ya no llevaba la delantera. Llegó un momento que hasta gruñó, enseñó los dientes y comencé a ver los inicios del sudor que le brillaba débilmente en la frente. Mi hoja se movía rápido y ahora que le había obligado a retroceder, empecé a pensar otra vez en evitar que se le manchara la túnica de sangre. Le había dado la vuelta al combate; ahora era mío, él movía a lo loco la espada, sus ataques cada vez eran menos organizados y al final vi mi oportunidad, me tiré casi de rodillas y empujé hacia arriba la hoja para clavársela en la mandíbula.

El cuerpo se le convulsionó y estiró los brazos como si le hubieran crucificado. Dejó caer la espada y cuando se abrieron sus labios en un grito silencioso, vi el reflejo plateado de mi hoja dentro de su boca. Luego su cuerpo se desplomó.

Le llevé de vuelta al pie de las escaleras, donde la trampilla estaba abierta. En cualquier momento, otro eunuco estaría allí después de preguntarse dónde había ido a parar la jarra de barro. Como era de esperar, oí unos pasos por encima de nosotros y una sombra pasó por la trampilla. Me escondí, tomé al muerto por los tobillos para arrastrarlo conmigo y le robé el sombrero para ponérmelo en la cabeza.

Lo siguiente que vi fueron los pies descalzos de otro eunuco que bajaba los escalones y asomaba la cabeza para echar un vistazo a la sala del estanque. El hecho de verme con el gorro blanco bastó para desorientarle un precioso segundo, en el que arremetí contra él, le agarré de la túnica con los puños y tiré de él por las escaleras hacia mí para golpear con la frente el puente de su nariz antes de que pudiera gritar. Sus huesos crujieron y se rompieron. Le mantuve la cabeza hacia arriba para evitar que la sangre goteara sobre la túnica mientras sus ojos quedaban en blanco y se apoyaba, aturdido, en la pared. En unos instantes recuperaría el sentido y gritaría en busca de ayuda, pero yo no podía permitírselo, así que llevé la mano plana con fuerza a su nariz destrozada para que las astillas de los huesos rotos llegaran al cerebro y le mataran al momento.

Unos segundos más tarde subía correteando las escaleras y, con mucho cuidado, me acerqué a la trampilla, con el fin de tener al menos unos instantes para escondernos antes de que llegaran refuerzos. Supuestamente, en alguna parte, había una concubina esperando que le entregaran una jarra de agua.

No dijimos nada, tan solo nos pusimos las túnicas de los eunucos y los *kalpaks*. ¡Qué contento estaba de poder deshacerme de aquellas condenadas sandalias! Y entonces nos miramos. Holden tenía manchas de sangre en su atuendo, de la nariz rota del dueño de la túnica. Las arañé con una uña, pero en vez de descascarillarse como esperaba, la sangre seguía húmeda y manchaba un poco. Al final, tras una complicada serie de expresiones faciales y violentos gestos, decidimos de mutuo acuerdo dejar la mancha de sangre y arriesgarnos. A continuación, abrí con cuidado la trampilla y salí a la habitación de arriba, que estaba vacía. Era una sala oscura y fría, embaldosada con un mármol que parecía luminiscente, gracias a una piscina que cubría la mayor parte del suelo, con una superficie lisa, silenciosa, pero, de alguna manera, viva.

Con el terreno despejado, me di la vuelta y le hice un gesto a Holden para que me siguiera hacia aquella habitación. Nos quedamos quietos un momento para asimilar el ambiente y cautelosamente nos lanzamos miradas triunfales antes de avanzar hacia la puerta, abrirla y entrar en el patio que había al otro lado.

iv

Al no saber qué nos aguardaba, había doblado los dedos, preparado para activar la hoja al instante, mientras Holden, sin duda, había tomado su espada. Ambos estábamos listos para luchar si nos recibía una cuadrilla de eunucos gruñones o un grupo de concubinas gritonas.

Sin embargo, lo que vimos fue una escena sacada del cielo, una vida después de la muerte llena de paz, serenidad y hermosas mujeres. Era un gran patio pavimentado en piedra blanca y negra, con una fuente que fluía en el centro y un marco de pórticos con columnas ornamentadas, a la sombra de árboles y enredaderas colgantes. Un lugar apacible, dedicado a la belleza, la serenidad, la tranquilidad y el pensamiento. El goteo y burbujeo de la fuente era lo único que se oía, a pesar de todas las personas que allí había. Las concubinas, vestidas de seda blanca y suelta, estaban sentadas en bancos de piedra o atravesaban el patio con los pies descalzos, silenciosos sobre la piedra, extremadamente orgullosas y erguidas, al tiempo que se saludaban con cortesía al cruzarse unas con otras. Entre ellas se movían las sirvientas, vestidas de manera similar, pero fáciles de identificar porque eran más jóvenes o más viejas, o no tan hermosas como las mujeres a las que servían.

Había el mismo número de hombres y la mayoría estaba en los extremos del patio, atentos, esperando a que les llamaran: eran los eunucos. Fue un alivio comprobar que nadie miraba en nuestra dirección; las normas sobre el contacto visual eran tan complicadas como los mosaicos. Y nos comportamos como dos eunucos desconocidos que intentaban orientarse en aquel extraño lugar, algo que nos venía como anillo al dedo.

Nos quedamos junto a la puerta de los baños, que estaba en parte oculta por las columnas y las enredaderas del pórtico, e inconscientemente adopté la misma posición que los demás guardias —la espalda recta y las manos recogidas delante— mientras recorría con la mirada el patio en busca de Jenny.

Y allí estaba. No la reconocí al principio, casi se me pasó su presencia… Pero al mirar con detenimiento hacia una concubina que estaba sentada, relajándose, de espaldas a la fuente, con una criada haciéndole un masaje en los pies, me di cuenta de que la criada era mi hermana.

El tiempo le había quitado aquel efecto de su mirada y aunque todavía existía un atisbo de la belleza que antes poseyera, sus cabellos oscuros estaban salpicados de canas, tenía el rostro demacrado y arrugado, y la piel se le había descolgado un poco, lo que revelaba unos oscuros huecos bajo los ojos, unos ojos cansados. Qué ironía que reconociera la expresión de la chica a la que ella atendía: la forma vanidosa y despectiva de mirar por debajo de la nariz. Yo había crecido viendo esa expresión en la cara de mi hermana. No me regocijé en aquella ironía, pero no pude ignorarla.

Mientras las contemplaba, Jenny se fijó en mí desde el otro lado del patio. Por un segundo, frunció el entrecejo, confundida, y yo me pregunté si, después de todos aquellos años, me habría reconocido. Pero no. Estaba demasiado lejos. Iba disfrazado de eunuco.

La jarra sería para ella. Y quizá se estaba preguntando por qué dos eunucos habían entrado en los baños si habían sido otros dos los que habían salido.

Todavía con una expresión de confusión en el rostro, se levantó, le hizo una genuflexión a la concubina que estaba sirviendo y luego comenzó a caminar entre las concubinas para cruzar el patio hacia nosotros. Me apresuré a esconderme detrás de Holden justo cuando ella bajó la cabeza para esquivar las enredaderas que colgaban del pórtico y se plantó a un paso de nosotros.

No dijo nada, claro —tenía prohibido hablar—, pero no le hizo falta. Me arriesgué a echar un vistazo por encima del hombro derecho de Holden y la observé mientras dejaba de mirarle para dirigir los ojos hacia la puerta de la sala de baño, dejando clara la pregunta: «¿Dónde está mi agua?». Su rostro reflejaba una cierta autoridad y vi en ella algo de lo que había sido la joven Jenny, un fantasma de la altanería que antes me era tan familiar.

Mientras tanto, Holden reaccionó ante la furiosa mirada que había recibido de mi hermana, inclinó la cabeza y estuvo a punto de volver hacia la sala de baño. Recé para que tuviera la misma inspiración que yo y se hubiera dado cuenta de que, si podía entretener de algún modo a Jenny dentro, entonces podríamos escapar sin apenas causar alboroto. Como era de esperar, él extendió las manos para indicarle que había habido un problema y luego señaló hacia la puerta de la sala de baño, como si le dijera que necesitaba su ayuda. Pero Jenny, lejos de estar dispuesta a ofrecérsela, había notado algo en el atuendo de Holden y, en vez de acompañarle a la sala de baño, le detuvo levantando un dedo, que dobló, con el que primero le llamó la atención y luego le señaló el pecho. Una mancha de sangre.

Abrió los ojos de par en par y volví a mirarla, esta vez para ver que apartaba la mirada de la mancha para mirar a Holden de nuevo, al que había identificado como un impostor.

Se quedó boquiabierta. Retrocedió un paso y luego otro, hasta que chocó con una de las columnas y el impacto la sacó de su repentino aturdimiento. Cuando abrió la boca para romper la sagrada regla y pedir ayuda, salí de detrás de Holden y dije entre dientes:

—Jenny, soy yo. Soy Haytham.

Como he dicho, nervioso, le eché un vistazo al patio, donde todo el mundo, como antes, continuaba ajeno a lo que estaba sucediendo debajo del pórtico, y entonces vi que Jenny me estaba mirando, con los ojos muy abiertos, ya casi empañados por las lágrimas cuando, desaparecido el tiempo transcurrido, me reconoció.

—Haytham —susurró—, has venido a buscarme.

—Sí, Jenny, sí —contesté en voz baja, sintiendo una extraña mezcla de emociones, pero identificando claramente al menos una de ellas, la culpa.

—Sabía que vendrías —dijo—. Sabía que vendrías.

Estaba elevando la voz, comencé a preocuparme y lancé otra mirada de pánico al patio. Luego alargó las manos para tomar las mías y pasó rozando a Holden para mirarme con ojos suplicantes.

—Dime que está muerto. Dime que le has matado.

Dividido entre querer que se callara y saber a qué se refería, le pregunté entre dientes:

—¿A quién? ¿Quién tiene que estar muerto?

—Birch —espetó y esta vez su voz fue demasiado fuerte.

Por encima de su hombro vi a una concubina. Se acercaba a nosotros caminando por debajo del pórtico, tal vez de camino a la sala de baño. Parecía perdida en sus pensamientos, pero al oír una voz, alzó la mirada y su expresión de tranquila serenidad fue sustituida por el pánico. Se asomó al patio y gritó la palabra que todos temíamos:

—¡Guardias!

v

El primer guardia en llegar corriendo no se dio cuenta de que iba armado, así que accioné la hoja y se la clavé en el abdomen antes de que ni siquiera supiera lo que estaba pasando. Se le abrieron mucho los ojos y me salpicaron la cara unas motas de sangre. Con un grito de esfuerzo, me eché su brazo por encima para levantar el cuerpo que aún se retorcía y lanzarlo a un segundo hombre que se acercaba corriendo a nosotros. Ambos cayeron al suelo del patio, de baldosas blancas y negras. Llegaron más y la lucha continuó. Por el rabillo del ojo vi el destello de una espada y me volví justo a tiempo de impedir que se me incrustara en el cuello. Me di la vuelta, le rompí el brazo con el que el atacante sostenía la espada y hundí mi hoja en su cráneo. Me agaché, giré y di patadas para apartar las piernas de un cuarto hombre. Después me puse enseguida en pie, le di un golpe en la cara y oí cómo le crujía el cráneo.

No muy lejos, Holden había derrotado a tres eunucos, pero ahora los guardias ya nos habían calado y se acercaban con más cautela. Se reunían para entrar en combate. Refugiados detrás de las columnas, nos lanzamos miradas de preocupación, preguntándonos si conseguiríamos llegar a la trampilla antes de que nos derrotaran.

Chicos listos. Dos de ellos avanzaron a la vez. Yo me quedé junto a Holden y respondimos a su ataque, incluso cuando otro par de guardias arremetía por la derecha. Por un momento fue una situación delicada, mientras luchábamos espalda con espalda contra los guardias fuera del pórtico, hasta que se retiraron, dispuestos a lanzar el siguiente ataque, acercándose cada vez más, aumentando en número.

Detrás de nosotros, Jenny estaba junto a la puerta de la sala de baño.

—¡Haytham! —me llamó con pánico en la voz—. Tenemos que irnos.

¿Qué le harían si la capturaban ahora?, me pregunté. ¿Cuál sería su castigo? Me horrorizaba pensarlo.

—Váyanse ustedes dos, señor —me dijo Holden por encima del hombro.

—Ni hablar —respondí.

Volvió a haber otro ataque y nosotros volvimos a pelear. Un eunuco cayó muerto con un gemido. Hasta muerto, hasta con el acero de la espada en sus tripas, aquellos hombres no gritaban. Por encima de los hombros de los que teníamos delante vi que más guardias entraban en tropel en el patio. Eran como cucarachas. Por cada uno que matabas, había dos que lo reemplazaban.

—¡Váyanse, señor! —insistió Holden—. Los retendré y luego iré detrás de ustedes.

—No seas tonto, Holden —espeté, incapaz de evitar el tono burlón de mi voz—. No vas a poder contenerlos. Te matarán.

—He estado en situaciones más difíciles que esta, señor —gruñó Holden, moviendo el brazo que sostenía la espada mientras intercambiaba estocadas.

Pero pude detectar la falsa bravuconada en su voz.

—Entonces no te importará que me quede —dije al tiempo que esquivaba una de las estocadas del eunuco y me defendía, no con mi hoja sino con un puñetazo en la cara que le envió dando vueltas hacia atrás.

—¡Váyanse! —gritó.

—Moriremos. Los dos moriremos —respondí.

Pero Holden había decidido que la cortesía se había acabado.

—Escucha, amigo, si no os largáis de aquí, nadie va a salir vivo. ¿Qué prefieres?

En ese instante, Jenny tiró de mi mano, la puerta de la sala de baño se abrió y más hombres llegaron por nuestra izquierda. Pero aun así vacilé. Hasta que, por fin, Holden negó con la cabeza, se volvió hacia mí y gritó:

—Tendrá que disculparme, señor.

Y antes de que pudiera reaccionar me empujó hacia la puerta y la cerró.

En la sala de baño, hubo un momento de silencio provocado por mi consternación mientras estaba despatarrado en el suelo e intentaba asimilar lo que había sucedido. Al otro lado de la puerta oía los sonidos de la batalla —una extraña batalla silenciosa y ahogada también— y unos golpes contra la puerta. A continuación hubo un grito, un grito de Holden, y me puse enseguida de pie. Estuve a punto de abrir la puerta y salir en su ayuda, cuando Jenny me agarró del brazo.

—Ya no puedes ayudarle, Haytham —dijo en voz baja, cuando se oyó otro alarido en el patio.

—Cabrones, malditos cabrones sin pito.

Eché un último vistazo a la puerta, luego coloqué la barra que la bloqueaba y Jenny me arrastró hasta la trampilla del suelo.

—¿Esto es lo mejor que sabéis hacer, cabrones? —oí encima de nosotros al llegar a las escaleras, pero la voz de Holden era cada vez más débil—. Vamos, maravillas sin pito, veamos cómo os va contra uno de los hombres de Su Majestad…

Lo último que oí mientras corríamos por el pasillo fue un grito.

21 de septiembre de 1757

i

Esperaba no disfrutar nunca al matar, pero hice una excepción con el sacerdote copto que hacía guardia cerca del monasterio de Abou Gerbe en el Monte Ghebel Eter. Debo admitir que disfruté matándolo.

Se desplomó en la base de la valla que cercaba un pequeño recinto, el pecho se le hinchó mientras moría y una respiración entrecortada acompañó su agonía. Por encima de nuestras cabezas un águila gritó y miré hacia donde los arcos y los chapiteles del monasterio de arenisca se elevaban, imponentes, sobre el horizonte. Vi el cálido resplandor de vida en la ventana.

El guardia agonizante gorjeaba a mis pies, y por un segundo se me ocurrió acabar con él rápidamente, pero entonces pensé: ¿por qué ser misericordioso? A pesar de la lentitud de su muerte y del dolor padecido, aquello no era nada, nada, en comparación con la agonía que había causado a los pobres desgraciados que se hallaban dentro del recinto.

Y había uno en concreto que estaba sufriendo allí ahora.

En el mercado de Damasco me había enterado de que no habían matado a Holden, como yo creía, sino que le habían capturado y transportado a Egipto, a un monasterio copto en Abou Gerbe, donde convertían a los hombres en eunucos. Así que allí estaba yo, rezando por no llegar demasiado tarde, pero, en el fondo de mi corazón, sabía que no sería el caso. Y estaba en lo cierto.

Al mirar a la cerca, supe que estaría hundido en el suelo para impedir que los depredadores nocturnos escarbaran hasta su cuerpo. Dentro del recinto existía un lugar donde enterraban a los eunucos en la arena hasta el cuello y allí los dejaban diez días. No querían que las hienas les mordieran la cara a los hombres durante ese periodo de tiempo. Por supuesto que no. No, porque si morían, debían morir por una lenta exposición al sol o por las heridas que les habían causado durante el proceso de castración.

Dejé al guardia muerto atrás, me acerqué sigilosamente al recinto. Estaba oscuro, tan solo me guiaba la luz de la luna, pero podía distinguir que la arena estaba manchada de sangre. «¿Cuántos hombres habrán sufrido aquí? —me pregunté—. ¿Cuántos habrán sido mutilados y enterrados hasta el cuello?» Oí un gemido no muy lejos y entrecerré los ojos al ver una figura irregular en el suelo, en el centro del recinto, y enseguida supe que se trataba del soldado James Holden.

—Holden —susurré, y unos segundos más tarde me agaché donde su cabeza sobresalía de la arena.

Solté un grito ahogado ante lo que vi. La noche era fresca, pero los días eran calurosos, de tal manera que el sol le había quemado tanto que parecía que la carne se le había desprendido de la cara tras chamuscarse. Tenía costras en los labios y los párpados, que sangraban, y la piel roja y pelada. Tenía una bota de agua preparada, que abrí y le coloqué en los labios.

—¿Holden? —repetí.

Se movió. Parpadeó y centró la vista en mí, con unos ojos lechosos y llenos de dolor, pero me reconoció y muy lentamente apareció el fantasma de una sonrisa en sus labios agrietados y petrificados.

Entonces, con la misma rapidez, la sonrisa desapareció y Holden comenzó a sacudirse. No estaba seguro de si era porque intentaba salir de la arena o si le había dado un ataque, pero su cabeza iba de un lado a otro, con la boca abierta, y me incliné hacia adelante para sostenerle la cara con las dos manos e impedir que se hiciera daño.

—Holden —dije en voz baja—. Holden, para. Por favor…

—Sáqueme de aquí, señor —bramó, y los ojos húmedos le brillaron a la luz de la luna—. Sáqueme.

—Holden…

—Sáqueme de aquí —suplicó—. Sáqueme de aquí, señor, por favor, ahora, señor…

Volvió a mover la cabeza dolorosamente de izquierda a derecha. Intenté tranquilizarle, debía detenerle antes de que se pusiera histérico. ¿Cuánto tiempo me quedaba antes de que enviaran a otro guardia? Le llevé el odre a los labios y dejé que bebiera más agua, después saqué una pala que llevaba a la espalda y empecé a quitar arena empapada en sangre de alrededor de su cabeza, hablándole al mismo tiempo que descubría sus hombros desnudos y el pecho.

—Lo siento mucho, Holden, lo siento mucho. No debería haberte dejado allí.

—Yo se lo dije, señor —consiguió decir—. Le empujé, ¿recuerda?

Mientras cavaba, la arena cada vez estaba más negra por la sangre.

—¡Oh, Dios! ¿Qué te han hecho?

Pero ya lo sabía y, de todas formas, tuve la prueba momentos más tarde, cuando llegué a la cintura y me encontré los vendajes, que también estaban negros y llenos de costras por la sangre.

—Tenga cuidado ahí abajo, señor, por favor —me pidió en voz muy baja, y vi que hacía una mueca de dolor mientras trataba de contenerlo.

Al final fue demasiado para él y perdió la conciencia, una bendición del cielo que me permitió terminar de sacarlo de aquel detestable lugar y llevarlo hasta nuestros dos caballos, que estaban atados a unos árboles, al pie de la colina.

ii

Puse a Holden cómodo y luego alcé la vista hacia el monasterio. Comprobé el mecanismo de la hoja, me até una espada a la cintura, cebé dos pistolas para metérmelas en el cinturón y después preparé dos mosquetes. A continuación, encendí una cerilla y una antorcha, tomé los mosquetes y volví a subir la colina, donde encendí una segunda y tercera antorcha. Eché a los caballos y lancé la primera antorcha a los establos, donde el heno prendió con un satisfactorio «buf»; la segunda antorcha la tiré en el vestíbulo de la capilla, y cuando esta y los establos estuvieron en llamas, corrí hacia los dormitorios, encendiendo dos antorchas más por el camino; rompí las ventanas de la parte trasera y tiré dos antorchas dentro. Luego, regresé a la puerta principal, donde dejé los mosquetes apoyados en un árbol, y esperé.

No mucho. Al cabo de un momento, apareció el primer sacerdote. Le disparé y aparté el primer mosquete. Tomé el segundo y lo utilicé contra el siguiente sacerdote. Comenzaron a salir más en tropel y vacié las pistolas, después fui a toda velocidad hacia la puerta y empecé a atacar con la hoja y la espada. Los cuerpos caían a mi alrededor —diez, once o más— mientras el edificio ardía, hasta que estuve empapado de sangre de sacerdote, las manos manchadas, cayéndome a chorros por la cara. Dejé a los heridos gritar de dolor mientras los sacerdotes que quedaban dentro se encogían de miedo; no querían quemarse, pero estaban demasiado aterrorizados para salir corriendo y enfrentarse a la muerte. Algunos se arriesgaron, por supuesto, y arremetieron contra mí empuñando espadas, pero los eliminé. A otros los oí quemarse. Quizás algunos escaparon, pero no estaba de humor para comprobarlo. Me aseguré de que la mayoría muriera; oí los alaridos y olí la carne chamuscada de los que se escondían en el interior, y entonces pasé por encima de los cuerpos de los muertos y los agonizantes, y me marché mientras el monasterio ardía a mis espaldas.

25 de septiembre de 1757

Estábamos en una casa de campo, sentados a una mesa, con los restos de una comida y una única vela entre nosotros. No muy lejos, Holden dormía, con fiebre, y de vez en cuando me levantaba para cambiarle el trapo de la frente por uno más frío. Teníamos que dejar que la fiebre siguiera su curso y solo cuando estuviera mejor, continuaríamos el viaje.

—Padre era un Asesino —dijo Jenny cuando me senté.

Era la primera vez que hablábamos desde el rescate. Habíamos estado demasiado ocupados con la búsqueda de Holden, escapando de Egipto y encontrando un refugio para cada noche.

—Lo sé —respondí.

—¿Lo sabes?

—Sí, lo averigüé. Me he dado cuenta de a qué te referías hace tantos años. ¿Recuerdas? Solías llamarme «mocoso»…

Frunció los labios y cambió de postura, incómoda.

—… y decías que era el heredero. Que tarde o temprano averiguaría lo que tenían preparado para mí.

—Me acuerdo…

—Bueno, al final resultó ser más tarde que temprano cuando descubrí lo que tenían preparado para mí.

—Pero si lo sabías, ¿por qué Birch está vivo?

—¿Por qué debería estar muerto?

—Es un Templario.

—Igual que yo.

—¡Eres... eres un Templario! Pero eso va en contra de lo que padre siempre...

—Sí —respondí con serenidad—. Sí, soy un Templario, y no, no va en contra de lo que nuestro padre creía. Desde que me enteré de su afiliación, he visto muchas similitudes entre las dos facciones. He comenzado a preguntarme si no estoy perfectamente situado para de algún modo unir a los Asesinos y los Templarios...

Me callé. Advertí que estaba un poco borracha.

—¿Y qué hay de él? ¿De mi antiguo prometido, el dueño de mi corazón, el gallardo y encantador Reginald Birch? ¿Qué ha sido de él, si se puede saber?

—Reginald es mi mentor, mi Gran Maestro. Fue él quien me cuidó todos aquellos años tras el ataque.

Su rostro se retorció hasta reflejar la expresión más desdeñosa, amarga y desagradable que había visto jamás.

—¡Vaya, qué afortunado! Mientras tú tenías un mentor, a mí me cuidaban también los turcos esclavistas.

Tuve la sensación de que podía ver a través de mí, que podía ver exactamente cuáles habían sido mis prioridades durante todos aquellos años, y bajé los ojos para luego mirar hacia donde Holden yacía. Aquella habitación estaba llena de fracasos.

—Lo siento —me disculpé, dirigiéndome a los dos—. Lo siento muchísimo.

—No, yo fui una de las afortunadas. Me mantuvieron pura para enviarme a la corte otomana y después me cuidaron en el palacio de Topkapi. —Apartó la mirada—. Podría haber sido peor. Después de todo, me acostumbré.

—¿Qué?

—Tú idolatrabas a padre, ¿no, Haytham? Probablemente todavía lo hagas. ¿Tu sol y tu luna? ¿«Mi padre, mi rey»? Yo no. Yo le odiaba. Todo su sermón sobre la libertad, la libertad espiritual e intelectual, no se extendía a mí, a su propia hija. Yo no tenía entrenamiento con armas, ¿recuerdas? No, a Jenny la trataba diferente. Solo había «Sé una buena chica y cásate con Reginald Birch». Menuda pareja íbamos a hacer. Me atrevo a decir que me trataba mejor el sultán de lo que me habría tratado él. Una vez te dije que teníamos planificadas nuestras vidas, ¿recuerdas? Bueno, me equivocaba en una parte, por supuesto, porque no creo que ninguno de nosotros pudiera haber predicho lo que iba a suceder, pero por otro lado… Por otro lado, no podría haber tenido más razón, Haytham, porque tú naciste para matar, y matar es lo que has hecho; y yo nací para servir a los hombres, y servir a los hombres es lo que he hecho. Aunque esos días para mí han terminado. ¿Qué hay de ti?

Al acabar, se llevó el vaso de vino a los labios y bebió. Me pregunté qué horribles recuerdos la ayudaba a borrar la bebida.

—Fueron tus amigos los Templarios los que atacaron nuestro hogar —dijo cuando vació el vaso—. Estoy segura.

—Aunque no viste ningún anillo.

—No, pero ¿y qué importa? ¿Qué significa eso? Se los quitaron, está claro.

—No. No eran Templarios, Jenny. Me he encontrado con algunos desde entonces. Eran hombres a sueldo. Mercenarios.

«Sí, mercenarios —pensé—. Mercenarios que trabajaban para Edward Braddock, amigo de Reginald…».

Me incliné hacia delante.

—Me dijeron que padre tenía algo…, algo que ellos querían. ¿Sabes qué era?

—Oh, sí. Lo llevaban en el carruaje aquella noche.

—¿Y bien?

—Era un libro.

Volví a quedarme helado, entumecido.

—¿Qué clase de libro?

—Era marrón, encuadernado en cuero y llevaba el sello de los Asesinos.

Asentí.

—¿Crees que lo reconocerías si lo vieras otra vez?

Se encogió de hombros.

—Probablemente —respondió.

Miré hacia donde Holden estaba tumbado, con el sudor brillando sobre su torso.

—En cuanto deje de tener fiebre, nos marchamos.

—¿Adónde iremos?

—A Francia.

8 de octubre de 1757

i

Aunque hacía frío, el sol resplandecía aquella mañana, un día que podría describirse como «veteado de sol», con una luz intensa que se filtraba por entre las hojas de los árboles para pintar en el suelo del bosque un mosaico de tonos dorados.

Cabalgábamos en una columna de tres, conmigo a la cabeza. Detrás de mí, iba Jenny, que hacía tiempo se había deshecho de la ropa de sirvienta y vestía una túnica que colgaba por la ijada de su corcel. Una gran capucha oscura le tapaba la cabeza y su cara parecía sobresalir como si asomara de una cueva: seria, intensa y enmarcada por unos cabellos canosos que le caían sobre los hombros.

Detrás de ella iba Holden, que, como yo, llevaba una levita abotonada, un pañuelo y un tricornio, solo que él se inclinaba un poco hacia delante en la silla y lucía una tez pálida, cetrina y… angustiada.

No había hablado mucho desde que se recuperó de la fiebre. Había habido momentos fugaces del viejo Holden: una breve sonrisa, un instante de su sabiduría londinense…, pero era solo un instante, pronto volvía a encerrarse en sí mismo. Durante nuestro viaje por el Mediterráneo se mantuvo aislado de todo, se sentó solo a pensar. En Francia nos disfrazamos, compramos unos caballos y emprendimos el camino hacia el castillo, aunque él cabalgaba en silencio. Estaba pálido y, al verle caminar, pensé que todavía tenía dolores. Incluso en la silla de montar alguna vez le veía poner muecas de dolor, sobre todo cuando atravesábamos terrenos desnivelados. Apenas podía pensar en el daño que estaba soportando, físico y mental.

A una hora del castillo, nos detuvimos y yo me até una espada a la cintura, cebé la pistola y me la metí en el cinturón. Holden hizo lo mismo y yo le pregunté:

—¿Estás seguro de estar bien para luchar, Holden?

Me lanzó una mirada de reproche y noté las bolsas y las ojeras en sus ojos.

—Disculpe, señor, pero lo que me han quitado son las pelotas y la picha, no las agallas.

—Lo siento, Holden, no pretendía ofenderte. Tengo tu respuesta y con eso me basta.

—¿Cree que tendremos que luchar, señor? —preguntó y volví a verle hacer una mueca de dolor mientras se colocaba la espada a mano.

—No lo sé, Holden, de verdad que no.

Al acercarnos al castillo, vi al primer vigilante. El guardia estaba delante de mi caballo y me observaba desde detrás del ala ancha de su sombrero: me di cuenta de que era el mismo hombre que había estado allí en mi última visita, hacía casi cuatro años.

—¿Es usted, maestro Kenway? —preguntó.

—Pues sí, y traigo dos compañeros —respondí.

Le observé con detenimiento mientras apartaba la vista de mí para mirar a Jenny y luego a Holden, y, aunque intentaba ocultarlo, sus ojos me revelaron todo lo que necesitaba saber. Fue a echarse los dedos a la boca, pero yo ya había saltado de mi caballo, le atravesé un ojo con mi hoja para clavársela en el cerebro y después le rajé la garganta antes de que pudiera emitir ningún sonido.

ii

Me arrodillé con una mano en el pecho del centinela mientras la sangre rezumaba rápida y densamente del gran corte en el cuello, como una segunda boca sonriente, y al mirar atrás, por encima de su hombro, vi a Jenny con el ceño fruncido y a Holden sentado erguido en la silla de montar, con la espada desenvainada.

—¿Te importaría contarnos a qué ha venido eso? —preguntó Jenny.

—Estaba a punto de silbar —respondí mientras examinaba el bosque a nuestro alrededor—. La última vez no silbó.

—¿Y? Tal vez han cambiado el procedimiento de entrada.

Negué con la cabeza.

—No. Saben que estamos aquí. Nos esperan. El silbido habría avisado a los demás. No habríamos logrado cruzar el césped sin caer eliminados.

—¿Cómo lo sabes? —preguntó mi hermana.

—No lo sé —espeté. Debajo de mi mano el pecho del guardia se levantaba y caía por última vez. Bajé la vista para ver cómo giraba los ojos y su cuerpo tuvo un último espasmo antes de morir—. Lo sospecho —continué al tiempo que me limpiaba las manos ensangrentadas en el suelo y me levantaba—. Llevo años sospechando, ignorando lo obvio. El libro que viste en el carruaje aquella noche lo tiene Reginald. Lo tiene en esa casa si no me equivoco. Fue él quien organizó el asalto a nuestra casa. Él es el responsable de la muerte de nuestro padre.

—Ah, y ahora te enteras de esto, ¿no? —dijo con desdén.

—Antes me negaba a creerlo. Pero ahora lo sé, sí. Todo empieza a tener sentido para mí. Como cuando era niño, una tarde, me encontré a Reginald junto al cuarto de la vajilla. Me apuesto cualquier cosa a que estaba buscando el libro. La razón por la que se acercó a la familia, Jenny, la razón por la que pidió tu mano en matrimonio, fue porque quería el libro.

—¡No tienes que decírmelo! —exclamó—. Aquella noche intenté avisarte de que él era el traidor.

—Lo sé —dije y luego me quedé pensando un momento—. ¿Padre sabía que era un Templario?

—Al principio no, pero yo lo averigüé y se lo dije a padre.

—Fue cuando discutieron —dije, comprendiéndolo ahora.

—¿Discutieron?

—Los oí un día. Y, después, padre contrató a los guardias. Eran Asesinos, sin duda. Reginald me dijo que estaba advirtiendo a padre…

—Más mentiras, Haytham…

La miré, temblando un poco. Sí. Más mentiras. Todo lo que sabía, mi infancia entera, todo se había basado en mentiras.

—Utilizaba a Digweed —dije—. Fue Digweed quien le reveló dónde guardaba el libro…

Me estremecí ante un recuerdo repentino.

—¿Qué pasa? —preguntó.

—El día del cuarto de la vajilla, Reginald me preguntó dónde guardaba mi espada y le descubrí el escondite secreto.

—¿Estaba en la sala de billar?

Asentí.

—Fueron directos allí, ¿no? —preguntó.

Asentí.

—Sabían que no estaba en el cuarto de la vajilla porque Digweed les dijo que lo habían cambiado de sitio y por eso fueron directamente a la sala de juegos.

—Pero ¿eran Templarios?

—¿Disculpa?

—En Siria, me dijiste que los hombres que nos atacaron no eran Templarios —dijo con un tono sardónico—. No podían ser tus queridos Templarios.

Negué con la cabeza.

—No, no lo eran. Te dije que me había topado con ellos y eran hombres de Braddock. Reginald debió de planear instruirme en la Orden… —Volví a pensarlo y entonces se me ocurrió algo—: Por la herencia familiar, seguramente. Habría sido demasiado arriesgado usar a hombres templarios. Lo habría descubierto. Habría llegado aquí antes. Casi consigo dar con Digweed. Casi los tenía en la Selva Negra, pero entonces… —Recordé lo que había sucedido en la cabaña de la Selva Negra—. Reginald mató a Digweed. Por eso iban un paso por delante y así están todavía ahora.

Señalé en dirección al castillo.

—¿Y qué hacemos ahora, señor? —preguntó Holden.

—Haremos lo mismo que ellos cuando nos atacaron aquella noche en la plaza Queen Anne. Esperaremos al anochecer y luego entraremos ahí y mataremos a todo el mundo.

9 de octubre de 1757

i

La fecha de arriba es 9 de octubre. La escribí con bastante optimismo al final de la entrada anterior, con la intención de que este fuera un informe actual de nuestro intento de ataque al castillo. De hecho, estoy escribiendo esto varios meses después y para dar detalles de lo que sucedió aquella noche, tengo que echar la vista atrás...

ii

¿Cuántos habría? Seis, la última vez que había estado allí, pero ¿habría aumentado esa cantidad durante aquel tiempo, al saber que iría? Eso pensaba yo. La doblé.

Serían doce, entonces, más John Harrison, si es que seguía en el castillo. Y, por supuesto, Reginald. Tenía cincuenta y dos años, y habría perdido destreza, pero sabía que no debía subestimarle.

Así que esperamos, con la esperanza de que hicieran lo que al final hicieron: enviar a un grupo en busca del vigilante que faltaba. Eran tres, con antorchas y las espadas desenvainadas, que cruzaron el oscuro césped con la luz de las antorchas danzando sobre sus rostros adustos.

Observamos cómo aparecieron de entre la penumbra y se fundieron con los árboles. En la puerta comenzaron a llamar al guardia por su nombre y recorrieron el perímetro exterior hacia donde se suponía que estaba el vigilante.

El cadáver estaba donde yo lo había dejado, y en los árboles cerca de Holden, Jenny y yo tomamos posiciones. Jenny permaneció atrás, armada con un cuchillo, pero alejada de la acción; Holden y yo nos encontrábamos un poco más adelante y trepamos a los árboles —Holden con algo de dificultad— para observar y esperar, armándonos de valor, mientras el grupo de búsqueda se topaba con el cuerpo.

—Está muerto, señor.

El líder del grupo se inclinó sobre el cuerpo.

—Desde hace unas horas.

Emití el canto de un pájaro, una señal para Jenny, que hizo lo que habíamos acordado. Lanzó un grito de ayuda desde la profundidad del bosque que atravesó la noche.

Con un gesto nervioso, el cabecilla del grupo guio a sus hombres hacia los árboles y se acercaron con gran estruendo hacia nosotros, hasta donde estábamos colocados, esperándolos. Miré entre los árboles para ver la figura de Holden a unos metros de distancia y me pregunté si se encontraría lo bastante bien, recé a Dios para que así fuera, porque a continuación la patrulla se puso a correr hacia nosotros entre los árboles de abajo y me lancé a ellos desde la rama.

Fui primero a por el líder, saqué la hoja para atravesarle el ojo y después el cerebro, lo que le mató al instante. Desde mi posición, agachado, corté hacia arriba y atrás para abrir el estómago del segundo hombre, que cayó de rodillas con las tripas brillando por el enorme agujero en la túnica y luego se dio de bruces contra el suelo blando del bosque. Eché una ojeada y vi a un tercer hombre caer por la espada de Holden, en cuyo rostro vi reflejado el triunfo incluso en aquella oscuridad.

—Buen grito —le dije a Jenny un rato después.

—Encantada de servir de ayuda. —Frunció el entrecejo—. Pero escucha, Haytham, no voy a quedarme en las sombras cuando lleguemos allí. —Levantó el cuchillo—. Quiero encargarme yo misma de Birch. Me arrebató mi vida. La misericordia que mostró al no matarme quiero devolvérsela dejándole el pito y...

Se calló y miró a Holden, que estaba arrodillado por allí cerca y apartó la mirada.

—Lo... —comenzó a decir.

—No pasa nada, señorita —la interrumpió Holden. Alzó la cabeza y, con una expresión que jamás había visto en su cara, dijo—: Pero asegúrese de cortarle el pito y las pelotas antes de matarle. Así hará sufrir a ese cabrón.

iii

Recorrimos el perímetro para regresar a la puerta, donde un solo centinela parecía nervioso, tal vez preocupado por saber dónde se había metido el grupo de búsqueda; tal vez porque percibió que algo iba mal al ponerse en funcionamiento su instinto de soldado.

Pero fuera cual fuese su instinto, no bastó para mantenerle con vida, y unos instantes más tarde cruzábamos, agachados, la portezuela y continuamos en aquella posición mientras caminábamos por el césped. Nos detuvimos y nos arrodillamos junto a una fuente, conteniendo el aliento al oír a cuatro hombres más que aparecían por la puerta principal del palacio, haciendo ruido con las botas y llamando a los demás hombres. Un equipo de búsqueda en busca del primer equipo de búsqueda. El castillo ahora estaba en alerta. Demasiado para una entrada en silencio. Al menos, habíamos reducido el número...

Eliminando a ocho. A mi señal, Holden y yo dejamos el refugio de la fuente para abalanzarnos sobre ellos, y acabamos con ellos antes de que tuvieran la oportunidad de desenvainar las espadas. Nos habían visto. Se oyó un grito en el castillo y al instante comenzó el estallido de los disparos con mosquete cuyas balas chocaban contra la fuente detrás de nosotros. Corrimos hacia la puerta principal, donde otro guardia nos vio llegar y, mientras subía los escalones hacia él, intentó escapar.

Era demasiado lento. Embestí con la hoja hacia la puerta cerrada y se la clavé en el lateral de la cara, usando mi impulso hacia delante para abrir la puerta y pasar al otro lado, rodando por el vestíbulo mientras él caía chorreando sangre por su mandíbula rota. En el rellano superior se oyó el estallido de un mosquete, pero el hombre armado había apuntado demasiado alto y la bala había alcanzado la madera sin hacer daño a nadie. Al instante me puse de pie y cargué hacia la escalera, en dirección al rellano, donde el francotirador abandonó su mosquete con un grito de frustración, sacó la espada de la funda y se enfrentó a mí.

Había terror en sus ojos y a mí me hervía la sangre. Me sentía más animal que hombre, me movía por puro instinto, como si hubiera salido de mi propio cuerpo y estuviera contemplando cómo luchaba. En cuestión de segundos había abierto al francotirador y lo tiraba por la barandilla hacia el vestíbulo de abajo, donde había aparecido otro guardia, justo a tiempo de encontrarse a Holden que había irrumpido en el vestíbulo con Jenny a la zaga. Salté del rellano con un grito y aterricé sobre el cuerpo del hombre que acababa de tirar, lo que obligó al recién llegado a balancearse y proteger su retaguardia. Fue la oportunidad que Holden necesitaba para acabar con él.

Con un gesto de la cabeza, me di la vuelta y volví a subir las escaleras, a tiempo de ver aparecer una figura en el rellano, y al agacharme ante el estallido de unos disparos, una bala le dio a la pared de piedra que estaba detrás de mí. Era John Harrison y me abalancé sobre él antes de que tuviera la oportunidad de sacar el puñal, le agarré la camisa de dormir y le obligué a ponerse de rodillas mientras retiraba el brazo de la hoja hacia atrás para atacar.

—¿Lo sabías? —gruñí—. ¿Ayudaste a matar a mi padre y a corromper mi vida?

Dejó caer la cabeza a modo de asentimiento y le clavé la hoja en la nuca, cortándole las vértebras y matándole al instante.

Desenvainé la espada. En la puerta de Reginald me detuve, miré a un lado y a otro del descansillo, luego me eché hacia atrás y estaba a punto de derribarla de una patada cuando me di cuenta de que ya estaba entornada. La empujé, agachado, y se balanceó hacia dentro con un crujido.

Reginald estaba vestido, en el centro de su habitación. Típico de él, siempre pendiente de la etiqueta, se había vestido para enfrentarse a sus asesinos. De repente, apareció una sombra en la pared, proyectada por una figura oculta detrás de la puerta y, en vez de esperar caer en la trampa, atravesé con la espada la madera, oí un grito de dolor al otro lado, entré y cerré la puerta con el cuerpo del último guardia sujeto a ella, con la vista clavada en la espada que le atravesaba el pecho, con los ojos muy abiertos, sin dar crédito, mientras trataba de apoyarse con los pies en el suelo de madera.

—Haytham —dijo Reginald fríamente.

iv

¿Era el último guardia? —pregunté y levanté los hombros mientras recuperaba el aliento.

Detrás de mí, los pies del hombre agonizante todavía raspaban la madera, y oí a Jenny y Holden al otro lado de la puerta, esforzándose por abrirla con aquel cuerpo en medio que se retorcía. Al final, con una última tos, murió y su cuerpo cayó de la hoja, de modo que Holden y Jenny pudieron entrar.

—Sí —asintió Reginald—. Ya solo quedo yo.

—Mónica y Lucio ¿están a salvo?

—En sus aposentos, sí, por el pasillo.

—Holden, ¿me harías un favor? —le pregunté por encima del hombro—. ¿Podrías ir a comprobar si Lucio y Mónica están bien? Sus condiciones me ayudarían a determinar cuánto dolor debe sufrir el señor Birch.

Holden alejó el cuerpo del guardia de la puerta, dijo: «Sí, señor» y se marchó, cerrando la puerta a sus espaldas con cierto carácter definitivo, que no escapó a los ojos de Reginald.

Reginald sonrió. Fue una sonrisa larga, lenta y triste.

—Hice lo que hice por el bien de la Orden, Haytham. Por el bien de la humanidad.

—A expensas de la vida de mi padre. Destruiste a mi familia. ¿Pensabas que nunca lo averiguaría?

Negó con la cabeza, apesadumbrado.

—Querido niño, cuando eres el Gran Maestro tienes que tomar decisiones difíciles. ¿Acaso no te lo he enseñado? Te ascendí a Gran Maestro del Rito Colonial, porque sabía que tú también deberías tomar decisiones difíciles y tenía fe en tu capacidad para tomarlas, Haytham. Decisiones que se toman en la lucha por el bien supremo. En la lucha por un ideal que tú compartes, ¿recuerdas? Me preguntas si creía que lo descubrirías. Y por supuesto la respuesta es sí. Eres un hombre de recursos, tenaz. Te entrené para que fueras así. Tenía que considerar la posibilidad de que algún día te enterases de la verdad, pero esperaba que cuando llegara ese día, tuvieras una perspectiva más filosófica. —Forzó una sonrisa—. Dado el recuento de cadáveres, supongo que me equivoqué, ¿no?

Reí secamente.

—Sí, Reginald, así es. Lo que has hecho es una corrupción de todo en lo que creo y ¿sabes por qué? Lo hiciste no aplicando nuestros ideales sino con engaños. ¿Cómo vamos a inspirar fe si lo que tenemos en nuestros corazones son mentiras?

Negó con la cabeza, indignado.

—Oh, vamos, eso no son más que tonterías ingenuas. Lo habría esperado de ti cuando eras un joven inexperto, pero ¿ahora? Durante una guerra, haces lo que sea necesario para asegurar la victoria. Lo que cuenta es lo que hagas con esa victoria.

—No. Debemos poner en práctica lo que predicamos. De lo contrario, nuestras palabras están vacías.

—Está hablando el Asesino que hay en ti —respondió con las cejas arqueadas.

Me encogí de hombros.

—No me avergüenzan mis raíces. He tenido años para reconciliar mi sangre asesina con mis creencias templarias y así lo he hecho.

Oía la respiración de Jenny a mi lado, una respiración húmeda y entrecortada, que no dejaba de acelerarse.

—Ah, entonces ya está —se mofó Reginald—. Te consideras un moderado, ¿no?

No dije nada.

—¿Y crees que puedes cambiar las cosas? —preguntó frunciendo los labios.

Pero la siguiente persona que habló fue Jenny.

—No, Reginald —dijo—. Te vamos a matar por lo que nos has hecho a nosotros.

Centró su atención en ella, al advertir su presencia.

—¿Qué tal estás, Jenny? —le preguntó, levantó un poco la barbilla y añadió con falsedad—: Veo que los años no pasan para ti.

Ahora mi hermana emitía un grave gruñido. Por el rabillo del ojo vi que la mano con la que sujetaba el cuchillo avanzaba amenazadoramente. Y él también.

—En cuanto a tu vida como concubina —continuó—, ¿fue una experiencia gratificante? Me imagino que viste mucho mundo, muchas personas distintas y culturas variadas...

Estaba intentando provocarla y funcionaba. Con un aullido de ira por todos aquellos años de subyugación, arremetió contra él para clavarle el cuchillo.

—¡No, Jenny...! —grité, pero era demasiado tarde porque, claro, él la estaba esperando.

Mi hermana estaba haciendo exactamente lo que él esperaba que hiciera y, en cuanto estuvo lo bastante cerca, sacó su puñal —debía de tenerlo metido en la parte trasera del cinturón— y esquivó su cuchillo sin dificultad. Jenny gritaba de dolor e indignación mientras él le retorcía la muñeca para que soltara el arma, que cayó al suelo, y la agarró alrededor del cuello para amenazarla con su hoja.

Por encima del hombro de ella, él me miró, y le brillaron los ojos. Estaba de puntillas, listo para saltar hacia delante, pero él apretó la hoja contra el cuello de Jenny y ella gimoteó, con los dos brazos tirando del antebrazo del hombre para intentar desplazarlo.

—No, no —me advirtió, y ya estaba dándose la vuelta, con el cuchillo en la garganta, tirando de ella hacia la puerta, pero la expresión en su rostro cambió, de triunfo a irritación, cuando ella comenzó a forcejear.

—Estate quieta —le dijo con los dientes apretados.

—Haz lo que te dice, Jenny —le pedí, pero ella se sacudía para soltarse, con el pelo empapado en sudor pegado a la cara, como si le diera tanto asco que la agarrara que prefiriera morir por un corte en el cuello a pasar otro segundo tan cerca de él.

Y así fue, le cortó el cuello y la sangre comenzó a brotar.

—¡Te vas a estar quieta, mujer! —exclamó, comenzando a perder la calma—. Por el amor de Dios, ¿acaso quieres morir aquí?

—Mejor eso y que mi hermano te mate a que puedas escapar —contestó entre dientes y continuó luchando contra él.

Vi que miraba hacia el suelo. No muy lejos de donde forcejeaban estaba el cadáver del guardia, y me di cuenta de lo que ella estaba haciendo un segundo antes de que pasara: Reginald tropezó con una pierna estirada del muerto y perdió el equilibrio. Solo un poco. Pero fue suficiente. Bastó para que Jenny, con un grito de esfuerzo, se tirara hacia atrás, él tropezara con el cuerpo, perdiera el equilibrio y se golpeara fuertemente contra la puerta, donde mi espada todavía atravesaba la madera.

La boca de Reginald se abrió en un grito silencioso de sorpresa y dolor. Seguía sujetando a Jenny, pero las manos se relajaron y ella se echó hacia delante, dejando al Templario clavado en la puerta. El hombre me miró a mí y después a su pecho, por donde la punta de la espada sobresalía. Cuando su rostro reflejó el dolor que sentía, tenía sangre en los dientes. Y entonces, despacio, se separó de la espada y se reunió con el primer guardia, con las manos en el agujero del pecho y la sangre empapándole la ropa y comenzando a formar un charco en el suelo.

Giró ligeramente la cabeza y levantó la mirada para verme.

—Intenté hacer lo que estaba bien, Haytham —dijo con el ceño fruncido—. Seguro que lo entiendes.

Bajé la vista, apenado, pero no por él, sino por la infancia que me había arrebatado.

—No —le respondí y, mientras la luz desaparecía de sus ojos, esperé que se llevara consigo mi templanza al otro lado.

—¡Cabrón! —gritó Jenny detrás de mí. Se había incorporado sobre las manos y las rodillas, y gruñía como un animal—. Considérate afortunado por que no te haya cortado las pelotas.

Pero no creo que Reginald la oyera. Aquellas palabras se quedarían en el mundo material. Estaba muerto.

v

Fuera se oyó un ruido y pasé por encima del cadáver para abrir la puerta, preparado para enfrentarme a más guardias si era necesario. En su lugar vi a Mónica y Lucio que pasaban por el rellano, ambos con unos fardos, guiados hacia las escaleras por Holden. Tenían las caras pálidas y demacradas de los que habían estado mucho tiempo encarcelados y cuando miraron por encima de la barandilla hacia el vestíbulo y vieron todos aquellos cadáveres, Mónica soltó un grito ahogado y se llevó la mano a la boca por la sorpresa.

—Lo siento —dije sin estar muy seguro de por qué me estaba disculpando. ¿Por sorprenderlos? ¿Por los cadáveres? ¿Por el hecho de que los habían tenido como rehenes durante cuatro años?

Lucio me lanzó una mirada de puro odio y después apartó la vista.

—No queremos sus disculpas, gracias, señor —respondió Mónica hablando mal inglés—. Le agradecemos que nos haya liberado al fin.

—Si nos esperáis, nos marcharemos por la mañana —dije—. Si te parece bien, Holden.

—Sí, señor.

—Creo que deberíamos partir en cuanto hayamos reunido las provisiones necesarias para regresar a casa —contestó Mónica.

—Por favor, esperad —les pedí, y pude oír el cansancio en mi voz—. Mónica. Lucio. Por favor, esperad, y viajaremos todos juntos por la mañana, nos aseguraremos de que tengáis un buen viaje.

—No, gracias, señor. —Habían llegado al final de las escaleras y Mónica se dio la vuelta para mirarme—. Creo que ya ha hecho suficiente. Sabemos dónde están los establos. Si podemos recoger provisiones de la cocina y luego los caballos…

—Claro. Claro. ¿Tenéis…, tenéis algo con lo que defenderos por si os asaltan bandidos?

Bajé deprisa las escaleras, recogí una espada de uno de los guardias muertos y se la ofrecí a Lucio por el mango.

—Lucio, llévala —dije—. La necesitarás para proteger a tu madre en el camino de vuelta a casa.

Tomó la espada, levantó la cabeza para mirarme y creí ver que se le relajaban los ojos.

Luego me la clavó.

27 de enero de 1758

Muerte. Había habido mucha y habría todavía más.

Cuando Lucio hundió la espada en mi cuerpo en el vestíbulo del castillo, tuve la fortuna de que no tocara ninguno de mis órganos vitales. Su estocada fue violenta. Como en el caso de Jenny, su ira llevaba años reprimida y soñaba con la venganza. Y, como yo mismo era un hombre que había pasado su vida entera buscando venganza, apenas podía culparle por ello.

Aunque sí me causó una herida grave y he pasado el resto del año en una cama del castillo. Me he hallado al borde de la muerte infinita, perdiendo y retomando la conciencia, herido, preso de la infección y la fiebre, pero, a pesar del cansancio, seguí luchando y una débil llama titilante en mi interior se negó a apagarse. Se invirtieron los papeles y esta vez fue Holden el que tuvo que ocuparse de mí.

—Está bien, señor, está bien. Relájese. Ya ha pasado lo peor.

¿De verdad? ¿Ya había pasado lo peor?

Un día —no sé cuánto tiempo estuve con fiebre—, me desperté y tomé a Holden de la parte superior del brazo para impulsarme hasta quedar sentado. Le miré intensamente a los ojos y le pregunté:

—Lucio. Mónica. ¿Dónde están?

Me había venido la imagen a la cabeza de Holden matándolos a los dos.

—Lo último que dijo antes de perder el conocimiento fue que

les perdonásemos la vida, señor —respondió, con una expresión que sugería su desaprobación al respecto—, así que eso fue lo que hice. Les enviamos de vuelta a su casa con provisiones y caballos.

—Bien, bien… —resollé y noté que la oscuridad me reclamaba otra vez—. No puedes culpar…

—Fue un cobarde —estaba diciendo con arrepentimiento mientras volvía a perder la conciencia—. No hay otra manera de llamarlo, señor. Un cobarde. Pero ahora cierre los ojos, descanse…

Vi a Jenny también e incluso en mi estado herido y febril no pude evitar notar el cambio que había sufrido. Era como si hubiese alcanzado la paz interior. Una o dos veces fui consciente de que estaba sentada junto a la cama y la oí hablando sobre la vida en la plaza Queen Anne, sus planes de regresar allí y, tal y como dijo, «encargarse de todo».

Temía ponerme a pensar. Incluso medio consciente compadecía en el fondo de mi corazón a los pobres al cargo de los asuntos de los Kenway cuando mi hermana Jenny regresara al redil.

En la mesa junto a la cama estaba el anillo de Templario de Reginald, pero no me lo puse, ni siquiera lo toqué. De momento, al menos por ahora, no me sentía ni Templario ni Asesino, y no quería tener nada que ver con ninguna de las órdenes.

Y entonces, unos tres meses después de que Lucio me clavara la espada, salí de la cama.

Enseguida sentí una punzada de dolor en la herida del costado y llevé allí la mano.

—Estaba muy infectada, señor —me explicó Holden—. Tuvimos que cortar parte de la piel podrida.

Hice una mueca.

—¿Adónde quiere ir, señor? —preguntó Holden, después de que camináramos despacio desde la cama a la puerta.

Me sentía como un inválido, pero estaba contento de que de momento me trataran así. Pronto recuperaría las fuerzas.

¿Volvería a ser el mismo de antes?, me pregunté.

—Creo que quiero mirar por la ventana, Holden, por favor —dije y él aceptó llevarme hasta allí para que pudiera ver los jardines donde había pasado mucho tiempo en mi infancia.

Mientras estaba allí, me di cuenta de que durante la mayor

parte de mi vida adulta, cuando pensaba en mi hogar, me imaginaba a mí mismo mirando por una ventana, ya diera a los jardines de la plaza Queen Anne o a los del castillo. Consideraba ambos lugares mi hogar y aún lo hacía, y ahora —ahora que conocía toda la verdad sobre mi padre y Reginald— habían adquirido un significado aún mayor, casi una dualidad: las dos mitades de mi niñez, las dos partes del hombre en el que me había convertido.

—Ya es suficiente, gracias, Holden —dije, y dejé que me llevara de vuelta a la cama.

Aun así, ya casi estaba recuperado del todo y el hecho de pensarlo bastaba para dibujar una sonrisa en mi cara. Holden se entretuvo con un vaso de agua y una toallita usada, con una extraña expresión adusta e ilegible.

—Me alegro de verle en pie otra vez, señor —dijo, cuando se dio cuenta de que estaba mirándole.

—Tengo que agradecértelo a ti, Holden —dije.

—Y a la señorita Jenny, señor —me recordó.

—Claro.

—Nos tuvo preocupados a los dos un tiempo, señor. Fue una situación delicada.

—Habría sido una buena haber sobrevivido a guerras, a Asesinos y violentos eunucos, solo para morir a manos de un muchacho.

—Sí, menuda, señor —estuvo de acuerdo—. Una amarga ironía, sin duda.

—Bueno, vivo para luchar otro día —dije— y pronto, quizá dentro de una semana, nos marcharemos, viajaremos de vuelta a las Américas y allí continuaré mi trabajo.

Me miró y asintió.

—Como desee, señor —dijo—. ¿Será eso todo de momento, señor?

—Sí…, sí, claro. Perdona, Holden, por haber sido una molestia estos últimos meses.

—Lo único que deseaba era que se recuperase, señor —dijo, y se marchó.

28 de enero de 1758

Lo primero que oí esta mañana fue un grito. El grito de Jenny. Había entrado en la cocina y se había encontrado a Holden colgado del tendedero.

Lo supe incluso antes de que entrara en mi habitación, lo supe incluso antes de que sucediera. Había dejado una nota, pero no hacía falta. Se había suicidado por lo que le habían hecho los sacerdotes coptos. Era así de sencillo y ninguna sorpresa, la verdad.

Desde la muerte de mi padre sabía que un estado de estupefacción es una buena señal de tristeza. Cuanto más paralizado, aturdido y atontado se siente uno, más largo e intenso será el periodo de duelo.

CUARTA PARTE

1774, dieciséis años más tarde

12 de enero de 1774

i

Al escribir esto en una noche llena de acontecimientos, solo tengo una pregunta en la cabeza. ¿Es posible que… tenga un hijo?

La respuesta es que no estoy seguro, pero hay pistas, y sobre todo tengo una sensación, la constante sensación que no deja de fastidiarme y tira del dobladillo de mi abrigo como un mendigo insistente.

No es el único peso que soporto, por supuesto. Hay días en los que me doblo ante los recuerdos, con duda, arrepentimiento y pena. Días en los que parece que los fantasmas no me dejan en paz.

Tras el entierro de Holden, partí a las Américas y Jenny volvió a Inglaterra, a la plaza Queen Anne, donde ha permanecido desde entonces en gloriosa soltería. No cabe duda de que ha sido objeto de un sinfín de chismorreos y especulación sobre los años en los que estuvo fuera y es evidente que esa situación le ha venido como anillo al dedo. Mantenemos correspondencia, pero, aunque me gustaría decir que las experiencias vividas nos unieron, la pura verdad es que no fue así. Nos escribíamos porque compartimos el apellido Kenway y debíamos tener contacto. Jenny había dejado de insultarme, así que en ese sentido supongo que nuestra relación había mejorado, pero nuestras cartas eran tediosas y superficiales. Éramos dos personas que habían sufrido y tenido tantas pérdidas como en doce vidas. ¿De qué podíamos hablar en una carta? De nada. Así que no hablábamos de nada.

Mientras tanto, había tenido razón, había llorado a Holden. No había conocido ni conocería jamás a un hombre tan magnífico como él. Aunque para él, la fuerza y el carácter que poseía en abundancia no fueron suficientes. Le habían arrebatado la hombría. No podía soportarlo, no estaba preparado para aquello, y esperó a que me recuperara para quitarse la vida.

Lamentaré su pérdida y probablemente siempre lloraré su muerte, y también lamentaré la traición de Reginald, por la relación que tuvimos una vez y por las mentiras en las que se basó mi vida. Y lamento el hombre que he sido. El dolor en el costado no terminaba nunca de irse —de vez en cuando sufro espasmos— y a pesar de que no le había dado permiso a mi cuerpo para envejecer, estaba decidido a hacerlo igualmente. Unos pequeños pelos ásperos habían empezado a brotar de las orejas y la nariz. De repente ya no era tan ágil como antes. Aunque mi prestigio dentro de la Orden era más grande que nunca, físicamente no era el hombre de antes. Al regresar a las Américas, encontré una hacienda en Virginia en la que cultivé tabaco y trigo, y la recorría a caballo, consciente de que tenía menos poder conforme pasaban los años. Subir y bajar de un caballo me resultaba más difícil que antes. Y no digo que fuera difícil, pero sí me costaba más, porque seguía siendo más fuerte, rápido y ágil que un hombre con la mitad de años que yo, y no había trabajador en mi finca que me superara físicamente. Pero aun así… No era tan rápido, fuerte y ágil como antes. Los años no perdonaban.

En 1773, Charles regresó también a las Américas y se convirtió en mi vecino, el dueño de otra finca en Virginia, a tan solo medio día a caballo, y nos habíamos escrito para ponernos de acuerdo en quedar un día y hablar de asuntos templarios, planear favorecer los intereses del Rito Colonial. Fundamentalmente hablábamos sobre el desarrollo de la rebelión, la semilla de la revuelta flotaba en el aire, y cuál era la mejor manera de sacarle provecho a aquel ambiente, porque nuestros colonos cada vez estaban más hartos de las nuevas normas impuestas por el Parlamento británico: la Ley de la Estampilla, la Ley Fiscal, la Ley de Indemnización y la Ley del Comisionado de Aduanas. Les asfixiaban para que pagaran los impuestos y les molestaba el hecho de que no hubiera nadie que representara sus opiniones, que hiciera constar su descontento.

Un tal George Washington estaba entre los que se quejaban. Aquel joven oficial que antes servía a Braddock había renunciado a su cargo y aceptado unos terrenos como recompensa por ayudar a los británicos durante la Guerra Franco-India. Pero había cambiado de bando en aquel lapso de tiempo. El oficial de ojos brillantes al que había admirado por su perspectiva compasiva —al menos más que su comandante— ahora era una de las voces que más se oían en el movimiento antibritánico. Sin duda aquello era porque los intereses del gobierno de Su Majestad discrepaban de sus propias ambiciones; había elevado una protesta a la Asamblea de Virginia para intentar presentar una legislación que prohibiera la importación de productos de Gran Bretaña. El hecho de que fuera una legislación nefasta tan solo aumentaba la sensación de descontento nacional.

El Motín del Té, que tuvo lugar en diciembre de 1773 —el mes pasado, en realidad—, fue la culminación de años —no, décadas— de insatisfacción. Al convertir el puerto en la taza de té más grande del mundo, los colonos le dijeron a Gran Bretaña y al mundo que ya no estaban dispuestos a vivir bajo un sistema injusto. Seguro que en tan solo unos meses se produciría un alzamiento importante. Así que con el mismo entusiasmo con el que atendía mis cultivos, escribía a Jenny o salía de la cama todas las mañanas —en otras palabras, muy poco—, decidí que había llegado el momento de que la Orden se preparara para la revolución que se avecinaba, y convoqué una reunión.

ii

Estábamos otra vez todos juntos después de más de quince años, los hombres del Rito Colonial, con los que había compartido tantas aventuras dos décadas atrás.

Nos reunimos bajo las bajas vigas de una taberna donde no había ni un alma, llamada Restless Ghost, a las afueras de Boston. Había gente cuando llegamos, pero Thomas se había encargado de que el lugar quedara solo para nosotros en poco tiempo, aunque para ello tuviera literalmente que echar a los pocos bebedores sentados en las mesas de madera. Los que solíamos llevar uniforme vestíamos de civil, con abrigos abotonados y sombreros que nos cubrían los ojos. Nos sentamos en una mesa con las jarras a mano: Charles Lee, Benjamin Church, Thomas Hickey, William Johnson, John Pitcairn y yo.

Y fue ahí donde oí hablar por primera vez del chico.

Benjamin fue el primero en sacar el tema. Era nuestro hombre dentro de los Hijos de la Libertad en Boston, un grupo de patriotas, colonos antibritánicos que habían ayudado a organizar el Motín del Té de Boston, y hacía dos años, en Martha's Vineyard, había tenido un encuentro.

—Es un muchacho nativo —dijo—, pero no como los que he visto antes…

—No es alguien que recuerdes haber visto antes, Benjamin —le corregí.

Hizo una mueca.

—No es alguien que recuerde haber visto antes, entonces —rectificó—. El muchacho se acercó a mí y, con todo su descaro, me dijo que quería saber dónde estaba Charles.

Me volví hacia Charles.

—Entonces, pregunta por ti. ¿Sabes quién es?

—No.

Pero hubo algo sospechoso en su manera de decirlo.

—Lo volveré a intentar, Charles. ¿Tienes alguna sospecha de quién podría ser ese muchacho?

Se recostó en el asiento y apartó la mirada hacia otro rincón de la taberna.

—No lo creo —respondió.

—Pero ¿no estás seguro?

—Había un chico en…

Un silencio incómodo pareció reinar en la mesa. Los hombres echaron mano a sus jarras, encorvaron los hombros o encontraron algo que estudiar en el fuego cercano. Ninguno me miró a los ojos.

—¿Y si alguien me cuenta qué está pasando? —pregunté.

Ninguno de aquellos hombres era una décima parte de lo que Holden había sido. Me di cuenta de que me tenían harto, muy harto. Y mis sentimientos estaban a punto de intensificarse.

Fue Charles el primero que me mantuvo la mirada y me dijo:

—Tu mujer mohawk.

—¿Qué le pasa?

—Lo siento, Haytham —dijo—. De verdad que sí.

—¿Ha muerto?

—Sí.

«Claro —pensé—, con tantas muertes…».

—¿Cuándo? ¿Cómo?

—Fue durante la guerra. En 1760. Hace catorce años ya. Atacaron su aldea y la quemaron.

Noté que se me tensaba la boca.

—Fue Washington —se apresuró a decir, mirándome—. George Washington y sus hombres. Quemaron el poblado y tu… murió con todos.

—¿Estabas allí?

Se ruborizó.

—Sí, esperábamos hablar con los ancianos del poblado sobre el yacimiento precursor. Aunque no pude hacer nada, Haytham, te lo aseguro. Washington y sus hombres arrasaron todo el lugar. Aquel día estaban sedientos de sangre.

—¿Y había un chico? —le pregunté.

Apartó la vista.

—Sí, había un chico, un niño pequeño, de unos cinco años.

«De unos cinco años», pensé. Me imaginé a Ziio, el rostro al que una vez había amado, cuando era capaz de eso, y sentí una leve oleada de dolor por ella y de odio hacia Washington, que sin duda había aprendido un par de cosas al servicio del general Braddock, lecciones de brutalidad y crueldad. Pensé en la última vez que ella y yo habíamos estado juntos y la visualicé en nuestro pequeño campamento, la mirada perdida entre los árboles y cómo, casi de manera inconsciente, se había llevado las manos al vientre.

Pero no. Me deshice de aquella idea. Era demasiado descabellada. Demasiado rocambolesca.

—El muchacho me amenazó —estaba diciendo Charles.

En otras circunstancias, puede que hubiera sonreído al ver a Charles, con su metro ochenta, amenazado por un nativo de cinco años —si no hubiera estado intentando asimilar la muerte de

Ziio, claro—, y respiré hondo, aunque de manera casi imperceptible, sintiendo el aire en el pecho, a modo de despedida de su imagen.

—Yo no era el único de los nuestros que se encontraba allí —dijo Charles a la defensiva y miré alrededor de la mesa inquisitivamente.

—Adelante, pues. ¿Quién más estuvo?

William, Thomas y Benjamin asintieron, con los ojos clavados en la oscura y nudosa madera de la mesa.

—No puede ser él —dijo William, enfadado—. No puede ser el mismo chico, seguro.

—Vamos, 'Aytham, ¿qué probabilidades hay? —terció Thomas Hickey.

—¿Y no lo reconocisteis en Martha's Vineyard? —le pregunté a Benjamin.

Negó con la cabeza y se encogió de hombros.

—No era más que un chaval, un niño indio. Todos se parecen, ¿no?

—¿Y qué estabais haciendo allí, en Martha's Vineyard?

—Tomando un descanso —respondió, irritado.

O haciendo planes para forrarte, pensé, y dije:

—¿En serio?

Frunció los labios.

—Si las cosas van como creemos y los rebeldes se organizan para formar un ejército, entonces haré lo posible para hacerme médico en jefe, maestro Kenway —dijo—, uno de los puestos con más responsabilidad en el ejército. Creo que en vez de preguntarte por qué estaba en Martha's Vineyard aquel día, deberías felicitarme.

Miró alrededor de la mesa en busca de apoyo y recibió unos gestos vacilantes de Thomas y William, que me miraron de reojo al mismo tiempo.

Me di por vencido.

—He olvidado del todo mis modales, Benjamin. De hecho, será un gran estímulo para la Orden el día que recibas ese cargo.

Charles se aclaró la garganta con fuerza.

—También esperamos que si se forma ese ejército nombren a nuestro Charles comandante en jefe.

No lo veía muy bien porque la luz de la taberna era tenue, pero noté que Charles se ruborizaba.

—No solo lo esperamos —protestó—. Soy el candidato obvio. Mi experiencia militar sobrepasa la de George Washington.

—Sí, pero eres inglés, Charles —susurré.

—Nací en Inglaterra —farfulló—, pero soy colono de corazón.

—Puede que lo que tengas en el corazón no sea suficiente —repliqué.

—Ya veremos —respondió, indignado.

Así sería, pensé, cansado; luego centré mi atención en William, que hasta entonces había estado muy callado, aunque era evidente que había sido uno de los más afectados por los acontecimientos del Motín del Té.

—¿Y qué hay de tu misión, William? ¿Cómo van los planes de comprar la tierra a los nativos?

Todos lo sabíamos, claro, pero tenía que constatarlo, y tenía que ser William el que hablara, le gustara o no.

—La Confederación está de acuerdo con el pacto… —comenzó.

—¿Pero…?

Respiró hondo.

—Maestro Kenway, ya conoces, por supuesto, nuestros planes de aumentar los fondos…

—¿El té?

—Y conoces, por supuesto, lo del Motín del Té…

Levanté las manos y dije:

—Las repercusiones se han notado en todo el mundo. Primero la Ley de la Estampilla y ahora esto. Los colonos están sublevándose, ¿no?

William me lanzó una mirada de reproche.

—Me alegro de que sea una situación que te divierta, maestro Kenway.

Me encogí de hombros.

—Lo bueno de nuestro encuentro es que tenemos todos los ángulos cubiertos. Aquí en la mesa tenemos representantes de los colonos —señalé a Benjamin—, del Ejército Británico —señalé a John—, y por supuesto el hombre que está disponible para que le contraten, Thomas Hickey. Desde fuera, vuestras afiliaciones no podrían ser más diferentes. Lo que tenéis en el corazón son los ideales de la Orden. Así que tendrás que disculparme, William, si mantengo mi buen humor a pesar de tu contratiempo. Es simplemente porque pienso que es eso, un simple contratiempo, de poca importancia.

—Bueno, espero que tengas razón, maestro Kenway, porque la cuestión es que esa vía de recaudación de fondos ahora está más cerca de nosotros.

—Por las acciones de los rebeldes...

—Exacto. Y hay una cosa más...

—¿Qué? —pregunté y noté todos los ojos sobre mí.

—El chico estaba allí. Era uno de los cabecillas. Tiraba cajones de té al puerto. Todos le vimos. John, Charles, yo...

—¿El mismo chico?

—Estoy casi seguro —respondió William—. El collar que llevaba era exactamente como Benjamin lo describió.

—¿Llevaba un collar? —pregunté—. ¿De qué tipo?

Mantuve el rostro impasible, intenté incluso no tragar saliva, mientras Benjamin continuó describiendo el collar de Ziio.

Cuando terminó, me dije a mí mismo que no significaba nada. Ziio estaba muerta, así que era normal que el collar hubiera pasado a otra persona, si es que se trataba del mismo.

—Hay algo más, ¿no? —susurré, mirándoles a la cara.

Todos asintieron al unísono, pero fue Charles el que habló.

—Cuando Benjamin le encontró en Martha's Vineyard era un chaval con aspecto normal, pero durante el Motín del Té había dejado de serlo. Llevaba la túnica, Haytham —dijo Charles.

—¿La túnica?

—La de un Asesino.

27 de junio de 1776
(Dos años después)

i

Fue por esta época el año pasado cuando demostré tener razón y Charles no, cuando George Washington fue nombrado comandante en jefe del nuevo Ejército Continental y a Charles le hicieron teniente general.

Y aunque a mí no me alegraba la noticia ni mucho menos, Charles estaba incandescente y no había dejado de echar humo desde entonces. Le gustaba decir que George Washington no estaba capacitado para estar al mando de una brigada, lo que, por supuesto, como suele suceder, no era ni una verdad ni una mentira absoluta. Mientras que por una parte Washington presentaba elementos de ingenuidad en su liderazgo, por otra, se había asegurado algunas notables victorias, y lo más importante, la liberación de Boston en marzo. También tenía la confianza de su gente. No cabía duda, tenía algunas buenas cualidades.

Pero no era un Templario y queríamos que la revolución la liderara uno de los nuestros. No solo planeábamos controlar la parte vencedora, sino que pensábamos que teníamos más oportunidades de ganarla con Charles al mando. Y por eso tramamos un plan para matar a Washington. Tan simple como eso. Un complot que habría progresado adecuadamente si no hubiese sido por aquel joven Asesino. Aquel Asesino —que podía o no ser mi hijo—, quien continuaba siendo como una piedra en el zapato para nosotros.

El primero fue William. Murió. Lo mataron el año pasado, un poco antes de que comenzara la Guerra Revolucionaria. Tras el Motín del Té, William comenzó a negociar para comprar tierra india. Sin embargo, hubo mucha resistencia, en particular entre la Confederación Iroquesa, que se reunió con William en su finca. Las negociaciones habían empezado bien, según todos los testigos, pero resultó que alguien dijo algo y la situación terminó mal.

—Hermanos, por favor —había suplicado William—. Estoy seguro de que encontraremos una solución.

Pero los iroqueses no escucharon. Afirmaban que la tierra era suya. Cerraron los oídos a la lógica que les ofrecía William que consistía en que, si el territorio pasaba a manos templarias, entonces podríamos mantenerlo alejado de las garras de cualquier fuerza que saliera victoriosa del conflicto que se avecinaba.

El desacuerdo reinaba entre los miembros de la Confederación nativa. Les acechaba la duda. Algunos argumentaban que nunca podrían competir con el poder de los ejércitos británicos o coloniales; otros creían que llegar a un acuerdo con William no era mejor opción. Se habían olvidado de que los Templarios habían liberado a su pueblo de la esclavitud de Silas hacía dos décadas; pero sí se acordaban de las expediciones que William había organizado al bosque para intentar localizar el yacimiento precursor; las excavaciones en la cámara que habíamos encontrado. Aquellos ultrajes estaban frescos en su memoria y no hubo modo de que lo pasaran por alto.

—Paz, paz —sugirió William—. ¿No he sido siempre un defensor? ¿No os he protegido siempre para que no sufrierais daños?

—Si quieres protegernos, danos armas. Mosquetes y caballos para que podamos defendernos solos —sostuvo un miembro de la Confederación como respuesta.

—Una guerra no es la solución —insistió William.

—Recordamos que movisteis los límites. Incluso hoy en día tus hombres cavan nuestra tierra, sin mostrar ninguna consideración por los que viven ahí. Tus palabras son melosas, pero falsas. No hemos venido aquí a negociar. Ni a vender. Estamos aquí para decirte a ti y a los tuyos que os marchéis de estas tierras.

Lamentablemente, William recurrió a la fuerza para convencerles y disparó a un nativo, con la amenaza de que se producirían más muertes a menos que la Confederación firmara el contrato.

Los hombres se negaron, lo que dice mucho en su favor. No quisieron ceder ante la muestra de violencia de William, algo que les debió de resultar una amarga reivindicación cuando sus hombres comenzaron a caer por las balas de los mosquetes en sus cráneos.

Y entonces apareció el muchacho. Un hombre de William lo describió al detalle y lo que dijo cuadró exactamente con lo que había comentado Benjamin sobre el encuentro en Martha's Vineyard, y lo que Charles, William y John habían visto en el puerto de Boston. Llevaba el mismo collar y la misma túnica de Asesino. Era el mismo chico.

—¿Qué le dijo ese muchacho a William? —le pregunté al soldado que estaba ante mí.

—Dijo que planeaba asegurar el fin de los planes del señor Johnson y que dejara de reclamar estas tierras para los Templarios.

—¿Respondió William?

—Claro, señor. Le dijo a su asesino que los Templarios habían intentado reclamar la tierra para proteger a los indios. Le dijo al chico que ni el rey Jorge ni los colonos se preocupaban lo suficiente por proteger los intereses de los iroqueses.

Puse los ojos en blanco.

—No es especialmente un argumento convincente, dado que estaba matando nativos cuando llegó el muchacho.

El soldado bajó la cabeza.

—Posiblemente no, señor.

iii

Si me quedé demasiado tranquilo con la muerte de William, bueno, hubo circunstancias atenuantes. William, aunque era cumplidor y dedicado en su trabajo, no es que tuviera muy buen humor y, al tratar con violencia una situación que requería diplomacia, las negociaciones habían resultado un desastre. Aunque me duela decirlo, fue el artífice de su propia caída y me temo que yo nunca he tolerado la incompetencia: no en mi juventud, cuando supongo que era algo que había heredado de Reginald; y ahora, que ya he cumplido cincuenta años, mucho menos. William había sido un imbécil y lo había pagado con su vida. De la misma manera, el proyecto de conseguir la tierra nativa, aunque era importante para nosotros, ya no era la prioridad principal; lo había dejado de ser desde que había estallado la guerra. Nuestro deber ahora era asumir el control del ejército y, al no haberlo conseguido por las buenas, íbamos a recurrir a las malas, asesinando a Washington.

Sin embargo, aquel plan fracasó cuando el Asesino fue a por John, nuestro oficial del Ejército Británico, y le atacó porque el trabajo de John erradicaba a los rebeldes. De nuevo, aunque me irritaba perder a un hombre tan valioso, puede que no hubiera afectado nuestros planes si no hubiera sido porque John llevaba una carta en el bolsillo. Desgraciadamente, en ella se detallaban los planes para matar a Washington y se nombraba a Thomas Hickey como el hombre elegido para cometer el acto. Sin demora, el joven Asesino fue corriendo a Nueva York porque Thomas era el siguiente en su lista.

Thomas estaba allí falsificando dinero, ayudando a aumentar los fondos así como preparándose para el asesinato de Washington. Charles ya había llegado con el Ejército Continental, así que entré en la ciudad fácilmente y me busqué alojamiento. Acababa de llegar cuando me dieron la noticia: el muchacho había encontrado a Thomas y los dos habían sido arrestados y estaban en la prisión de Bridewell.

—No puede haber más fallos, Thomas, ¿entendido? —le dije cuando le visité, temblando por el frío y revuelto por el olor, el clamor y los ruidos de la cárcel.

De pronto, en la celda de al lado, vi al Asesino.

Y lo supe. Tenía los ojos de su madre, el mismo pelo negro azabache y el orgullo en la mandíbula. Era el vivo retrato de ella. No cabía duda, era mi hijo.

iv

—**E**s él —me informó Charles, cuando salimos juntos de la prisión.

Di un respingo, pero él no se dio cuenta: en Nueva York hacía muchísimo frío, nuestro aliento se convertía en nubes y Charles estaba demasiado preocupado por mantenerse abrigado.

—¿Quién?

—El chico.

Por supuesto sabía exactamente a qué se refería.

—¿De qué demonios estás hablando, Charles? —pregunté, enfadado, y eché el vaho a mis manos.

—¿Recuerdas que te hablé de un niño con el que me topé en 1760, cuando los hombres de Washington atacaron el poblado indio?

—Sí, me acuerdo. Y ese es nuestro Asesino, ¿no? ¿El mismo que estaba en el puerto de Boston? ¿El mismo que mató a William y a John? ¿Es el muchacho que estaba allí dentro ahora?

—Eso parece, Haytham, sí.

Me volví hacia él.

—¿Sabes lo que significa eso, Charles? Nosotros hemos creado a ese Asesino. En él arde el odio hacia todos los Templarios. Te vio el día que quemaron el poblado, ¿no?

—Sí…, sí, ya te lo he dicho.

—Supongo que también se fijó en tu anillo. Llevó la marca de tu anillo en su piel durante unas semanas después de vuestro encuentro. ¿Me equivoco, Charles?

—Me conmueve tu preocupación por el niño, Haytham. Siempre fuiste un gran defensor de los nativos…

Las palabras se helaron en sus labios porque, al instante, le agarré de la capa con el puño y lo lancé contra la pared de piedra de la prisión. Me coloqué encima de él con fuego en mi mirada.

—Me preocupo por la Orden —dije—. Mi única preocupación es la Orden. Y, corrígeme si me equivoco, Charles, pero la Orden no predica la matanza sin sentido de los nativos, la quema de sus poblados. Que yo recuerde, es evidente que no tiene nada que ver con mis enseñanzas. ¿Sabes por qué? Porque es el tipo de comportamiento que crea, ¿cómo llamarlo?, «inquina» entre aquellos a los que esperamos imponer nuestra manera de pensar. Manda a los neutrales corriendo al bando enemigo. Como en este caso. Matan a nuestros hombres y vemos nuestros planes amenazados por vuestra actitud de hace dieciséis años.

—No fue mi actitud… Washington es…

Le solté, retrocedí un paso y junté las manos en mi espalda.

—Washington pagará por lo que ha hecho. Nos encargaremos de eso. Es cruel, eso está claro, y no tiene que estar al mando.

—Estoy de acuerdo, Haytham, y ya he dado un paso para asegurarme de que no haya más interrupciones, para matar dos pájaros de un tiro, por así decirlo.

Le miré con acritud.

—Sigue hablando.

—Al chico indígena lo colgarán por conspirar para matar a George Washington y por el asesinato del guardián de la prisión. Washington estará allí, por supuesto, me aseguraré de ello, y podemos aprovechar la oportunidad para matarlo. Thomas, desde luego, está más que contento de poder encargarse del asunto. Tan solo falta que tú, como Gran Maestro del Rito Colonial, des tu aprobación a esta misión.

—Poca antelación —dije, y pude oír la duda en mi propia voz. Pero ¿por qué? ¿Por qué me importaba quién viviera o muriera?

Charles extendió las manos.

—Sí, se ha pensado con poca antelación, pero a veces esos son los mejores planes.

—Sí —estuve de acuerdo—. Sí.

—¿Y bien?

Reflexioné. Con una sola palabra ratificaría la ejecución de mi propio hijo. ¿Qué clase de monstruo haría tal cosa?

—Hazlo —contesté.

—Muy bien —dijo y de pronto infló el pecho por la satisfacción—. Pues no perderemos un instante más. Esta noche correrá la voz por Nueva York y mañana morirá un traidor a la revolución.

v

Es demasiado tarde ahora para ponerme paternal. Lo que hubiese antes en mi interior capaz de educar a mi hijo hacía ya tiempo que se había corrompido o consumido. Los años de traición y matanza se habían encargado de ello.

28 de junio de 1776

i

Esta mañana me desperté en mi alojamiento con un respingo, me incorporé en la cama y le eché un vistazo a la habitación con la que no estaba familiarizado. Por la ventana, vi que había movimiento en las calles de Nueva York. ¿Eran imaginaciones mías o el ambiente estaba cargado y había cierto tono de emoción en la charla que se elevaba hasta mi ventana? Y, en ese caso, ¿tenía algo que ver con el hecho de que hoy había una ejecución en la ciudad? Hoy colgarían a...

Connor, así se llamaba. Ese fue el nombre que le dio Ziio. Pensé en lo distintas que habrían sido las cosas si le hubiéramos traído juntos a este mundo.

¿Se llamaría Connor entonces?

¿Habría elegido ser un Asesino?

Y si la respuesta a esa pregunta era no, no habría elegido ser un Asesino porque su padre era un Templario, entonces ¿en qué me convertía yo, en una abominación, un accidente, un híbrido? Un hombre con una lealtad dividida.

Pero un hombre que había decidido que no podía permitir que muriera su hijo. Hoy no.

Me vestí, no con mi ropa habitual, sino con una túnica negra y una capucha, con la que me tapé la cabeza; luego corrí hacia los establos, encontré mi caballo y cabalgué a toda prisa hasta la plaza de las ejecuciones, por las calles cubiertas de lodo, atestadas de gente, ahuyentando a los ciudadanos que se apartaban de mi camino, amenazándome con los puños, o se me quedaban mirando con los ojos muy abiertos bajo las alas de sus sombreros. Continué avanzando rápidamente hacia donde aumentaba la multitud, reunida para ver la ejecución en la horca.

Y, mientras cabalgaba, me pregunté qué estaba haciendo y me di cuenta de que no lo sabía. Lo único de lo que estaba seguro era de cómo me sentía, que era como haber estado durmiendo y de pronto haberme despertado.

ii

Allí, en la plataforma, el verdugo esperaba a su siguiente víctima, mientras una muchedumbre esperaba el entretenimiento del día. En los laterales de la plaza había caballos y carros, a los que se subían las familias para ver mejor: hombres con aspecto cobarde, mujeres de baja estatura, preocupadas y con mala cara, niños mugrientos... Algunos espectadores estaban sentados en la plaza, mientras que otros merodeaban por allí: había mujeres en grupo que chismorreaban, hombres bebiendo cerveza o vino de sus botas. Todos ellos estaban allí para ver morir a mi hijo.

Por un lado llegó un carro flanqueado por soldados y logré ver a Connor dentro, antes de que apareciera un Thomas Hickey sonriente, que lo sacó del carro mientras se burlaba de él.

—No creerías que iba a perderme tu fiesta de despedida, ¿no? He oído que el mismo Washington asistirá. Espero que no le ocurra nada malo...

Connor, con las manos atadas delante, le lanzó una mirada de odio a Thomas y, una vez más, me maravillé ante lo mucho que había de su madre en aquellos rasgos. Pero además de rebeldía y valor, también había... miedo.

—Me dijisteis que tendría un juicio —espetó cuando Thomas le empujó.

—Los traidores no tienen juicios, me temo. Lee y Haytham lo han ordenado. Tú irás directo a la horca.

Me quedé helado. Connor estaba a punto de ser ejecutado pensando que yo había firmado su sentencia de muerte.

—No moriré hoy —dijo Connor, orgulloso—. Pero no se puede decir lo mismo de ti.

Pero lo decía por encima del hombro mientras los guardias que habían ayudado a escoltar el carro a la plaza usaban bastones herrados para empujarle a la horca. El ruido aumentó cuando la multitud congregada quiso agarrarle, darle puñetazos y tirarle al suelo. Vi a un hombre con odio en los ojos a punto de darle un puñetazo y estuve lo bastante cerca para bloquear el golpe, retorcer el brazo del hombre dolorosamente hacia la espalda y tirarlo al suelo. Con los ojos encendidos se me quedó mirando, pero al verme la cara dentro de la capucha se detuvo. Se puso de pie y a continuación se lo llevó la muchedumbre furiosa y rebelde.

Mientras tanto, habían empujado a Connor hacia el acoso de más abusos vengativos y yo estaba demasiado lejos para detener a otro hombre que de repente se abalanzó sobre él y le agarró, pero sí lo bastante cerca para ver el rostro del hombre debajo de su capucha; lo bastante cerca para leerle los labios.

—No estás solo. Tan solo chilla cuando lo necesites…

Era Achilles.

Estaba aquí. Había venido a salvar a Connor, que le contestó:

—Olvídate de mí. Tienes que detener a Hickey. Va a…

Pero entonces se lo llevaron a rastras y terminé la frase en mi cabeza: «Va a matar a George Washington».

Hablando del rey de Roma… El comandante en jefe había llegado con una pequeña guardia. Mientras empujaban a Connor hacia la plataforma y el verdugo le ataba la soga alrededor del cuello, la atención de la muchedumbre se centró en el otro extremo de la plaza, adonde se dirigía Washington. Había una tarima al fondo, de la que, incluso entonces, los guardias seguían echando a gente como desesperados. Charles, como teniente general, le acompañaba y tuve la oportunidad de compararlos a los dos: Charles era bastante más alto que Washington, aunque poseía cierta actitud distante, comparada con el encanto natural de Washington. Al verlos juntos, enseguida me di cuenta de por qué el Congreso Continental había preferido a Washington. Charles tenía un aspecto muy británico.

Entonces Charles dejó a Washington y cruzó la plaza con un par de guardias, que apartaban a la muchedumbre de su camino. Subió las escaleras de la horca y desde allí se dirigió a la multitud que empujaba hacia delante. Yo mismo me encontraba entre los cuerpos que olían a sudor y cerveza, usando los codos para intentar hacer espacio dentro de la multitud.

—Hermanos, hermanas, compañeros compatriotas —comenzó a decir Charles y un silencio impaciente reinó entre el gentío—. Hace varios días nos enteramos de un horrible plan, tan ruin que el hecho de repetirlo me altera. El hombre que está ante vosotros tramaba asesinar a nuestro queridísimo general.

La muchedumbre emitió un grito ahogado.

—Sí —bramó Charles, entusiasmándose con el tema—. Nadie sabe qué oscuridad o locura le motivó y ni él mismo se defiende. No muestra remordimientos. Y aunque le hemos pedido y suplicado que comparta con nosotros lo que sabe, sigue manteniendo un silencio total.

Tras aquellas palabras, el verdugo dio un paso adelante y colocó una bolsa de arpillera sobre la cabeza de Connor.

—Si el hombre no se explica, si no confiesa y expía sus pecados, ¿qué opción nos queda? Quería enviarnos directamente al enemigo. Así que nos vemos obligados por la justicia a eliminarlo de este mundo. Que Dios se apiade de su alma.

Ahora que había terminado, eché un vistazo en busca de más hombres de Achilles. Si era una misión de rescate, había llegado el momento, ¿no? Pero ¿dónde estaban? ¿Qué demonios planeaban?

Un arquero. Tenía que utilizar un arquero. No era lo ideal porque una flecha no cortaría la cuerda totalmente, así que lo mejor que podían esperar los rescatadores era que se partiera bastante fibra como para que el peso de Connor terminara de romperla. Pero tenía que ser muy certero. Podría desplegarse desde…

Muy lejos. Me volví para mirar los edificios que tenía detrás. Como era de esperar, en el lugar que yo habría escogido había un arquero, junto al marco de una ventana alta. Mientras observaba, echó hacia atrás la cuerda del arco y apuntó la flecha. Entonces, justo cuando se abrió la trampilla y el cuerpo de Connor cayó, disparó.

La flecha voló como un rayo por encima de nuestras cabezas, aunque yo fui el único que se dio cuenta, y miré rápidamente a la plataforma para ver cómo alcanzaba la cuerda, aflojándola, por supuesto, pero no llegó a cortarla.

Me arriesgué a que me vieran y me descubrieran, pero hice lo que hice de todas formas, sin pensarlo, por instinto. Saqué mi puñal de debajo de la túnica, lo lancé, vi cómo cortaba el aire y le di las gracias a Dios cuando rompió la cuerda y terminó el trabajo.

Cuando el cuerpo de Connor, que se retorcía y todavía —gracias a Dios— estaba vivo, cayó al suelo por la trampilla, se oyó un grito ahogado a mi alrededor. Por un momento me hallé con un espacio de un brazo de ancho cuando la muchedumbre a mi lado retrocedió, asombrada. En ese instante vi a Achilles metiéndose debajo de la horca, donde había caído el cuerpo de Connor. Entonces me puse a luchar para escapar cuando la tregua por la sorpresa fue sustituida por un rugido de venganza, patadas y puñetazos dirigidos hacia mí y los guardias comenzaron a abrirse camino entre el gentío para alcanzarme. Accioné la hoja para rajar a uno o dos espectadores, lo que bastó para hacer correr la sangre y que los otros atacantes se pararan a pensar. Más tímidos ahora, abrieron espacio a mi alrededor. Salí a toda velocidad de la plaza, hacia mi caballo, mientras los abucheos de la muchedumbre retumbaban en mis oídos.

iii

—Llegó a Thomas antes de que él alcanzara a Washington —dijo Charles con desánimo más tarde, mientras estábamos sentados en las sombras de la taberna Restless Ghost para hablar de los acontecimientos del día.

Estaba nervioso y no dejaba de mirar por encima de su hombro. Parecía estar igual que yo, y casi envidiaba la libertad que tenía para expresar sus sentimientos. Yo, en cambio, tenía que mantener oculta mi confusión. Y aquella confusión se debía a que había salvado la vida de mi hijo pero en realidad había saboteado el trabajo de mi propia Orden, una operación que yo mismo había decretado. Era un traidor. Había traicionado a mi gente.

—¿Qué pasó? —pregunté.

Connor había llegado hasta Thomas y antes de matarle había exigido respuestas. ¿Por qué William había intentado comprar la tierra de su pueblo? ¿Y por qué intentábamos matar a Washington?

Asentí y le di un sorbo a mi cerveza.

—¿Qué contestó Thomas?

—Le dijo a Connor que nunca encontraría lo que buscaba.

Charles me miró con los ojos abiertos y cansados.

—¿Qué hacemos ahora, Haytham? ¿Qué?

7 de enero de 1778
(Casi dos años más tarde)

i

A Charles empezaba a molestarle Washington, y el hecho de haber fracasado en nuestro intento de asesinato todavía le enfadaba más. Se tomó como una afrenta personal que Washington hubiera sobrevivido —¿cómo se atrevía?— y nunca se lo perdonó del todo. Poco después, Nueva York había caído en manos británicas, y Washington, que casi estaba apresado, fue culpado, sobre todo por Charles, al que le resultó poco convincente la posterior incursión de Washington por el río Delaware, a pesar de que su victoria en la Batalla de Trenton hubiera renovado la confianza en la revolución. Para Charles, era inútil que Washington continuara porque perdería la Batalla de Brandywine y, por consiguiente, Filadelfia. El ataque de Washington a los británicos en Germantown había sido una catástrofe. Y ahora estaba Valley Forge.

Tras ganar la Batalla de White Marsh, Washington llevó a sus tropas a lo que él esperaba que fuera un lugar seguro durante el nuevo año. Valley Forge, en Pennsylvania, fue el terreno alto que escogió: doce mil europeos tan mal equipados y fatigados que los hombres sin zapatos dejaban un rastro de huellas ensangrentadas cuando marchaban para acampar y prepararse para el invierno que les esperaba.

Era un caos. Había una escasez deplorable de ropa y comida, y los caballos se morían de hambre o fallecían de pie. El tifus, la ictericia, la disentería y la neumonía recorrían el campamento y mataban a miles. Los niveles de moral y disciplina habían bajado tanto que eran casi inexistentes.

Aun así, a pesar de la pérdida de Nueva York y Filadelfia, y de la larga y lenta muerte del ejército en Valley Forge, Washington tenía a su ángel de la guarda: Connor. Y Connor, con la seguridad de un joven, creía en él. Nada de lo que yo le dijera podría haberle convencido de lo contrario, de eso estaba seguro; nada de lo que yo le dijera le convencería de que Washington en realidad era el responsable de la muerte de su madre. En su cabeza, los responsables eran los Templarios y ¿quién podía culparle por haber llegado a aquella conclusión? Al fin y al cabo, había visto a Charles allí aquel día. Y no solo a Charles, sino a William, Thomas y Benjamin.

Ah, Benjamin. Mi otro problema. En los últimos años había resultado una desgracia para la Orden, por decirlo suavemente. Tras intentar vender información a los británicos, lo habían llevado en 1775 ante un tribunal, liderado, evidentemente, por George Washington. Por aquel entonces Benjamin era, como había predicho hacía años, el médico en jefe y director general del servicio médico del Ejército Continental. Se le condenó por «comunicarse con el enemigo», se le encarceló y, a todos los efectos, permaneció en prisión hasta principios de este año, cuando le soltaron. Inmediatamente desapareció.

No sé si se retractó de los ideales de la Orden, como Braddock había hecho hacía muchos años, pero lo que sí sabía era que seguramente estaba detrás del robo de las provisiones destinadas a Valley Forge, lo que por supuesto empeoró la situación de los pobres que estaban allí acampados; había abandonado los objetivos de la Orden a favor de su beneficio personal; y debían detenerlo, una tarea de la que me encargué yo mismo, empezando por los alrededores de Valley Forge para después seguir por la helada Filadelfia cubierta de nieve hasta llegar a la iglesia donde Benjamin había acampado.

ii

Una iglesia para encontrar a Church. Pero estaba abandonada. No solo por su antigua congregación sino por los hombres de Benjamin. Hacía días habían estado allí, pero ahora no quedaba rastro de ellos. Ni de las provisiones, ni de los hombres; tan solo quedaban los restos de la hoguera, que ya se habían enfriado, y trozos irregulares de barro y suelo sin nieve donde se habían montado las tiendas. Até mi caballo en la parte trasera de la iglesia y luego entré en el edificio, donde, al igual que afuera, hacía un frío que te calaba hasta los huesos. Por el pasillo había más restos de hogueras y junto a la puerta un montón de leña, que, al examinarla con detenimiento, comprobé que estaba formada por los bancos de la iglesia cortados en trozos. La veneración es la primera víctima del frío. Los bancos que quedaban estaban dispuestos en dos filas a cada lado de la iglesia, frente a un imponente púlpito aunque hacía tiempo abandonado, y el polvo flotaba y danzaba en los amplios rayos de luz proyectados a través de unas mugrientas ventanas altas en las impresionantes paredes de piedra. Esparcidos por un rugoso suelo de piedra había varios cajones volcados y los restos de envoltorios, así que durante un rato estuve caminando por allí, agachándome de vez en cuando para darle la vuelta a un cajón, con la esperanza de encontrar alguna pista que me dijera adónde había ido Benjamin.

Entonces oí un ruido —unos pasos junto a la puerta— y me quedé quieto antes de esconderme a toda velocidad detrás del púlpito. Las enormes puertas de roble se abrieron lenta e inquietantemente, y entró una figura: una figura que podía estar siguiendo los mismos pasos, por cómo se movía por la iglesia igual que me había movido yo, dando la vuelta a los cajones para examinarlos, e incluso maldecía para sus adentros, como había hecho yo.

Era Connor.

Me asomé entre las sombras detrás del púlpito. Vestía la túnica asesina, lucía una intensa mirada, y me lo quedé observando unos instantes. Era como si me contemplara a mí mismo, una versión más joven de mí, pero Asesino, el camino que debía haber escogido, el camino para el que me habían preparado y en el que habría estado si no hubiera sido por la traición de Reginald Birch. Al observar a Connor, sentí una fuerte mezcla de emociones; entre ellas se encontraban el arrepentimiento, la amargura e incluso la envidia.

Me acerqué más para ver lo bueno que era un Asesino.

O por decirlo de otro modo, quería comprobar si todavía podía hacerlo.

iii

Y así fue.

—Padre —dijo, cuando le derribé y llevé la hoja a su garganta.

—Connor —dije sardónicamente—. ¿Alguna última palabra?

—Espera.

—Qué elección más mala.

Forcejeó y sus ojos ardieron.

—Has venido en busca de Church, ¿no? ¿Para asegurarte de que ha robado lo suficiente para vuestros hermanos británicos?

—Benjamin Church no es mi hermano. —Chasqueé la lengua en señal de desaprobación—. No más que los casacas rojas o el idiota del rey. Esperaba ingenuidad. Pero esto… Los Templarios no luchan por la Corona. Buscamos lo mismo que tú, chico. Libertad. Justicia. Independencia.

—Pero…

—Pero ¿qué? —pregunté.

—Johnson. Pitcairn. Hickey. Intentaban robar la tierra. Saquear ciudades. Asesinar a George Washington.

Suspiré.

—Johnson pretendía ser dueño de la tierra para mantenerla a salvo. Pitcairn quería fomentar la diplomacia, pero lo fastidiasteis lo suficiente para empezar una puñetera guerra. ¿Y Hickey? George Washington es un líder espantoso. Ha perdido casi todas las batallas en las que ha participado. Es un hombre atormentado por la inseguridad. Echa un vistazo en Valley Forge y comprobarás que lo que digo es cierto. Todos estaríamos mejor sin él.

Supe que lo que estaba diciendo tenía un efecto en él.

—Mira, aunque me encantaría discutir contigo, la boca de Benjamin Church es tan grande como su ego. Está claro que quieres las provisiones que ha robado y yo quiero que le castiguen, así que nuestros intereses son los mismos.

—¿Qué propones? —preguntó, con recelo.

300

¿Qué proponía?, pensé. Vi que los ojos se le iban al amuleto de mi cuello y los míos a su vez miraban el collar que él llevaba. Sin duda su madre le había hablado del amuleto y era evidente que quería quitármelo. Por otro lado, los símbolos que llevábamos al cuello eran ambos recuerdos de ella.

—Una tregua —contesté—. Tal vez…, tal vez nos vendría bien pasar un tiempo juntos. Al fin y al cabo eres mi hijo y puede que todavía pueda salvarte de la ignorancia.

Hubo una pausa.

—O podría matarte ahora, si lo prefieres —dije riendo.

—¿Sabes adónde ha ido Church? —preguntó.

—Me temo que no. Esperaba tenderle una emboscada cuando él o uno de sus hombres regresaran aquí. Pero al parecer he llegado demasiado tarde. Han venido y han vaciado este lugar.

—Tal vez yo pueda localizarle —dijo con un extraño tono de orgullo en su voz.

Me aparté para observarle mientras me hacía una ostentosa demostración de su entrenamiento con Achilles, señalando los lugares del suelo de la iglesia donde habían arrastrado los cajones.

—El cargamento era pesado —dijo—. Probablemente lo subieron a un carro para transportarlo… Había víveres dentro de los cajones, pero también suministros médicos y ropa.

Fuera de la iglesia, Connor hizo señas hacia la nieve revuelta.

—Aquí había un carro…, lo cargaron poco a poco de provisiones. La nieve ha ocultado las huellas, pero quedan suficientes señales como para que las sigamos. Vamos…

Recogí mi caballo, me reuní con él y juntos cabalgamos mientras Connor señalaba el rastro y yo trataba de no exteriorizar mi admiración. No era la primera vez que me sorprendía por la similitud de nuestros conocimientos y advertí que hacía lo mismo que yo hubiera hecho en la misma situación. A unos veinticuatro kilómetros del campamento, se volvió sobre su silla y me lanzó una mirada triunfal, al mismo tiempo que señalaba el rastro de delante. Había un carro destartalado, cuyo conductor intentaba reparar la rueda y mascullaba mientras nos acercábamos:

—¡Menuda suerte la mía! Voy a morir congelado si no arreglo esto…

Sorprendido, levantó la vista ante nuestra llegada y abrió los ojos de par en par por el miedo. No muy lejos tenía el mosquete, pero no al alcance de la mano. Al instante supe, justo cuando Connor le preguntó con altanería: «¿Eres uno de los hombres de Benjamin Church?», que iba a echar a correr y, en efecto, así lo hizo. Con ojos de loco, se apresuró a ponerse de pie y salió hacia los árboles, corriendo por la nieve con bastante dificultad, tan torpe como un elefante herido.

—Buena jugada.

Sonreí y Connor me lanzó una mirada de enfado y luego se bajó de la silla para ir tras el conductor del carro en la arboleda. Le dejé marchar, suspiré y bajé de mi caballo. Comprobé mi espada, escuché el alboroto en el bosque mientras Connor alcanzaba al hombre y me dirigí hacia allí para reunirme con ellos.

—No ha sido prudente salir corriendo —decía Connor. Había inmovilizado al conductor contra un árbol.

—¿Q... qué quiere? —logró decir el desdichado.

—¿Dónde está Benjamin Church?

—No lo sé. Nos dirigíamos a un campamento al norte de aquí, donde normalmente descargamos la mercancía. A lo mejor le encuentra en...

Me miró enseguida, como en busca de ayuda, así que saqué mi revólver y le disparé.

—Basta ya —dije—. Será mejor que nos pongamos en camino.

—No tenías que matarle —dijo Connor, limpiándose la sangre del hombre de la cara.

—Ya sabemos dónde está el campamento —le dije—. Ha servido a su propósito.

Mientras volvíamos a nuestros caballos, me pregunté qué impresión le estaba dando. ¿Qué intentaba enseñarle? ¿Quería que acabara tan crispado y extenuado como yo? ¿Trataba de mostrarle adónde llevaba el camino?

Perdidos en nuestros pensamientos, cabalgamos hacia el campamento y en cuanto vimos el humo revelador, arrastrado por el viento, sobre las copas de los árboles, desmontamos, atamos los caballos y continuamos a pie, pasando sigilosamente, en silencio, por entre los árboles. Nos quedamos en el bosque, arrastrándonos sobre nuestros vientres, usando mi catalejo para mirar entre los troncos y las ramas desnudas. Vimos a unos hombres que caminaban a lo lejos en el campamento y se apiñaban alrededor del fuego para calentarse. Connor fue hacia el campamento mientras yo me ponía cómodo, fuera de la vista.

O al menos eso creía —creía que no me veían—, hasta que noté que un mosquete me hacía cosquillas en el cuello y oí las palabras:

—Vaya, vaya, vaya, ¿qué tenemos aquí?

Lancé una maldición. Me obligaron a ponerme en pie. Eran tres y parecían muy satisfechos por haberme atrapado, y ya podían estarlo porque no era tan fácil que me tomaran por sorpresa. Hacía diez años les habría oído y me hubiera marchado sigilosamente. Hacía diez años les habría oído acercarse, me habría escondido y los habría eliminado a todos.

Dos me apuntaban con mosquetes mientras uno de ellos se acercó y se pasó la lengua por los labios, nervioso. Simulando estar impresionado, desató mi hoja oculta y luego me quitó la espada, el puñal y la pistola. Y solo cuando estuve desarmado, se atrevió a relajarse y sonrió para revelar un diminuto horizonte de dientes ennegrecidos y podridos. Aunque sí tenía un arma oculta, por supuesto: Connor. Pero ¿dónde demonios se había metido?

El de los dientes podridos avanzó. Gracias a Dios era malísimo ocultando sus intenciones porque pude esquivar la rodilla que dirigía a mi entrepierna, lo justo para evitar un gran dolor, pero hice que creyera lo contrario, grité fingiendo y me tiré al suelo helado, donde me quedé un rato, pareciendo más aturdido de lo que estaba, ganando tiempo.

—Debe de ser un espía yanqui —dijo uno de los otros hombres.

Se apoyó en su mosquete para agacharse y mirarme.

—No. Es otra cosa —opinó el primero y él también se agachó para mirarme, mientras me ponía a cuatro patas—. Algo especial. ¿No es así…, Haytham? Church me lo ha contado todo sobre ti.

—Entonces deberías conocerme bien —respondí.

—No estás en situación de lanzar amenazas —gruñó el de dientes podridos.

—Aún no —repliqué, tranquilo.

—¿Ah, sí? —dijo el de dientes podridos—. ¿Y si te demostramos lo contrario? ¿Alguna vez te han dado con la culata de un mosquete en los dientes?

—No, pero por lo visto tú puedes decirme lo que se siente.

—¿Y ahora qué? ¿Intentas hacerte el gracioso?

Llevé los ojos hacia arriba, hacia las ramas de un árbol detrás de ellos, donde vi a Connor agachado, con la hoja oculta extendida y un dedo en los labios. Era un experto trepando árboles, desde luego, y sin duda le habría enseñado su madre. A mí también me había dado detalles precisos de cómo hacerlo. Nadie podía moverse por los árboles como ella.

Miré al de dientes podridos y supe que tan solo le quedaban unos segundos de vida. Noté la punta de su bota al conectar con mi mandíbula y enviarme volando hacia atrás para terminar hecho un gurruño junto a un pequeño matorral.

A lo mejor ahora sería un buen momento, Connor, pensé. Con la vista nublada por el dolor, vi a Connor bajar de su posición y echar la mano de la hoja hacia delante. Entonces el acero plateado salpicado de sangre apareció en el interior de la boca del primer guardia desafortunado. Los otros dos ya estaban muertos para cuando me puse de pie.

—Nueva York —dijo Connor.

—¿Qué pasa?

—Allí es donde encontraremos a Benjamin.

—Pues entonces allí tenemos que estar.

26 de enero de 1778

i

Nueva York había cambiado desde mi última visita, por decir algo: se había quemado. El gran incendio de septiembre de 1776 había empezado en la taberna Fighting Cocks, había destruido más de quinientos hogares y había dejado una cuarta parte de la ciudad quemada e inhabitable. Como consecuencia, los británicos habían impuesto la ley marcial. Las casas de los ciudadanos habían quedado confiscadas y se las habían dado a los oficiales del Ejército Británico; las iglesias se habían convertido en prisiones, cuarteles o enfermerías; y era como si el espíritu de la ciudad se hubiera debilitado. Ahora la bandera de la Unión colgaba lánguidamente de las astas en las cumbres de los edificios de ladrillo visto y donde antes la ciudad vibraba de energía —la vida bajo los toldos, los pórticos y detrás de las ventanas—, ahora aquellos mismos toldos estaban sucios y destrozados, y las ventanas ennegrecidas por el hollín. La vida continuaba, pero los ciudadanos apenas alzaban la vista del suelo. Caminaban con los hombros caídos y se movían, desanimados.

En un ambiente como aquel, localizar el paradero de Benjamin no había resultado difícil. Se hallaba en una fábrica de cerveza abandonada en los muelles, al parecer.

—Deberíamos acabar con esto antes del amanecer —pronostiqué sin reflexionar.

—Bien —respondió Connor—. Me gustaría devolver esas provisiones lo antes posible.

—Claro. No querría alejarte de tu causa perdida. Vamos, pues, sígueme.

Fuimos a los tejados y, unos instantes más tarde, contemplábamos la silueta de Nueva York, en toda su gloria devastada por la guerra, sobrecogidos por el panorama.

—Dime una cosa —dijo Connor al cabo de un rato—. Podrías haberme matado la primera vez que nos vimos, ¿por qué no lo hiciste?

«Podría haberte dejado morir en la horca —pensé—. Podría haber dejado que Thomas te matase en la prisión de Bridewell».

¿Por qué no lo había hecho tampoco en esas dos ocasiones? ¿Cuál era la respuesta? ¿Me estaba haciendo viejo? ¿Sentimental? Tal vez añoraba una vida que nunca había tenido.

No compartí nada de eso con Connor; sin embargo, y tras una pausa, descarté su pregunta con:

—Curiosidad. ¿Alguna pregunta más?

—¿Qué buscan los Templarios?

—Orden —contesté—. Determinación. Dirección. Nada más que eso. Son los tuyos los que pretenden confundirnos con todas esas bobadas relativas a la libertad. Hubo una vez en que los Asesinos profesaban un objetivo más sensato, la paz.

—Libertad es paz —insistió.

—No. Es una invitación al caos. Mira esta pequeña revolución que han empezado tus amigos. He estado ante el Congreso Continental. Los he escuchado dar patadas y gritar. Todo en nombre de la libertad. Pero solo es ruido.

—¿Y por eso estás a favor de Charles Lee?

—Él entiende las necesidades de esta aspirante a nación mucho mejor que los idiotas que afirman que la representan.

—Me parece a mí que estás un poco amargado —dijo—. La gente tomó su decisión y eligió a Washington.

Otra vez. Casi envidiaba cómo veía el mundo de una manera tan clara. Al parecer, su mundo estaba libre de duda. Cuando al final conociera la verdad sobre Washington, que, si tenía éxito mi plan, sería pronto, su mundo —y no solo su mundo sino su visión total del mundo— se haría añicos. Si ahora envidiaba su seguridad, no le envidiaría más adelante.

—La gente no eligió nada. —Suspiré—. Lo hizo un grupo de cobardes privilegiados que lo único que buscan es enriquecerse a sí mismos. Se reunieron en privado y tomaron una decisión que les beneficiaba a ellos. Puede que lo hayan embellecido con palabras bonitas, pero eso no lo convierte en verdad. La única diferencia, Connor, la única diferencia entre los que ayudas y yo es que yo no finjo afecto.

Me miró. Hacía poco tiempo habría asegurado que mis palabras no le afectarían nunca, pero en aquel momento eso es lo que quería. Y tal vez me equivocaba…, tal vez lo que había dicho sí le había calado hondo.

ii

En la fábrica de cerveza fue evidente que necesitábamos un disfraz para Connor, puesto que su túnica de Asesino era un tanto llamativa. El hecho de conseguir uno le dio la oportunidad de volver a alardear y yo otra vez fui parco en elogios. Cuando ambos tuvimos el atuendo adecuado, nos dirigimos hacia el edificio, cuyas paredes de ladrillo rojo descollaban sobre nosotros y cuyas oscuras ventanas nos miraban implacablemente. Por la entrada vi los barriles y los carros del negocio cervecero, así como hombres yendo y viniendo. Benjamin había sustituido a la mayoría de los hombres templarios por mercenarios propios; la historia se repetía, pensé, al acordarme de Edward Braddock. Solo esperaba que no me costara tanto matarle como al otro. Por algún motivo, lo dudaba. Tenía poca fe en el calibre de mis enemigos por aquel entonces.

Tenía poca fe en cualquier cosa entonces.

—¡Deteneos, forasteros! —Un guardia salió de entre las sombras, interrumpiendo la niebla que se arremolinaba en nuestros tobillos—. Habéis entrado en propiedad privada. ¿Qué habéis venido a hacer aquí?

Ladeé el ala de mi sombrero para enseñarle mi cara.

—El Padre del Entendimiento nos guía —dije, y el hombre pareció relajarse, aunque miró a Connor con recelo.

—A ti te reconozco —dijo—, pero no al salvaje.

—Es mi hijo —contesté, y fue… raro oír cómo el sentimentalismo impregnaba mis palabras.

El guardia, entretanto, estudiaba a Connor con detenimiento y después, con una mirada de reojo, me dijo:

—Probaste los frutos del bosque, ¿eh?

Le dejé vivir. De momento. Y me limité a sonreír.

—Entrad, pues —dijo, y cruzamos el arco de la entrada hacia el edificio principal de la Fábrica de Cerveza Smith & Company.

Nos metimos enseguida en una zona cubierta con una serie de puertas que llevaban a los almacenes y las oficinas. Me dispuse a forzar la cerradura de la primera puerta con la que nos topamos mientras Connor vigilaba y hablaba al mismo tiempo:

—Debe de haber sido extraño para ti descubrir mi existencia de este modo.

—La verdad es que siento curiosidad por saber qué te contó tu madre de mí —respondí mientras movía la ganzúa—. A menudo me pregunto cómo hubiera sido la vida si ella y yo hubiéramos estado juntos. —Actuando por instinto, le pregunté—: ¿Cómo está, por cierto?

—Muerta —contestó—. La asesinaron.

Washington, pensé, pero no dije nada salvo:

—Siento oír eso.

—¿En serio? La mató uno de tus hombres.

Para entonces ya había abierto la puerta, pero, en vez de cruzarla, la cerré y me volví para mirar a Connor:

—¿Qué?

—Tan solo era un niño cuando vinieron en busca de los ancianos. Sabía que eran peligrosos incluso entonces, pero me quedé callado. Charles Lee me dejó inconsciente.

Así que tenía razón. Charles le había dejado a Connor la marca tanto física como metafórica del anillo templario.

No me costó reflejar el horror en mi rostro, aunque fingí sorpresa mientras él continuaba hablando.

—Cuando me desperté, encontré el poblado en llamas. Tus hombres ya se habían ido, así como cualquier esperanza de que mi madre sobreviviera.

Ahora..., ahora era una buena oportunidad para intentar convencerle de la verdad.

—Imposible —dije—. Yo no di esa orden. Más bien lo contrario, de hecho... Les dije que dejaran de buscar el yacimiento precursor. Íbamos a concentrarnos en actividades más prácticas...

Connor parecía tener dudas, pero se encogió de hombros.

—No me importa. Hace mucho tiempo que pasó.

Oh, pero sí, sí importaba.

—Pero has crecido toda tu vida pensando que yo, tu propio padre, era el responsable de tal atrocidad. Yo no tuve nada que ver.

—Quizá digas la verdad. Quizá no. ¿Cómo voy a saberlo?

iii

En silencio, entramos en el almacén, donde los barriles apilados parecían bloquear toda la luz. No muy lejos se encontraba una figura de espaldas a nosotros, y el único ruido era el suave chirrido que hacía al escribir en el libro de contabilidad que sujetaba. Lo reconocí al instante, por supuesto, y respiré hondo antes de llamarle.

—Benjamin Church, estás acusado de traicionar a la Orden de los Templarios y de abandonar nuestros principios para conseguir tu beneficio personal —anuncié—. Teniendo en cuenta tus crímenes, te sentencio a muerte.

Benjamin se dio la vuelta. Solo que no era Benjamin. Era un señuelo, que de repente gritó: «¡Ahora, ahora!», y tras aquellas palabras, la habitación se llenó de hombres que salieron corriendo de sus escondites para apuntarnos con pistolas y espadas.

—Llegáis demasiado tarde —se jactó el señuelo—. Church y el cargamento hace tiempo que se fueron. Y me temo que no estaréis en condiciones de seguirle.

Nos erguimos rodeados de enemigos, y le di las gracias a Achilles por su entrenamiento, porque ambos estábamos pensando lo mismo. Pensábamos que cuando uno se enfrenta a una fuerza superior, hay que arrebatarles el elemento sorpresa. Pensábamos que debíamos convertir la defensa en un ataque.

Y eso fue lo que hicimos. Atacamos. Nos echamos una mirada rápida, sacamos ambos nuestras hojas y saltamos hacia delante para toparnos con el guardia más cercano, cuyos gritos retumbaron por las paredes de ladrillo del almacén. Me abalancé sobre uno de los pistoleros, que se deslizó hacia atrás y se golpeó la cabeza con un cajón; luego me coloqué sobre él, con las rodillas en el pecho, y le pasé la hoja por la cara hasta clavársela en el cerebro.

Me di la vuelta a tiempo de ver a Connor girar y me agaché cuando pasó la mano de la hoja sobre mi cabeza para abrir el estómago a dos guardias desafortunados, que cayeron, agarrándose sus vientres abiertos, dos hombres muertos que aún no lo sabían. Dispararon un mosquete y oí el aire cantar; sabía que la bala había fallado, pero se lo haría pagar con su vida al francotirador. Dos hombres vinieron hacia mí, balanceándose a lo loco, y mientras los eliminaba a ambos di gracias a Benjamin por haber usado mercenarios en vez de Templarios, que no habrían sido tan fáciles de vencer.

La lucha fue breve y brutal, hasta que solo quedó el señuelo, sobre el que se erguía Connor mientras el hombre temblaba como un niño asustado en el suelo enladrillado, ahora resbaladizo por la sangre.

Terminé con un hombre moribundo y luego me acerqué a oír que Connor preguntaba:

—¿Dónde está Church?

—Te contaré —gimió el señuelo— todo lo que quieras. Tan solo prométeme que me dejarás vivir.

Connor me miró y, estuviéramos o no de acuerdo, él le ayudó a levantarse. Con una mirada nerviosa primero a él y luego a mí, el señuelo continuó hablando:

—Se marchó ayer a Martinica. Se embarcó en un balandro llamado *Welcome* y la mitad de su carga eran las provisiones que robó de los patriotas. Eso es todo lo que sé. Lo juro.

Por detrás de él, hundí mi hoja en su médula espinal y se quedó mirando fijamente, lleno de asombro, la punta manchada de sangre que le sobresalía del pecho.

—Lo prometiste… —dijo.

—Y él mantuvo su palabra —dije con frialdad, y miré a Connor, casi animándole a que me contradijera—. Vamos —añadí, justo cuando un trío de fusileros corrieron al balcón sobre nosotros con el repiqueteo de sus botas sobre la madera, se colocaron la culata de sus mosquetes en el hombro y abrieron fuego. Pero no a nosotros, sino a los barriles que había allí al lado, y, demasiado tarde, me di cuenta de que estaban llenos de pólvora.

Cuando alcanzaron el primero, solo tuve tiempo de tirar a Connor detrás de unos barriles de cerveza. Al primero, siguieron los barriles que estaban a su alrededor, y todos explotaron con un ruido ensordecedor que pareció doblar el aire y detener el tiempo, un estallido tan fuerte que, cuando abrí los ojos y retiré las manos de las orejas, me sorprendió ver que el almacén seguía en pie. Todos los hombres allí presentes se habían tirado al suelo o habían saltado por los aires por la potencia de la explosión. Pero los guardias se estaban levantando, recogían los mosquetes y, todavía sordos, se gritaban los unos a los otros mientras nos buscaban entre el polvo con los ojos entrecerrados. Las llamas rozaban los barriles y los cajones comenzaban a arder. No muy lejos, un guardia apareció corriendo por el almacén con la ropa y el pelo en llamas, gritando mientras su rostro se fundía; luego cayó de rodillas y murió boca abajo en el suelo. El fuego voraz encontró unos cajones cercanos, que ardieron al instante y todo a nuestro alrededor se convirtió en un infierno.

Las balas de los mosquetes pasaban silbando. Derribamos a dos espadachines de camino a las escaleras que llevaban al caballete y nos abrimos camino despedazando a una brigada de cuatro fusileros. El fuego se elevaba rápidamente —hasta los guardias empezaban a huir ahora—, así que corrimos al siguiente piso, subimos y subimos, hasta llegar al desván del almacén de la fábrica.

Nuestros agresores estaban detrás, pero ya no las llamas. Al mirar por la ventana, vimos agua debajo de nosotros y eché un vistazo en busca de una salida. Connor me agarró y me llevó hacia la ventana. Ambos atravesamos el cristal para caer al agua antes de que yo tuviera siquiera tiempo de protestar.

7 de marzo de 1778

i

No iba a permitir que Benjamin se escapara. No después de haber pasado casi un mes en el *Aquila*, atrapado con el amigo de Connor y capitán del barco, Robert Faulkner, entre otros, persiguiendo la goleta de Benjamin, que se mantenía fuera de nuestro alcance, esquivando ataques de cañones; después de llegar a ver en la cubierta su cara burlona… Ni hablar, no iba a permitir que se escapara. Sobre todo cuando estábamos tan cerca del Golfo de México y el *Aquila* por fin corría tan deprisa como su goleta.

Por eso le arrebaté el timón a Connor, lo conduje a estribor y con un bandazo llevé el barco a toda velocidad hacia la goleta. Nadie se esperaba aquello. No la tripulación de aquel barco. No los hombres del *Aquila*, ni Connor ni Robert…, solo yo. Y no estoy seguro de que lo esperara yo tampoco hasta que lo hice, cuando todo miembro de la tripulación que no estaba sujeto a algo se vio lanzado violentamente a un lado y la proa del *Aquila* alcanzó el lateral de la goleta, abriendo y astillando su casco. Tal vez fui un poco precipitado. Tal vez le debería a Connor —y sobre todo a Faulkner— una disculpa por los daños que le había ocasionado al barco.

Pero no podía permitir que escapara.

Por un momento reinó un silencio de asombro y tan solo se oyó el sonido de los restos del barco chocando contra el océano, y el quejido de la madera maltratada y afligida. Las velas ondeaban en la suave brisa sobre nosotros, pero ninguno de los barcos se movía, como si ambos estuvieran inmovilizados por la impresión del impacto.

Y entonces, de pronto, cuando la tripulación de los barcos recuperó el sentido, se alzó un grito. Yo estaba delante de Connor y había salido corriendo hacia la proa del *Aquila*, para saltar a la cubierta de la goleta de Benjamin, donde caí sobre la madera con la hoja extendida y maté al primer miembro de la tripulación que alzó un arma contra mí; le apuñalé y lancé por la cubierta su cuerpo retorciéndose.

Corrí hacia la trampilla, detuve a un marinero que intentaba escapar y le clavé la hoja en el pecho antes de bajar las escaleras y, con una última mirada a la devastación que había causado, mientras los dos barcos enormes se juntaban y giraban lentamente en el océano, cerré la trampilla detrás de mí.

Arriba se oyó el estruendo de los pies sobre la cubierta, los gritos ahogados, las explosiones de las pistolas en la batalla y el golpeteo de los cuerpos al caer sobre la madera. Bajo la cubierta había un extraño silencio casi inquietante. Pero me di cuenta de que también se oía el chapoteo y el goteo que me avisaban de que la goleta se estaba hundiendo. Me agarré a un puntal de madera cuando, de repente, el barco escoró y el goteo de agua se convirtió en una corriente constante. ¿Cuánto tiempo se mantendría a flote?, me pregunté.

En ese momento me di cuenta de lo que Connor pronto descubriría: que las provisiones que habíamos estado tanto tiempo buscando no existían o al menos no estaban en aquel barco.

Justo mientras lo asimilaba, oí un ruido y me di la vuelta para ver a Benjamin Church sosteniendo una pistola con las dos manos, entrecerrando los ojos por la mirilla para apuntarme.

—Hola, Haytham —gruñó y apretó el gatillo.

Era bueno. Lo sabía. Por eso apretó el gatillo enseguida, para eliminarme mientras aún le quedaba el efecto sorpresa; pero no me apuntó directamente a mí sino a mi derecha porque sabía que era un luchador diestro y lógicamente tiraría hacia el lado más fuerte. Pero, claro, sabía todo aquello porque le había entrenado yo. Y su tiro le dio al casco porque, en vez de moverme a la derecha, lo hice a la izquierda. Después, hice rodar mi cuerpo y me puse de pie para saltar y abalanzarme sobre él antes de que pudiera desenvainar la espada. Le agarré de la camisa con una mano, le arrebaté la pistola con la otra y la tiré lejos.

—Teníamos un sueño, Benjamin —rugí en su cara—, un sueño que te has encargado de destruir. Y por eso, amigo derrotado, lo pagarás.

Le di un rodillazo en la entrepierna. Cuando se dobló, jadeando de dolor, llevé el puño hacia su abdomen y luego le golpeé en la mandíbula lo bastante fuerte para saltarle dos dientes ensangrentados que rodaron por la cubierta.

Le dejé caer donde la madera ya estaba mojada y su cara chapoteó en el agua del mar que entraba. El barco volvió a dar bandazos, pero en aquel momento no me importó. Cuando Benjamin trató de ponerse a cuatro patas, le golpeé con la bota para quitarle el último aliento que le quedara. A continuación tomé una cuerda y le puse de pie para empujarle hasta un barril, al que le até bien fuerte. Su cabeza cayó hacia delante y un reguero de sangre, saliva y mocos se derramó lentamente sobre la madera. Retrocedí, le agarré del pelo y luego le miré a los ojos. Le di un puñetazo en la cara y oí el crujido de la nariz al romperse. Después, retrocedí y sacudí la sangre de mis nudillos.

—¡Basta! —gritó Connor detrás de mí, y me di la vuelta para encontrarme con su mirada.

Luego miró a Benjamin con una expresión de repugnancia en el rostro.

—Vinimos aquí por un motivo… —dijo.

Negué con la cabeza.

—Al parecer, por razones diferentes.

Pero Connor me empujó para pasar, caminó por el agua, que ahora nos llegaba por los tobillos, hasta llegar a Benjamin, que le miró de manera desafiante con aquellos ojos magullados e inyectados en sangre.

314

—¿Dónde están las provisiones que robaste? —quiso saber Connor.

Benjamin escupió.

—Vete al infierno. —Y entonces, aunque pareciera increíble, se puso a cantar *Rule Britannia*.

Di un paso adelante.

—Calla la boca, Church.

Aquello no le detuvo y continuó cantando.

—Connor —dije—, obtén lo que quieras de él y acabemos con esto de una vez.

Y por fin Connor avanzó con la hoja activada, que colocó en la garganta de Benjamin.

—Te lo preguntaré otra vez —dijo Connor—, ¿dónde está el cargamento?

Benjamin se le quedó mirando y parpadeó. Por un momento pensé que a continuación le insultaría o le escupiría, pero, en cambio, comenzó a hablar.

—Lejos, en una isla, esperando que lo recojan. Pero no tienes ningún derecho. No es tuyo.

—No, no es mío —dijo Connor—. Esas provisiones eran para unos hombres y unas mujeres que creen en algo más importante que ellos mismos, que luchan y mueren para poder vivir libres algún día de esa tiranía vuestra.

Benjamin sonrió tristemente.

—¿Son esos los mismos hombres y mujeres que luchan con mosquetes forjados de acero británico? ¿Que vendan sus heridas con vendajes hechos por manos británicas? Qué práctico les resulta que nosotros hagamos el trabajo. Están recogiendo lo que siembran.

—Le das la vuelta a la historia para justificar tus crímenes. Como si tú fueras el inocente y ellos los ladrones —alegó Connor.

—Todo es cuestión de cómo se mire. No hay un único camino en la vida que sea correcto, justo y no perjudique a nadie. ¿De verdad crees que la Corona no tiene una causa? ¿Que no tiene derecho a sentirse traicionada? Deberías saberlo, tan dedicado como estás a la lucha contra los Templarios, quienes también consideran justo su trabajo. Piensa en eso la próxima vez que insistas en que tu trabajo solo es por el bien común. Tu enemigo seguro que piensa diferente y seguro que tendrá un motivo.

—Puede que tus palabras sean sinceras —susurró Connor—, pero no las convierte en verdad.

Y terminó con él.

—Has hecho bien —dije mientras la barbilla de Benjamin caía hacia el pecho y la sangre salpicaba el agua que continuaba subiendo—. Su fallecimiento nos beneficia a ambos. Vamos. Supongo que querrás que te ayude a sacarlo todo de la isla...

16 de junio de 1778

i

Habían pasado meses desde la última vez que le había visto, pero aun así no puedo negar que pensaba en él a menudo. En aquellos momentos me preguntaba si habría esperanza para nosotros. Yo, que era un Templario, un Templario forjado en la traición, pero un Templario al fin y al cabo; y él, un Asesino, creado por la carnicería de los Templarios.

Una vez, hacía muchos años, soñé en unir a los Asesinos y los Templarios, pero era más joven y más idealista. El mundo aún tenía que mostrarme su verdadera cara. Y su auténtico rostro era implacable, cruel y despiadado, bárbaro y brutal. No había sitio para los sueños.

Sin embargo, volvió a mí otra vez, y aunque no dijo nada —al menos hasta ahora—, me preguntaba si el idealismo que una vez había vivido en mí lo habría traído a mi puerta en Nueva York, buscando respuestas tal vez o despejar alguna duda que le acosaba.

A lo mejor me equivocaba. A lo mejor habitaba una incertidumbre en el interior de aquella alma joven después de todo.

Nueva York seguía en manos de los casacas rojas y pelotones de ellos llenaban las calles. Habían pasado unos cuantos años y todavía no se había responsabilizado a nadie del incendio que había sumergido a la ciudad en una depresión sucia y manchada de hollín. Había partes que seguían inhabitables. La ley marcial continuaba, las normas de los casacas rojas eran duras y la gente estaba más resentida que nunca. Como persona de fuera, estudiaba a los dos grupos existentes, los oprimidos lanzaban miradas de odio a los soldados insensibles e indisciplinados. Los observaba con cierta dosis de cinismo. Y, diligentemente, continuaba adelante. Trabajaba para intentar ayudar a ganar la guerra, para terminar con la ocupación y encontrar la paz.

Estaba interrogando a uno de mis informadores, un desgraciado al que llamaban Tic —por algo que hacía con la nariz—, cuando vi a Connor por el rabillo del ojo. Alcé una mano para detenerle mientras continuaba escuchando a Tic y me preguntaba qué querría. ¿Qué buscaba del hombre que creía que había dado la orden de matar a su madre?

—Tenemos que saber qué planean los leales al régimen si queremos ponerle fin a esto —le dije al hombre.

Connor estaba por allí, escuchando, pero no me importaba.

—Lo he intentado —respondió Tic, mientras movía la nariz, y miró de repente a Connor—, pero no les han dicho nada a los soldados, solo que esperen órdenes de arriba.

—Pues sigue indagando. Ven a buscarme cuando tengas que decirme algo que merezca la pena.

Tic asintió, se escabulló y yo respiré hondo al tiempo que miraba a Connor. Durante unos instantes nos quedamos así, mirándonos el uno al otro. De algún modo la túnica asesina le quedaba extraña al muchacho indio que había debajo, con el pelo largo y oscuro y esos ojos penetrantes, los ojos de Ziio. ¿Qué habría detrás de ellos?, me pregunté.

Sobre nosotros, una bandada de pájaros se acomodó en la cornisa de un edificio, graznando alto. Cerca de allí, una brigada de casacas rojas holgazaneaba junto a un carro para contemplar a las lavanderas que pasaban, haciendo comentarios lascivos y respondiendo con gestos amenazantes a cualquier mirada de desaprobación o crítica.

—Estamos muy cerca de la victoria —le dije a Connor, llevándole del brazo para seguir avanzando por la calle, lejos de los casacas rojas—. Tan solo hacen falta un par de ataques certeros más y podremos acabar la guerra civil y deshacernos de la Corona.

Un amago de sonrisa en la comisura de sus labios reveló una satisfacción segura.

—¿Qué pretendes?

—Nada, de momento, ya que estamos totalmente a oscuras.

—Creía que los Templarios teníais ojos y oídos en todas partes —dijo, con un ligero humor seco. Igual que su madre.

—Es cierto. Hasta que empezaste a eliminarlos.

Sonrió.

—Tu contacto hablaba de órdenes de arriba. Eso nos dice exactamente lo que tenemos que hacer: seguir la pista a otros comandantes leales al régimen.

—Los soldados responden ante los jaegers —dije—. Los jaegers a los comandantes, lo que significa… que debemos subir por la cadena.

Levanté la vista. No muy lejos, los casacas rojas seguían subidos de tono, rebajando su uniforme, la bandera y al rey Jorge. Los jaegers eran el vínculo entre los mandamases del ejército y los soldados rasos y se suponía que tenían que mantener a raya a los casacas rojas, evitar que exasperaran a un pueblo ya hostil, pero rara vez enseñaban la cara, tan solo si había problemas de verdad en la calle. Digamos, por ejemplo, si alguien mataba a un casaca roja. O a dos.

De mi túnica saqué una pistola y apunté al otro lado de la calle. Por el rabillo del ojo, vi que Connor se quedaba boquiabierto. Yo seguí apuntando al grupo indisciplinado de casacas rojas que se hallaba cerca del carro, y elegí a uno que seguía haciendo comentarios subidos de tono a una mujer, que pasó con la falda agitada, la cabeza gacha, sonrojada bajo el sombrero. Y apreté el gatillo.

El estallido de mi pistola rompió el día. El casaca roja se tambaleó hacia atrás, con un agujero del tamaño de un penique entre los ojos, del que ya empezaba a gotear sangre oscura mientras su mosquete caía y él se desplomaba hacia el carro, donde su cuerpo quedó inmóvil.

Por un momento, los otros casacas rojas se quedaron demasiado impresionados para hacer nada, moviendo la cabeza de un lado a otro, tratando de localizar el origen del disparo y colocándose los rifles sobre el hombro.

Comencé a cruzar la calle.

—¿Qué estás haciendo? —preguntó Connor detrás de mí.

—Si matas, aparecen los jaegers —le dije—. Nos llevarán directos a los que están al mando.

Y cuando uno de los casacas rojas se volvió hacia mí para darme con su bayoneta, pasé la hoja por delante y le corté sus bandas entrecruzadas, la casaca y el estómago. Me abalancé sobre el siguiente enseguida, mientras otro, que intentaba retroceder para hacer espacio, levantar el arma y disparar, fue directo hacia Connor de espaldas y al instante se clavó su hoja.

La pelea había terminado y la calle, que antes estaba concurrida, ahora estaba vacía. En ese momento oí unas campanas y guiñé el ojo.

—Los jaegers han salido, justo como dije que harían.

Teníamos que atrapar a uno, una tarea que me complacía dejarle a Connor, y no me defraudó. En menos de una hora teníamos una carta, y mientras los grupos de jaegers y casacas rojas corrían gritando de un lado a otro por las calles, buscando, furiosos, a los dos Asesinos —«Te digo que eran Asesinos. Usaban la hoja de Hashashin»— que habían eliminado sin piedad a una de sus patrullas, nosotros subimos a los tejados, donde nos sentamos a leer.

—La carta está codificada —dijo Connor.

—No te preocupes —le tranquilicé—. Conozco el código. Al fin y al cabo es un invento templario.

La leí y luego se lo expliqué.

—El mando británico está en una situación caótica. Los hermanos Howe han dimitido y Cornwallis y Clinton se han marchado de la ciudad. Los dirigentes que quedan han convocado una reunión en las ruinas de la Iglesia de la Trinidad. Allí deberíamos dirigirnos.

ii

La Iglesia de la Trinidad estaba en la intersección de Wall Street y Broadway. O, debería decir, lo que quedaba de la Iglesia de la Trinidad estaba en la intersección de Wall Street y Broadway. Se había quemado en el gran incendio de septiembre de 1776, tanto que, de hecho, los británicos no se habían molestado en intentar reformarla para convertirla en un cuartel o para encarcelar a los patriotas. En su lugar, habían construido una valla y la usaban para ocasiones como esta, la reunión de los comandantes en la que Connor y yo nos íbamos a colar.

Wall Street y Broadway estaban a oscuras. Los faroleros no iban allí porque no había farolas que encender, ninguna que funcionara al menos. Como todo lo demás en un radio de un kilómetro alrededor de la iglesia, estaba ennegrecida, cubierta de hollín y con las ventanas rotas. ¿Y qué iluminarían de todas formas? ¿Las ventanas cenicientas y hechas añicos de los edificios vecinos? La piedra vacía y los armazones de madera solo servían de morada a los perros callejeros y a los indeseables.

Sobre todo aquello descollaba el chapitel de la Trinidad, y allí nos dirigimos, escalando una de las paredes que quedaban de la iglesia para tomar posiciones. Mientras subíamos me di cuenta de que aquel edificio me recordaba a una versión extendida de mi hogar en la plaza Queen Anne, al aspecto que tenía después del incendio. Y mientras nos agachamos en los huecos sombríos, esperando la llegada de los casacas rojas, recordé el día que regresé a la casa con Reginald y cómo la había visto. Al igual que la iglesia, el fuego había consumido el tejado. Al igual que la iglesia, era un esqueleto, una sombra de como era antes el edificio. Sobre nuestras cabezas, las estrellas brillaban en el cielo, y me quedé mirándolas desde el tejado hasta que un codo a mi lado me despertó del ensueño y Connor señaló a los oficiales y casacas rojas que se dirigían por los escombros de Wall Street hacia la iglesia. Mientras se acercaban, dos hombres delante del pelotón tiraban de un carro y colgaban faroles de las ramas negras y quebradizas de los árboles, para iluminar el camino. Llegaron a la iglesia y miramos cómo colgaban más faroles abajo. Se movían con rapidez entre las truncadas columnas de la iglesia, donde habían empezado a crecer hierbajos y musgo como si la naturaleza reclamara las ruinas para ella. Colocaron faroles en la parte delantera y en el atril antes de apartarse y dejar sitio a los delegados: tres comandantes y un pelotón de soldados.

A continuación aguzamos ambos el oído para oír la conversación pero no tuvimos suerte. Así que me puse a contar los guardias, doce, y decidí que no eran muchos.

—No dejan de dar vueltas a lo mismo —le dije a Connor en voz baja—. No nos enteraremos de nada observándoles desde aquí.

—¿Qué propones? —preguntó—. ¿Que bajemos ahí y les exijamos respuestas?

Le miré y sonreí abiertamente.

—Bueno, sí —contesté.

Me puse a bajar hasta que estuve lo bastante cerca para saltar y sorprendí a dos de los que estaban en la retaguardia, que murieron con la boca en forma de O.

—¡Emboscada! —gritaron cuando me lancé sobre dos casacas rojas más.

Arriba oí a Connor maldecir mientras bajaba de su posición para ayudarme.

Tenía razón. No eran muchos. Los casacas rojas, como siempre, dependían demasiado de sus mosquetes y bayonetas, que tal vez eran efectivos en el campo de batalla, pero inútiles en el combate cuerpo a cuerpo, en el que Connor y yo les sacábamos ventaja. Luchábamos bien juntos, casi como un equipo. Pronto las estatuillas cubiertas de musgo de la iglesia quemada brillaron por la sangre fresca de los casacas rojas; doce guardias estaban muertos y solo quedaban los tres comandantes aterrorizados, encogidos de miedo, mientras movían los labios rezando, preparándose para morir.

Tenía otra idea en mente, un viaje al fuerte George para ser exactos.

iii

El fuerte George estaba en el extremo sur de Manhattan. Con más de ciento cincuenta años de antigüedad, desde el mar se asemejaba a un horizonte de agujas, torres de vigilancia y largos edificios donde se encontraban los cuarteles que parecían recorrer todo el promontorio, mientras que en el interior de las altísimas almenas había un gran espacio para la instrucción, rodeado de altos edificios donde se encontraban los dormitorios y las oficinas, todo ello muy bien protegido y fortificado. Un lugar perfecto para que los Templarios instalaran su sede. Un lugar perfecto para llevar a los tres comandantes leales al régimen.

—¿Qué planean los británicos? —le pregunté al primero, después de atarlo a una silla en una sala de interrogatorios en las entrañas del edificio del extremo norte, donde el olor a humedad lo invadía todo y donde, si se escuchaba con detenimiento, se podía oír a las ratas arañando y royendo.

—¿Por qué debería decírtelo? —dijo con desdén.

—Porque te mataré si no lo haces.

Tenía los brazos atados, pero señaló la sala de interrogatorios con la barbilla.

—Me matarás también si te lo digo.

Sonreí.

—Hace muchos años conocí a un hombre llamado Cutter, un experto en tortura y en administrar dolor, que era capaz de mantener vivas a sus víctimas durante días sin fin, pero con un sufrimiento considerable, tan solo…

Activé el mecanismo de la hoja y apareció, destellando cruelmente a la luz titilante de la antorcha.

Se la quedó mirando.

—¿Me prometes una muerte rápida si te lo cuento?

—Tienes mi palabra.

Y así lo hice, mantuve la palabra. Cuando terminó, salí al pasillo de fuera, donde ignoré la mirada inquisitiva de Connor y me llevé al segundo prisionero. De nuevo en la celda, le até a la silla y le observé mientras los ojos se le iban al cadáver del primer hombre.

—Tu amigo se negó a contarme lo que sabía —le dije— y por eso le corté la garganta. ¿Estás preparado para contarme lo que quiero saber?

Con los ojos muy abiertos, tragó saliva.

—Mira, sea lo que sea, no puedo decirte nada porque no tengo la información. Quizás el comandante…

—Ah, ¿no eres el hombre que está al mando? —pregunté con tranquilidad y moví la hoja.

—Espera un momento... —espetó cuando me coloqué a su espalda—. Hay una cosa que sí sé...

Me detuve.

—Adelante...

Me la contó y cuando terminó, le di las gracias y le corté el cuello. Mientras moría, me di cuenta de que yo no sentía el ardor del que comete ese tipo de actos repelentes en nombre del bien supremo sino una sensación de certeza hastiada. Hacía muchos años, mi padre me había enseñado a ser misericordioso, a ser clemente. Ahora mataba a prisioneros como si fueran ganado. Hasta aquel punto me había corrompido.

—¿Qué pasa ahí dentro? —preguntó Connor con recelo, cuando volví al pasillo donde vigilaba al último prisionero.

—Este es el comandante. Mételo dentro.

Al cabo de un rato, la puerta de la sala de interrogatorios se cerraba de un golpazo y por un momento el único sonido que se oyó fue el goteo de la sangre. Al ver los cadáveres en un rincón de la celda, el comandante forcejeó, pero, con una mano en el hombro, le empujé a la silla, que ahora resbalaba por la sangre, le até a ella, luego me coloqué delante y moví el dedo para activar la hoja oculta. Se oyó un ligero chasquido en la celda.

Los ojos del oficial se dirigieron hacia allí y luego me miró. Estaba intentando poner cara de valiente, pero no tenía manera de ocultar el temblor del labio inferior.

—¿Qué planean los británicos? —le pregunté.

Connor me miró. El prisionero tenía los ojos clavados en mí. Al permanecer callado, levanté un poco la hoja para que reflejara la luz titilante de la antorcha. Volvió a centrar los ojos en mí y luego se desmoronó...

—Van a..., van a salir de Filadelfia. Esa ciudad está acabada. Nueva York es la clave. Doblaremos el número y harán retroceder a los rebeldes.

—¿Cuándo empezarán? —pregunté.

—Dentro de dos días.

—El 18 de junio —dijo Connor a mi lado—. Tengo que avisar a Washington.

—¿Ves? —le dije al comandante—. No ha sido tan difícil, ¿verdad?

—Te lo he contado todo. Ahora déjame marchar —dijo, pero ya no estaba de humor misericorde.

Me coloqué detrás de él, mientras Connor miraba, y le abrí la garganta. Ante la cara horrorizada del chico, dije:

—Si los otros dos dijeron lo mismo, debe de ser verdad.

Cuando Connor me miró, fue con indignación.

—Le has matado…, les has matado a todos. ¿Por qué?

—Habrían avisado a los leales al régimen —me limité a contestar.

—Podrías haberlos retenido hasta que la lucha hubiera terminado.

—No lejos de aquí está Wallabout Bay —dije—, donde está amarrado el barco prisión *Jersey* de Su Majestad la Reina, una embarcación podrida en la que los patriotas prisioneros de guerra mueren a miles, los entierran en tumbas poco profundas en la costa o simplemente los tiran por la borda. Así tratan a sus prisioneros los británicos, Connor.

Comprendió lo que quería decir, pero replicó:

—Y por eso debemos librarnos de su tiranía.

—Ah, tiranía. No olvides que tu líder George Washington podría haber salvado a los hombres de esos barcos prisión, si así lo deseara. Pero no quiere intercambiar soldados británicos capturados por americanos capturados, y por eso los prisioneros de guerra americanos son sentenciados a pudrirse en los barcos prisión de Wallabout Bay. Así funciona tu héroe George Washington. Acabe como acabe esta guerra, Connor, puedes estar seguro de que serán los hombres con riquezas y tierras los que se beneficiarán. Los esclavos, los pobres, los hombres alistados… todos se pudrirán.

—George es distinto —dijo, pero sí, ahora había cierta duda en su voz.

—Ya verás su verdadera cara, Connor. Se revelará y, cuando lo haga, podrás tomar tu decisión. Podrás juzgarle.

17 de junio de 1778

i

Aunque había oído hablar mucho de él, no había visto Valley Forge con mis propios ojos y aquella mañana era donde me encontraba.

La situación había mejorado claramente, eso seguro. Ya no había nieve y había salido el sol. Mientras caminábamos, vi a una brigada puesta a prueba por un hombre con acento prusiano, que, si no me equivocaba, era el famoso barón Friedrich von Steuben, el jefe de estado de Washington, que había ayudado a dar forma al ejército. Y lo había conseguido. Así como en el pasado los hombres carecían de moral y disciplina, sufrían enfermedades y malnutrición, ahora el campamento estaba lleno de soldados sanos y bien alimentados, que marchaban con un animado repiqueteo de armas y cantimploras, con prisa y determinación en su andar. Tambaleándose entre ellos se hallaban los sirvientes que llevaban cestos con víveres y ropa para lavar, u ollas y teteras humeantes de las hogueras. Hasta los perros que correteaban y jugaban en los márgenes del campamento parecían hacerlo con vigor y energía renovados. Me di cuenta de que aquí era donde podía nacer la independencia: con ánimo, cooperación y fortaleza.

Sin embargo, mientras Connor y yo caminábamos a grandes zancadas por el campamento, lo que me sorprendió fue que en gran parte había mejorado el ánimo en el campamento gracias a los esfuerzos de los Asesinos y los Templarios. Habíamos obtenido las provisiones e impedido más robos, y me habían dicho que Connor había tenido algo que ver en garantizar la seguridad de Von Steuben. ¿Qué había hecho su maravilloso líder Washington, salvo meterlos en líos desde el principio?

Aun así, continuaban creyendo en él.

Más razón aún para revelar su falsedad. Más razón aún para que Connor viera su auténtica cara.

—Deberíamos compartir con Lee lo que sabemos, no con Washington… —dije, irritado, mientras caminábamos.

—Pareces creer que estoy a favor de él —contestó Connor. Tenía la guardia baja y el pelo negro brillaba al sol. Aquí, lejos de la ciudad, era como si su lado indígena floreciera—. Pero mi enemigo es una noción, no una nación. Está mal forzar la obediencia, ya sea a la Corona Británica o a la cruz templaria. Y espero que los leales al régimen se den cuenta de esto a tiempo, puesto que también son víctimas.

Negué con la cabeza.

—Luchas contra la tiranía y la injusticia. Pero no son más que síntomas, hijo. Su verdadera causa es la debilidad humana. ¿Por qué crees que sigo intentando demostrarte que estás equivocado en el modo de obrar?

—Has dicho mucho, sí, pero no me has demostrado nada.

«No —pensé—, porque no escuchas la verdad cuando sale de mi boca, ¿no? Necesitas oírla del mismísimo hombre al que idolatras. Necesitas oírla de Washington».

ii

En una cabaña de madera encontramos al líder, que estaba ocupado con la correspondencia, y al pasar junto al guardia de la entrada, cerramos la puerta al clamor del campamento, dejando fuera las órdenes del sargento en la instrucción, el constante ruido metálico de los utensilios de cocina y los carros avanzando con dificultad.

Alzó la vista, sonrió y saludó a Connor. Se sentía tan seguro en su presencia que se alegraba de que los guardias estuvieran fuera y a mí me lanzó una mirada más fría, apreciativa, antes de levantar una mano y regresar a su papeleo. Mojó la pluma en el tintero y, mientras esperábamos pacientemente nuestra audiencia, firmó algo con una rúbrica. Devolvió la pluma al tarro, secó el documento y salió de detrás del escritorio para saludarnos, a Connor con más afecto que a mí.

—¿Qué te trae por aquí? —preguntó, y mientras los dos amigos se abrazaban, yo me quedé cerca del escritorio de Washington.

Sin quitarle los ojos de encima a ambos, retrocedí un poco y miré un momento hacia el escritorio, en busca de algo, lo que fuera, que pudiera usar como prueba en mi testimonio contra él.

—Los británicos han retirado a sus hombres de Filadelfia —estaba diciendo Connor—. Marchan hacia Nueva York.

Washington asintió con gravedad. Aunque los británicos tenían el control de Nueva York, los rebeldes aún controlaban algunas partes de la ciudad. Nueva York seguía siendo fundamental en aquella guerra y si los británicos les arrebataban el dominio de una vez por todas, les sacarían mucha ventaja.

—Muy bien —dijo Washington, cuya propia incursión por el Delaware para recuperar la tierra en Nueva Jersey había sido uno de los mayores puntos de inflexión en la guerra—. Moveré a las fuerzas hacia Monmouth. Si les derrotamos, la balanza se inclinará a nuestro favor.

Mientras hablaban, yo intentaba leer el documento que Washington acababa de firmar. Lo moví un poco con las yemas de los dedos para poder verlo bien. Y entonces, con una silenciosa alegría triunfal, lo recogí y lo sostuve para que ambos lo vieran.

—¿Y qué es esto?

Al verse interrumpido, Washington se dio la vuelta y vio lo que tenía en la mano.

—Es correspondencia privada.

Se enfureció y se acercó para quitarme el papel de las manos, pero yo lo aparté y salí de detrás del escritorio.

—De eso estoy seguro. ¿Te gustaría saber qué es, Connor?

La confusión y las lealtades rotas nublaron sus rasgos. Movió la boca, pero no dijo nada y los ojos se apartaron de mí para mirar a Washington, mientras yo continuaba hablando:

—Al parecer, según esto, tu querido amigo acaba de ordenar un ataque a tu pueblo. Aunque «ataque» sería demasiado suave. Cuénteselo, comandante.

Indignado, Washington respondió:

—Hemos recibido informes de que los indígenas aliados están trabajando con los británicos. Les he pedido a mis hombres que terminen con eso.

—Quemando poblados y salando la tierra. Según esta orden, recurre al exterminio. —Esta era mi oportunidad para contarle a Connor la verdad—. Y no es la primera vez que lo hace. —Miré a Washington—. Dígale lo que hizo hace catorce años.

Durante unos instantes no hubo más que un tenso silencio en la cabaña. Fuera, se oía el repicar de las cocinas y el suave traqueteo de los carros al pasar; en el exterior del campamento, el estentóreo ladrido del sargento de instrucción y el rítmico crujido de las botas al marchar. Mientras que, en el interior, las mejillas de Washington se ruborizaban al tiempo que miraba a Connor y tal vez relacionaba algunas cosas en su cabeza y se daba cuenta de lo que había hecho exactamente hacía tantísimos años. La boca se le abría y cerraba como si le costara articular las palabras.

—Esa era otra época —soltó por fin. A Charles siempre le gustaba referirse a Washington como un tonto tartamudo e indeciso y aquí, por primera vez, supe exactamente por qué lo decía—. La Guerra de los Siete Años —dijo Washington, como si el hecho en sí mismo lo explicase todo.

Miré a Connor, que se había quedado paralizado y parecía como si estuviera distraído, pensando en cualquier otra cosa en vez de prestar atención a lo que estaba sucediendo en la habitación, así que alargué la mano hacia él y dije:

—Y ahora ves, hijo mío, en lo que se convierte un «gran hombre» bajo coacción. Pone excusas. Les echa la culpa a otros. Hace muchas cosas importantes, en realidad, salvo aceptar su responsabilidad.

Washington se había quedado pálido. Bajó la mirada, que tenía posada en Connor, hacia el suelo, y se delató. Miré a Connor de manera suplicante. Empezaba a respirar con dificultad y luego estalló, lleno de rabia:

—¡Basta! Quien lo hizo y por qué deberá esperar. Mi pueblo va antes.

Volví a tratar de tocarle.

—¡No! —Retrocedió—. Tú y yo hemos terminado.

—Hijo… —comencé a decir.

Pero se volvió contra mí.

—¿Me crees tan débil que con solo llamarme hijo voy a cambiar de opinión? ¿Hace cuánto tiempo que conoces esa información? ¿O es que debo creer que acabas de descubrirlo ahora? Puede que otras manos estén manchadas con la sangre de mi madre, pero Charles Lee no deja de ser menos monstruo y todo lo que hace es porque tú se lo ordenas. —Se volvió hacia Washington, que retrocedió por miedo ante la ira repentina de Connor—. Os advierto a ambos —gruñó— que si venís detrás de mí o lucháis contra mí os mataré.

Y se marchó.

16 de septiembre de 1781
(Tres años después)

i

En la Batalla de Monmouth de 1778, Charles, a pesar de que Washington le había ordenado que atacara a los británicos que se replegaban, se retiró.

No sabría decir qué se le pasó por la cabeza para actuar así. Tal vez le superaban en número, que fue el motivo que dio, o a lo mejor esperaba que retirándose dejaría mal a Washington y al Congreso, y que por fin se le relevaría del cargo. Fuera por un motivo o por otro, nunca se lo pregunté, sobre todo porque era un asunto que ya no me importaba en realidad.

Lo que sí sabía era que Washington le había ordenado atacar, pero él había hecho lo contrario y la situación rápidamente acabó en una derrota aplastante. Me han dicho que Connor tuvo algo que ver con la batalla que hubo a continuación, que ayudó a los rebeldes a impedir la derrota, mientras que Charles al retirarse había ido corriendo directo a Washington, habían intercambiado un par de palabras, y Charles en particular había usado un vocabulario bastante soez.

Podía imaginármelo. Pensé en el joven que me había encontrado hacía muchos años en el puerto de Boston, en cómo me miraba con admiración, aunque despreciaba a todos los demás. Desde que no le habían nombrado comandante en jefe del Ejército Continental, su resentimiento hacia Washington se había enconado, como una herida abierta, hasta empeorar, sin curarse. No solo había hablado mal de Washington cada vez que tenía oportunidad, denigrando los aspectos tanto de su personalidad como de su liderazgo, sino que se había embarcado en una campaña de cartas, con la intención de ganarse a algunos miembros del Congreso para ponerlos de su parte. Era cierto que su fervor estaba en parte estimulado por su lealtad a la Orden, pero también se veía alimentado por su ira personal cuando no le habían tenido en consideración. Puede que Charles hubiera renunciado a su cargo en el Ejército Británico y a todos los efectos se hubiera convertido en un ciudadano americano, pero había un sentimiento elitista muy británico en él y sentía profundamente que el puesto de comandante en jefe le correspondía por legítimo derecho. No podía culparle por involucrar sus sentimientos personales en esto. ¿Cuál de los caballeros que se reunían en la taberna Green Dragon no lo había hecho? Desde luego yo sí. Odiaba a Washington por lo que le había hecho al poblado de Ziio, pero su liderazgo en la revolución, aunque a veces era despiadadamente perspicaz, no caía en la brutalidad, por lo que yo sabía. Se había apuntado buena parte del éxito y ahora que estábamos en la última etapa de la guerra, con la independencia a una declaración de distancia, ¿cómo no se le iba a considerar un héroe militar?

La última vez que vi a Connor fue hace tres años, cuando nos dejó a Washington y a mí juntos. Solos. Totalmente solos. Y aunque era más viejo, más lento y tenía un dolor casi constante por la herida en el costado, por fin tuve la oportunidad de vengarme por lo que le había hecho a Ziio, de «relevarle del mando» para siempre, pero le perdoné la vida, porque estaba empezando a preguntarme si me había equivocado con él. Tal vez había llegado el momento de admitir que así era. Es un defecto humano ver los cambios en ti mismo mientras supones que el resto del mundo sigue igual. Tal vez era lo que me había pasado con Washington. Tal vez había cambiado. Me pregunté si Connor tendría razón respecto a él.

Charles, mientras tanto, fue arrestado por insubordinación después del incidente en el que insultó a Washington, luego formaron un consejo de guerra y al final le relevaron del cargo; se refugió en el fuerte George y allí se quedó.

—El chico viene de camino —dijo Charles.

Me senté en el escritorio de mi habitación en la Torre Oeste del fuerte George, delante de la ventana que daba al océano. Por mi catalejo había visto barcos en el horizonte. ¿Se dirigían hacia aquí? ¿Iba Connor en uno de ellos? ¿Colegas suyos?

Me volví en mi asiento y le hice señas a Charles para que se sentara. Parecía abrumado por su ropa. Tenía el rostro demacrado y el pelo canoso le colgaba sobre el rostro. Estaba inquieto y, si venía Connor, con toda sinceridad, tenía motivos para estarlo.

—Es mi hijo, Charles —dije.

Asintió y apartó la mirada con los labios fruncidos.

—Ya había visto cierto parecido. Su madre era la mohawk con la que te fugaste, ¿no? —preguntó.

—¿Con la que me fugué?

Se encogió de hombros.

—No me hables de descuidar la Orden, Charles. Tú has hecho lo mismo.

Hubo un largo silencio y, cuando volvió a mirarme, sus ojos se llenaron de vida.

—Una vez me acusaste de crear a ese Asesino —dijo con amargura—. ¿No te parece irónico, no, hipócrita, dado que es tu vástago?

—Tal vez —respondí—. Ya no estoy seguro.

Se rio secamente.

—Dejaste de preocuparte hace años, Haytham. No recuerdo la última vez que no vi debilidad en tus ojos.

—No es debilidad, Charles, sino duda.

—Pues duda —espetó—. La duda no beneficia a un Gran Maestro Templario, ¿no crees?

—Tal vez —admití—. O a lo mejor he aprendido que tan solo carecen de ella los tontos y los niños.

Me di la vuelta para mirar por la ventana. Antes los barcos no eran más que motas a simple vista, pero ahora se habían acercado.

—Paparruchas —dijo Charles—. Palabrería de Asesino. La confianza en la carencia de duda. Eso es lo que pedimos de nuestros líderes al menos: confianza.

—Recuerdo una época en que necesitabas mi apoyo para unirte a nosotros; ahora, tendrás mi puesto. ¿Crees que serás un buen Gran Maestro?

—¿Lo fuiste tú?

Hubo una larga pausa.

—Eso duele, Charles.

Se levantó.

—Me voy. No me apetece estar aquí cuando el Asesino, tu hijo, lance su ataque. —Me miró—. Y deberías acompañarme. Al menos para llevarle ventaja.

Negué con la cabeza.

—Creo que no, Charles. Creo que me quedaré aquí y resistiré hasta el final. A lo mejor tienes razón… Tal vez no he sido el Gran Maestro más efectivo. Tal vez ha llegado la hora de hacerlo bien.

—¿Tienes la intención de enfrentarte a él? ¿De luchar con él?

Asentí.

—¿Qué? ¿Crees que puedes hacerle cambiar de opinión? ¿Ponerle de nuestra parte?

—No —contesté tristemente—. Me temo que eso es imposible con Connor. Ni siquiera después de conocer la verdad sobre Washington, conseguí cambiar su manera de pensar. Te gustaría Connor, Charles, él tiene «confianza».

—Y entonces, ¿qué?

—No permitiré que te mate, Charles —respondí y me llevé la mano al cuello para quitarme el amuleto—. Toma esto, por favor. No quiero que él lo tenga si me vence en la batalla. Trabajamos mucho para mantenerlo apartado de los Asesinos y no deseo devolvérselo.

Pero retiró la mano.

—No voy a tomarlo.

—Tienes que guardarlo en lugar seguro.

—Eres muy capaz de hacerlo tú solo.

—Ya soy casi un anciano, Charles. Pequemos de cautelosos, ¿de acuerdo?

Le puse el amuleto en las manos.

—Voy a destacar a unos guardias para que te protejan —dijo.

—Como quieras. —Volví a mirar hacia la ventana—. Aunque tienes que darte prisa. Me da la impresión de que la hora del juicio se acerca.

Asintió y fue hacia la puerta, donde se dio la vuelta.

—Has sido un buen Gran Maestro, Haytham —dijo—, y lo siento si alguna vez he pensado lo contrario.

Sonreí.

—Y yo siento haberte dado motivos.

Abrió la boca para hablar, pero se lo pensó mejor y se marchó.

iii

Cuando comenzó el bombardeo y empecé a rezar por que Charles hubiera escapado, se me ocurrió que esta podría ser la entrada final de mi diario y estas palabras, las últimas.

Espero que Connor, mi propio hijo, lo lea y, tal vez, cuando sepa un poco sobre mi viaje por la vida, me entienda, quizás incluso me perdone. Mi propio camino se empedró de mentiras y mi desconfianza se forjó en la traición. Pero mi propio padre nunca me mintió y, con este diario, conservo esa costumbre.

Te entrego la verdad, Connor, para que hagas con ella lo que quieras.

EPÍLOGO

16 de septiembre de 1781

i

—¡**P**adre! —grité.

El bombardeo era ensordecedor, pero me había abierto camino hasta la Torre Oeste, donde se hallaban sus aposentos, y allí, en un pasillo que llevaba a la habitación del Gran Maestro, le encontré.

—Connor —contestó.

Su mirada era de piedra, ilegible. Extendió el brazo y activó la hoja oculta. Yo hice lo mismo. Afuera se oyó el estallido de los cañonazos, cómo temblaba la piedra y los gritos de los hombres moribundos. Despacio, nos acercamos el uno al otro. Habíamos luchado codo con codo, pero nunca el uno contra el otro. Me pregunté si, como yo, tendría curiosidad.

Con una mano en la espalda, presentó su hoja. Y yo hice lo mismo.

—Al siguiente cañonazo —dijo.

Cuando llegó, pareció sacudir las paredes, pero a ninguno de los dos nos importó. La batalla había empezado y el sonido de nuestro acero al repiquetear atravesaba el pasillo, y nuestros gruñidos de esfuerzo eran claros y presentes. Todo lo demás, la destrucción del fuerte a nuestro alrededor, era sonido de fondo.

—Vamos —me provocó—, no puedes esperar igualarme, Connor. A pesar de tu destreza, no eres más que un muchacho al que le queda aún mucho por aprender.

No mostró piedad, ni misericordia. A pesar de lo que tuviera en el corazón y la cabeza, su hoja destellaba con su habitual precisión y ferocidad. Si ahora era un guerrero en el otoño de su vida, cuando la potencia le fallaba, no me habría gustado nada enfrentarme a él en su juventud. Si lo que quería era probarme, entonces eso iba a recibir.

—Dame a Lee —exigí.

Pero Lee hacía mucho rato ya que se había ido. Ahora solo estaba mi padre, que atacó tan rápido como una cobra y estuvo a un pelo de cortarme la mejilla. Pensé en convertir la defensa en un ataque y reaccioné con la misma velocidad, di una vuelta y le alcancé el antebrazo, atravesándolo con mi hoja y destrozando las correas que ataban la suya.

Con un rugido de dolor, saltó hacia atrás y vi que la preocupación le nublaba los ojos, pero dejé que se recuperara y vi cómo rompía un trozo de su túnica para vendarse la herida.

—Tenemos ahora una oportunidad —le animé—. Podemos romper juntos el círculo y terminar esta guerra antigua. Lo sabes.

Vi algo en sus ojos. ¿Era la chispa de un deseo hacía tiempo olvidado, acaso había recordado un sueño no cumplido?

—Lo sé —repetí.

Con el vendaje ensangrentado entre los dientes, negó con la cabeza. ¿Estaba de verdad tan desilusionado? ¿Se había endurecido tanto su corazón?

Terminó de atar el vendaje.

—No. Quieres saberlo. Quieres que sea verdad. —Sus palabras estaban teñidas de tristeza—. Una parte de mí también pensaba así antes. Pero es un sueño imposible.

—A ti y a mí nos une la sangre —le animé—, por favor…

Por un momento pensé que le había convencido.

—No, hijo. Somos enemigos. Y uno de nosotros debe morir.

Fuera se oyó otra salva de cañonazos. Las antorchas temblaron en sus soportes, la luz danzó en la piedra y unas partículas de polvo se desprendieron de las paredes.

Y así fue.

Luchamos. Fue una larga y dura batalla, aunque no siempre fuimos diestros. Se abalanzó sobre mí, con la espada y la hoja, con los puños y a veces incluso con la cabeza. Su estilo de lucha era distinto al mío, a veces más brusco. Carecía de la finura del mío, aunque era igual de eficaz y pronto descubrí que igual de doloroso. Nos separamos, respirando ambos con dificultad. Se limpió la boca con el dorso de la mano, luego se agachó y dobló los dedos de su antebrazo herido.

—Actúas como si tuvieras algún derecho para juzgar —dijo—. Para declarar que me equivoco ante el mundo. Y aun así todo lo que te he enseñado, todo lo que he dicho y hecho, debería demostrarte claramente lo contrario. Pero no hicimos daño a nadie. No apoyamos a la Corona. Trabajamos para ver esta tierra unida y en paz. Bajo nuestras normas todos serían iguales. ¿Acaso los patriotas prometen lo mismo?

—Ofrecen libertad —contesté, observándole con detenimiento, recordando algo que Achilles una vez me había enseñado, que cada palabra, cada gesto, es combate.

—¿Libertad? —se burló—. Te he dicho repetidas veces que es peligrosa. Nunca habrá un consenso, hijo, entre los que has ayudado a ascender. Tendrán puntos de vista diferentes de lo que significa ser libre. La paz que buscas tan desesperadamente no existe.

Negué con la cabeza.

—No. Juntos forjaremos algo nuevo, mejor de lo que existía antes.

—Estos hombres ahora están unidos por una causa común —continuó, moviendo el brazo herido para señalarnos… a nosotros, supongo. La revolución—. Pero cuando terminen su batalla, comenzarán a luchar entre ellos por cuál es la mejor manera de asegurar el control. Con el paso del tiempo, llevará a una guerra. Ya verás.

Y entonces saltó hacia delante, atacando con la espada, dirigiéndose no a mi cuerpo sino a la hoja del brazo. Desvié el golpe, pero fue rápido, se dio la vuelta y me dio un revés con la empuñadura de su espada encima del ojo. Se me nubló la vista y me tambaleé hacia atrás, defendiéndome a lo loco mientras intentaba aprovechar la oportunidad. Por pura suerte, le di en el brazo herido y soltó un alarido de dolor, que nos dio un momento de tregua para que ambos nos recuperáramos.

Estalló otro cañón. Se desprendió más polvo de las paredes y noté cómo el suelo temblaba. La sangre de la herida abierta sobre mi ceja corrió por mi rostro y me la limpié con el dorso de la mano.

—El líder de los patriotas no quiere ejercer el control —le aseguré—. Aquí no habrá monarquía. El pueblo tendrá el poder, como debe ser.

Negó con la cabeza lenta y tristemente, un gesto condescendiente que, si se suponía que debía apaciguarme, tuvo justo el efecto contrario.

—El pueblo nunca tendrá el poder —dijo, cansado—, tan solo la impresión de que lo tiene. Y ese es el secreto: en realidad no lo quiere. Es una responsabilidad demasiado grande. Por eso enseguida se conforma cuando alguien toma el mando. Quiere que le digan qué hacer. Lo ansía. Aunque no me extraña puesto que la humanidad fue creada para servir.

Volvimos a intercambiar golpes. Los dos sangrábamos. Al mirarle, ¿era como ver mi reflejo en un espejo dentro de unos años? Al haber leído su diario, echo la vista atrás y sé exactamente cómo me veía: como el hombre que debería haber sido él. ¿Habrían sido las cosas distintas si hubiera sabido entonces lo que sé ahora?

No lo sé, es la respuesta a esa pregunta. Y sigo sin saberlo.

—Como por naturaleza tendemos a que nos controlen, ¿quién mejor que los Templarios? —Negué con la cabeza—. No es una oferta muy buena.

—Es la verdad —exclamó Haytham—. El principio y la práctica son dos bestias muy diferentes. Veo el mundo tal como es, no como desearía que fuera.

Ataqué y defendí, y por unos momentos en el pasillo retumbó el repiqueteo del acero. Ahora ambos estábamos cansados; la batalla ya no tenía la urgencia de antes. Por un instante me pregunté si simplemente se iría apagando; si había algún modo de que nos limitáramos a dar la vuelta y a marcharnos en direcciones distintas. Pero no. Tenía que acabarse ya. Lo sabía. Vi en sus ojos que él también lo sabía. Esto tenía que acabar aquí.

—No, padre…, tú te has dado por vencido y quieres que todos hagamos lo mismo.

Y entonces se produjo otro cañonazo y la piedra cayó en cascada de las paredes. Estaba cerca. Tan cerca que le seguiría otro. Y así fue. De repente se abrió un agujero en el pasillo.

ii

La explosión me empujó hacia atrás y caí, dolorido, como el borracho que se desliza despacio por la pared de una taberna, con la cabeza y los hombros en un ángulo extraño respecto al resto de mi cuerpo. El pasillo estaba lleno de polvo y escombros mientras el estallido de la explosión poco a poco se convertía en un traqueteo de ruinas que se desplazaban. Me puse de pie como pude y miré entre la nube de polvo para verle tumbado como yo había estado antes, pero al otro lado del agujero que la bala de cañón había hecho en la pared, y me acerqué a él. Me detuve un momento y miré por el agujero para recibir la desorientada imagen de la habitación del Gran Maestro con la pared del fondo volada y la piedra recortada enmarcando la vista del océano. Había cuatro barcos en el agua, todos despidiendo humo por los cañones en la cubierta y, mientras observaba, se oyó el estruendo de otro que disparaba.

Me acerqué a mi padre, que alzó la vista para mirarme y se movió un poco. Arrastró la mano hacia la espada, que estaba fuera de su alcance, y le di una patada para alejarla resbalando por la piedra. Haciendo una mueca de dolor me incliné hacia él.

—Ríndete y te perdonaré la vida —dije.

Noté la brisa en la piel y el pasillo de repente se llenó de luz natural. Parecía muy viejo, tenía la cara herida y amoratada. Aun así, sonreía.

—Valientes palabras para un hombre a punto de morir.

—No lo hiciste mejor —contesté.

—Ah —sonrió, mostrando los dientes ensangrentados—, pero no voy a morir yo solo…

Y me di la vuelta para ver a dos de los guardias del fuerte corriendo por el pasillo, con los mosquetes alzados, que se pararon a poca distancia de nosotros. Miré a mi padre, que se puso en pie, y levantó la mano para que sus hombres no me mataran.

Se apoyó en la pared, tosió y escupió antes de mirarme.

—Incluso cuando los tuyos parecen vencer… nos alzamos de nuevo. ¿Sabes por qué?

Negué con la cabeza.

—Es porque la Orden nació de un entendimiento. No necesitamos un credo. Ni el adoctrinamiento de unos ancianos. Lo único que nos hace falta es que el mundo sea tal y como es. Esa es la razón por la que los Templarios no pueden ser jamás destruidos.

Y entonces, por supuesto, me pregunté si ya habría acabado, si les dejaría que me matasen.

Pero nunca tendré la respuesta, puesto que de pronto se oyeron unos disparos, los hombres se dieron la vuelta y cayeron, eliminados por un francotirador situado al otro lado de la pared. A continuación, corrí hacia delante, antes de que pudiera reaccionar, eché a Haytham de nuevo hacia la piedra y me coloqué encima de él con la mano de la hoja amenazándole.

Y entonces, con el impulso de algo que podría llamarse futilidad y el sonido de mi propio sollozo, le apuñalé en el corazón.

Su cuerpo se sacudió como si aceptara mi hoja, luego se relajó y, al retirarla, vi que estaba sonriendo.

—No creas que tengo intención de acariciarte la mejilla y decirte que me he equivocado —dijo en voz baja mientras observaba cómo la vida le abandonaba—. No lloraré ni pensaré en cómo podría haber sido. Seguro que lo entiendes.

Ahora estaba de rodillas y alargué los brazos para sostenerle. No sentí… nada. Un aturdimiento. Estaba muy cansado de todo aquello.

—No obstante —dijo mientras los ojos parpadeaban y el rostro parecía quedarse sin sangre—, estoy orgulloso de ti en un sentido. Has mostrado convicción. Fuerza. Coraje. Esos son rasgos nobles. —Con una sonrisa sardónica, añadió—: Debería haberte matado hace mucho tiempo.

Y entonces murió.

Busqué el amuleto del que me había hablado mi madre, pero no estaba. Cerré los ojos de padre, me levanté y me marché.

2 de octubre de 1782

Por fin, en una noche helada en la frontera, di con él en la posada Conestoga, donde entré y lo encontré sentado en las sombras, con los hombros encorvados hacia delante y una botella a mano. Más viejo y descuidado, con el pelo hirsuto y alborotado; ya no quedaba rastro del oficial del ejército que había sido, pero definitivamente era él, Charles Lee.

Al acercarme a la mesa, levantó la vista para mirarme y al principio me dejó de piedra el salvajismo de sus ojos rojos. Aunque cualquier otra señal de locura estaba reprimida u oculta, y no mostró emoción al verme, aparte de una expresión que supuse que era de alivio. Le había estado siguiendo durante más de un mes.

Sin palabras, me ofreció beber de la botella y asentí, le di un sorbo y se la volví a pasar. Luego estuvimos sentados juntos mucho rato, observando a los otros clientes de la taberna, escuchando sus conversaciones, juegos y risas a nuestro alrededor.

Al final, me miró, y aunque no dijo nada, sus ojos lo hicieron por él; en silencio saqué la hoja y, cuando los cerró, se la clavé, debajo de la costilla, directa en el corazón. Murió sin emitir un sonido y lo dejé apoyado encima de la mesa, como si hubiera fallecido por beber demasiado. Luego alargué la mano para quitarle el amuleto del cuello y me lo colgué del mío.

Al bajar la vista para mirarlo, brilló ligeramente por un momento. Me lo metí debajo de la camisa, me levanté y me fui.

15 de noviembre de 1783

i

Sujetando las riendas de mi caballo, caminaba por mi aldea con una sensación cada vez mayor de incredulidad. Al llegar, había visto los campos bien cuidados, pero no había nadie en el poblado, habían abandonado el hogar comunal, las hogueras para cocinar se habían apagado hacía tiempo y la única alma a la vista era un cazador entrecano, un cazador blanco, no un mohawk, que estaba sentado en un cubo vuelto hacia abajo, asando algo que olía muy bien.

Me miró con detenimiento cuando me acerqué y llevó la vista al mosquete, que tenía allí cerca, pero le hice una seña para indicarle que no le iba a hacer daño.

Asintió.

—Si tienes hambre, tengo comida de sobra —dijo de manera amistosa.

Y olía muy bien, pero tenía otras cosas en mente.

—¿Sabes qué ha sucedido aquí? ¿Dónde está todo el mundo?

—Se fueron al oeste. Hace semanas que se marcharon. Al parecer a un tipo de Nueva York el Congreso le concedió estas tierras. Supongo que decidieron que para establecerse ya no necesitaban la aprobación de los que vivían aquí.

—¿Qué? —exclamé.

—Sí. Cada vez pasa con más frecuencia. Los comerciantes y ganaderos que buscan expandirse echan a los indígenas. El gobierno dice que no toma las tierras que ya son propiedad de alguien, pero, eeeh… Aquí se puede ver justamente lo contrario.

—¿Cómo ha ocurrido esto? —pregunté, dándome despacio la vuelta, no viendo nada donde antes encontraba los rostros conocidos de mi gente, la gente con la que había crecido.

—Ahora vamos por libre —continuó—. No disfrutamos de la colaboración de la vieja Inglaterra. Lo que significa que estamos solos. Y también tenemos que pagar por ello. Vender la tierra es rápido y fácil. Y bastante mejor que los impuestos. Y puesto que algunos dicen que fueron los impuestos los que empezaron toda esta guerra, no hay prisa en volver a tenerlos. —Soltó una carcajada gutural—. Muy listos estos nuevos líderes nuestros. Saben cómo no presionar todavía. Es demasiado pronto. Demasiado… británico. —Se quedó mirando el fuego—. Pero ya llegará. Siempre llega.

Le di las gracias y fui hacia el hogar comunal, pensando mientras caminaba: «He fracasado. Mi pueblo se ha ido. Les han echado los que creí que nos protegerían».

Mientras caminaba, el amuleto alrededor de mi cuello resplandeció, lo sostuve en la palma de la mano y lo examiné. Tal vez había una última cosa que podía hacer y era salvar aquel lugar de todos, tanto de los patriotas como de los Templarios.

ii

En un claro del bosque me agaché y contemplé lo que tenía en las manos: el collar de mi madre en una y el amuleto de mi padre en la otra.

Para mis adentros dije: «Madre. Padre. Lo siento. Os he fallado a ambos. Hice la promesa de proteger a nuestro pueblo, madre. Pensaba que si detenía a los Templarios, si podía mantener la revolución alejada de su influencia, entonces los que yo apoyaba harían lo correcto. Supongo que hicieron lo que estaba bien…, lo que estaba bien para ellos. En cuanto a ti, padre, creía que podía unirnos, que olvidaríamos el pasado y forjaríamos un futuro mejor. Creí que con el tiempo verías el mundo como yo lo veo, que me entenderías. Pero no era más que un sueño. Eso también debería haberlo sabido. Entonces, ¿no estamos destinados a vivir en paz? ¿Es eso? ¿Nacimos para discutir? ¿Para pelear? Hay muchas voces y todas quieren algo diferente.

»A veces ha sido difícil, pero nunca me ha costado tanto como ahora. Es muy duro ver corrompido, descartado y olvidado todo por lo que he trabajado. Diría que he descrito toda la historia, padre. ¿Estás sonriendo? ¿Esperas que pronuncie las palabras que deseabas oír? ¿Que te valide? ¿Que te diga que siempre tuviste razón? Pues no lo haré. Incluso ahora, frente a la verdad de tus frías palabras, me niego. Porque creo que las cosas aún pueden cambiar.

»Puede que nunca lo consiga. Los Asesinos puede que luchen otros mil años en vano. Pero no nos detendremos».

Comencé a cavar.

«Compromiso. En eso ha insistido todo el mundo. Y yo lo he aprendido. Pero de forma diferente a la mayoría, creo. Ahora me doy cuenta de que llevará algún tiempo, que el camino es largo y está envuelto de oscuridad. Es un camino que no siempre me llevará adonde quiero ir… y dudo que viva para ver cómo acaba. Pero viajaré por él igualmente».

Cavé y cavé hasta que el agujero fue lo bastante profundo, más profundo de lo que hacía falta para enterrar un cuerpo, lo bastante para meterme yo dentro.

«Porque conmigo camina la esperanza. A pesar de que todos insisten en que dé la vuelta, yo continúo: este, este es mi compromiso».

Tiré el amuleto en el agujero y entonces, mientras el sol comenzaba a ponerse, eché la tierra encima hasta que quedó escondido, me di la vuelta y me marché.

Lleno de esperanza para el futuro, regresé con mi gente, con los Asesinos.

Había llegado la hora de una nueva sangre.

Lista de personajes

As'ad Pasha al-Azm: gobernador otomano de Damasco, desconocido-1758

Jeffrey Amherst: comandante británico, 1717-1797

Tom Barrett: niño que vivía al lado de Haytham en la plaza Queen Anne

Reginald Birch: administrador de fincas de Edward Kenway y Templario

Edward Braddock, el Bulldog: general británico y comandante en jefe de las colonias, 1695-1755

Benjamin Church: médico, Templario

Connor: Asesino

Cutter: torturador

Betty: niñera de Haytham

Señorita Davy: doncella de la señora Kenway

Señor Geoffrey Digweed: ayuda de cámara del señor Kenway

Edith: niñera de Haytham

Emily: criada en la casa de los Kenway

James Fairweather: conocido de Haytham

El viejo señor Fayling: tutor de Haytham

John Harrison: Templario

Thomas Hickey: Templario

Jim Holden: soldado del Ejército Británico

William Johnson: Templario

Kaniehtí:io: mujer mohawk, también conocida como Ziio; madre de Connor

Edward Kenway: padre de Haytham

Haytham E. Kenway

Jenny Kenway: hermanastra de Haytham

Tessa Kenway, de soltera Stephenson-Oakley: madre de Haytham

Catherine Kerr y Cornelius Douglass: propietarios del Green Dragon

Charles Lee: Templario

Gran visir Raghib Pasha: primer ministro del sultán

John Pitcairn: Templario

Señora Searle: sirvienta en la casa de los Kenway

Señor Simpkin: empleado de Edward Braddock

Slater: verdugo y teniente de Braddock

Silas Thatcher: esclavista y comandante de las tropas del rey, al mando del fuerte Southgate

Tic: informador

Juan Vedomir: traidor de los Templarios

George Washington: asesor de Edward Braddock; comandante en jefe del recién formado Ejército Continental; padre fundador y futuro presidente, 1732-1799

Agradecimientos

Agradecimientos especiales a:

Yves Guillemot
Stéphane Blais
Jean Guesdon
Julien Cuny
Corey May
Darby McDevitt

También a:

Alain Corre
Laurent Detoc
Sébastien Puel
Geoffroy Sardin
Xavier Guilbert
Tommy François
Cecile Russeil
Joshua Meyer
el departamento legal de Ubisoft
Chris Marcus
Etienne Allonier
Anouk Bachman
Alex Clarke
Hana Osman
Andrew Holmes
Virginie Sergent
Clémence Deleuze